Prix du Meilleur Polar
des lecteurs de POINTS

Les éditions POINTS organisent chaque année
le Prix du Meilleur Polar des lecteurs de Points.

Pour connaître les lauréats passés
et les candidats à venir, rendez-vous sur

www.meilleurpolar.com

Né en 1943 dans le Michigan, Pete Dexter a été journaliste d'investigation, chroniqueur et éditorialiste, avant de se consacrer à l'écriture de romans noirs. Il est notamment l'auteur de *Paperboy* et *Train*. Son troisième roman, *Cotton Point*, a obtenu le National Book Award en 1988 et a inspiré au réalisateur Stephen Gyllenhaal le film *Rage*.

DU MÊME AUTEUR

Cotton Point
Denoël, 1991
Éditions de l'Olivier, « Petite bibliothèque américaine », n° 15
et « Points », n° 2557

Un amour fraternel
Seuil, 1993
Éditions de l'Olivier, « Petite bibliothèque américaine », n° 7
et « Points », n° P2515

Deadwood
Gallimard, « La Noire », 1994
et « Folio Policier », n° 452

Train
Éditions de l'Olivier, 2005
et « Points », n° P1522

God's Pocket
Éditions de l'Olivier, 2008
et « Points », n° P2252

Spooner
Éditions de l'Olivier, 2011
et « Points », n° P2802

Pete Dexter

PAPERBOY

ROMAN

Traduit de l'anglais (États-Unis)
par Brice Matthieussent

Éditions de l'Olivier

TEXTE INTÉGRAL

TITRE ORIGINAL
The Paperboy
ÉDITEUR ORIGINAL
Random House, New York
© original: Pete Dexter, 1995

ISBN 978-2-7578-3199-1
(ISBN 2-87929-084-8, 1ʳᵉ publication)

© Éditions de l'Olivier, 1995 et 1996, pour la traduction française

AUJOURD'HUI, PERSONNE n'en parle plus ni ne souhaite évoquer ce sujet, et surtout pas mon père, en raison de son inclination pour ce qu'il ne peut plus toucher ni voir – je parle de ses souvenirs épurés de tout défaut, de toute ambiguïté par le travail de la mémoire, de ces années passées à les remodeler, à chaque fois qu'il les exhumait pour les raconter à nouveau, jusqu'à ce que ces histoires et leur contenu même, à force d'avoir été racontées, deviennent parfaites et tranchantes comme la lame du couteau qu'il garde dans sa poche.

Dans ses histoires, les perches sont invariablement plus grosses que toutes celles que vous avez jamais vues et lorsqu'elles bondissent, le soleil étincelle toujours sur leurs écailles.

Et il les relâche à chaque fois.

Pourtant, il n'a aucune histoire à raconter sur mon frère. À la seule mention de son nom, un changement s'opère en lui, une modification imperceptible. Il faut le connaître pour la remarquer. Mon père, sans qu'un muscle de son visage ne tressaille, s'éloigne, il se réfugie, selon moi, en ce lieu secret où il conserve ses histoires.

Chacun de nous possède, sans doute, un tel refuge.

Une heure plus tard, vous remarquerez, peut-être, qu'il n'a pas dit un mot.

En août 1965, un certain Thurmond Call qui, même selon les critères du comté de Moat, avait tué un nombre inhabituel de nègres pendant son service, fut lui-même assassiné dans le nord de la Floride, entre les villes de Lately et de Thorn, sur une route parallèle à la rivière St. Johns et située à quatre cents mètres à l'ouest.

Thurmond Call était le shérif du comté de Moat et il occupait déjà ce poste à ma naissance. Il fut assassiné à la veille de son soixante-septième anniversaire. Au printemps précédent, il avait tué un homme en le rouant de coups de pied dans une rue fréquentée de Lately. Ainsi, même si les gens commençaient vraiment à se dire – non seulement à Lately, le siège du comté, mais aussi dans la ville plus importante de Thorn, où nous habitions, et dans les petits hameaux qui s'échelonnaient au long des soixante kilomètres de rivière entre les deux villes – que le moment était venu de couper les crédits publics au shérif Call, personne cependant, n'estimait qu'il n'était pas à la hauteur de sa tâche.

Pour tout le monde, c'était comme si le shérif avait contracté une maladie incurable, on ne pouvait donc pas lui en tenir rigueur. C'était comme s'il avait attrapé la tuberculose. Hippies, juges fédéraux, nègres – il ne se rappelait jamais ce qu'il avait le droit, ou pas, de leur faire subir ; cette confusion jetait le trouble dans son esprit et, selon la plupart des habitants du comté de Moat, il adoptait ainsi des positions plus tranchées que s'il avait été en pleine possession de ses moyens. À leur tour, ces excès engendraient un certain malaise dans la population.

Tout cela pour dire que l'homme qu'il avait menotté et tué au printemps dernier en le rouant de coups de pied était un Blanc.

LE CORPS DE THURMOND CALL fut découvert, allongé sur la route, de bon matin, sous une violente averse, à quatre cents mètres environ de sa voiture de police. Le moteur ne tournait plus, mais les essuie-glace bougeaient encore par à-coups, et les phares étaient d'un orange pâle. Le bocal au large goulot destiné à recevoir son jus de chique, qu'il serrait entre ses cuisses tout en conduisant, était posé sur le toit du véhicule. On lui avait ouvert le ventre, de l'estomac à l'aine, avant de le laisser pour mort.

La question de savoir comment, éventré, il s'était déplacé jusqu'à l'endroit où on l'avait retrouvé, même si elle n'était sans doute pas liée au meurtre lui-même, constituait une énigme troublante qui aujourd'hui encore plane sur le comté de Moat. Elle appartient au royaume de ces questions mystérieuses qui restent sans réponse. Et peut-être renvoie-t-elle aussi à autre chose, car, à la fin de sa vie, le shérif était devenu un symbole, différent, selon les uns ou les autres dans tout l'État.

Ma première opinion sur cette affaire – car c'était le genre d'affaire sur laquelle, à quinze ans, j'avais un point de vue –, c'était que des ours l'avaient traîné jusque-là. Contrairement à ses amis, je ne croyais pas qu'il avait rampé en direction de la voiture de son assassin, une hypothèse présentée comme un fait avéré lors de son enterrement.

Je dus attendre quelques années pour me dire qu'il avait peut-être tout simplement rampé, sans savoir où il allait, désirant simplement être ailleurs.

Indépendamment de la manière dont le shérif Call parcourut ses quatre cents derniers mètres, on peut vraiment dire qu'à l'exception de la guerre, aucun événement de l'histoire du comté ne transmit à ses citoyens un message plus essentiel que cette mort, et, ne sachant pas comment exprimer autrement la perte véhiculée par ce message – non pas la disparition de Thurmond Call, mais celle de quelque chose de fondamental que les gens avaient eu l'impression de perdre au fil du temps –, on érigea une statue du shérif sur la place de Lately. Elle est là aujourd'hui, célébrant la fracture historique incarnée par la mort du shérif.

À l'occasion d'Halloween, une cicatrice apparaît parfois sur cette effigie, reliant l'estomac à l'aine. Ce rappel du sort infligé au shérif Call est d'habitude attribué à de jeunes délinquants, mais le manque de fioriture de ce simple trait suggère une intention plus complexe que le simple vandalisme.

L'HOMME QUE LE SHÉRIF CALL tua en le rouant de coups de pied à Lately était un ancien vendeur de Chrysler et de Plymouth chez Duncan Brothers Motors nommé Jerome Van Wetter, qui finit par se faire virer non parce qu'il était un poivrot – ce qu'il était indubitablement, mais ces gens-là ne sont pas toujours de mauvais vendeurs ; il faut bien que quelqu'un vende des voitures aux autres poivrots –, mais parce que, même après des années passées chez ce concessionnaire, alors qu'il était aussi connu des acheteurs de Plymouth que les nouveaux modèles eux-mêmes, quelque chose dans son comportement effrayait les clients, ce qu'il ne parvint jamais à contrôler, ni par une certaine élégance vestimentaire, ni en parlant du champion de base-ball de l'État, ni en souriant. En fait, son sourire ne faisait qu'aggraver les choses. Je le sais, car un jour je me suis retrouvé seul face à ce sourire et à la nouvelle gamme des Plymouth tandis que mon père et M. Duncan négociaient l'achat d'une Chrysler dans le bureau.

Jerome Van Wetter exsudait une malveillance diffuse qui se concentrait surtout dans ses yeux.

Il les posait sur vous avec un regard de prédateur, espérant quelque chose, attendant, un minuscule intérêt s'éveillant enfin, comme un lent sourire, lorsqu'il décelait en vous cette zone obscure recelant des secrets qui auraient dû lui échapper.

Apparemment il était conscient de l'effet qu'il avait sur les clients, car il portait des lunettes noires même dans le bureau.

JE DÉCRIS JEROME VAN WETTER comme un ancien vendeur de voitures, non pour souligner son échec final dans ce commerce, mais parce qu'à ma connaissance son emploi chez Duncan Motors fut le seul boulot qu'il eut jamais, le seul du moins en dehors du braconnage. Malgré tout, son passage dans le monde des affaires du comté de Moat éclipsa toutes les réussites connues, tant sociales que professionnelles, de tous les autres Van Wetter réunis, passés et présents.

C'était une famille qui se tenait à l'écart du monde, qui vivait en marge de la civilisation, souvent comparée, dans la région de Lately où résidaient la plupart de ses membres, aux ours, qui avaient fini par perdre toute peur des humains et qu'il avait fallu tuer pour cette raison-là. Mais, même le plus domestiqué des Van Wetter ne l'était encore pas assez pour que vous vous sentiez à l'aise assis sous son regard bleu pâle dans une Plymouth Fury toute neuve, un pied posé sur la protection en papier du plancher de la voiture, l'autre touchant le sol de la salle d'exposition, respirant à la fois l'odeur des garnitures neuves et celle douceâtre de l'alcool métabolisé qui suintait par tous les pores de sa peau.

13

Voilà pourquoi M. Duncan finit par se séparer de Jerome Van Wetter et c'est au cours de la beuverie qui s'ensuivit qu'il fut arrêté puis tué à coups de pied par le shérif Call.

Et personne ne s'étonna lorsque, une semaine après que le shérif Call fut tué à son tour, on arrêta pour ce crime Hillary Van Wetter, le cousin de Jerome au premier ou au second degré. Car chacun savait que les Van Wetter réglaient eux-mêmes leurs affaires.

De notoriété publique, Hillary Van Wetter était le membre le plus imprévisible et le plus féroce de toute la famille Van Wetter ; il avait gagné cette réputation plusieurs années auparavant en attaquant au couteau un autre policier, et en lui sectionnant le pouce lors d'une querelle due à un pot d'échappement qui traînait sur la chaussée. Cette affaire n'avait pourtant jamais été portée devant les tribunaux. Privé de la moitié de son pouce, le policier rejoignit son foyer au Texas et, une fois là-bas, il refusa de revenir en Floride pour témoigner.

Ainsi, sept jours après qu'on eut retrouvé le corps du shérif Call sur la route, quelques-uns de ses adjoints firent irruption dans le chalet de Hillary Van Wetter parmi les terres humides, couvertes d'une végétation dense, situées juste au nord de Lately. Ils tuèrent plusieurs de ses chiens et découvrirent un couteau taché de sang dans l'évier de la cuisine. Ils trouvèrent aussi une chemise ensanglantée dans le panier à linge, et Hillary Van Wetter – saoul et heureux dans sa baignoire lorsque les adjoints du shérif arrivèrent – fut arrêté pour meurtre. Cinq mois plus tard, il était jugé et déclaré coupable par le tribunal du comté, puis condamné à la chaise électrique de la prison de l'État de Floride, à Starke. Cela, bien qu'il ait été défendu par l'avocat le plus cher du comté de Moat.

Personne ne connut jamais l'origine de l'argent destiné à cet avocat.

Bien entendu le journal de mon père couvrit le procès et les appels – cet automne-là, il y eut dans le comté de Moat des journalistes envoyés par tous les journaux de quelque importance de l'État, ainsi que des envoyés spéciaux de villes comme Atlanta, Mobile, New York et La Nouvelle-Orléans –, mais si le *Tribune*, aussi longtemps que mon père en fut le propriétaire, avait toujours profité des condamnations à mort locales pour s'élever contre la peine capitale, cette fois-ci le journal resta étrangement silencieux après le procès de Hillary Van Wetter.

« Les gens connaissent mon point de vue », fut tout ce que mon père déclara pour l'occasion.

Et c'était la vérité. Il défiait l'opinion publique depuis son arrivée dans le nord de la Floride – en 1965, le *Tribune* était le seul journal libéral des régions rurales de l'État –, mais il avait mis un bémol à ses idées. Le journal était libéral, mais sur un mode lénifiant et inoffensif destiné à ne froisser aucune sensibilité ; et cette attitude interdisait de réclamer la grâce pour l'assassin de Thurmond Call.

PAR UNE FROIDE MATINÉE D'HIVER, quatre ans plus tard, au début de l'année 1969 – l'année où mon frère allait devenir un journaliste célèbre –, je perdis ma bourse en natation à l'université de Floride. Quelques semaines plus tard, j'en fus exclu pour vandalisme.

Plus précisément, je bus une petite bouteille de vodka et je vidai la piscine, ce qui, bien que très enfantin, est un boulot plus compliqué qu'il n'y paraît. Je n'ai pas la moindre intention d'entrer dans les détails techniques, mais je peux vous assurer qu'il ne suffit pas d'enlever la bonde.

Je rentrai chez moi, honteux, et je me mis à travailler pour le journal de mon père, le *Moat County Tribune* : je conduisais un camion de livraison.

Mon père ne me demanda jamais ce qui m'était arrivé à Gainesville, ni si j'avais l'intention d'y retourner, mais il était clair qu'il voulait me faire conduire ce camion jusqu'à ce que je comprenne que c'était pour moi la seule alternative à une formation universitaire.

Lui-même n'avait fait aucune étude supérieure et il identifiait souvent cette absence à une occasion manquée :

« Seigneur, comme j'aurais aimé étudier la littérature », disait-il volontiers, comme s'il lui avait fallu l'autorisation d'une université pour lire des livres.

Pendant tout cet hiver et ce printemps-là, je fis la tournée du nord pour le *Tribune*, effectuant mes 475 kilomètres sur les étroites routes à deux voies, pour la plupart dépourvues de talus, du nord du comté de Moat. Je chargeais le camion dans la nuit et, à trois heures et demie du matin, je franchissais la pancarte signalant la limite de la ville de Thorn.

Chaque matin à neuf heures, si le camion ne tombait pas en panne et si l'imprimeur était à l'heure, j'arrivais à la clairière où l'on avait retrouvé la voiture du shérif Call. Cet endroit était partiellement caché de la route – un cercle ensoleillé, sans arbres, découpé dans un bois de pins, avec une table de pique-nique et deux toilettes séparées de sept mètres tout au plus, celle des hommes à l'est, celle des femmes à l'ouest. Un petit panneau indiquait l'endroit où l'on avait jadis construit la première école de l'État ; une pancarte peinte à la main et fixée sur l'un des édicules montrait un drapeau confédéré et une main coupée, sans bras ; en travers de ces deux images, la légende disait : LE COMTÉ DE MOAT TEND UNE MAIN AMICALE AUX YANKEES !

Une vingtaine de kilomètres plus loin se trouvait le dernier arrêt de ma tournée : dix journaux que je devais poser à l'envers sur une table en bois rudimentaire, juste derrière les distributeurs de chewing-gum, dans un petit magasin aux couleurs passées, tenu par un nombre indéterminé des membres de la famille Van Wetter, qui ne voulaient pas qu'en franchissant la porte leurs clients tombent aussitôt sur de mauvaises nouvelles.

Quel lien de parenté spécifique ces Van Wetter avaient-ils avec l'homme que le shérif Call tua à coups de pied, je l'ignore. Les Van Wetter occupaient une demi-colonne dans l'annuaire téléphonique du comté de Moat et leurs enfants se mariaient rarement en dehors de la famille. Définir leurs liens collatéraux était au-delà de mes forces, même si les Van Wetter avaient accepté d'évoquer leur arbre généalogique, ce qui n'était pas le cas.

Je peux seulement vous dire que certains matins un vieillard était là, aveugle et fulminant d'une colère toute fraîche, comme si sa cécité remontait à la nuit précédente. Il s'approchait des journaux que je venais de déposer et il les comptait, faisait défiler les coins pliés au creux de sa paume, comme pour les chatouiller, son visage furieux tourné vers la vitrine, telle une plante revêche poussant vers la lumière. D'autres matins, c'était son épouse.

Quelquefois, il y avait là une jeune femme enceinte, dotée de la plus belle peau que j'aie jamais vue, dont les enfants franchissaient en courant le rideau de l'arrière-boutique dès que j'entrais.

Cette femme ne levait jamais les yeux, mais peu après la disparition des enfants, un homme au visage brûlé – dont la peau se plissait autour d'un œil comme une chemise mal repassée – franchissait le rideau en sens inverse et avançait d'un pas dans le magasin, les mains ballantes, m'observant jusqu'à ce que j'aie empilé les journaux et que je sois parti.

Un jour que j'avais oublié d'encaisser l'argent de la semaine, je retournai dans le magasin et je le trouvai toujours debout là où je l'avais laissé, observant la femme ranger des boîtes de bonbons sur le présentoir situé sous la caisse.

Elle me regarda alors, brièvement, et ce fut comme si je venais d'annoncer une mauvaise nouvelle qui ne se trouvait pas dans mes journaux. Il était possible, pensai-je, que chaque fois que la porte s'ouvrait c'était pour elle une mauvaise nouvelle.

Je ne l'ai jamais entendue s'adresser à l'homme au visage brûlé et je n'ai jamais entendu cet homme lui parler. Je me disais qu'ils étaient mari et femme.

Je terminais ma livraison avant dix heures, je garais le camion, je parcourais à pied les six pâtés de maisons qui me séparaient de chez moi, puis je me laissais tomber sur mon lit avec une bière et un exemplaire du journal que j'avais livré toute la matinée. En début d'après-midi, j'abandonnais les articles pour sombrer dans un sommeil agité, plein de rêves, me réveillant quelques heures plus tard dans cette même chambre où j'avais passé toutes les nuits de mon enfance, sans savoir où j'étais.

Il m'était arrivé quelque chose de semblable à Gainesville et parfois, dans ces moments situés entre le rêve et la conscience, quand j'étais perdu, je m'imaginais sans lien avec aucun de ces deux lieux.

Je me levais, je rejoignais à pied la piscine municipale et faisais des longueurs. Ou alors, quand je pouvais emprunter le camion de mon père – il garait sa nouvelle

Chrysler dans l'allée et abritait dans le garage son bien-aimé pick-up Ford vieux de douze ans, qu'il utilisait seulement pour aller à la pêche –, je partais vers le nord jusqu'à St. Augustine et je nageais parfois deux ou trois kilomètres dans l'océan vers le large, jusqu'à ce que mes bras et mes jambes se fassent sentir comme des poids morts, puis je faisais lentement demi-tour, en laissant l'eau me porter, et je rentrais.

Je me donnais à fond, je retrouvais la plage sain et sauf; ainsi, j'étais en quelque sorte sauvé de ces moments où, en me réveillant, je n'arrivais pas à reconnaître cette chambre où, tout au long de ma vie, j'avais pourtant élaboré mes pensées les plus intimes, pris mes décisions les plus graves. Les murs de mon enfance.

On pourrait dire que j'avais peur de dormir.

TOUS LES SOIRS, mon père rentrait du journal à six heures et quart, il ouvrait lentement la portière de sa Chrysler noire, posait ses pieds l'un après l'autre sur le sol, puis se hissait au-dehors, avant de se retourner vers l'intérieur pour y prendre ses journaux. C'était désormais un homme massif et en fin de journée chaque mouvement était une épreuve. Il n'aimait pas son métier autant qu'autrefois.

En 1969, il abandonna presque toutes les affaires courantes à sa rédactrice en chef – une jeune femme laide, à la mâchoire carrée, aux grosses jambes, aux ambitions floues et gênantes – et se mit à passer son temps à la pub ou avec les deux journalistes de la rédaction, quand il ne préparait pas les discours qu'il prononçait devant les diverses associations professionnelles de l'État.

Je me rappelle m'être demandé si, à l'heure du déjeuner, il sautait sa rédactrice en chef, si elle ne lui pompait pas toute son énergie entre ses grosses pattes.

AUTANT QUE JE M'EN SOUVIENNE, mon père avait toujours possédé des Chrysler noires – une tradition qui remontait à une époque où tout semblait plus simple, quand les Chrysler étaient meilleures que les Pontiac, les Oldsmobile presque aussi bonnes que les Buick et un cran en dessous des Cadillac. Une voiture respectable, mais pas trop somptueuse. Il ne voulait pas que ses annonceurs s'imaginent qu'il gagnait trop d'argent.

À six heures et demie, le dîner était servi par la jeune Noire qui l'avait préparé. Elle cuisinait, faisait le ménage et s'occupait de la maison, nous adressant rarement la parole sinon pour répondre à nos questions. En cela, elle ne ressemblait pas aux autres employées de maison de cette époque – prêtes à tout pour se faire bien voir de leur patron –, mais c'était une femme intelligente et la situation était sans ambiguïté.

Elle s'appelait Anita Chester et il me semblait qu'il aurait mieux valu qu'elle échangeât son boulot avec celui de la rédactrice en chef du journal de mon père.

Après le dîner, j'aidais à débarrasser la table, mon père remerciait son employée, dont il n'avait jamais réussi à se rappeler le nom, puis il errait à travers la grande maison vide, tel un vieux fantôme. Il restait longtemps aux toilettes, allait dans sa chambre – où il enlevait son veston, sa cravate et ses chaussures, avant d'enfiler une robe de chambre sur sa chemise –, puis s'installait enfin dans le fauteuil favori de son bureau avec un verre de vin, l'arrière de sa tête retrouvant l'endroit exact où, depuis longtemps, la brillantine avait laissé une tache sombre sur le tissu.

Il fermait les yeux un moment, puis il les rouvrait, buvait une gorgée de vin, prenait les journaux qu'il avait rapportés et les posait sur ses cuisses avant de trouver ses lunettes et d'allumer la lampe.

L'*Atlanta Constitution*, l'*Orlando Sentinel*, le *St. Petersburg Times*, le *Daytona Beach News-Journal*, le *Miami Times*. Une demi-douzaine de petits journaux en provenance de tout l'État de Floride. Il ne les lisait pas vraiment, il les passait en revue, notant les informations de leur première page qui ne figuraient pas sur celle de son propre journal. À moins que ce ne fût l'inverse.

Il régnait une rivalité au cœur de ce métier, une course pour être le premier à diffuser les pires nouvelles ; et lorsqu'il n'y avait pas de mauvaises nouvelles – il y en avait toujours quelques-unes, bien sûr, mais je parle d'authentiques catastrophes –, la compétition se déplaçait sur un autre terrain.

Mon père regardait longuement le *News-Journal*, puis il levait les yeux en souriant et me le tendait.

« Ils appellent ça un choix éditorial », disait-il.

Comme si j'étais moi aussi propriétaire d'un journal et que j'avais mon avis à donner sur les gros titres de la une. Comme si j'étais celui qui reprendrait son journal lorsqu'il déciderait de renoncer à le diriger.

Il était plus respectueux de l'*Atlanta Constitution*, car il avait jadis travaillé avec Ralph McGill, son légendaire rédacteur en chef. Il racontait avec bonne humeur mais respect des anecdotes à son sujet, comme si McGill l'écoutait depuis la pièce voisine. Ces anecdotes insistaient invariablement sur sa bravoure, qui se manifestait uniquement devant le clavier d'une machine à écrire, et sur sa volonté tenace de construire un Sud meilleur.

Mais, longtemps avant 1969, je m'étais dit qu'il y avait autre chose derrière l'admiration de mon père pour Ralph McGill.

Il était célèbre.

Toute ma vie j'avais côtoyé des reporters – mon père l'avait été autrefois, il ramenait souvent ses préférés à la maison pour boire des cocktails – et je remarquai très tôt que nous ne désirions pas les mêmes choses.

Ceux qu'il préférait étaient les plus agressifs, mais malgré tous leurs efforts pour réussir, malgré toutes les investigations, les enquêtes, les coups de sonde, les cajoleries et les mensonges destinés à parvenir à leurs fins – ils s'en vanteraient plus tard –, ce qu'ils détestaient le plus n'était pas de se tromper, mais de n'avoir rien à dire.

Ce qui les excitait, ce n'était pas d'apprendre des choses, mais de les raconter. Pendant un moment, ils devenaient aussi importants que les nouvelles elles-mêmes.

D'une certaine manière, Ward était comme eux. Je veux seulement dire par là qu'il revendiquait que quelque chose lui revienne en écrivant ses articles. Non pas qu'il ait eu soif de célébrité.

À la maison, il ressemblait à ma mère. Il restait tranquillement assis à écouter mon père raconter ses histoires d'inondations, de catastrophes lors de meetings aériens ou ses anecdotes à propos de Ralph McGill, encore et encore, aussi longtemps qu'il éprouvait le désir de les raconter.

Et comme ma mère, Ward finit par se lasser de ces histoires – sachant qu'il ne pouvait rivaliser avec elles – et il partit.

Leurs départs furent différents, bien sûr. Il ne revint tout simplement pas à la maison après l'université, faisant toute une série de boulots de reporter, débarquant pour finir au *Miami Times* ; quant à ma mère, elle partit pour la Californie avec un professeur d'art dramatique du collège du comté de Moat, dont le nom était souvent

22

apparu dans le courrier des lecteurs du journal de mon père et qui avait soutenu ses opinions progressistes.

Mon père encaissa ces deux pertes sans broncher, mais s'il considéra le départ de Ward comme une étape de son développement personnel – une expérience enrichissante, dit-il, une bonne préparation pour son futur poste à la direction du *Moat County Tribune* –, il n'avança aucune théorie aussi optimiste au sujet de ma mère.

En effet, son évolution personnelle l'avait entraînée loin de sa vie à lui.

Ainsi, après le dîner, mon père restait assis dans cette maison blanche à deux étages qu'il avait fait construire sur Macon Street, désormais vide à l'exception d'une domestique qui n'appréciait pas qu'il affichât publiquement sa sympathie envers les Noirs, et d'un fils qui n'aimait pas sa profession. Il racontait ses anecdotes en procédant à sa revue de presse comme il l'avait toujours fait, arrivant enfin au *Miami Times* dont il épluchait les pages à la recherche de la signature de Ward James.

Les jours où il la trouvait, il mettait en veilleuse toutes ses menues activités – siroter son vin, ajuster ses lunettes, se frotter les pieds l'un contre l'autre – et il lisait très attentivement l'article, parfois deux fois, un sourire envahissant peu à peu son visage. Dès qu'il avait fini de lire, il éloignait le journal de son visage pour étudier l'emplacement de l'article sur la page ou bien pour évaluer sa taille. Je pense qu'il estimait ainsi l'émergence de mon frère dans son monde.

Une fois ce rituel terminé, quand il n'y avait plus de journaux posés sur ses cuisses, qu'ils étaient passés tous entre ses mains et avaient rejoint la pile à ses pieds, il me demandait souvent si j'avais nagé cet après-midi-là et après que je lui eut répondu – c'était une question de pure convenance, il ne s'y intéressait guère maintenant

23

que toute idée de compétition en était exclue –, il consultait sa montre, se levait et partait se coucher.

« Six heures et demie, c'est tôt », disait-il, prononçant toujours les mêmes mots, oubliant apparemment qu'à six heures et demie du matin j'avais déjà commencé ma journée depuis quatre heures.

Je le regardais monter l'escalier, puis, quand Ward avait un article dans le journal, je ramassais le *Times* et je le lisais à mon tour.

Au début, jusqu'à l'accident d'avion, il écrivait sur un meurtre ou une arrestation pour trafic de drogue qui impliquaient d'ordinaire des Cubains. Je pensais alors aux livres que Ward avait étudiés, à la nature très scolaire et sérieuse de son éducation et j'essayais d'imaginer ce que ça lui avait fait, au bout de longues années consacrées au latin, à la chimie, à la physique et à l'algèbre, de voir toutes ces abstractions le conduire à un troisième étage dans le ghetto de Miami.

Comme j'avais moi-même passé un certain temps à l'université, je supposais que ça avait été un soulagement.

DE TOUS LES DÉMÊLÉS avec la loi que connut la famille James pendant l'année 1969, le plus surprenant pour moi ne fut pas mon expulsion de l'université de Floride, mais l'arrestation de mon frère pour conduite en état d'ivresse.

En fait, jusqu'au fameux dimanche où il nous téléphona, j'ignorais complètement que Ward buvait. Enfants, nous restions parfois assis à la cuisine avant d'aller nous coucher, mangeant des céréales tandis que mon père accueillait des reporters dans la pièce voisine – nous n'avions pas le droit de les y rejoindre et nous entendions, de l'autre côté de la porte, les voix devenir de plus en plus stridentes, jusqu'à ce que tous les mots soient éructés pour en couvrir d'autres et que les rires deviennent durs et vulgaires, comme lancés par-dessus les corps de victimes.

De temps à autre, mon père venait chercher de la glace à la cuisine et la porte battait de plus en plus violemment à mesure que la fête avançait dans la nuit et qu'il buvait d'autres verres de vin, jusqu'au moment où il la poussait si fort qu'elle percutait le mur de plein fouet, son visage désormais rubicond et couvert de sueur, la fumée de sa cigarette traînant derrière lui dans la cuisine. Et, une fois qu'il avait ébouriffé nos cheveux, pris sa glace et franchi la porte dans l'autre sens pour rejoindre le mur de fumée, Ward se lissait lentement la tête et la secouait d'un air où je devinais de la désapprobation.

Il ne m'est jamais venu à l'idée qu'il désirait être de la fête.

On l'avait forcé à s'arrêter sur le bas-côté d'Alligator Alley à quatre heures et demie du matin, un lundi, alors qu'il conduisait à cent soixante-douze kilomètres à l'heure dans les Everglades.

Le policier s'approcha de la voiture par derrière, avec une lampe-torche. Il se pencha par la fenêtre ouverte, le petit cercle de lumière se déplaçant çà et là avant de s'arrêter sur la bouteille coincée entre les jambes de mon frère, sur la caisse de bière à l'arrière, éclairant ensuite le visage de mon frère, puis le passager.

« Vous avez bu, Monsieur ? » demanda le policier.

Ward se tourna lentement vers l'homme assis sur le siège à côté de lui. L'autre homme éclata de rire.

Le policier demanda à Ward de descendre de voiture, en l'appelant à nouveau « Monsieur ». La portière s'ouvrit et Ward apparut, tenant toujours sa bouteille. Il en but une brève gorgée avant de la tendre au policier, qui regagna la lueur des phares pour la poser sur le capot.

« Puis-je voir votre permis, Monsieur ? » demanda le policier.

Mon frère tira son portefeuille de sa poche-revolver, à l'envers, sortant du même coup la doublure de la poche ; puis, lorsqu'il essaya de l'ouvrir, toutes ses cartes et sa monnaie tombèrent sur la chaussée et dans l'herbe humide du bas-côté.

Ward se dirigea alors dans l'herbe puis dans le marais pour y chercher son permis de conduire et son argent, et il tomba dans la boue. Le policier feignit de ne pas entendre Ward se débattre dans le marais et il examina son permis de conduire, qu'il avait ramassé par terre et qu'il consultait à l'aide de sa lampe.

Une minute passa, puis mon frère émergea devant les phares de la voiture du policier, luisant de boue.

« Monsieur James, dit le policier en lisant le nom sur le permis de conduire, vous êtes en état d'arrestation. »

Et mon frère qui, à ma connaissance, n'avait jamais demandé à personne quoi que ce soit, titubait sur la chaussée et dit au policier :

« Monsieur, je serais fier de porter votre casquette. »

L'HOMME QUI, cette nuit-là, était assis dans la voiture avec mon frère était aussi un reporter du *Miami Times*. Il s'appelait Yardley Acheman. Pour les reporters et les rédacteurs en chef qui travaillaient avec eux au desk, Yardley Acheman et mon frère étaient de parfaits contraires.

De parfaits contraires.

Certains chefs d'édition du *Times* soutenaient que leurs différences expliquaient leur succès, qu'on avait eu raison de penser que les contraires engendrent souvent une certaine alchimie – ils aimaient l'idée de l'alchimie, ces gens-là, l'idée de la magie –, et les responsables du *Miami Times* avaient eu raison de tenter cette expérience qui avait produit une équipe d'enquêteurs plus efficace qu'on aurait pu le penser au seul vu des individus qui la composaient.

Une équipe idéale, disaient-ils. *De parfaits contraires.*

Et peut-être avaient-ils raison, même si je ne comprends pas comment des gens peuvent être des contraires, parfaits ou pas – après tout, quel est le contraire d'une taille d'un mètre quatre-vingts ? Ou le contraire d'apprendre par cœur la classification périodique des éléments en classe de première et de ne jamais l'oublier ? Le contraire de pieds qui puent ?

Malgré tout, les gens sont différents, et Ward différait davantage de Yardley Acheman que d'autres hommes.

D'après ce que j'ai compris, avant que la rédaction en chef du *Miami Times* ne décide de l'envoyer avec mon frère pour couvrir une catastrophe aérienne dans les Everglades – un arrangement dû bien plus au hasard et à la commodité que ce que les alchimistes du *Times* voulurent bien le reconnaître plus tard –, Yardley Acheman était un simple reporter paresseux et boudeur qui travaillait aux infos locales et dont le nom apparaissait rarement dans les colonnes du journal, parce que les responsables de cette rubrique n'avaient pas la moindre envie de se décarcasser pour le convaincre d'écrire un article sur un sujet pour lequel il n'avait aucun intérêt personnel.

En revanche, lorsque Yardley Acheman trouvait un sujet qui lui plaisait, on le considérait alors comme une espèce de génie littéraire. Les rédacteurs en chef étaient tous d'accord, et bon nombre d'entre eux nourrissaient des ambitions littéraires. Ils savaient reconnaître une bonne prose au premier coup d'œil ; c'était leur boulot.

Mais entre chacun des événements qui l'intéressaient personnellement, Yardley Acheman restait assis à son bureau dans l'angle le plus éloigné de la salle des infos locales, contactant au téléphone une liste ininterrompue de filles et de bookmakers, essayant de convaincre les nouveaux venus de lui donner une chance, et de persuader les autres de le laisser tranquille.

Il était beau, le genre enfant gâté, un joli garçon, ce qui lui donnait apparemment accès à tout ce qu'il désirait. Il avait souvent bien du mal à caser tous ses rendez-vous dans son emploi du temps.

Les rédacteurs en chef savaient ce que Yardley Acheman faisait au téléphone, mais tous les journaux ont leur mouton noir – des reporters qui ne veulent pas être reporters, des responsables davantage intéressés par leur titre que par leur travail – et, de ce point de vue, Yardley Acheman causait moins de problèmes que la plupart de ces gens-là. Il considérait que les autres reporters qui ne possédaient pas ses talents littéraires lui étaient inférieurs, moyennant quoi il n'était jamais le genre de mouton noir qui devenait un agitateur parmi ses pairs.

Un agitateur représentait un autre type de problème, et les directeurs du journal préféraient s'épargner ce genre d'ennui.

Quelque chose arriva néanmoins à Yardley Acheman le soir où Ward et lui furent choisis – de toute évidence, sans préméditation ni cérémonie, uniquement parce qu'ils étaient les deux seuls reporters disponibles dans la salle – pour rejoindre les débris du Vol 119, qui avait décollé de l'aéroport international de Miami et volé pendant deux minutes et quarante secondes avant de s'écraser dans les Everglades, sans laisser le moindre survivant.

Yardley Acheman découvrit sa vocation dans le carnage de cette nuit-là, dans la monstruosité de la collision de cent quarante êtres humains et de leur fuselage métallique avec la boue visqueuse des marais, dans l'énormité de cette déchirure – il rougissait d'excitation en racontant cette catastrophe, en énumérant les détails, en insistant inlassablement sur leur signification.

Ce fut comme de monter sur une bicyclette : il comprit du premier coup.

Mais Yardley Acheman n'avait évidemment pas collationné tout seul ces détails. Les plus atroces venaient de mon frère, qui avait pataugé dans la boue pour pénétrer dans l'avion pendant que Yardley restait à l'écart, là où, malgré toute l'horreur de l'accident, il y avait d'autres choses à regarder – un endroit, comme il le dirait souvent, d'où embrasser une perspective plus large.

Quant à Ward, il parcourut toute la longueur de la carlingue, partant de l'arrière où la queue de l'appareil s'était brisée, jusqu'à la cabine de pilotage, écartant de la main les moustiques qui se posaient sur son visage, comptant les cadavres encore présents dans l'avion, notant leurs différentes positions, supputant grâce à elles la terrible brutalité de l'impact.

Par hasard, toutes les équipes de sauvetage aérien du comté de Dade avaient été envoyées vers un accident moins grave – un avion privé – une heure plus tôt ce soir-là, et pendant plus de trente minutes Ward et Yardley Acheman restèrent seuls sur le lieu du désastre.

L'avion béait et se stabilisait dans la boue alors que Ward progressait vers l'avant ; les seuls autres bruits étaient ceux du marais. Dès le lendemain, les abonnés du *Miami Times* entendraient à leur tour ces bruits et verraient, dans la carlingue obscure, ces fragments de corps toujours attachés à leur siège.

Et si les lecteurs attentifs purent remarquer que ces descriptions visuelles et sonores comportaient une touche personnelle renvoyant à un domaine qui ne ressortissait pas à l'accident proprement dit, les détails avaient suffisamment de poids pour atténuer cette impression.

COMME YARDLEY ACHEMAN, mon frère se tenait à l'écart des ragots et des allées et venues de la salle de rédaction.

Même après le succès de l'article sur la catastrophe aérienne, Ward refusa d'adopter le mode de vie des autres reporters. Son bureau était impeccablement rangé et il vérifiait compulsivement tous les faits ; il travaillait pendant des heures au-delà des horaires normaux et ne remplissait jamais aucun formulaire pour se faire payer ces heures supplémentaires.

Tout cela fut mal compris et lui fut reproché par les autres reporters qui, face à son acharnement, ne devinèrent pas que, lorsqu'il ne travaillait pas à un article, mon frère était incapable de demander quoi que ce soit.

On pensait dans la salle de rédaction que Ward avait décroché son emploi grâce à l'influence de mon père ; je ne sais pas si c'est vrai – les rédacteurs en chef et les patrons de presse embauchent très souvent les enfants de leurs confrères et je ne suis pas sûr que mon père, malgré son éthique affichée, ait été au-dessus de ces compromissions –, mais je suis certain que Ward n'en avait pas conscience. Il n'aurait jamais pris le risque de se retrouver dans une position aussi embarrassante.

Personne ne redoutait davantage que lui de se retrouver dans une position embarrassante.

Néanmoins, l'article sur la catastrophe du Vol 119 installa la réputation de Ward auprès des autres reporters, qui eurent l'honnêteté de reconnaître qu'il avait accompli un exploit dont eux-mêmes n'auraient peut-être pas été capables – un avion qui vient de s'écraser, encore bourdonnant et chaud de la friction de la collision, rempli de carburant, combien d'entre eux seraient montés par le trou béant de la carlingue, à l'endroit où la queue avait été arrachée, avant de parcourir la cabine sur toute la longueur dans l'obscurité ? Mais il ne voulait pas de compliments et il ne trouva rien à répondre quand, le lendemain matin, ils s'approchèrent de son bureau pour le féliciter.

Il ne pouvait rien donner et ne pouvait rien recevoir, sauf lorsqu'il enquêtait sur un sujet.

Pour mon frère, un article avait ses impératifs et, en se soumettant à ces impératifs, il réussissait à aborder des problèmes intimes dont il n'aurait jamais parlé en d'autres circonstances.

UNE SEMAINE après la publication en première page de l'article sur la catastrophe du *Miami Times*, Ward et Yardley Acheman furent convoqués dans un bureau où quatre rédacteurs en chef en chemise blanche étaient assis autour d'une longue table, fumant des Camel, retirant de menus brins de tabac du bout de leur langue.

Après quelques minutes de conversation à bâtons rompus – Yardley Acheman était aussi brillant que les rédacteurs en chef sur ce chapitre qui avait le don de mettre mon frère mal à l'aise –, le rédacteur en chef le moins élevé dans la hiérarchie leur annonça leur promotion : Yardley Acheman et mon frère étaient libérés de la corvée des infos locales et travailleraient désormais en équipe.

Selon un des principes fondamentaux de la presse, toutes les décisions, et surtout les décisions personnelles, sont annoncées au niveau le plus proche de l'individu concerné. Conformément à ce principe, le rédacteur en chef, par exemple, ne vient jamais dire au chef des infos locales comment utiliser ses reporters.

Si tel n'était pas le cas, les reporters – qui recherchent instinctivement l'autorité la plus élevée – iraient voir le rédacteur en chef, au lieu du chef des infos locales, pour se plaindre de ce que leurs missions ne sont pas en rapport avec leurs talents, ou de ce que leur article a été massacré. Et, sur les cent raisons qui font qu'il vaut mieux être rédacteur en chef plutôt que rédacteur des infos locales, éviter toute discussion à cause d'un article massacré est l'une de celles qui figurent en tête de liste.

JE NE TRAVAILLAIS pas encore depuis deux mois sur l'itinéraire du nord du comté quand le Vol 119 s'écrasa dans les Everglades. Il fallut attendre ensuite sept semaines pour que paraisse l'article suivant de Ward et de Yardley Acheman. C'était le compte rendu minutieux d'un bizutage à l'université de Miami, qui s'acheva par la noyade d'un jeune homme dans un bain à remous.

Comme pour l'accident d'avion, Ward s'aventura en première ligne tandis que Yardley Acheman conservait la distance dont il avait besoin pour ménager ses effets de perspective.

Au fil des semaines qu'ils passèrent à rassembler tous les éléments de leur enquête, Ward fut menacé par les membres de la fraternité estudiantine et, un soir, il fut attaqué et battu par une demi-douzaine d'entre eux, devant leur maison. Il ne réussit pas à les reconnaître. Après leur départ, il gagna l'hôpital en voiture, se fit faire quinze points de suture à la paupière et fut de retour devant leur porte le soir même.

Ensuite, les pneus de sa voiture furent crevés à coups de couteau et son téléphone se mit à sonner à n'importe quelle heure de la nuit. Lorsqu'il décrochait, il n'y avait jamais personne à l'autre bout du fil.

Et chaque matin il était là, présent dans les parages de la maison de la fraternité comme la mort en personne. Les coups de téléphone anonymes, les passages à tabac, les pneus crevés – ce n'était pas le genre de chose qui effrayait mon frère.

L'AVOCAT DE LA FRATERNITÉ avait réussi à éviter que ses clients ne passent en justice après la noyade. Il obtint alors une injonction du tribunal interdisant à Ward et à tous les autres journalistes du *Miami Times* de s'approcher à moins de cent mètres de la fraternité.

Ward obéit à cette injonction : il définit trigonométriquement la limite des cent mètres, puis attendit juste au-delà deux jours par semaine, leur rappelant qu'il était toujours là chaque fois qu'ils entraient dans leur maison ou qu'ils en sortaient.

Les autres jours, il les attendait à la porte de leur salle de cours. Il leur téléphonait à la maison de la fraternité, il leur écrivait aussi bien à leur domicile qu'à l'université. L'avocat obtint une autre injonction du tribunal, lui interdisant les lettres et les appels téléphoniques.

Mais c'était trop tard, mon frère avait déjà reçu une réponse par courrier. L'auteur en était un footballeur massif, aux cheveux longs, nommé Kent de Ponce, qui rencontra Ward dans la maison de ses parents, à Coral Gables, et lui permit d'installer un magnétophone entre eux sur la table pour enregistrer leur conversation. J'ai écouté tant de fois cette bande qu'aujourd'hui j'entends parfois ces voix dans le bourdonnement des pneus qui roulent sur l'asphalte.

Le footballeur est assis tellement près du magnétophone qu'on peut même entendre sa respiration. Il boit de la bière et s'excuse sans cesse – de ne pas avoir parlé plus tôt à Ward, du rôle qu'il a joué dans le passage à tabac de Ward, de boire trop de bière, de ne pas en avoir proposé une à Ward, d'être resté au bord du bain sans réagir pendant qu'un garçon d'un an ou deux de moins que lui était maintenu sous l'eau et se débattait jusqu'à ce que ses membres ne remuent plus et que son corps sorti de l'eau devienne deux fois plus lourd que quand on l'y avait plongé quelques minutes plus tôt.

Il s'excuse de tout cela comme si Ward avait le pouvoir de lui pardonner.

Il pleure en parlant et, de cela aussi, il s'excuse.

Les frères, dit-il – voilà comment il appelle les membres de la fraternité, les « frères » –, étaient saouls et ils ont perdu la notion du temps pendant que le bizut était sous l'eau. Ils ont cru qu'il faisait semblant de s'évanouir. Il se demande à voix haute s'il risque de perdre sa bourse. Le footballeur a le nez qui coule et renifle en faisant entendre des bruits mouillés de façon spasmodique ; à un moment, de la morve tombe de ses lèvres sur le magnétophone. Ça le fait rire et il essaie en même temps de s'excuser.

« Bon Dieu, je suis désolé, vieux… »

« Tu sais, vieux, dit-il plus tard en changeant d'avis à un moment vers la fin, je ne sais pas si j'ai raison de faire ça… »

Il y a un silence sur la bande, car il comprend qu'il est déjà trop tard.

Lorsqu'il reprend la parole, c'est comme s'il testait une idée sur Ward :

« La seule chose que je pourrais faire maintenant, dit-il, ce serait de te briser la nuque et de dire que je t'ai pris pour un cambrioleur. »

Ensuite, la bande reste longtemps silencieuse, puis il reprend :

« Excuse-moi, vieux, je sais plus ce que je dis. »

En attendant la fin de ce long silence – j'ai beau avoir écouté cette bande tellement de fois, je tends toujours l'oreille pour entendre les mots qui y mettent fin –, je pense à mon frère et je me demande si, quand il était dans ce salon de Coral Gables avec le footballeur alors que la violence était sur le point d'exploser, il était fasciné par ces étranges moments électriques qui précèdent le passage à l'acte.

Si c'était par ça qu'il était fasciné.

Ward rencontra de nouveau ce footballeur le lendemain dans un restaurant proche de sa maison, pendant que Yardley Acheman, qui travaillait dans le périmètre légal, prenait des notes sur les chaussures luxueuses du footballeur, sur sa voiture, sur les maisons qui bordaient la rue où ses parents vivaient. Sur sa coupe de cheveux à dix dollars.

Dans l'article que le journal publia, ces détails ainsi que d'autres décrivant l'apparence et les biens d'autres membres de la fraternité – le récit commence par la description d'un parking plein de Jeep et de Mustang décapotables – occupent une place importante qui, à l'examen, semble oblitérer jusqu'aux circonstances de la noyade proprement dite. L'article est écrit comme si Yardley Acheman voulait prouver que son point de vue était aussi important que les éléments établis par l'enquêteur.

Nulle part il n'était fait mention de la voiture du mort, ni du quartier où habitaient ses parents, ni des avantages matériels dont il jouissait. Il était absous de tout cela, paré d'une pureté familière à tous les lecteurs de journaux, qui ont toujours accepté d'oublier ce qu'ils savent de la nature humaine pour croire que les gens dont on parle dans ces articles sont différents de ceux qu'ils connaissent dans la vie.

À l'exception, bien sûr, des lecteurs qui ont eux-mêmes été des victimes. Aucun individu à qui ce genre d'histoire est arrivée et qui en lit ensuite le récit ne fait plus jamais confiance aux journaux comme auparavant.

D'un autre côté, je suppose que pour ceux qui l'aimaient le jeune homme noyé était pur et, si la décision m'incombait, je ne leur retirerais jamais cet éventuel réconfort au nom de la véracité d'un récit. Mais même si ça n'a jamais été écrit noir sur blanc, il est néanmoins évident que, sans sa noyade, ce garçon aurait certainement été là un an plus tard, saoul, tandis qu'on amenait des bizuts entravés, un bandeau noué sur les yeux, et qu'on les jetait dans un bain rempli d'eau glacée.

Même si ça n'a jamais été écrit, une partie de l'histoire de ce jeune mort, c'est qu'il désirait appartenir au groupe de ceux qui l'ont noyé.

PEU AVANT le lever du jour où l'article sur la fraternité fut publié dans le journal, mon frère et Yardley Acheman furent piégés à cent soixante-douze kilomètres à l'heure par le radar d'un policier, dans Alligator Alley, alors qu'ils entraient sur le territoire des Indiens Miccosukee.

Pour des raisons que Yardley Acheman ne comprenait pas, ils retournaient sur les lieux de la catastrophe aérienne. Ward, qui était ivre, disait seulement qu'il désirait vérifier un détail.

LE LENDEMAIN MATIN, lorsqu'il sortit de prison après avoir promis de se présenter au tribunal et qu'il s'assit au soleil sur un banc devant le palais de justice pour attendre Yardley Acheman – la boue séchée craquelait sur ses chaussures et la peau de son visage était tendue à cause du savon de la prison –, mon frère, s'il n'était pas encore célèbre, allait bientôt le devenir.

Yardley Acheman arriva avec sa petite amie, un mannequin, qui conduisait la voiture parce qu'on lui avait retiré son permis, à lui aussi, pour conduite en état d'ivresse.

« Le téléphone a sonné toute la matinée, dit-il sans s'attarder sur le fait que mon frère avait passé la nuit en prison. Le monde entier nous aime. »

Il était assis à l'avant, avec la fille ; mon frère monta donc derrière. La fille lui lança un bref coup d'œil dans le rétroviseur, comme si elle redoutait ce que risquait de faire là-derrière un homme tout juste sorti de prison.

Yardley Acheman se retourna pour s'agenouiller sur la banquette. Ses chaussures salirent le tableau de bord.

« Hé, protesta la fille.

– Maintenant, dit-il à Ward sans faire attention à sa voisine, nous pouvons aller partout dans le monde. N'oublie jamais ça. On peut aller où on veut. »

Puis il se retourna, se glissa vers la fille et laissa tomber un bras autour de ses épaules tandis qu'elle conduisait. Quelques secondes plus tard, il fit un clin d'œil à Ward et déplaça sa main vers la poitrine de la conductrice. *Où on veut.*

« Hé », fit-elle en le repoussant du coude tout en regardant à nouveau dans le rétroviseur.

Mais mon frère voyait que Yardley Acheman plaisait à cette fille et qu'il pouvait bien la toucher où il le voulait, même s'il y avait quelqu'un d'autre dans la voiture.

Yardley, me confia un jour mon frère, savait s'y prendre avec les filles.

FEUILLETANT LE *MIAMI TIMES* ce dimanche après-midi-là, mon père, qui portait toujours son chapeau de pêche, se redressa dans son fauteuil après la lecture de quelques paragraphes seulement. Il avait trouvé quelque chose d'intéressant. Puis il se pencha vers le journal, s'approchant peu à peu du texte comme si les caractères d'imprimerie y disparaissaient, puis il tourna les pages pour continuer l'article. De temps à autre, il interrompait sa lecture, notant l'endroit avec son doigt avant de s'appuyer contre le dossier de son fauteuil et de regarder le plafond pour savourer un détail qui lui semblait particulièrement délectable.

Quand il eut terminé, il regarda à nouveau le haut de la première page, puis il alla jusqu'au milieu du journal pour estimer la taille de l'article, réfléchir à sa mise en page, après quoi il le relut entièrement.

« Un modèle du genre », dit-il enfin.

Puis il posa le journal.

Ce jour-là, j'avais coupé l'herbe pendant deux heures et je sortais de la maison pour aiguiser les lames de la tondeuse à gazon avant la tombée de la nuit. Alors que je quittais la pièce, je le vis chercher une de ses pilules dans sa poche de chemise.

Quand je revins un peu plus tard, le journal était posé sur le repose-pieds devant son fauteuil, toujours ouvert à la page où s'achevait l'article sur le jeune étudiant noyé.

Je le trouvai dans la véranda, assis sur une vieille balancelle en bois attachée aux solives, buvant une bière. Le soleil déclinait. Anita Chester avait préparé le dîner avant de partir.

« Tu bois ? » fit-il.

Une question étrange, me sembla-t-il, compte tenu de ce qui s'était passé à Gainesville. Il voulait peut-être me demander si je continuais de boire après ce qui était arrivé.

« Une bière, de temps en temps, répondis-je.

– Alors va te chercher une bière », dit-il.

Et, alors que je faisais demi-tour pour aller me servir, il ajouta : « Ton frère est un vrai journaliste. »

Nous sommes donc restés assis dans la véranda pour boire à la santé de mon frère. L'odeur de l'herbe fraîchement coupée imprégnait mes chaussures, mon père faisait doucement osciller la balancelle, il souriait mais secouait aussi la tête d'un air soucieux de temps en temps, comme si le succès soudain de Ward en ce monde présentait des problèmes auxquels il n'avait pas réfléchi.

« La catastrophe aérienne, dit-il, ç'aurait pu être un coup de pot… » Je le regardai un moment, sans d'abord comprendre qu'il parlait de l'article publié dans le journal, et non pas de l'accident proprement dit. « Mais ce truc avec le garçon de la fraternité… c'est un prix Pulitzer. Je suis sans doute en train de vivre le plus beau jour de ma vie. »

Il s'arrêta, comme pour reconsidérer toute l'affaire sous un autre angle et dit quelques minutes plus tard : « Je me demande qui est ce Yardley Acheman. »

LE DIMANCHE SUIVANT, je coupai à nouveau l'herbe. Si je ne le faisais pas le dimanche, mon père, en rentrant de la pêche dans l'après-midi, filait droit au garage sans dire un mot et en ressortait avec la tondeuse à gazon – une machine mécanique aux lames rouillées et aux pneus lisses –, puis il la poussait et la tirait à travers le jardin, une petite réserve de comprimés de trinitrine dans sa poche de chemise pour se prémunir contre les attaques d'angine de poitrine.

Avant mon retour à la maison, il embauchait l'un des enfants du voisinage, mais maintenant que l'un de ses fils résidait sous son toit, il aurait été gêné qu'on le vît dépenser de l'argent pour ça.

J'étais dans l'arrière-cour à manier cette machine quand Ward téléphona. Je quittai mon carré de pelouse, pris une bière en passant devant le réfrigérateur et décrochai le téléphone. Je mis un moment à reconnaître sa voix. Je ne lui avais pas parlé depuis mon départ de Gainesville et il y avait quelque chose d'étrangement réservé dans la façon dont il s'adressait maintenant à moi, comme s'il se faisait autant de soucis que mon père pour ma santé mentale. La préoccupation principale ce printemps-là était le fait que j'aie craqué.

Mais il était difficile de savoir ce que Ward pensait ; il ne répondait jamais de manière directe.

Il n'avait aucun talent pour la conversation et n'avait jamais trouvé le moyen de dire ce qu'il ressentait. C'était comme si les gestes les plus banals – un sourire, un signe de tête – ne convenaient pas, trop imprécis peut-être, pour cet esprit terre-à-terre, épris d'exactitude. Il se tenait toujours à une distance que personne ne pouvait franchir.

« Comment ça va, en ville ? » demandai-je.

Pendant dix secondes, j'eus l'impression qu'on avait coupé la communication.

« Bien », dit-il enfin. Et après un autre silence, il demanda : « Tu ne nages pas, aujourd'hui ?

– Non. »

Dans le nouveau silence qui suivit, je me mis soudain à réfléchir à ce qui m'était arrivé à Gainesville, à ce qui changea un matin dans le bassin, quand les bruits se mirent à rebondir sur les murs et le plafond de telle manière que je ne réussissais plus à revenir à l'origine des choses… Comment vous expliquer ça ? J'étais terrifié à l'idée qu'il n'y avait pas d'origine. Que j'étais dispersé, et non plus intact.

L'entraîneur de natation, un immigré hongrois qui avait été blessé au cours de l'invasion soviétique, me dit d'arrêter dix minutes plus tard et tapota mon front comme s'il s'agissait d'une porte grillagée en me disant que j'avais du talent, mais que je n'arriverais jamais à rien tant que je n'apprendrais pas à m'engager pour de bon dans la natation. À me donner à fond dans cette discipline.

« Je vais chercher W.W. », dis-je.

C'est ainsi que mon père – William Ward James – se faisait appeler par tout le monde, sauf par Anita Chester, qui l'appelait Monsieur James, et par de vieux amis qui l'appelaient « World War* ».

Mais c'était à une autre époque et en un autre lieu.

« Attends une minute », me dit Ward.

J'attendis donc en craignant qu'il ne m'interroge sur Gainesville. Plusieurs secondes passèrent.

« Comment vas-tu ?

– Tout va bien.

– W.W. a dit qu'il t'avait mis sur le circuit nord du comté.

– Six jours par semaine. »

Le *Moat County Tribune* ne paraissait pas le dimanche. Quelques années plus tôt, mon père avait essayé pendant huit mois de lancer une édition dominicale du journal et il avait bien failli couler son entreprise.

« Tu veux un boulot ? dit-il doucement.

– Conduire un camion ?

– Non, dit-il, pas un camion. »

La ligne redevint silencieuse.

« Une voiture, dit-il enfin.

– La voiture de qui ?

– Je ne sais pas, une voiture de location… »

Quelque chose restait en suspens.

« Tu n'as pas besoin de moi pour conduire une voiture de location, Ward, dis-je.

– Si, répondit-il, j'ai besoin de toi. »

* Guerre mondiale.

41

JE NE SUIS PAS SÛR que mon père s'était fixé une date exacte, – durant presque toute sa vie il avait travaillé au jour le jour, sur un mode qui était le rythme fondamental des journaux, et il était très heureux de mesurer son temps selon les éditions quotidiennes, et très malheureux lorsqu'il lui fallait penser à plus long terme, comme le réclamaient les aspects économiques de son entreprise –, mais il m'avait très tôt semblé évident qu'il voulait que Ward reprenne son journal.

La façon dont il imaginait ce jour-là – une cérémonie quelconque, sans aucun doute – restait une constante, je crois, alors même que les choses se transformaient autour de lui.

Il s'était toujours fait au changement, mais il maintenait l'instant de la récompense à l'écart du reste : parfait, immaculé, avec la netteté dont les choses apparaissaient dans ses histoires.

Et jusqu'à ce que mon frère téléphone de Miami afin de me proposer de travailler pour lui comme chauffeur, je n'avais jamais imaginé participer un jour à la grande cérémonie des adieux de mon père. Au mieux, j'occuperais une place dans les premiers rangs des spectateurs où je côtoierais sans doute ma mère et son nouveau mari pour assister à cette passation des pouvoirs.

Mais quand, au cours d'un dîner la même semaine, je mentionnai que Ward m'avait proposé un boulot pour lequel je ne serais pas obligé de me lever à deux heures et demie du matin, mon père, machinalement, posa sa fourchette près de son assiette, puis se mit à regarder au-delà de moi, par la fenêtre. Je me rappelai le regard qu'il avait eu, l'année où ma mère était partie.

Il prit son canif, ouvrit la lame, puis en essaya le tranchant contre son pouce. Ensuite, tout aussi machinalement, il glissa la main dans sa poche afin d'en sortir une pilule pour le cœur. Depuis quelque temps, il en prenait souvent ; il était parfois difficile de savoir ce qui le rendait heureux.

Anita Chester franchit la porte quelques instants plus tard, regarda la nourriture qui refroidissait dans l'assiette de mon père, puis l'éclat vitreux de ses yeux.

« Votre repas ne vous plaît pas, Monsieur James ? demanda-t-elle.

– Non, tout va bien », dit-il sans quitter la fenêtre du regard.

La pilule qu'il avait prise produisait déjà ses effets bénéfiques.

« Alors, mangez », ordonna-t-elle avant de retourner dans la cuisine.

Hésitant à lui désobéir, il saisit sa fourchette et baissa les yeux vers son assiette. Du gombo, des pois, des morceaux de jambon, le tout agglutiné en un monticule. Elle rapportait chez elle ce que nous ne mangions pas. Lorsqu'il toucha le petit monticule et en brisa la croûte, la vapeur monta aussitôt de la nourriture vers son visage et embua ses lunettes.

Il reposa sa fourchette où était planté un morceau de jambon.

« Je pensais que tu resterais ici », dit-il enfin.

Ses yeux firent rapidement le tour de la pièce, comme pour me signifier que la maison serait très vide.

« Je ne vais pas à Miami, dis-je. Ward vient ici. »

Mais il ne sembla pas m'entendre.

« Tout le monde s'en va, dit-il.

– Je ne m'en vais pas. » Je prononçais ces paroles lentement. Il me regarda comme s'il ne savait pas qui j'étais. « Ward cherche quelque chose ici, dans le comté de Moat. Il a besoin de quelqu'un pour le conduire. »

Il prit son verre et en but toute l'eau. Lorsqu'il le reposa sur la table, mon père était de retour dans la pièce.

« Pourquoi ne peut-il pas conduire lui-même ? » demanda-t-il.

Je secouai la tête, peu désireux de lui répondre.

« Tout ce que je sais, c'est que Yardley Acheman et lui vont rester dans le coin pendant quelques semaines.

– Et ensuite ? » dit-il.

Anita Chester revint, elle observa l'assiette de mon père et son canif ouvert à côté, puis elle posa les mains sur ses hanches.

« Vous comptez manger votre dîner ou le torturer ? dit-elle. J'ai pas que ça à faire. »

Sans un mot, mon père saisit l'assiette pleine et la lui tendit. Elle la prit avec la mienne, puis disparut à nouveau dans la cuisine. Quelques instants plus tard, nous l'entendîmes faire la vaisselle.

« Et ensuite ? » répéta mon père.

Je lui dis que je ne savais pas.

PLUS TARD CE SOIR-LÀ, après avoir lu les journaux, mon père se leva de son fauteuil, alla à la cuisine, puis en revint avec une bière et une bouteille de vin. Un seul verre. Il me tendit la bière s'assit, et versa du vin dans le verre.

« Quand j'étais jeune et que je débutais dans ce métier, dit-il, il y avait un secrétaire de rédaction que je connaissais au *Times-Herald* de New York. Il s'appelait Henry McManus, il venait de Savannah, en Géorgie, et il est, aujourd'hui encore, l'être humain le plus soigneux que j'aie jamais vu dans une salle de rédaction. Il se faisait couper les cheveux chaque semaine, gardait ses manches de chemise boutonnées jusqu'aux poignets et n'élevait jamais la voix. »

Mon père but une gorgée de vin, puis il me regarda pour voir s'il m'avait déjà raconté cette histoire. Je ne m'en souvenais pas, mais en tout cas ce n'était pas l'une de ses vieilles rengaines avec Ralph McGill dans le rôle principal. Mon père sourit et laissa sa tête basculer en arrière jusqu'à ce que sa nuque repose à l'endroit du dossier où le capitonnage était taché.

« Il étiquetait son pot de colle pour éviter que les autres rédacteurs ne l'utilisent et en nettoyait les coulures avant qu'elles ne durcissent, dit-il. Il était à ce point soigneux. » Il s'arrêta pour repenser au pot de colle de Henry McManus. « Et tout le monde l'admirait, les autres rédacteurs respectaient sa colle et ne s'en servaient jamais, même lorsqu'il n'était pas là pour la protéger.

« Henry était plus âgé que moi. Il avait peut-être trente-cinq ans, ce qui me paraissait très vieux, et il avait déjà travaillé pour une douzaine de journaux. Pourtant, il parlait avec tout le monde, du patron aux garçons de bureau, avec une politesse et un respect qu'on trouve rarement dans une salle de rédaction. Il était rapide et efficace pour la copie ; quelques-uns parmi les jeunes Turcs que nous étions à cette époque, assis au bar d'en face après avoir rendu notre papier, nous demandions pourquoi il n'était jamais monté en grade.

« Il avait l'étoffe d'un rédacteur en chef adjoint, il connaissait la ville aussi bien que n'importe quel reporter, même s'il y résidait depuis à peine plus d'un an. Nous avons fini par décider que Henry McManus n'avait pas envie de monter en grade, moyennant quoi il passait souvent d'un journal à l'autre. »

J'acquiesçai tandis que mon père buvait son vin, me demandant si c'était la fin de l'histoire. Puis il sourit encore en se la remémorant.

« Il y avait une fête pour Noël, reprit-il. Nous sommes passés à l'appartement de Henry pour le prendre, contre son gré. Nous l'avons obligé à boire un verre, puis nous avons attendu dans son salon qu'il ait pris une douche et se soit habillé. En chemin, nous lui avons fait boire un autre verre, qu'il a accepté plus volontiers, et puis un autre… »

Anita Chester entra dans le salon avec son sac à main.

« Je m'en vais », dit-elle.

Dérangé, mon père lui adressa un signe de tête en essayant de ne pas perdre le fil de son histoire. Elle releva le menton d'un centimètre, puis tourna les talons. La porte grillagée claqua derrière elle. Mon père détestait entendre claquer une porte grillagée.

Il marqua une pause, comme s'il attendait que reflue une douleur dans sa poitrine, puis il reprit son récit exactement là où il l'avait interrompu.

« À la fête, Henry resta dans un coin, raide comme un piquet, buvant du punch que quelqu'un avait additionné de vodka. Il parlait seulement lorsqu'on lui adressait la parole, il serrait des mains et souriait tandis que les patrons disaient du bien de lui à leur femme… »

Mon père marqua une autre pause et finit le vin qui restait dans son verre avant de le remplir à nouveau.

« Il lui arriva alors une chose bizarre, dit-il d'une voix douce qui portait encore la trace de la stupéfaction. Il était resté jusqu'alors là, adossé au mur, et tout à coup il se transforma en un chien enragé à la gueule écumante.

« Il bondit vers un rédacteur en chef, puis sur un autre, qu'il saisit à la gorge. Plusieurs d'entre nous ont tenté de le maîtriser, mais il se libérait à chaque fois – il était aussi fort que trois d'entre nous qui essayions de le retenir –, il a repoussé une femme en voulant s'en prendre à son mari. Elle se mêla à la bagarre, ce qui déclencha apparemment une nouvelle réaction chez lui, car il se mit à crier "Juifs" : "Youpins", des injures inimaginables, qu'il hurlait… »

Mon père s'interrompit à nouveau, puis il secoua lentement la tête.

« Il ne vint même pas toucher son chèque, dit-il, il

disparut purement et simplement. Des années plus tard, j'appris qu'il était parti pour Chicago où il avait travaillé six mois dans une salle de rédaction avant de recommencer son cirque… »

Mon père me regarda.

« C'était un vrai journaliste, dit-il, mais certaines personnes ne devraient jamais quitter Savannah. »

Je restais assis, immobile, en me demandant ce qu'il avait appris sur mon expulsion de Gainesville et s'il pensait que, moi aussi, je faisais partie de ces personnes qui ne devraient jamais quitter Savannah.

AYANT SES PROPRES RACINES dans la banlieue de Miami, ce qui revient à dire qu'il n'avait pas la moindre racine, Yardley Acheman arriva dans le comté de Moat sans avoir beaucoup d'estime pour les sensibilités locales. Rien ne paraît plus absurde que la tradition à ceux qui n'en ont aucune.

Il descendit du bus à Thorn, sans chemise, ses cheveux bruns et bouclés tombant presque jusqu'aux épaules, portant une machine à écrire Underwood. Elle pesait sans doute une bonne dizaine de kilos. Mon frère descendit du bus après lui. Les habitants de la ville étaient bien sûr habitués aux cheveux longs – nous étions en 1969 –, mais aucun n'avait jamais vu un homme descendre du bus Trailways avec une machine à écrire, et même Hal Sharpley, le célèbre clochard de Thorn, s'écarta de lui lorsqu'il s'assit sur son banc pour nouer ses lacets de chaussures.

Yardley Acheman était plus petit que mon frère, et plus bruyant, et durant le dîner il interrompit les histoires de mon père avec ses propres anecdotes, qui n'étaient pas aussi bonnes ni aussi peaufinées. J'en fus bizarrement vexé – non parce qu'il coupait la parole à mon père, mais à cause de la nature destructrice de son intrusion. C'était comme si les milliers d'heures que mon frère et moi avions passées à la table du dîner en écoutant poliment toutes ces histoires déjà ressassées avaient été vaines.

Il but bière sur bière, longtemps après que mon père se fut excusé et fut parti se coucher, et il sentait la bière le lendemain matin, sur la route de Lately. J'avais emprunté l'un des camions de livraison de mon père et nous roulions lentement. Une équipe de cantonniers réparait six kilomètres de chaussée juste à la sortie de Thorn et Yardley Acheman regardait de temps à autre par la fenêtre pour avoir un aperçu du paysage – la large rivière marron, un ancien parking de caravanes dissimulé dans les pins, un petit groupe de cabanes où les planteurs d'agrumes logeaient les Jamaïcains pendant la récolte.

« Nom de Dieu, disait-il. Nom… de… Dieu. »

Il mit la radio, changea de station, passant de l'une à l'autre, puis il l'éteignit. Il posa les pieds sur le tableau de bord.

« Nom… de… Dieu. »

Ward était assis entre nous, le changement de vitesses entre les jambes, et lui aussi regardait la campagne. À voir son expression, il n'aurait pas été impossible que mon frère ait lui aussi pensé *Nom… de… Dieu*. Il n'était pas rentré à la maison depuis longtemps, tout était maintenant différent pour lui.

MON FRÈRE et Yardley Acheman prirent deux chambres à l'hôtel Prescott de Lately et payèrent un mois d'avance. Mme Prescott, qui dirigeait l'établissement depuis la mort subite de son mari l'été précédent, resta debout et sourit poliment alors que Yardley signait le registre – sans qu'on le lui ait demandé –, puis elle examina longuement la signature comme si ce paraphe contenait une information cruciale pour savoir si elle devait, ou non, accueillir ces jeunes gens qui venaient de franchir sa porte.

« Y a-t-il un problème ? » dit Yardley d'une voix trop forte pour la pièce.

Elle sursauta, leva les yeux du registre, sourit, puis secoua la tête.

« Vous n'êtes que deux à rester, dit-elle en me regardant rapidement.

– Seulement nous deux », répondit mon frère.

Elle hocha la tête, puis examina de nouveau la signature.

« Mon mari accueillait toujours les nouveaux clients…

– Y a-t-il un problème ? répéta Yardley. S'il y a le moindre problème, madame, nous pouvons très bien aller ailleurs.

– Non, dit-elle en prenant la carte de crédit qu'il avait laissé tomber sur le bureau. C'est simplement que mon mari accueillait toujours les nouveaux clients. Je ne sais pas encore très bien comment m'y prendre… »

Yardley Acheman dévisagea la femme tandis qu'elle cherchait la machine de l'American Express et qu'elle y faisait glisser deux fois la carte de crédit – la première fois à l'envers. Les doigts de la femme tremblaient sous le regard de Yardley Acheman.

Elle leur donna deux chambres au premier étage, avec une salle de bains commune. Les chambres sentaient l'humidité ; le linoléum de la salle de bains était gondolé près de la baignoire et il se soulevait le long des murs. Au-dessus du radiateur, il y avait une fenêtre scellée par la peinture et qui refusa de s'ouvrir, même quand Yardley Acheman monta sur le radiateur pour essayer de la forcer.

« Elle doit nous arranger ça », dit-il sans s'adresser à personne.

J'échangeai un bref coup d'œil avec Ward, puis mon frère tourna les talons et partit dans sa chambre.

Il y avait là, contre le mur le plus éloigné, un vieux lit aux montants de cuivre et, au-dessus, le *Notre Père* accroché dans un cadre. Tout autour du *Notre Père*, la peinture avait cloqué, elle s'écaillait et se détachait par fragments, comme si la bataille entre le Bien et le Mal avait eu lieu précisément là.

Un ventilateur mobile était posé dans un angle de la chambre, face à la porte, et un autre, plus petit, trônait sur le bureau.

Ward ouvrit sa valise, puis les tiroirs du bureau. Il les examina pendant quelques instants, puis il retourna dans la salle de bains et mouilla une serviette. Toujours agenouillé sur le radiateur, Yardley Acheman tapait maintenant sur la fenêtre pour essayer de l'ouvrir. Ce vacarme se répercutait dans toute la maison – je m'en aperçus une seconde avant l'arrivée de Mme Prescott, rubiconde et légèrement essoufflée, qui frappa doucement sur la porte ouverte derrière nous.

« Est-ce que tout va bien ? » s'enquit-elle.

Yardley Acheman arrêta de cogner et se retourna vers elle, tenant toujours d'une main le châssis de la fenêtre, et il la regarda jusqu'à ce qu'elle recule d'un pas et retourne dans le couloir.

« Il essayait d'ouvrir la fenêtre, expliqua mon frère.

– Je crains que cette fenêtre ne s'ouvre pas, dit-elle, mais si doucement que j'entendis à peine ses mots. Les fenêtres de vos chambres s'ouvrent. »

Yardley Acheman descendit lentement du radiateur, dont les cannelures métalliques étaient imprimées aux genoux de son pantalon.

« C'est une fenêtre, dit-il. Elle s'ouvrira. »

Mme Prescott sourit sans regarder personne dans la chambre, puis elle secoua la tête.

« Personne ne l'a jamais ouverte », dit-elle avant de partir.

Mon frère retourna dans sa chambre et nettoya les tiroirs avec la serviette, retournant deux fois dans la salle de bains pour rincer la crasse. Yardley Acheman s'éloigna de la fenêtre récalcitrante pour le suivre, s'asseoir sur le lit et le regarder travailler.

« C'est à elle de faire ça, dit-il. Peu importe où se trouve cet hôtel, tu n'es pas censé nettoyer ta chambre avant de t'y installer. C'est ça, l'intérêt des hôtels… »

Yardley Acheman n'avait pas ouvert les tiroirs de son propre bureau. Ses affaires étaient toujours à l'intérieur de deux grosses valises luxueuses en cuir, abandonnées au milieu de sa chambre. Il avait posé sa machine à écrire sur une table d'aspect bancal, près de la fenêtre recouverte d'un store décoloré par le soleil. La lumière, qui filtrait à travers, teintait la pièce de jaune.

Mon frère finit de nettoyer les tiroirs, puis il y rangea soigneusement ses vêtements, répartissant chaussettes, sous-vêtements et chemises exactement comme notre mère nous avait appris à le faire à la maison. Il referma les tiroirs avec précaution, pour ne pas déranger l'ordre de ses affaires, puis il mit ses valises dans le placard.

Yardley Acheman observait la scène à partir du lit.

« Tu sais, Jack, dit-il, s'adressant davantage à Ward qu'à moi, il y a une rumeur qui circule selon laquelle ton frère est un compulsif. »

C'était le genre d'individu qui aimait lancer une insulte bon enfant en présence d'une tierce personne qui accuserait une partie du choc. C'était aussi le genre d'individu qui aimait les névroses à la mode, celles dont on parlait dans la rubrique « société » des magazines.

Mon frère le regarda, comprit qu'il s'agissait d'une blague, et sourit lentement. Un sourire peu naturel, comme s'il lui avait fallu se concentrer un moment pour se rappeler la manière dont on déclenchait ce genre de mécanisme.

En sortant, nous sommes passés devant le petit appartement du rez-de-chaussée où Mme Prescott habitait. La porte était ouverte, elle était assise à l'intérieur et regrettait de nous avoir laissés entrer.

PLUS TARD ce même jour, Yardley Acheman et mon frère installèrent leur bureau dans une grande pièce, au-dessus du Moat Cafe, dans l'est de la ville. Récemment, on s'était efforcé de modifier l'aspect du toit du bâtiment pour le faire ressembler à celui d'un château, une attraction destinée aux touristes traversant la ville pour rejoindre les grandes plages du sud, ou en revenir. Cette modification fut adoptée bien que ce café, cette rue et le comté tout entier n'aient aucun rapport avec des châteaux, puisqu'ils portent tous le nom de Luther Moat, un marchand d'esclaves qui possédait jadis les terres aujourd'hui occupées par la ville.

La transformation du Moat Cafe en château fut abandonnée sans doute à mi-chemin, et la seule partie terminée – une tour dont le toit évoquait un bonnet d'âne – abritait tout en haut une petite pièce, que le propriétaire du bâtiment avait louée par téléphone au *Miami Times* pour trente dollars par mois. Cet endroit empesta les oignons cuits pendant toute la durée de notre séjour.

Mon frère et Yardley Acheman apportèrent deux lourds bureaux en bois, achetés à l'intendance scolaire du comté de Moat et entaillés d'une bonne centaine d'initiales, deux chaises en bois qui perdaient leurs roulettes dès qu'on les déplaçait, un petit réfrigérateur et un canapé en cuir. L'ensemble occupait peut-être un quart de l'espace du camion et avait glissé de l'endroit situé près de la porte où ils l'avaient chargé (impossible d'apprendre à des reporters à charger un camion ; selon eux, si les déménageurs étaient si malins que ça, pourquoi ne devenaient-ils pas reporters ?) vers la paroi du fond, que les meubles avaient heurtée avec un boucan aussi assourdissant que lorsqu'on rentrait dans le quai de chargement en marche arrière, une bévue que j'avais commise lors de mon premier jour de travail au *Tribune*.

Ils montèrent eux-mêmes les meubles, s'éraflant les phalanges en négociant le virage du palier, écaillant la peinture des murs tout le long des marches, décapitant une décoration en bas de la rampe d'escalier. Yardley suait sang et eau.

Je fus témoin de ce spectacle – de sa première moitié, en tout cas – car je restai près du camion qui était garé devant la porte du café.

Ni Yardley Acheman ni mon frère n'avaient accompli le moindre travail physique pendant leur vie adulte, et ils arrivaient devant la porte étroite, en portant par exemple le canapé, avant de s'apercevoir qu'ils ne pouvaient pas le faire entrer de côté. Je les aurais volontiers aidés, mais le camion était garé dans une zone réservée aux livraisons – il s'agissait, j'en étais certain, de la seule zone de livraison de Lately – et mon frère tenait à ce que je reste à proximité au cas où quelqu'un aurait eu besoin de se garer là pour charger son véhicule.

Le remplir d'oignons, j'imagine.

Il ne voulait pas se mettre à dos les propriétaires du café, la police ou encore la population, car une grande partie de son travail à Lately dépendrait des rapports que Yardley Acheman et lui-même entretiendraient avec les habitants du lieu.

Mon frère, qui avait grandi dans ce comté, savait que tout ce qui était étranger, même les choses ano-

dines ou à peine remarquables – ce que Yardley Acheman et lui n'étaient certes pas – irritait violemment les
autochtones. Et le fait de venir du sud du comté ne
changerait rien à ça.

Vous étiez du coin ou vous n'en étiez pas.

CHARLOTTE BLESS arriva à Lately alors que mon frère
et Yardley Acheman s'escrimaient à monter le second
bureau. J'étais installé depuis si longtemps dans la zone
de livraison, à guetter les véhicules, qu'une espèce de
chien retriever pantelant s'était couché à l'ombre du
camion pour se reposer.

Elle arriva dans un minibus Volkswagen rouillé,
immatriculé en Louisiane. Ce minibus, récemment
repeint à la vas-comme-je-te-pousse, surgit de l'est,
attirant mon attention à quatre cents mètres quand le
soleil se refléta sur son pare-brise plat au moment où
elle franchit la voie de chemin de fer.

À une rue de moi, elle se déporta vers la partie gauche
de la chaussée, ralentit, et se gara enfin à moins de deux
mètres de moi. La moitié gauche de son pare-brise était
teintée en bleu. Elle resta là un moment, à me dévisager
jusqu'à ce que je tourne la tête, puis elle descendit du
minibus. Elle portait un jean et une chemise sport rentrée
à l'intérieur avec une ceinture bien serrée et, en s'éloi-
gnant du véhicule, elle lissa sa chemise sur son ventre et
ses seins, puis elle secoua la tête pour répartir la masse
de ses cheveux dans son dos.

Elle passa devant mon camion sans m'accorder le
moindre regard, puis elle disparut hors de mon champ
de vision. Un instant plus tard, elle était de retour, son
visage apparut sous mon coude qui reposait sur le bord
de la fenêtre ouverte.

« C'est votre chien ? » dit-elle.

Cinq ou six décharges électriques me traversèrent le corps en même temps. Je ne l'avais pas entendue revenir, et après un coup d'œil appuyé à sa chute de reins qui s'éloignait, j'avais fermé les yeux pour essayer de conserver cette image le plus longtemps possible. Le chien était debout près d'elle, il la regardait en ouvrant la gueule et en agitant la queue, comme s'il espérait qu'une friandise quelconque allait tomber de sa poche.

« Non, m'dame », répondis-je.

Je regardai le chien, puis la fille. Vue de près, elle avait peut-être vingt ans de plus qu'en descendant de son minibus Volkswagen. Sa peau était moins fine et ridée à l'endroit où son cou disparaissait dans le col de chemise. Ces imperfections me redonnèrent courage, j'imaginai qu'elles me rendaient plus digne de cette femme. Je ne savais absolument pas qui elle était.

« Il était couché juste sous votre pneu », dit-elle.

Je sentis une accusation dans sa voix. Elle se baissa pour caresser la tête de l'animal. Elle portait une bague à chaque doigt. Alors le chien s'approcha lentement, il encercla sa jambe avec ses pattes et elle le repoussa tout aussi lentement, l'écartant d'elle au moment précis où il commença à se masturber.

Oui, elle savait s'y prendre avec les chiens.

Je me demandai si elle se montrerait aussi charitable envers moi. J'en doutai, car aucune de ces filles de Gainesville qui manifestaient de la compassion pour ce qui se passait dans la tête d'un animal n'éprouvait la moindre sympathie pour ce qui se passait dans la mienne, et à ce moment de mon existence, alors que je doutais de tout, cela m'aurait vraiment aidé.

Je tournai les yeux vers l'endroit où le chien était resté couché. Il ne se trouvait nullement à l'abri du pneu, ni devant lui, mais je n'allais pas discuter. D'une certaine manière, il suffisait qu'elle l'ait dit pour que ce soit vrai.

« Je le tenais à l'œil », expliquai-je.

Elle acquiesça lentement, comme si nous savions tous les deux que ce n'était pas vrai, ensuite elle regarda le Moat Cafe derrière moi, puis à gauche et à droite dans la rue.

« Je cherchais le bureau de Yardley Acheman, du *Miami Times* », dit-elle.

CHARLOTTE BLESS et le retriever attendaient près de ma portière que Yardley Acheman et mon frère redescendent. Son parfum m'enivrait et, si je n'avais pas l'intention de me comparer encore à cet animal d'un point de vue sexuel, il me vint à l'esprit qu'en des temps reculés, comme les chiens, nous étions surtout excités par l'odorat et qu'il y a certaines odeurs qui, tout au long de notre vie, semblent nous pousser à agir aussitôt que nous les percevons. Je ne pensais pas à la dinde rôtie au four, que l'on déguste, mais à quelque chose comme l'odeur de l'essence, qui m'a ému dès que je l'ai sentie pour la première fois. Mais qu'en faire ? La boire ? M'y baigner ?

Est-il possible que la première chose que j'aie jamais eu envie de baiser ait été l'essence ?

MON FRÈRE et Yardley Acheman apparurent dans l'encadrement de l'escalier qui menait vers leur bureau. Yardley s'assit sur la marche du bas, tétant alternative-ment une phalange égratignée et une bouteille de bière au long goulot qu'il tenait de sa main blessée, tandis que Ward retournait vers le camion pour en fermer la porte arrière. Mon frère ne vit pas Charlotte Bless avant qu'elle ne surgisse près de lui, alors qu'il tendait la main vers la poignée de la portière.

Elle aimait, semble-t-il, apparaître sans crier gare. Il sursauta en la voyant, puis rougit tandis qu'elle restait là, immobile, la tête légèrement inclinée, en le regardant se remettre de sa surprise. Soudain, il fit tout trop vite. Il sourit, hocha la tête, essaya de refermer la portière.

« Je m'appelle Charlotte Bless, dit-elle.

– Enchanté », répondit-il.

Elle le dévisagea sans ajouter un mot. Elle tenait à tester en permanence l'effet qu'elle pouvait avoir sur les hommes.

Ward referma la portière du camion, la verrouilla, puis laissa tomber les clefs par terre. Elle ne fit pas le moindre geste lorsqu'il se baissa pour les ramasser. Elle ne bougea pas, n'esquissant pas le moindre mouvement pour avancer ou reculer. Il se releva, le visage empourpré, vacillant sous son regard. Puis elle tourna la tête vers l'entrée où Yardley Acheman, toujours assis, tétait sa bière. Beau et lointain.

« Monsieur Acheman ? » fit-elle.

Dès le début, ce fut lui qu'elle préféra.

Il se leva lentement et quitta l'ombre pour se diriger vers le camion. Elle lui tendit la main – bombant la poitrine comme si elle venait d'apprendre à serrer la main – et il saisit cette main tendue, en regardant brièvement la fille de la tête aux pieds, la contemplant enfin en chair et en os. Il l'avait seulement vue en photo.

« C'est donc là ? » dit-elle en se tournant vers la façade de l'immeuble.

Yardley Acheman suivit le regard de la fille, puis il se retourna vers elle, comme s'il allait poser la même question.

Il finit sa bière et posa la bouteille sur le trottoir.

« Vous en voulez une ? proposa-t-il. Nous avons un réfrigérateur en haut.

– Je ne bois pas avant le coucher du soleil », dit-elle. Mais on pouvait penser qu'elle ferait peut-être une exception. Elle se dirigea vers l'arrière du minibus, ouvrit la portière, puis revint portant une pile de boîtes plates qui lui arrivait presque au menton. Elle hésita un instant, s'approcha de mon frère et de Yardley Acheman, puis, prenant une décision, tendit ces boîtes à mon frère qui les accepta sans demander ce qu'elles contenaient, préférant rester là en attendant qu'elle le lui dise.

« Ce sont mes dossiers, expliqua-t-elle avant de retourner vers le minibus. Venez, il y en a d'autres… »

J'attendis derrière Yardley Acheman les boîtes qui m'étaient destinées pour les monter jusqu'au bureau et je remarquai l'expression de Charlotte Bless quand elle lui tendit sa pile ; un coup d'œil rapide, quelque chose qui passait entre eux, puis elle lâcha la pile entre ses mains – il s'affaissa un peu sous ce poids soudain – et elle retourna dans le minibus pour y chercher ce que à mon tour, je devais porter.

CHARLOTTE BLESS avait comme projet à long terme d'épouser Hillary Van Wetter. C'était son but ultime. Elle le reconnut sans fausse pudeur dans le bureau, assise contre une pile de boîtes qui portaient le nom des Grands Magasins de la Maison Blanche et montaient à mi-hauteur d'homme contre le mur de la partie du bureau allouée à mon frère. Chaque boîte était fermée avec du ruban adhésif et généralement remplie à moitié, de plusieurs kilos de « dossiers ». Leur poids écrasait celles du bas si bien que le mur tout entier ressemblait à un empilement de sourires contraints.

Yardley Acheman était assis de l'autre côté de la pièce, sur une chaise et il se balançait jusqu'à toucher le mur derrière lui, les pieds croisés sur la table, buvant une autre bière. Il la regardait d'un air suggérant qu'il n'avait pas encore pris de décision. Ou peut-être essayait-il encore de s'habituer à son apparence. Elle avait l'air beaucoup plus jeune sur les photos qu'elle avait envoyées.

Si l'on s'intéresse à la manière dont les reporters trouvent leurs sujets, il ne faut surtout pas imaginer qu'ils remettent le compteur à zéro à chaque fois. Ils sont toujours fascinés par la même chose, seul compte l'endroit où ils la trouvent.

Mon frère et moi étions adossés à l'appui des deux fenêtres du bureau. Comme elles étaient ouvertes, je sentais l'odeur des oignons et, juste derrière, celle de son parfum.

Elle était assise aussi confortablement que dans son propre salon, les genoux remontés presque jusqu'au menton, les jambes entourées de ses bras.

« En dehors de mes sentiments personnels pour Hillary, dit-elle en regardant à nouveau Yardley, je suis venue ici pour réparer une injustice et rendre la liberté à un innocent. »

Yardley Acheman tapota doucement la bouteille contre sa lèvre, sans s'engager. Mon frère restait immobile et attendait la suite.

« C'est bien notre but, n'est-ce pas ? reprit-elle.

– Vous allez l'épouser, dit Yardley Acheman.

– Nous sommes fiancés », répondit-elle.

Je regardai rapidement ses mains en essayant de deviner laquelle de ses bagues aurait pu être un cadeau de Hillary Van Wetter. Celle qu'elle portait à l'index arborait une dent de lait en guise de pierre.

Yardley Acheman regarda mon frère.

« Ça ne change rien », dit-elle. La pièce resta silencieuse. « Qu'est-ce que ça change ? »

Mon frère bougea, attirant l'attention de Charlotte

Bless. Il sembla sur le point de parler, mais quelque chose le retint et il resta muet.

« Monsieur Acheman ? » fit-elle.

Elle se pencha en avant, dévoilant davantage sa poitrine. Il tapotait toujours la bouteille de bière contre sa lèvre, tout en réfléchissant.

« Rien », dit-il.

CHARLOTTE BLESS vit pour la première fois Hillary Van Wetter sur une photo de l'agence de presse UPI parue en première page d'un exemplaire du *New Orleans Times-Picayune* vieux de quatre jours, abandonné sur une table de la cafétéria à son travail.

Sur cette image, il portait des menottes et on lui faisait monter les marches du tribunal du comté de Moat, à Lately, où il était accusé de l'assassinat du shérif Thurmond Call.

Elle était assise à la cafétéria des employés de la poste principale de La Nouvelle-Orléans, dans Loyola Street. Le journal était déplié sur la table, privé de ses pages sportives puis abandonné là, maculé de haricots rouges séchés et de riz. Elle essuya les taches de nourriture puis examina la photo, qui était floue mais où l'on remarquait une certaine intensité dans l'expression de l'homme blond encadré par deux adjoints du shérif aux visages lunaires, et elle fut attirée par lui.

À en juger par les autres assassins, dont elle avait transporté les dossiers avec celui de Hillary Van Wetter dans son minibus Volkswagen, elle avait un faible pour les blonds.

Elle lut l'article sous la photo – quelques paragraphes seulement qui, pour l'essentiel, relataient la carrière du shérif Call – puis, à la fin de sa pause du déjeuner, elle déchira la photo et l'article et les glissa dans sa poche.

On pouvait se permettre de lire le journal à la cafétéria ; dans les salles de travail, cela constituait un délit et il y avait des vitres teintées au plafond, derrière lesquelles des surveillants observaient les trieurs de courrier, à l'affût de ce type de comportement délictueux.

Au préalable, l'ambition de Charlotte Bless avait été de finir sa carrière à la grande poste de La Nouvelle-Orléans, à l'étage des surveillants qui se tenaient derrière leurs vitres teintées. Ce travail lui convenait et elle avait décidé très tôt de refuser toute promotion en dehors de cette fonction.

Ce soir-là, elle lui écrivit sa première lettre, une prose éthérée, longue de cinq pages, où elle lui expliquait en détail comment elle était tombée sur sa photo, ce qu'elle faisait à la poste centrale, la nourriture sur la table que personne ne nettoyait jamais, et sa propre « perplexité » face à la pagaille des gens qui l'entouraient. Elle ne comprenait pas qu'un homme aussi net et bien rasé que Hillary Van Wetter ait pu se mettre dans un tel guêpier.

Elle fit une copie carbone de sa lettre et la rangea dans une boîte où elle traça les initiales H.V.W.

S'il n'était pas le premier assassin à qui elle écrivait, il était le premier à avoir employé un couteau. « Quant à moi, écrivit-elle à la fin de sa lettre en adoptant un ton étrangement familier, je suis certaine que, si l'on me poussait à tuer, je choisirais aussi la complicité d'une lame. »

Sa lettre demeura sans réponse.

Dans sa lettre suivante, elle écrivit qu'elle comprenait qu'il était au tout début de son voyage juridique – ce furent ses propres mots – et encore trop perturbé pour adopter un comportement social normal.

« Photogénique comme vous l'êtes, ajouta-t-elle, je suis sûre que vous recevez tellement de lettres que vous n'avez même pas le temps de les trier. »

PENDANT LES CINQ MOIS suivants, Charlotte se rendit chaque après-midi après son travail à la bibliothèque publique de La Nouvelle-Orléans et, recherchant le nom de Hillary Van Wetter, elle éplucha non seulement les pages du *Times-Picayune* et du *States-Item*, dont les informations dépassaient rarement le cadre de la Louisiane, mais aussi celles de l'*Atlanta Constitution*, du *Miami Times* et du *Tampa Times*.

À mesure que les journalistes se désintéressaient de l'affaire, elle rencontra de moins en moins souvent les noms de Hillary Van Wetter et du shérif Call, mais un peu plus tard, pendant le procès, elle fut récompensée par des comptes rendus quotidiens, qu'elle découpait dans les journaux, ainsi que chaque photo de Hillary Van Wetter, même lorsqu'il s'agissait d'une photo d'archive qu'elle possédait déjà.

Elle découpait aussi les photos du shérif Call, des avocats de la défense et de la partie civile, et des deux jurés qui furent interviewés et photographiés après le verdict. Elle regardait parfois les images de tous ces gens le matin, lorsqu'elle se réveillait en s'inquiétant pour Hillary. Les comparer à celles du condamné la rassurait. Toute sa vie, elle avait repoussé les avances d'hommes aux visages aussi mous.

Elle découpait ces photos à une petite table qu'on ne pouvait pas voir du bureau principal, en utilisant une paire de ciseaux à ongles aux lames arrondies qui laissaient dans la page un trou aux bords déchiquetés. Elle se sentait coupable de les voler ainsi ; un jour, dans la boîte à suggestions, elle glissa un billet anonyme réclamant un meilleur système de sécurité pour la bibliothèque, mentionnant les vitres teintées du plafond de la poste centrale.

Une fois de retour chez elle, Charlotte collait les articles et les photos sur du papier de format machine et les rangeait au fond de la boîte marquée H.V.W. Lorsque celle-ci fut à moitié pleine, elle en entama une autre.

Pendant tout ce temps, elle écrivit chaque semaine à Hillary Van Wetter à la prison du comté – de longues lettres délirantes, pleines de descriptions de la poste et des gens qui y travaillaient, des bruits qui traversaient la nuit les murs de son appartement dans le « Quartier français », de la manière dont elle l'avait perçu à la lecture d'un article ou sur une photo. Elle lui posait des questions, mais ne réclamait jamais la moindre réponse.

Il était encore trop tôt pour exiger.

Les autres tueurs qu'elle avait choisis avaient été des correspondants fidèles et ponctuels dès sa première lettre, avant même qu'elle leur ait envoyé sa photo, mais à la fin leurs lettres devenaient tellement interchangeables qu'elles en perdaient tout intérêt. Elle leur envoyait néanmoins des cartes polies pour les fêtes, mais elle oubliait même parfois d'ouvrir certaines grosses enveloppes qui arrivaient chez elle avec des numéros matricules en guise d'adresse d'expéditeur. Elles étaient toutes identiques, pleines de détails légaux, d'histoires d'avocats oublieux, de routines carcérales et de frustrations sexuelles, de promesses de coucheries qui dureraient des jours et des mois.

Pire encore, ceux qui lisaient des livres citaient toujours des philosophes morts. Surtout allemands.

Rien sur les crimes proprement dits. Pas un mot sur les victimes ni sur l'endroit de l'assassinat. Pas le moindre aperçu là-dessus. On aurait dit que la seule chose qui les rendait excitants ne s'était jamais produite.

Pourtant, elle n'avait pas entièrement renoncé à eux – elle aimait toujours penser à eux le soir, prisonniers dans six États différents, regardant sa photo dans la pénombre de leur cellule, le bâtiment parfaitement silencieux hormis leur souffle rauque et le grincement de leur lit.

Avec Hillary Van Wetter, elle comprit qu'elle cherchait quelque chose de plus substantiel que ce que ses autres tueurs avaient pu lui offrir.

Elle désirait quelqu'un de moins compromis et, après que Hillary fut jugé – elle l'appelait désormais « Cher Hillary » – et condamné à rejoindre le couloir de la mort à Starke, elle lui envoya sa photo avec cet autographe : « Pour Hillary Van Wetter, un homme intact. Avec toute mon affection. Charlotte. »

En retrouvant cette expression – « un homme intact » – dans la lettre qui accompagnait la photo, je repensai soudain à mon entraîneur hongrois de l'université de Floride. Il faut t'engager à fond dans la natation.

Elle savait que cette photo la flattait, mais elle la jugeait globalement honnête. Elle représentait fidèlement ses traits et, si elle lui attribuait une peau veloutée et lisse, elle ne dévoilait néanmoins rien de son corps ce que, même dans les moments critiques elle ne manquait pas de faire.

En envoyant cette photo, elle avait beau savoir que le jour où elle apparaîtrait devant Hillary Van Wetter, elle ne serait pas exactement fidèle à cette image flatteuse, elle savait aussi que ce n'était pas une tromperie comparable à celle d'un emballage de dîner-télé promettant des petits pois vert fluo, qui se révéleraient être gris.

Elle n'était pas du genre petits pois gris.

Huit jours après qu'elle eut envoyé sa photo, une lettre arriva de Starke, en Floride :

Chère Mademoiselle Charlotte Bless,
Merci beaucoup de m'avoir envoyé cette lettre sur mon innocence. Je travaille à certains éléments dans

ce sens. Avez-vous une photo qui montre davantage de
vous pour que je voie de quoi je parle.

> *Bien à vous,*
> *Hillary Van Wetter*
> *N° de matricule 39269*
> *Boîte postale 747*
> *Starke, Floride*

En lisant ces mots, elle entendit sa voix. Pas de for-
mules vagues, pas de jargon avocassier, pas de vantar-
dises. Il était plus pur que les autres assassins qu'elle
avait connus, mais elle l'avait deviné dès le début. Pas
abîmé par la prison ou les avocats, un homme intact.

Et même en tenant compte du fait que sa liaison
naissante avec Hillary Van Wetter reposait sur un certain malentendu, quiconque ayant rencontré Hillary en
personne ne pouvait affirmer que Charlotte Bless se
trompait du tout au tout.

IL Y AVAIT très exactement quarante et une boîtes de
« preuves » que Charlotte Bless avait réunies en quatre
ans. Coupures de presse, lettres adressées à Hillary Van
Wetter ou reçues de lui, correspondance avec une
demi-douzaine d'autres assassins condamnés, transcriptions du procès et des deux appels qui le suivirent,
brèves biographies des onze juges qui avaient suivi
cette affaire.

Il y avait plusieurs articles de journaux sur de
célèbres procès criminels où ces mêmes juges étaient
intervenus précédemment, ainsi qu'une liste d'erreurs
judiciaires attribuables au shérif Thurmond Call au
cours des quinze dernières années de son mandat.

Et toutes ces boîtes contenaient aussi une espèce de
journal intime mélangé aux autres « preuves », qui non

seulement contestait les sentences et avançait des théories différentes sur les crimes, mais qui contenait les pensées sexuelles les plus intimes de Charlotte Bless pendant toute la période concernée.

Dans un paragraphe, elle analysait les condamnations à mort prononcées par le juge Waylan Lord, et dans le paragraphe suivant elle remarquait que tous les assassins qui lui avaient écrit, sauf Hillary Van Wetter, désiraient coller leur bouche contre son vagin et même dans la fente de ses fesses. Hillary n'avait pas ce désir, ce qu'elle considérait comme la « preuve psychologique » de son innocence.

Il avait envie de se faire sucer, comme un juge.

YARDLEY ACHEMAN et mon frère passèrent une semaine entière dans leur bureau à lire tout le contenu des boîtes de preuves. Ward ouvrait chacune, la numérotait, puis examinait ce qui s'y trouvait tout en prenant des notes. Lorsqu'il en avait fini avec une boîte, il la passait à Yardley Acheman, qui l'étudiait plus rapidement et sans rien écrire, s'interrompant de temps à autre pour lire quelque chose à voix haute.

« Écoute-ça, dit-il, elle parle de lui tailler une pipe à travers les barreaux de sa cellule avec tous les autres prisonniers qui la regardent, et puis, attends une seconde… » Il s'interrompit un instant pour retrouver le passage. « Oui, c'est ça… *Je lui sucerai la queue, si on l'exécute, pendant qu'on installera les électrodes, je la garderai dans ma bouche pendant qu'il jouira et mourra…* »

Il regarda mon frère en souriant, puis, n'obtenant aucune réaction, il se tourna vers moi :

« Je ne crois pas qu'elle ait vraiment réfléchi à toutes les conséquences », dit-il.

66

Ward se remit à étudier les pages étalées sur son bureau.

« Si on ne peut rien en tirer d'autre, reprit Yardley, nous aurons toujours une histoire bizarre sur une fille qui tombe amoureuse des assassins… »

Mon frère leva de nouveau les yeux, sur le point d'ouvrir une autre de ces boîtes qui contenaient toutes les pensées et les envies secrètes ayant traversé la tête de Charlotte Bless depuis 1965, et qu'elle lui avait données ainsi qu'à Yardley Acheman, leur faisant une confiance aveugle, et aussi par amour pour son fiancé, qu'elle n'avait toujours pas rencontré.

« Nous n'avons pas fait la moindre promesse », dit Yardley.

Ward réfléchit un moment à cette remarque, puis il retourna sans un mot à sa boîte. La trahison y était déjà présente. Elle se trouvait dans les boîtes quand Charlotte Bless nous les confia, dans la trame de l'histoire, dans la nature même du travail journalistique qui s'en suivrait.

« ALORS COMME ÇA, cria-t-elle, vous êtes un malin. Pourquoi n'êtes-vous pas à l'université ? »

Sa fenêtre était ouverte, le vent soulevait ses cheveux derrière elle au-dessus du siège et les faisait voleter vers la commissure de ses lèvres.

« Nous pourrions mettre l'air conditionné », dis-je, mais sans doute pas assez fort pour me faire entendre par-dessus le bruit du vent.

Je tendis la main vers le tableau de bord en essayant de me rappeler comment ça fonctionnait.

Elle m'arrêta en me touchant le bras et en secouant négativement la tête.

Le vent brassait ses cheveux qui rougirent en passant devant le soleil posé sur l'horizon.

« J'aime bien l'air », dit-elle.

J'acquiesçai et, un instant plus tard, mes propres cheveux fouettaient mes yeux, les emplissant de larmes.

« Alors, pourquoi n'êtes-vous pas à l'université ? » demanda-t-elle.

Je remontai ma fenêtre à moitié. Le courant d'air devint moins violent.

« J'y étais », dis-je.

Elle me regarda en attendant la suite. Comme si, parce qu'elle confiait les détails de sa propre existence à des inconnus, un inconnu devait se confier à elle.

« Il s'est passé quelque chose, dis-je.

– Quoi donc ? »

Elle ne me lâchait pas, mais maintenant au moins elle regardait la route. Elle avait eu envie de conduire, j'ignorais pourquoi.

« J'ai oublié où j'étais », dis-je.

Entendant ma voix, j'eus l'impression que c'était la vérité. Elle se pencha vers moi pour mieux m'entendre, le vent rabattit le haut de son corsage contre sa poitrine et, pendant la seconde où je la regardai pour lui déclarer que j'avais oublié où j'étais, j'aperçus un mamelon rose.

« Vous étiez perdu ? fit-elle.

– Pas perdu, dis-je. Je savais que j'étais dans un endroit que je connaissais, mais j'ai simplement oublié où c'était.

– Ça revient au même, dit-elle.

– Non, pas du tout. »

Elle réfléchit un moment en silence. Nous roulions vers Starke. Elle avait dit qu'elle voulait passer quelque temps à proximité de la prison, rester sur le parking pour savoir ce qu'elle ressentirait en étant près de lui.

Elle avait voulu que Yardley l'y emmène, mais il était

arrivé au bureau en fin d'après-midi et avait déclaré qu'il ne pouvait pas.

« Jack se fera un plaisir », ajouta-t-il.

Il avait rencontré une fille au lavomatic dans l'après-midi et il avait besoin d'explorer le « contexte local » avec elle. Il dit qu'il n'était pas très au fait du « contexte local ».

« Comment peut-on oublier où on est à l'université ? » demanda-t-elle.

Je réfléchis en essayant de me rappeler comment c'était arrivé.

« J'étais nageur, dis-je lentement.

— Vous savez nager ?

— En Floride, tout le monde sait nager. »

Le silence retomba entre nous. Elle enfonça l'allume-cigare, glissa une cigarette entre ses lèvres, puis, lâchant le volant, l'alluma en la protégeant du vent avec son autre main.

« Où nagiez-vous ? dit-elle.

— À l'université de Floride. Je faisais partie de l'équipe.

— Dans une piscine ? »

Lorsqu'elle tira une bouffée de sa cigarette, le vent lui souffla des étincelles dans les cheveux.

« Vous ne nagiez pas dans l'océan ou ailleurs ?

— Pas à l'université de Floride, dis-je.

— Tant mieux. »

Le silence s'installa à nouveau et quelques minutes plus tard nous traversions Starke avant de bifurquer vers le nord sur la Route 16. Elle vit un panneau indiquant la prison d'État et le dépassa lentement, le regardant jusqu'à ce qu'il ait disparu, comme s'il s'agissait d'un objet dont elle voulait se souvenir, puis elle parut se plonger dans la contemplation du paysage plat et sans vie, comme si chaque élément possédait un sens particulier, tel un champ de bataille de la guerre de Sécession.

Je pensais toujours à Gainesville et à ce qui s'y était passé, comment j'avais oublié où j'étais. Je désirais lui en parler, car je pensais que cela me rendrait intéressant.

« C'était une piscine couverte, commençai-je en retrouvant mes impressions d'alors. Les bruits se répercutaient sur le plafond, l'eau et les murs. On ne savait jamais d'où ils venaient. »

Son regard quitta la fenêtre. Entre ses lèvres, la cigarette s'était éteinte.

« Quels bruits ? dit-elle.

– Des cris, répondis-je. Beaucoup de cris. Des coups de sifflet… L'entraîneur était hongrois, ils adorent les coups de sifflet. Nous étions dans l'eau quatre heures par jour, parfois plus, tous les jours de la semaine sauf le dimanche, pendant six mois de l'année.

– Nous ?

– Les nageurs. Je faisais partie de l'équipe.

– Et vous avez oublié où vous étiez. »

J'acquiesçai. C'était exactement ça. Il y avait deux séances d'entraînement par jour, une de bonne heure et l'autre plus tard. J'étais tout le temps dans l'eau et la nuit, dans mes rêves, j'y étais encore.

J'émergeais de mes rêves à cinq heures et demie du matin pour être à la piscine à six heures et parfois, à cause de l'épuisement et du manque de sommeil, mes rêves commençaient d'envahir la journée, tout comme mes journées envahissaient mes rêves. Je me retrouvais à faire des longueurs pendant la matinée et soudain je ne savais plus où j'étais.

Je m'arrêtais terrifié quand cela arrivait, je me retournais sur le dos et je faisais la planche, sans prêter attention aux cris et aux coups de sifflet, regardant seulement le plafond et les murs, mes jambes, mes bras et ma poitrine, les fixant longtemps pour savoir où ils étaient.

Trois fois pendant ce dernier semestre, je tombai du lit.

Ensuite, bien sûr, je perdis ma bourse et me fis virer. Je retournai dans le comté de Moat, retrouvai ma chambre et mon lit, puis découvris que la maladie m'avait suivi jusque chez moi.

Elle n'écoutait plus. Quand je regardai au loin, je vis moi aussi, la prison.

ELLE SE DIRIGEA vers une allée de gravier qui aboutissait à l'entrée des visiteurs. La prison se dressait deux cents mètres plus loin, entourée d'une clôture grillagée, surmontée de rouleaux de fil de fer barbelé. Derrière, il y avait une autre clôture, plus petite, elle aussi couronnée de fil de fer barbelé et, entre ces deux clôtures, deux douzaines de gros chiens étaient couchés dans la lumière du crépuscule – de vrais tueurs potentiels, des animaux que leur agressivité avait précisément sauvés de la chambre à gaz à la fourrière du comté.

« Nous voulons rester sur le parking », dit-elle au garde.

Il regarda dans la voiture, à l'avant puis à l'arrière, et il secoua la tête.

« Faut que vous ayez une autorisation, mademoiselle, dit-il, et maintenant, c'est trop tard. Le bureau qui les délivre est ouvert entre neuf heures et quatre heures et demie. Les horaires de visites sont disponibles sur demande. »

Alors il me regarda, je ne sais pas pourquoi.

« Il est O.K., dit-elle, il travaille pour la presse. »

APRÈS AVOIR RECULÉ jusqu'au bout de l'allée, nous sommes restés un moment au bord de la route. Elle examina la prison, d'un bout à l'autre, puis soupira et s'adossa à son siège. Elle ferma les yeux.

« Vous savez où ils les gardent ? fit-elle.

– Qui ?

– Les prisonniers du couloir de la mort, vous savez où ils sont ?

– Pour moi, tout ça ressemble au couloir de la mort.

– À l'extrême droite », dit-elle. Je regardai dans cette direction, mais cette partie du bâtiment me semblait parfaitement identique au reste. « Ils laissent la lumière nuit et jour. »

Elle alluma une autre cigarette.

« Ils ont le problème inverse au vôtre, dit-elle. Là-dedans, on ne peut pas oublier où on est. »

Elle resta un moment silencieuse, en me tournant le dos pour regarder la prison.

« Hillary sait que je suis là », dit-elle enfin.

Je pensai que ce n'était pas vrai, mais il est difficile de savoir de l'extérieur ce qui se passe entre un homme et une femme qui se fiancent sans s'être jamais rencontrés.

Elle restait assise, les jambes écartées, fumant sa cigarette tandis que le ciel s'obscurcissait. Des insectes nocturnes voletaient dans la voiture et j'en écrasai quelques-uns sur mon cou et mes bras. Il y avait des lucioles dans la cour de la prison. Elle restait immobile, à l'abri des insectes, le visage éclairé par la lueur de sa cigarette lorsqu'elle en tirait une bouffée, puis disparaissait dans l'obscurité. Peut-être que les moustiques n'aimaient pas la fumée.

Je pensai à la déshabiller ici même, dans la voiture, pendant qu'à quatre cents mètres Hillary était allongé dans sa cellule, son intuition le poussant brusquement à se dresser sur son lit.

Mais ce n'était qu'une pensée ; elle apparut et s'évanouit, comme son visage lorsqu'elle tirait sur sa cigarette. Il me semblait que même Hillary Van Wetter me l'aurait pardonnée.

WELDON PINE avait soixante-douze ans et il exerçait le métier d'avocat dans la partie nord du comté de Moat depuis cinquante-six ans. Il avait commencé sa carrière à une époque où un diplôme de droit n'était nullement indispensable pour devenir avocat. Et si M. Pine n'avait pas de diplôme – du moins pas au sens strict du terme, il possédait un doctorat honoraire de jurisprudence décerné par l'Université chrétienne de Floride du Nord –, il était personnellement associé, d'une manière ou d'une autre, à tous les individus qui gagnaient leur vie au tribunal du comté de Moat et alentour. Et d'ailleurs, c'était lui qui décidait si bon nombre d'entre eux pouvaient y gagner leur vie. Dans la partie nord du comté de Moat, il était de notoriété publique que Weldon Pine était le meilleur avocat de tout le Sud.

M. Pine occupait toujours le même bureau, celui qu'il avait loué au début de sa carrière. Il se trouvait dans un immeuble situé juste en face du tribunal et, s'il possédait aujourd'hui non seulement l'immeuble qui abritait ce bureau, mais aussi tout le pâté de maisons situé derrière, il conservait la pièce d'angle du rez-de-chaussée dans l'état où il l'avait découverte en s'y installant. Un bureau en chêne trônait au centre de la pièce, laissant à peine assez de place pour l'ouverture de la porte. Il y avait des stores aux fenêtres et des armoires métalliques contre le mur opposé.

Hormis son emplacement, l'architecture de son toit et le fait qu'il n'empestait pas l'oignon frit, cet endroit n'était pas beaucoup plus luxueux que la pièce louée par Yardley Acheman et mon frère au-dessus du Moat Cafe, à huit cents mètres plus au nord.

Il nous sembla même plus exigu, quand nous fûmes tous à l'intérieur. M. Pine, grand et massif, était assis derrière son bureau. Il portait un costume neuf, et ses cheveux blancs ondulés étaient rasés de frais un centimètre au-dessus des oreilles.

Il y avait une chaise devant le bureau, sur laquelle Yardley Acheman s'assit.

« Je me demande, dit M. Pine en regardant ceux d'entre nous qui étaient toujours debout, si nous ne serions pas plus à l'aise dans la salle de conférences.

– Ce serait parfait », approuva mon frère.

Le vieillard brandit alors un index crochu et reprit :

« Mais… » Nous attendîmes longtemps la fin de ce silence théâtral. « … toutes les photographies sans exception seront prises ici. Je me suis bien fait comprendre ? »

Ward et Yardley Acheman se regardèrent quelques secondes, puis Yardley Acheman se leva, sa chemise trempée de sueur lui collant à la peau. Il y avait un petit conditionneur d'air encastré dans la fenêtre, mais guère conçu pour assurer le confort de cinq personnes dans cette pièce.

« Il est encore un peu tôt pour prendre des photographies », dit Ward.

Cette remarque parut satisfaire M. Pine.

Il nous fit traverser le bureau de sa secrétaire, puis il nous entraîna dans un couloir au sol moquetté. La salle de conférences se trouvait derrière les deux dernières portes de droite et il y avait assez de chaises pour nous tous.

Charlotte mit les mains derrière son dos et examina les livres de droit alignés contre les murs, comme si elle cherchait de la lecture.

Le vieillard s'installa au bout de la table et observa la jeune femme.

« C'est la photographe, si je ne m'abuse, dit-il.

– C'est Charlotte Bless, monsieur Pine, dit mon frère. Elle vous a annoncé sa visite par lettre.

– Bien sûr, bien sûr », fit l'avocat en souriant à Charlotte Bless.

Elle s'assit, mais ne lui rendit pas son sourire. Weldon Pine croisa les doigts contre sa nuque et ferma les yeux.

« En ce genre d'affaire, mon expérience m'a appris, dit-il, qu'il vaut mieux commencer par le commencement… »

Il y eut une autre longue pause tandis qu'il rassemblait ses pensées.

« Je suis né dans ce comté en 1897, de parents fiers mais pauvres. Ma mère était française, mon père allemand. Mon éducation ne fut guère classique, mais elle valait bien cependant celle de l'école publique. On m'enseigna l'importance de la pensée logique, laquelle m'a grandement servi au fil des ans depuis… »

Weldon Pine s'interrompit soudain, regarda la table vide devant lui, puis se leva et sortit de la pièce en fermant la porte. Nous avons tous échangé des regards interdits, mais pas un mot. Quelques instants plus tard, il était de retour, hors d'haleine, avec son album de famille qui semblait aussi lourd qu'un sac de sable. La couverture en cuir, vieille et desséchée, craqua lorsqu'il l'ouvrit.

« Tenez, dit-il en posant un doigt sur une page, voici ma mère. Comme vous pouvez le voir, elle était française… »

Son index était épais et sec, comme celui d'un paysan. Charlotte Bless se leva de quelques centimètres sur son fauteuil pour mieux voir, convoitant peut-être cette photographie pour ses dossiers personnels. Personne d'autre ne bougea.

« Je crains que ce ne soit pas fameux comme reproduction, dit-il. Quel procédé utilisez-vous ? Le *Palm Beach Post* en a publié un bon cliché, mais ils ont une impression offset… »

Il tourna une autre page.

« Voici mon père et son frère… » Il leur sourit. « Des Allemands, dit-il comme s'il s'agissait d'une blague que nous comprenions tous.

– Monsieur Pine, intervint Yardley Acheman, pensez-vous que nous puissions sauter environ soixante-cinq ans, pour faire gagner du temps à tout le monde ? »

Le vieillard releva son visage, l'index toujours posé sous l'image de son père et de son oncle. Il cligna des yeux.

« Mille neuf cent soixante-cinq, dit Yardley Acheman. Hillary Van Wetter… »

Le vieillard regarda de nouveau l'album ; il ne comprenait apparemment pas.

« C'est une affaire sans véritable importance, dit-il enfin. Elle n'apporte rien à l'importance de l'histoire…

– Mais c'est cette affaire qui nous intéresse », dit lentement Yardley Acheman.

Suivit un autre silence pendant que cette information faisait son chemin dans l'esprit de l'avocat.

« Nous vous avons envoyé une lettre pour vous prévenir de notre venue, dit Yardley Acheman. Vous avez accepté de nous arranger une entrevue avec lui. »

Le vieillard se mit à secouer la tête.

« Je n'aurais jamais accepté une telle chose sans l'accord préalable de mon client, dit-il. Il a droit à sa vie privée, comme tout un chacun.

– Vous avez l'accord de M. Van Wetter », dit doucement mon frère. Le vieillard se tourna alors vers lui ; il donnait l'impression de se défendre contre une meute de chiens. « Il vous a écrit, et une copie de sa lettre se trouvait dans l'enveloppe que vous avez reçue. »

La mâchoire de Weldon Pine se relâcha.

« Il faut que je vérifie cela », dit-il.

Il regarda à nouveau l'image de son père et de son oncle, les Allemands, puis il referma l'album à contre-cœur.

« Cette lettre est certainement dans vos dossiers », dit mon frère.

Le vieillard le regarda et se referma.

« C'est ce que vous affirmez, mais j'ai un client à protéger. »

Il regarda de nouveau autour de la table, s'arrêtant un bref instant sur Charlotte Bless, puis il parut accrocher à son visage un petit sourire préparé de longue date.

« Ce sera tout ?

– Monsieur Pine, dit mon frère de sa même voix tranquille, M. Van Wetter nous a demandé d'étudier à nouveau son dossier pour que nous écrivions un article. À cette fin, il vous a donné l'ordre de nous laisser accéder librement à tous les dossiers le concernant et de faciliter les entrevues entre nous-mêmes et M. Van Wetter, ainsi qu'avec toutes les autres parties intéressées.

– Les autres parties intéressées, répéta le vieillard comme s'il trouvait ça drôle.

– Si vous pouviez vérifier dans vos dossiers... »

Yardley Acheman interrompit mon frère.

« Formulons cela autrement, monsieur Pine. Si vous ne vérifiez pas dans vos dossiers et si vous ne nous arrangez pas une entrevue avec M. Van Wetter, si nous sommes obligés de faire venir un avocat ici pour représenter les intérêts de M. Van Wetter dans cette affaire – et je vous promets que c'est ce que nous ferons si nous sortons d'ici les mains vides –, alors, nous demanderons à cet avocat d'étudier minutieusement le dossier de M. Van Wetter, y compris la façon dont la défense a été menée. Vous voyez ce que je veux dire… »

Le vieillard restait assis sans bouger, la gorge palpitante.

« La défense dont Hillary Van Wetter a bénéficié lors du procès est irréprochable, affirma-t-il.

– Vous n'avez rien à craindre de nous, dit Yardley Acheman sur un ton désormais plus amical. Nous désirons seulement lui parler.

– J'ai accepté cette affaire à titre bénévole, continua le vieillard. Je n'ai pas demandé un sou à cet homme. »

Tout fut à nouveau silencieux.

« Nous sommes bien sûr informés de votre indéfectible attachement au bien public », dit Yardley Acheman.

Charlotte ouvrit son sac et y chercha une cigarette. Le vieillard la regarda l'allumer.

« Vous m'avez envoyé votre photo », dit-il.

Elle opina en inspirant profondément la fumée.

« Je suis sa fiancée.

– Je pense que vous perdez votre temps », ajouta-t-il quelques secondes plus tard.

Il regardait à nouveau son album de famille et je me demandai à qui il s'adressait.

« Nous avons le temps », dit Yardley Acheman.

Le vieillard prit ses dispositions pour nous arranger un entretien avec Hillary Van Wetter, mais il refusa catégoriquement de nous accompagner afin de régler les éventuels problèmes que nous aurions pour pénétrer dans la prison.

« Je n'ai aucun désir de revoir M. Van Wetter de ma vie, dit-il d'une voix cassante.

– Vous êtes pourtant son avocat », remarqua Yardley Acheman.

Nous étions de retour dans son petit bureau, où Weldon Pine conservait ses dossiers.

« Sans nul doute, dit-il, et je continuerai à défendre les droits de M. Van Wetter au regard de la loi, mais je n'éprouve pas la moindre envie d'une autre rencontre en tête à tête avec lui. » Il nous foudroya du regard et ajouta : « Cet homme a déjà reçu tout ce que j'avais l'intention de lui donner. »

LE MATIN où elle devait rencontrer son fiancé pour la première fois, Charlotte sortit en robe jaune de l'appartement qu'elle avait loué. Mon frère, Yardley Acheman et moi-même attendions devant l'immeuble, assis dans la voiture de location. Elle avait un quart d'heure de retard et aucun de nous ne l'avait jamais vue en robe auparavant. Elle portait aussi des chaussures blanches à petits talons et elle avait passé un certain temps devant son miroir.

Depuis le trottoir, elle semblait certainement aussi jeune que sur sa photo.

« Tiens tiens, regardez un peu ça », fit Yardley Acheman.

Mon frère regarda, mais ne dit rien. Elle franchit la distance entre sa porte et le trottoir en marchant le plus naturellement du monde, comme si elle avait toujours porté une robe et des chaussures blanches à talons. Elle monta avec précaution dans la voiture, en levant les jambes très haut pour ne pas filer ses bas.

Nous avions parcouru huit kilomètres en dehors de Lately quand elle tendit brusquement le bras pour faire pivoter le rétroviseur vers elle et examiner son visage. Un côté, puis l'autre, égalisant le fond de teint sur son cou. Une fois cette opération terminée, elle laissa le rétroviseur face à elle et alluma une cigarette. Pendant un long moment, personne ne parla. Les fenêtres étaient fermées, pour ne pas déranger sa coiffure ; l'air embaumait son parfum et l'odeur de son shampooing.

Je redoutais que Yardley Acheman n'essaie de dire quelque chose de drôle, mais il n'ouvrit pas la bouche. Il restait assis à l'arrière, les mains croisées sur le ventre, regardant Charlotte Bless, puis par la fenêtre, et de nouveau Charlotte Bless, comme s'il s'agissait là d'un manège incontrôlable.

Elle ne s'en aperçut absolument pas ; elle remarqua à peine la prison. Elle parut stupéfaite quand je m'engageai sur le gravillon de la route qu'elle et moi connaissions déjà, et quand je baissai ma vitre pour parler au garde.

Yardley Acheman concentra son attention sur la prison et le paysage plat et vide qui l'entourait. Il travaillait déjà sa prose. Un peu plus loin le long de la route, dans les fossés, une demi-douzaine de prisonniers fauchaient l'herbe. Dans son article, ils seraient certainement une trentaine.

C'était le même garde au portail, et il sembla nous reconnaître. Il regarda à l'intérieur de la voiture, d'abord Charlotte, puis Ward et Yardley Acheman à l'arrière, puis de nouveau Charlotte.

« C'est tout droit pour le bâtiment administratif », dit-il en matant les jambes de ma voisine.

HILLARY VAN WETTER, entravé, fut amené dans la pièce par un garde et l'odeur de la prison – le désinfectant – y pénétra avec lui. Le garde tenait une chaîne qui entourait la taille du prisonnier et qui se fixait à ses menottes. Après avoir verrouillé la porte qu'il venait de franchir, il désigna une chaise vide isolée au centre de la pièce.

Hillary Van Wetter se déplaça facilement jusqu'à cette chaise, comme si les entraves et les menottes ne le gênaient absolument pas, puis il se laissa faire lorsque les mains du garde appuyèrent rudement sur ses épaules pour le faire asseoir, comme s'il ne sentait rien. Comme si ce garde n'avait aucune importance pour lui.

« Un quart d'heure, dit le garde. Pas de contact physique d'aucune sorte, pas de matériel d'enregistrement sonore. Le prisonnier n'a le droit de recevoir aucun objet d'aucune sorte. » Il s'interrompit un moment, en nous regardant tour à tour. « Je serai juste de l'autre côté de la porte. »

Assis sur sa chaise, Hillary Van Wetter attendait. Il adressa un signe de tête à Charlotte, mais ne parla pas. Charlotte lui rendit son signe de tête.

« Monsieur Van Wetter, commença mon frère, je m'appelle Ward James…

– Tu ressembles à ta photo », dit-il à Charlotte.

Elle lissa sa robe, un geste désormais familier, et elle rougit, ce qui, par contre, ne l'était pas.

« Merci, je pense que c'est vrai, dit-elle.

– Voici Yardley Acheman », reprit mon frère, mais Hillary Van Wetter ne regardait ni Yardley Acheman ni mon frère. Ses yeux fixaient Charlotte comme s'il se nourrissait de sa personne.

« C'est les gratte-papier ? » lui dit-il.

Elle opina du chef et ce fut comme si nous n'étions plus dans la pièce.

« Et quel bien qu'ils vont nous causer ? » ajouta-t-il.

Elle regarda rapidement mon frère.

« Te sauver », dit-elle.

Il nous dévisagea alors, en prenant son temps, son regard restant posé sur moi aussi longtemps que sur mon frère et sur Yardley. Puis il s'intéressa de nouveau à elle.

« Ils peuvent même pas se sauver eux-mêmes, dit-il.

– Ils peuvent t'aider », rétorqua-t-elle d'une voix moins forte.

Une expression d'impatience apparut sur le visage de Yardley Acheman et il tourna la tête pour regarder la minuscule fenêtre ronde de la porte ; il y avait un treillage métallique à l'intérieur du verre.

« Qui c'est qu'ils ont sauvé jusqu'à maintenant ? demanda Hillary Van Wetter.

– Ils sont bien connus à Miami », répondit-elle.

Hillary Van Wetter se tourna vers Yardley en cherchant comment on pouvait devenir bien connu à Miami. Une mimique qui aurait pu passer pour un sourire chez les Van Wetter traversa son visage, puis disparut.

« Alors, les gratte-papier, qui c'est que vous avez sauvé ? » fit-il.

Yardley Acheman regarda rapidement les murs, le sol et le plafond.

« Qui avez-vous d'autre pour vous aider ? » dit-il.

Alors, Hillary Van Wetter sourit pour de bon ; son visage se plissa, ses lèvres se retroussèrent sur ses dents jusqu'à découvrir les gencives.

« J'aime ça », lâcha-t-il.

Et après un silence :

« T'as été à la fac ? » me demanda-t-il en me regardant droit dans les yeux.

Avant mon expulsion, il n'y avait pas eu trois personnes sur cette planète pour me demander si j'avais été en fac, et voilà que maintenant ça m'arrivait toutes les dix minutes. J'acquiesçai en bougeant légèrement la tête car je ne désirais pas qu'on s'attarde là-dessus.

« Et toi aussi t'es bien connu à Miami, dit-il.

– Non, fis-je. Je conduis simplement la voiture. »

Il hocha la tête, comme si ma réponse avait un sens caché.

« Le chauffeur pour l'évasion », dit-il en riant.

Puis, après un long silence, il ajouta :

« T'as déjà sauvé quelqu'un ? »

Mon frère tourna la tête pour me regarder.

« Un jour, j'ai sauvé quelqu'un », dis-je.

Les yeux de Hillary Van Wetter étaient posés sur moi, pleins d'attente, et je me rappelai les yeux de l'autre Van Wetter, mort aujourd'hui, quand j'étais assis derrière le volant de la Plymouth, à Duncan Motors, pendant que mon père signait les papiers avec M. Duncan.

« À Daytona Beach, dis-je. J'ai sorti une fille hors de l'eau.

– C'est un nageur », expliqua Charlotte.

Mais Hillary fit la sourde oreille. De toute évidence, il n'aimait pas entendre Charlotte parler plus souvent qu'à son tour.

« Moi, dit-il un peu plus tard, il me semble que si quelqu'un est assez bête pour se fourrer dans une eau qu'il connaît pas, il mérite ce qui lui arrive. »

Il n'attendait pas de réponse et se tourna de nouveau vers Charlotte, presque comme s'il venait de s'adresser à elle. Elle lui sourit en le regardant droit dans les yeux. Leurs regards s'accrochèrent, puis changèrent et devinrent plus intenses, jusqu'à ce que je me sente gêné d'être dans cette pièce.

Mon frère commença à dire quelque chose, puis il s'interrompit ; Hillary Van Wetter n'avait aucune attention à lui accorder. Hillary faisait une seule chose à la fois. Et maintenant, il hochait la tête vers son entre-jambe, où une érection faisait comme un piquet de tente à l'intérieur de son pantalon de prisonnier. Il regarda cette érection, puis elle la regarda aussi. Ward se mit à examiner ses ongles.

« Y a une chose que tu pourrais faire pour moi », dit Hillary.

Elle opina du chef.

« J'aimerais bien », dit-elle d'une voix minuscule avant de regarder la porte.

Il y eut un long silence dans la pièce, puis mon frère s'agita de nouveau sur sa chaise et cette fois il parla :

«Monsieur Van Wetter», dit-il, mais l'homme hochait la tête en regardant toujours sa fiancée. «Nous devons parler de certaines choses... concernant votre procès...

– La ferme», dit Hillary d'une voix égale.

Il fixait Charlotte du regard et elle le fixait. Les narines de Hillary semblèrent s'agrandir quand sa respiration changea, trouvant un rythme nouveau.

«Ouvre la bouche», lui dit-il.

C'était plus qu'une simple demande, et les lèvres de Charlotte s'ouvrirent d'un centimètre, sa langue humecta celle du bas puis s'attarda un moment à la commissure.

Il hocha la tête, d'abord lentement, puis les oscillations s'accentuèrent, comme s'il était pressé, ensuite il ferma les yeux, sa tête bascula alors par-dessus le dossier de sa chaise et il eut un spasme.

Il resta un moment parfaitement immobile, les yeux clos, le visage paisible, rose et humide, tel un bébé endormi, puis une tache sombre apparut sur son pantalon et grandit le long de sa cuisse.

Je me demandai si ce serait pareil lorsqu'on l'électrocuterait.

CHARLOTTE BLESS pleura dans la voiture sur le chemin du retour. Elle était assise devant avec moi, la tête posée contre le rebord de la fenêtre ouverte, indifférente désormais au vent qui brassait ses cheveux. Ce n'était pas bruyant, les larmes coulaient le long de son nez, sur son menton et les sanglots secouaient ses épaules.

Je trouvai cette crise de larmes parfaitement normale ; il y avait sans doute des raisons de pleurer, mais je n'aurais pas pu dire lesquelles.

LE PROCÈS de Hillary Van Wetter avait duré trois jours au tribunal du comté de Moat, et les transcriptions des diverses interventions étaient rangées dans les boîtes posées contre le mur du bureau, du côté de mon frère, marquées à l'encre rouge des numéros 11-A, 11-B, 11-C, 11-D, 11-E. La machine à écrire utilisée pour dactylographier les pages contenues dans ces boîtes noircissait l'intérieur des lettres *e*, *o*, *r*, *d* et *b*. Les *s* avaient apparemment subi une pression plus forte que les autres lettres, car ils se détachaient sur ces pages comme autant d'éclaboussures de boue. Des paragraphes entiers avaient été passés au blanc et retapés, de sorte qu'il était impossible de lire les passages modifiés.

Pourtant, l'essentiel des comptes rendus d'audience restait disponible.

Ces transcriptions contenaient largement de quoi rédiger un article sur la justice dans le Sud rural.

Il y avait un autre article possible à partir de ces documents. On pouvait avancer l'hypothèse que le shérif Call, qui avait publiquement tué seize Noirs sans qu'on lui demande jamais de rendre compte de ces meurtres, avait été expédié *ad patres* par quelqu'un qui restait impuni.

Pour les militants du progrès social responsables de la ligne éditoriale du *Miami Times*, le plus grand journal du Sud, la beauté de l'histoire résidait dans cette ironie même, et ce fut « la beauté de l'histoire » et non l'injustice – sur ce chapitre, Miami n'était pas en reste – qui en fin de compte les décida à investir du temps et de l'argent en s'intéressant au comté de Moat.

Yardley Acheman comprenait ce point de vue mieux que mon frère, je suppose, mais c'était son travail de voir les choses de cette façon. Voilà pourquoi il gardait ses distances tandis que mon frère allait au charbon pour dénicher tous les détails du drame.

Assis à son bureau, Yardley Acheman lisait les passages des transcriptions que mon frère avait soulignés à l'encre verte.

Les torts de la justice envers Hillary Van Wetter y étaient clairement signifiés. Les négligences de son avocat, Weldon Pine, n'avaient d'égal que celles des adjoints du shérif qui s'occupèrent de l'arrestation et manipulèrent les preuves. Par exemple, le couteau et la chemise ensanglantés découverts dans l'évier de la cuisine de Hillary Van Wetter avaient été perdus lors du retour des policiers au quartier général du shérif, à Lately.

L'histoire racontée par Hillary Van Wetter aux adjoints ce soir-là – il avait travaillé un peu plus tôt avec son oncle Tyree – ne fit l'objet d'aucune enquête approfondie. Hillary Van Wetter la répéta telle quelle à la barre des témoins lors de son procès, mais on ne lui demanda jamais de la développer, même pendant l'interrogatoire contradictoire.

Son oncle ne fut jamais assigné à comparaître et il n'assista pas au procès. Ce qui ne veut pas dire qu'il se serait présenté si on avait requis son témoignage.

Pour les Van Wetter, une arrestation dans la famille équivalait à une mort. Quand vous étiez parti, vous étiez parti. Et lorsqu'ils apprenaient ce genre de nouvelle, ils regardaient ailleurs et refusaient de l'accepter.

YARDLEY ACHEMAN posa sur son bureau un extrait du rapport d'arrestation du département du shérif et s'adossa à sa chaise ; peut-être devinait-il soudain que, pour retrouver la trace de Tyree Van Wetter, il faudrait pénétrer dans les marais détrempés où vivait cette famille, expliquer le fonctionnement d'un journal à des gens qui n'en lisaient aucun, qui ne comprenaient pas pourquoi ni comment leur vie pouvait bien concerner d'autres gens qu'eux-mêmes. Des gens avec des couteaux et des chiens, qui suspendaient des peaux de bête aux arbres de leur cour.

Yardley Acheman posa ses pieds contre le rebord de son bureau et se renversa jusqu'à ce que sa tête touche le mur derrière sa chaise. Il semblait poser pour un photographe.

« Je crois que nous avons assez d'éléments pour ne pas avoir à nous soucier de l'oncle », dit-il.

Mon frère leva les yeux et le regarda en attendant la suite. Yardley Acheman se mit à hocher la tête, comme s'ils discutaient.

« On peut se passer de l'oncle pour écrire l'article, insista-t-il. Nous n'avons pas besoin de lui. »

Mon frère secoua la tête. Il n'avait pas tendance à ignorer ce qui lui déplaisait. Il n'appartenait pas à cette catégorie de reporters. Il tenait à ce que les choses soient claires et nettes.

« Tout ce qu'il nous faut établir, c'est un doute raisonnable, dit Yardley Acheman d'une voix geignarde. Si nous accumulons trop de détails, ça bousillera le fil de la narration.

– Voyons où ça nous mène », dit mon frère avant de reprendre sa lecture.

SELON LE RÈGLEMENT du système pénitentiaire de l'État de Floride, les prisonniers condamnés à mort pouvaient recevoir des visiteurs n'appartenant pas à leur famille proche. Mais seulement si leur avocat le permettait.

Ainsi, pour rendre une nouvelle visite à Hillary Van Wetter, il nous fallait retourner voir Weldon Pine, qui se montra moins accommodant, car il comprenait désormais que le *Miami Times* ne s'intéressait à sa carrière qu'en raison de ce procès et de la condamnation du client le plus célèbre qu'il ait jamais eu.

Il nous fit attendre une heure devant son bureau, puis il ouvrit la porte, nous regarda et tourna les talons en s'attendant à ce que nous le suivions.

Il s'assit derrière son bureau et regarda sa montre. Son poignet était aussi épais qu'une jambe.

« Je ne vois rien de bon dans tout ceci, dit-il. Faire naître de faux espoirs chez un homme… »

Il se tourna brusquement vers Charlotte et dit :

« Ma jeune dame, vous êtes une fille séduisante, vous avez toute la vie devant vous… »

Lorsqu'il s'interrompit, mon frère prit la parole.

« Nous avons besoin de lui reparler, dit-il.

– Pourquoi ?

– Il a dit qu'il travaillait avec son oncle. »

Weldon Pine éclata de rire.

« Et à quoi travaillait-il pendant la nuit, monsieur le reporter ? dit-il. Vous pensez que je ne lui ai pas posé la question ? Vous savez ce qu'il m'a répondu ? » Le vieil avocat secoua la tête. « Vous avez fait tout ce chemin jusqu'ici pour découvrir ce que Hillary et son oncle fabriquaient, vous avez perdu votre temps et vous le faites perdre aux autres. »

Dans la fenêtre, le conditionneur d'air frémit et émit un bruit différent.

« Nous avons besoin de lui parler à nouveau », répéta mon frère.

Weldon Pine réfléchit, puis il alluma une cigarette,

décrocha le téléphone de son bureau et demanda à sa secrétaire d'appeler la prison.

« Je devrais vous faire payer le tarif horaire », dit-il.

« J'AIMERAIS que vous concentriez votre attention sur la nuit de l'assassinat du shérif Call », dit mon frère.

Hillary Van Wetter était assis, entravé et menotté, les yeux fixés sur Charlotte. Elle portait un blue-jean et une chemise dont elle avait noué les pans juste sous sa poitrine.

Elle avait changé deux fois de coiffure dans la voiture qui nous emmenait de Lately à la prison, tirant ses cheveux d'abord en arrière pour les réunir en une queue de cheval, puis, quelques kilomètres plus loin, retirant la barrette afin de les laisser tomber naturellement sur ses épaules. Elle s'examina dans le rétroviseur, puis ouvrit son sac pour y prendre une bombe de laque et en appliquer sur ses cheveux avec de petits gestes circulaires, tout en s'observant dans le miroir, jusqu'à ce qu'ils deviennent brillants.

Une heure plus tard, j'avais toujours dans la bouche le goût de cette laque.

« Où est ta robe ? » dit-il.

Elle baissa les yeux vers son corps, l'air surpris.

« Monsieur Van Wetter, dit mon frère, nous n'avons qu'un quart d'heure… »

Hillary Van Wetter se tourna alors vers lui.

« Gratte-papier, dit-il, j'aimerais que t'arrêtes de me parler de temps. C'est déprimant.

– Vous avez déclaré au tribunal que vous étiez en train de travailler avec votre oncle.

– J'ai dit ça, pas vrai ? fit-il avant de se tourner vers elle. Ici, tout le monde porte un futal, reprit-il. J'aime bien les robes. »

L'espace d'un instant, son attention se fixa sur Yardley Acheman qui, assis près de la porte, observait attentivement Charlotte. Quelque chose dans la pièce ou chez Hillary faisait apparaître l'intérêt que Yardley lui portait.

Charlotte adressa un hochement de tête puis un sourire à Hillary, tout cela lentement, détournant ainsi son attention de Yardley Acheman.

« Ça rime à rien de venir me voir fringuée comme ça, dit-il.

– Je suis désolée », répondit-elle en regardant ailleurs.

Dans le silence qui suivit, mon frère reprit :

« Quel genre de travail faisiez-vous ? »

Hillary Van Wetter le dévisagea sans répondre.

« Que faisiez-vous dehors cette nuit-là ? » demanda mon frère.

Hillary secoua la tête.

« Pelouse », dit-il enfin.

Yardley Acheman se redressa sur sa chaise.

« Vous voliez de la pelouse ? C'est ça ? » L'ombre d'un sourire apparut sur ses lèvres. « Où ? »

Hillary Van Wetter se tourna de nouveau vers Charlotte avant de répondre, il la regarda fixement jusqu'à ce qu'elle croise les bras comme pour essayer de se protéger.

« C'est pas sorcier à trouver », dit-il.

Puis, sur le même ton, il parla à Charlotte.

« Tu portes une robe la prochaine fois, t'entends ? fit-il.

– Très bien, dit-elle doucement.

– J'ai besoin de retrouver votre oncle », dit mon frère.

Quand Hillary Van Wetter se leva, la chaîne reliant les fers de ses jambes tomba par terre.

« Ben mon gars, je te souhaite bonne chance », dit-il.

Puis il se dirigea vers la porte, marchant comme un

homme dont le pantalon est tombé sur les chevilles, sans un autre regard pour Charlotte.

« Où est-il ? » demanda mon frère.

Hillary s'approcha de la porte pour qu'on le laisse sortir.

« Monsieur Van Wetter ? Pouvez-vous m'indiquer comment me rendre chez lui ? »

Il se retourna et regarda mon frère.

« T'as un bateau, gratte-papier ? »

Mon frère fit non de la tête.

« Alors je peux pas te dire comment t'y rendre. »

Le garde ouvrit la porte.

« T'as encore droit à sept minutes », dit-il.

Hillary Van Wetter passa devant lui d'un pas traînant et sortit de la pièce.

« Aujourd'hui, question visite, j'ai mon compte », lâcha-t-il.

AU RETOUR, elle se rencogna dans un angle de la banquette arrière, d'où je ne pouvais pas la voir dans le rétroviseur. Yardley Acheman, qui s'était assis à côté d'elle, alluma deux cigarettes et lui en tendit une.

Elle la prit, sans un mot, et lorsqu'elle aspira la fumée dans ses poumons, j'entendis sa respiration se bloquer.

« Dites-moi une chose, d'accord ? dit Yardley Acheman. Que leur voulez-vous ? »

Elle ne répondit pas.

« Tous ces gars qui attendent dans le couloir de la mort et qui écrivent toutes ces lettres, dit-il. Que leur voulez-vous ?

– Je veux les aider », dit-elle.

Il éclata de rire.

CHAQUE SOIR, après le travail, je rentrais en voiture à Thorne jusqu'à la maison de mon père, en pensant sans arrêt à Charlotte Bless. Peut-être avez-vous vu des chiens se rouler dans l'herbe sur une charogne pour imprégner leur poil de son odeur. Moi, je la désirais de cette manière.

Je me voyais en compétition avec Hillary Van Wetter. J'étais plus grand, en meilleure forme, j'avais une dentition plus saine et je désirais Charlotte Bless autant que lui, quitte à éjaculer dans mon pantalon rien qu'en étant assis dans la même pièce qu'elle.

La Chrysler était toujours dans l'allée quand j'arrivais à la maison. Mon père était préoccupé par la situation du journal et descendait souvent de voiture en laissant la clef sur le tableau de bord et la portière grande ouverte. Quelqu'un approchant de la maison devait penser que c'était certainement en raison d'une urgence.

Ce soir-là, il faisait nuit noire et la petite ampoule du plafonnier attirait les insectes. Je les sentis lorsque je tendis le bras à l'intérieur de la voiture pour retirer les clefs, comme des cendres froides, sur tout mon bras. Mon père, qui avait fini de dîner, était assis dans son fauteuil, un verre de vin posé près de lui sur la table, et il feuilletait ses journaux.

« Je crois qu'elle t'a laissé une assiette au four », dit-il sans se rappeler le nom d'Anita Chester.

Il me suivit dans la cuisine, son verre de vin à la main, pour me regarder manger.

« Comment va M. Van Wetter ? » demanda-t-il, histoire de blaguer.

Je lui répondis que je n'en savais rien, et c'était la vérité.

« Toujours innocent ? »

Je secouai la tête, et là encore c'était la vérité. Puis mon père s'assit, resta immobile et attendit, comme il le faisait souvent à cette époque, et alors qu'il attendait je me mis à parler. C'était un truc de journaliste, j'avais vu Ward l'utiliser avec l'avocat Weldon Pine.

Je lui racontai ce que Ward et Yardley Acheman avaient fait ce jour-là, ce qu'ils avaient dit au bureau. Presque tout se rapportait à M. Pine et à la façon dont il avait défendu Hillary Van Wetter. Weldon Pine et mon père se connaissaient bien, car ils étaient tous deux des notables du comté de Moat.

« Cet homme a la réputation d'être le meilleur avocat de tout l'État », dit-il.

Et je secouai la tête, comme si je ne comprenais rien à tout ça. Mais j'avais désormais lu suffisamment des transcriptions contenues dans les fameuses boîtes pour savoir qu'il n'avait pas fait grand-chose afin d'aider Hillary Van Wetter.

Il ne s'était pas intéressé au couteau et aux vêtements ensanglantés trouvés dans la cuisine par les adjoints du shérif, puis perdus sur le chemin de Lately. Il n'avait pas retrouvé l'oncle de Hillary ; apparemment, il n'avait même pas essayé de le chercher.

« Peut-être que Weldon Pine savait ce qu'il faisait, dit mon père.

– Nous avons l'impression qu'il n'a rien fait », rétorquai-je.

Alors, dans le long silence qui suivit, je compris que mon père non plus n'avait rien fait. Son journal avait couvert le procès sans jamais relever les actes de violence perpétrés par le shérif Call sur les Noirs du comté. Du vivant du shérif, mon père s'était battu contre lui avec toute son intransigeance, mais après sa mort, même la traditionnelle plaidoirie du *Tribune* pour défendre les condamnés à mort passa à la trappe.þ

« Weldon Pine est un homme respecté que tout le monde apprécie, dit-il. On n'acquiert pas une telle réputation du jour au lendemain. »

Je préférai ne pas discuter avec lui, car je compris qu'il parlait de lui-même autant que de M. Pine. Je mangeai mon dîner, il sirota son vin. Un exemplaire intact du *Daytona Beach News-Journal* était posé sur la table, près de son bras, mais il l'avait oublié. Il était triste.

« Vois-tu beaucoup ce Yardley Acheman ? » demanda-t-il.

J'acquiesçai, la bouche pleine.

« Il est plus âgé, n'est-ce pas ?

– Il est plus vieux que Ward.

– Quel âge ? Trente-cinq, quarante ans ?

– Peut-être trente-cinq, je ne sais pas. »

Mon père réfléchit, puis vida le fond de son verre.

« Qu'a-t-il fait pendant tout ce temps, avant qu'on ne le mette en tandem avec Ward ? dit-il. Il travaille au *Times* depuis longtemps.

– Je ne sais pas ce qu'il fait maintenant, dis-je. C'est Ward qui fait tout le boulot. Je crois que Yardley est censé écrire. »

Mon père approuva du chef. Il trouvait justifié que l'un fasse le travail d'enquête et que l'autre écrive. Il se leva, alla vers le réfrigérateur et se versa un autre verre de vin.

« On peut se demander lequel des deux a barre sur l'autre », dit-il après s'être rassis.

Il dit ça comme si l'un d'eux avait fait disparaître l'autre.

M. Pine décida qu'il ne voulait pas que nous rendions, de nouveau, visite à son client.

« Je crois que l'heure est venue de respecter la vie privée de cet homme », dit-il d'une voix contrite mais aimable.

« Monsieur Pine, commença mon frère, monsieur Acheman et moi-même avons encore énormément de travail à faire, et cela, entièrement dans l'intérêt de M. Van Wetter. »

Le vieillard soupira.

« J'ai déjà effectué ce travail, dit-il. On a déjà fait appel plusieurs fois en vain. » Il s'interrompit, comme si le poids à porter était trop lourd. « Sauf votre respect, messieurs, il n'y a pas une seule chose que votre journal pourrait faire pour cet homme que je n'aie pas tentée. Il n'a plus aucune échappatoire et je ne lui rends aucun service en faisant naître de faux espoirs chez lui.

– Vous ne lui avez pas rendu visite une seule fois depuis le procès », dit alors Charlotte Bless.

Elle parlait pour la première fois à M. Pine sans qu'il lui ait d'abord adressé la parole et il reçut la remarque comme une gifle.

« La fiancée », dit-il.

Elle se leva et s'approcha de son bureau.

« Vous voulez savoir qui je suis ? fit-elle. Je suis la seule personne dans cette pièce qui se soucie vraiment du sort de Hillary Van Wetter. »

Il la regarda, détaillant ses vêtements et son allure générale. Il rejeta le tout d'un seul regard.

« La grossièreté ne sied pas aux femmes, dit-il.

– Il reste des zones d'ombre à explorer », reprit mon frère.

Weldon Pine tourna vers lui le même regard.

« Est-ce là votre opinion d'un point de vue légal, monsieur James ? demanda-t-il.

– J'ai une opinion d'un point de vue légal à vous soumettre, dit tranquillement Yardley Acheman. Hillary Van Wetter avait droit à une défense compétente.

– Vous ne savez rien de cet individu, dit le vieillard. Vous fréquentez ce monde depuis cinq minutes. »

Il se leva brusquement, marcha jusqu'à la porte et la tint ouverte. Mon frère se mit à hocher lentement la tête.

« Très bien, dit-il. Si nous pouvions seulement vous poser quelques questions…

– Pourquoi ?

– Pour le journal. »

Le vieillard secoua la tête.

« Pas de commentaires. Voilà ma réponse : pas de commentaires. »

Il désigna la porte ouverte.

« Vous avez déjà fait de nombreux commentaires, dit Yardley Acheman. Tout ce que vous nous avez dit depuis notre première rencontre constitue autant de commentaires.

– Pas pour votre journal, rectifia-t-il. Je vous avertis que tout ce que j'ai pu vous confier n'était que de simples renseignements destinés à vous aider. Il est hors de question de me citer. Je vous avertis… »

Plus il parlait, plus il s'embrouillait.

« Sincèrement, dit mon frère sans tenir compte des avertissements de l'avocat, j'aimerais vous donner l'occasion de répondre à ces questions. »

Il les avait notées dans son calepin. Le vieillard se tenait près de la porte ouverte, déchiré entre le désir de nous voir déguerpir et celui d'entendre ces questions. Mon frère profita du silence qui s'ensuivit pour commencer sa lecture.

« Pourquoi l'accusation, lors du procès de M. Van Wetter, n'a-t-elle jamais été interrogée sur la disparition de l'arme ? » dit-il.

Le vieillard attendait, immobile.

« Pourquoi l'accusation, lors du procès de M. Van Wetter, n'a-t-elle jamais été interrogée sur la disparition des vêtements tachés de sang ? »

Weldon Pine regardait de l'autre côté de la pièce et

même au-delà. Comme s'il observait la progression rapide de sombres nuées.

« Quelles tentatives avez-vous faites, poursuivit mon frère, afin de retrouver l'oncle de M. Van Wetter, Tyree Van Wetter ? »

Le vieillard cessa alors de fixer mon frère pour nous dévisager l'un après l'autre.

« Quelles tentatives avez-vous faites pour vous assurer des activités de M. Van Wetter, la nuit où le shérif Call fut assassiné ? »

Le vieillard voyait l'orage arriver. Alors, incapable d'y résister, il franchit brusquement la porte comme s'il rentrait chez lui pour se mettre à l'abri. Mon frère continua et posa sa dernière question en l'absence de Weldon Pine.

« Quelles tentatives avez-vous faites pour renvoyer le procès de M. Van Wetter devant un autre tribunal ? »

Plus tard dans l'après-midi, M. Pine se ravisa. Sa secrétaire appela mon frère pour lui annoncer qu'il pouvait revoir Hillary Van Wetter sans problème.

Ward alla seul à la prison. Il revint à la voiture dix minutes plus tard avec la demande de changement d'avocat, signée par Hillary, dans la poche de sa chemise. Sans Charlotte dans la pièce, dit Ward, Hillary se montrait plus raisonnable.

Au début de la semaine suivante, un avocat d'Orlando consultant du *Miami Times* remplit un formulaire du tribunal et devint l'avocat officiel de Hillary Van Wetter, à la place de Weldon Pine.

Weldon Pine en fut informé par courrier et se présenta à la porte du bureau de mon frère un vendredi après-midi, ses manches de chemise boutonnées sur les poignets, pâle et trempé de sueur, la notification à la main.

Yardley Acheman leva les yeux au-dessus du magazine étalé sur ses cuisses, regarda le vieil avocat pendant une minute, puis reprit sa lecture. Weldon Pine entra sans qu'on l'y eût invité, puis jeta un coup d'œil alentour. Il paraissait énorme. Mon frère remit en place quelques papiers qu'il avait pris dans deux boîtes derrière lui, et se leva. On nous avait appris à respecter nos aînés.

« Monsieur Pine », dit-il.

Le vieillard ne répondit pas tout de suite. Il observait toujours la pièce, les meubles et ses trois occupants. Charlotte était absente cet après-midi-là ; elle était partie acheter une robe à Jacksonville.

« Je pratiquais déjà le droit quand vous n'étiez pas encore nés, dit lentement Weldon Pine en s'adressant à nous tous. J'ai été un compagnon fidèle des tribunaux. »

Il fit un ou deux pas dans la pièce. Le ventilateur posé par terre fit voleter les papiers qu'il tenait à la main.

« J'ai défendu tous les types de criminels imaginables et, jusqu'à hier après-midi… » Il s'interrompit, prenant le temps de réfléchir au moment où ces documents étaient arrivés. « … aucun client, aucun tribunal, aucun juge ne m'a jamais demandé de me dessaisir d'une affaire. »

Sa voix se mit à trembler.

« Voilà une statistique stupéfiante », ironisa Yardley Acheman sans quitter son magazine des yeux.

Le vieillard le considéra à nouveau, avant de nous dévisager tous. Le seul bruit qu'on entendait était le bourdonnement du ventilateur.

« Et maintenant, dit-il, des gens qui ne savent pas qui je suis prétendent que je ne sais pas faire mon travail. »

Mon frère, debout près d'un angle de son bureau,

attendait la suite, mais le vieillard n'avait apparemment rien à ajouter.

« Personne n'est obligé de le savoir, dit Yardley Acheman en fermant son magazine avant de se redresser sur sa chaise. Ce changement d'avocat aura seulement la publicité que vous lui donnerez. »

Le vieillard attendit. Le ventilateur pivota et fit voleter à nouveau les papiers qu'il tenait à la main.

« En quarante-six ans, cela ne m'est jamais arrivé… »

Yardley Acheman haussa les épaules.

« Les gens changent tout le temps d'avocat.

– On n'en change pas quand on a Weldon Pine, protesta le vieillard.

– Mais qui va le savoir ? » dit Yardley. Il lança un bref regard à mon frère, puis ajouta : « Pour l'instant, nous n'avons nullement besoin que les gens s'intéressent à Hillary Van Wetter. Alors, à moins que vous ne teniez à faire des vagues au tribunal…

– Je tiens à conserver ce qui m'appartient, aboya le vieillard. J'ai travaillé pour ça toute ma vie.

– Nous ne voulons pas vous voler ce qui vous appartient, dit Yardley Acheman. Vous ne possédez rien que nous désirions. »

Le vieillard regarda les papiers qu'il serrait dans sa main, puis, sans changer d'expression, les laissa tomber par terre. Il tourna les talons et sortit du bureau sans ajouter un seul mot.

Ses pas dans l'escalier semblaient hésitants ; j'imaginai l'étreinte terrifiante de sa main sur la rampe.

« Pas de quoi s'inquiéter », dit Yardley.

Mon frère se leva et rejoignit la fenêtre pour voir Weldon Pine marcher jusqu'à sa voiture.

« Nous avons tous les atouts en main », poursuivit Yardley. Mon frère ne répondit pas. « Tu peux me croire, ce type ne va pas jouer les fier-à-bras devant les tribunaux. Il n'a pas envie de coller dans sa revue de presse des articles sur son incompétence.

– On ne sait jamais, dit Ward. Il paraît têtu…

– Il n'est pas aussi têtu que ça, fit Yardley Acheman, pas quand il risque d'en pâtir. »

YARDLEY ACHEMAN avait raison pour Weldon Pine.

Il avait souvent raison à propos des gens, car il s'attendait toujours au pire. La demande de changement d'avocat ne fut pas contestée par M. Pine, le tribunal l'accepta de manière routinière, moyennant quoi Hillary Van Wetter changea d'avocat sans aucune publicité. Weldon Pine encaissa l'insulte en silence et se remit au travail en sa qualité de meilleur avocat du comté de Moat, convaincu que ses rapports malheureux avec Hillary Van Wetter et nous-mêmes étaient une affaire terminée.

Je me demande parfois, quand je repense à sa longue et fructueuse fréquentation de la face cachée de la nature humaine, ce qu'il pouvait bien penser.

DURANT CES premières semaines à Lately, je n'eus pas grand-chose à faire. J'allais chercher Yardley Acheman et mon frère à l'hôtel Prescott chaque matin et, chaque soir, je les y raccompagnais. Lorsque Ward avait besoin de documents au tribunal – il avait commencé à éplucher les dossiers du shérif et ceux du procureur – ou de livres à la bibliothèque, j'allais les chercher. Je conduisis une demi-douzaine de fois Ward sur le lieu de l'assassinat du shérif Call et nous allions souvent de là jusqu'au chemin de terre qui disparaissait dans les marais, vers l'endroit où vivaient les Van Wetter. Nous ne vîmes jamais leurs maisons, mais Ward devinait intuitivement où ils habitaient. Peut-être, au bord de la rivière, lui avait-on un jour indiqué l'endroit, à l'époque où mon père essayait encore de faire de nous des pêcheurs de perche.

Les jours où nous restions au bureau, je devais aller acheter les sandwiches et m'assurer qu'il y avait toujours de la bière Busch dans le réfrigérateur. Yardley Acheman se mit à en boire avant le déjeuner. Il n'avait pas grand-chose d'autre à faire.

La bière rendait Yardley maussade et, certains après-midi, quand l'alcool le travaillait, il appelait sa fiancée à Miami pour lui avouer qu'il était incapable de la moindre fidélité. Une discussion s'ensuivait, comme si un débat pouvait corriger la faiblesse de caractère de Yardley Acheman. Cinq minutes plus tard, il demandait à la fille pourquoi elle pleurait, après quoi elle lui raccrochait au nez et il regardait le téléphone pendant un moment avant de le reposer sur son socle, puis il se dirigeait vers le réfrigérateur pour y prendre une autre bière.

« Les femmes… » disait-il.

Certains après-midi, je buvais de la bière avec lui, d'autres après-midi, je ne buvais rien.

Plus tard dans la journée, il la rappelait et entamait une conversation sur les détails de leur futur mariage. C'était sa manière à lui de se rabibocher. Comment les demoiselles d'honneur seraient habillées, qui ils inviteraient à la réception, qui assisterait à la cérémonie. La fille appartenait à une grande famille de Palm Beach et ses projets de mariage impliquaient un événement social de première importance.

Yardley n'élevait aucune objection concernant la famille de sa fiancée ou l'argent de cette famille, mais ils n'étaient pas d'accord sur le texte des faire-part qu'ils rédigeaient ensemble. À nouveau il était exaspéré, pinaillant sur des futilités qui à mon avis n'intéressaient personne en dehors de lui-même, et quelques minutes plus tard, il lui demandait encore pourquoi elle pleurait.

Yardley détestait qu'on revoie sa copie – un article de journal ou des faire-part de mariage, c'était pour lui tout aussi insultant.

Les jours où je buvais de la bière moi aussi, je m'installais sur le rebord de la fenêtre et je l'observais ouvertement en écoutant ses répliques et en me demandant de quel genre de tare devait souffrir cette femme pour accepter encore de l'épouser après un tel comportement au téléphone.

Je n'avais presque aucune expérience des femmes à cette époque et je n'avais pas encore réalisé que certaines étaient aussi pitoyables que n'importe lequel d'entre nous.

Les jours où je ne buvais pas, je trouvais quelque chose à faire au bureau pendant que Yardley Acheman et sa fiancée se chamaillaient. Je redressais les boîtes contre le mur ou je balayais le sol. Assis à son bureau, mon frère griffonnait des notes sur les papiers étalés devant lui et, de temps à autre – quand la discussion s'envenimait pour de bon –, il décrochait son téléphone personnel et composait un numéro, pour s'évader de ce qui se passait dans la pièce.

Mais si les démêlés amoureux de Yardley Acheman agaçaient mon frère et m'agaçaient aussi quand je ne buvais pas, ils ne gênaient pas le moins du monde Yardley Acheman ; après qu'elle lui eut raccroché au nez, il lançait invariablement quelque commentaire qui semblait nous inviter à participer à son différend.

« Mais qu'est-ce qu'elle croit, cette garce ? »

ON PEUT DIRE sans se tromper qu'à ce stade quatre personnes travaillaient, d'une manière ou d'une autre, à une tâche qu'un seul était capable d'effectuer. Mon frère avait besoin d'avoir toute l'histoire en tête avant de voir où elle le menait, pendant ce temps, les trois autres se contentaient d'attendre qu'il fût prêt.

Mon activité essentielle n'était pas de conduire la voiture ni de faire des courses, mais de tenir Charlotte Bless à l'écart du bureau. Ward et Yardley Acheman avaient besoin de l'avoir sous la main pour les rencontres avec Hillary Van Wetter – Hillary nous avait clairement signifié qu'il ne voulait pas entendre parler de nous sans elle –, mais ses visites au bureau étaient lassantes, répétitives et tenaient parfois de l'évangélisation.

Charlotte avait l'habitude de passer après le déjeuner, d'entrer sans crier gare, accompagnée d'un nuage de parfum, arborant une robe neuve, et de nous rappeler à notre devoir : sauver un innocent. Elle ne porta plus de jean après que Hillary Van Wetter eut quitté le parloir lors de notre deuxième visite, même pas pour venir au bureau situé au-dessus du Moat Cafe.

Et tous les jours, elle commençait par la même question haletante :

« Rien de neuf ? »

Il n'y avait jamais rien de neuf, du moins pas au sens où elle l'entendait. Le gouverneur n'appelait pas pour déclarer Hillary innocent, et mon frère se frayait un chemin à travers la masse des documents, progressant désormais plus lentement, amassant des bribes d'informations, puis allant de l'avant, défrichant des champs inédits, comme s'il balayait un plancher.

« Il faut se grouiller un peu, disait-elle en marchant vers la fenêtre. Chaque nuit que Hillary Van Wetter passe dans cette prison est une nuit volée à sa vie. »

Une fois, lorsqu'elle eut prononcé ces mots, Yardley

Acheman demanda à Charlotte si par hasard elle n'avait pas envisagé d'écrire une chanson *country* sur ce sujet ; mais le plus souvent, il faisait comme si elle n'était pas là, même si elle s'adressait manifestement davantage à lui qu'à mon frère ou à moi. Elle considérait apparemment qu'il était au poste de commande.

Lorsque Charlotte se mettait à évoquer les nuits que Hillary Van Wetter perdait en prison, c'était pour moi le signal de l'emmener dehors. Si je m'en abstenais, elle se mettait à tourner en rond dans la pièce, examinant les boîtes de dossiers ou les documents posés sur le bureau de mon frère, et chaque feuille de papier qu'elle prenait devenait le point de départ d'une révision du procès.

Je mettais parfois une demi-heure à la faire sortir. En plus de ces interruptions, il y avait le fait que mon frère détestait qu'on touche à ses papiers après qu'il les eut classés. Son esprit travaillait sans cesse à une espèce de rangement et il avait besoin que les choses restent telles qu'il les avait disposées.

D'un autre côté, ces papiers – du moins bon nombre d'entre eux – appartenaient à Charlotte et il ne parvenait jamais à lui dire de ne pas y toucher. À maints égards, elle était aussi enfantine que Yardley Acheman et c'était elle qui, la première, avait remis en question la condamnation de Hillary Van Wetter ; pour sauver la vie de son fiancé, elle ne faisait confiance ni aux avocats, ni aux journalistes, ni à personne. Je crois qu'elle craignait de le perdre définitivement.

J'AVAIS L'INTENTION de sauver Charlotte Bless d'une noyade dans l'océan.

Je ne voulais pas rendre ce sauvetage nécessaire, mais je rêvais de la sauver et de sa gratitude quand, terrifiée, elle aurait été arrachée à l'océan et déposée, saine et sauve, sur le sable chaud de la plage. Je pensais à la texture de sa peau humide, je pensais à ses tremblements lorsqu'elle se sentirait impuissante et paniquée.

Mais je réussissais à peine à la faire entrer dans l'eau.

Deux ou trois après-midi par semaine, elle m'accompagnait à la plage de St. Augustine, mais elle y allait afin de se bronzer les jambes pour Hillary, entrant seulement dans l'eau pour se rafraîchir. Et même alors, elle n'y entrait que jusqu'aux genoux, gardant toujours une main posée sur le chapeau de paille qu'elle portait pour se protéger le visage et le cou.

Elle semblait s'intéresser vaguement à mes séances de natation, mais elle n'avait aucune envie de s'y mettre.

Nous partions donc en voiture pour St. Augustine, nous nous garions et marchions jusqu'à la plage. J'enlevais ma chemise et mon pantalon, puis je nageais vers le large, conscient de ma forme physique, comme si elle s'y intéressait, pendant qu'elle étendait une serviette sur le sable chaud avant de se déshabiller – nous portions nos maillots de bain sous nos vêtements –, puis elle s'allongeait, allumait sa radio et se couvrait le visage avec le chapeau de paille.

À mon retour, je me jetais sur le sable à côté d'elle, essoufflé, et j'observais les contours de son corps. L'élastique de son maillot faisait un imperceptible bourrelet sur sa peau et, lorsqu'elle se retournait pour s'allonger à plat ventre, je remarquais la fermeté de sa chair.

Elle portait un maillot de bain une-pièce, profondément échancré dans le dos jusqu'à l'endroit précis où commençait la raie de ses fesses. Le tissu collait à son derrière comme s'il avait été moulé dessus, avant de plonger vers la fente. Il n'y avait aucune partie de ses fesses dont je ne percevais la beauté et, allongé dans le sable près d'elle, sentant ma respiration sur mon bras, j'étais également conscient du poids croissant de mon érection, puis je me retournais moi aussi sur le ventre, pour qu'elle ne voie pas l'effet qu'elle produisait sur moi.

J'avais le sentiment qu'elle se serait sentie trahie.

Non, je ne connaissais absolument rien aux femmes.

Lors de notre troisième ou quatrième visite à St. Augustine, elle abaissa les bretelles de son maillot et me tendit sa crème solaire.

«Je déteste les marques de bretelle», dit-elle.

Ce fut la première fois, je crois, que je la touchai. Sa peau était fraîche, ma main glissa de ses épaules vers son dos, pour s'arrêter enfin à la limite inférieure de son maillot, où son corps se divisait et s'élevait en deux hémisphères parfaits. Ma main s'attarda un instant à cet endroit, puis Charlotte Bless releva la tête et me regarda, comme pour me demander ce que je croyais faire.

«Ça donne un air tellement niais, dit-elle.

– Quoi donc ?

– Les marques de bretelle. C'est bon pour les moins que rien. »

Je remis le capuchon sur le flacon de crème et le plantai dans le sable. Sans me lever, je retombai sur ma serviette. Après avoir enduit de crème solaire le dos de Charlotte Bless, j'étais à deux doigts d'éjaculer comme Hillary Van Wetter au parloir de la prison, ce qui revient à dire que je bandais comme un âne.

«Vous respirez par la bouche, dit-elle quelques minutes plus tard en me regardant.

– J'ai nagé longtemps », répondis-je.

Elle sourit derrière ses lunettes noires et tourna la tête pour éviter l'éclat du soleil.

«Il vous faut une petite amie », dit-elle en continuant de regarder ailleurs.

Comme je ne répondais pas, elle tourna encore la tête et remarqua une demi-douzaine de filles assises en rond autour d'une glacière contenant de la bière. Elles étaient à une quinzaine de mètres derrière nous, à la lisière de la plage et des hautes herbes. Ongles de pied roses et radio. En les voyant boire leur bière, je les pris pour des étudiantes.

« Vous devriez aller faire leur connaissance, dit-elle pour me taquiner.

– Je n'aime pas ce genre de fille », dis-je.

Elle abaissa ses lunettes sur son nez et observa de nouveau les filles par-dessus la monture.

« Je parie que celle en rouge vous plairait », dit-elle.

Je ne trouvai rien à répondre.

« Allez donc en trouver une qui se ronge les ongles, ajouta-t-elle. Je vous promets qu'elle vous taillera une pipe.

– Je n'ai pas envie qu'on me taille une pipe », dis-je.

Alors, elle me regarda, vaguement déçue. Je me rappelai ce qu'elle avait écrit : Hillary Van Wetter voulait se faire sucer comme un juge. Un homme intact.

« C'est pas que j'aime pas ça, rectifiai-je. Simplement, j'ai pas envie qu'une de ces filles me le fasse. »

Elle me considéra longuement.

« Vous avez de la chance de ne pas être en prison, dit-elle enfin, ramenant la conversation sur Hillary. Vous n'auriez pas le choix, là-bas.

– Je m'occupe très bien de moi tout seul », dis-je.

Elle sourit et laissa sa joue retomber sur la serviette. Furieux et couvert de sable, je me levai, suivant ma queue – qui pour la première fois de ma vie était toujours raide et braquée dans la mauvaise direction –, retournai dans l'eau et me mis à nager. J'étais à deux cents mètres de la plage, je me sentais fort et furieux, j'avais l'impression de chevaucher la surface même de l'eau, comme les flammes d'un incendie de pétrole, quand je compris soudain pourquoi cette métaphore m'avait traversé l'esprit.

J'étais en feu.

Je m'arrêtai dans l'eau et regardai autour de moi, l'impression de brûlure me traversant comme l'air propulsé dans une pièce par un ventilateur. Quelques frissons suivirent, qui me coupèrent le souffle. Une demi-douzaine de méduses transparentes flottaient juste sous la surface, plusieurs devant moi, autant derrière dans l'eau que je venais de traverser.

En m'enfonçant légèrement dans l'eau, je levai un bras et vis les tentacules arrachés aux méduses qui étaient enroulés autour, entrecroisés comme autant de fouets. L'impression de brûlure revint, puis je fus envahi par le froid.

Je fis demi-tour et me mis à nager. Les brûlures reprirent quand je retraversai le banc de méduses, mais quelques mètres plus loin, je sentis une lourdeur subite dans mes bras, puis dans ma poitrine, et je pensai que j'allais couler. Je fis la planche pour me reposer et constatai que je ne respirais plus normalement.

Je repartis lentement en écoutant le bruit de l'air qui franchissait ma bouche, incapable de l'inspirer assez profondément dans mes poumons. Je fermai les yeux et continuai de nager en me disant que j'étais peut-être en train de mourir. Longtemps après, l'eau devint plus chaude, je compris que j'approchais du but et que j'échapperais à la noyade.

Quand j'eus pieds, je m'assis un moment pour reprendre mes esprits. Je me mis à quatre pattes et sortis de l'eau en rampant sur la plage, puis je me relevai, en proie à un vertige inconnu, et je marchai vers Charlotte Bless, toujours allongée à plat ventre, les bretelles baissées, sur sa serviette.

Ce fut l'une des filles qui buvaient de la bière près des hautes herbes qui me remarqua d'abord.

« Mon Dieu. »

Je baissai alors les yeux vers mon corps et mesurai l'ampleur des dégâts. Les tentacules étaient incrustés dans mes bras et mes jambes; autour, la peau était boursouflée et rose. Des colliers, pensai-je.

J'entendis les filles arriver, mais quand je levai les yeux, je fus incapable de voir. Je voulus me frotter les paupières, mais elles n'étaient plus à leur place, tout enflées sur l'arcade sourcilière. J'essayai de faire encore un pas et tombai.

Le soleil était chaud, je me mis à trembler.

« Il fait une allergie », dit l'une d'elles.

Elle s'approcha de moi, masquant le soleil, si près de mon visage que je sentis la bière sur son haleine.

« Pouvez-vous m'entendre ? dit-elle. Nous appelons une ambulance… »

Je sentis une des filles me frotter la jambe avec du sable. Puis quelqu'un me prit le bras pour faire la même chose.

« Je sais que ça fait mal, dit celle qui était tout près. Je suis infirmière.

– Qu'est-ce qu'il a ? »

C'était la voix de Charlotte.

« Il fait une allergie, expliqua celle qui avait apparemment pris les choses en main. Il a sans doute été piqué par des méduses. »

L'une des filles me frottait toujours la cuisse avec du sable. Comme de très loin, je l'entendis s'écrier :

« Bon Dieu, regardez-moi ça… »

Puis celle qui se tenait au-dessus de moi parla encore, d'une voix calme :

« Vous m'entendez ? » Sa voix me sembla s'éloigner. « Comment s'appelle-t-il ?

– Jack, dit Charlotte sur un ton intimidé.

– Jack, me dit-elle en s'approchant. Nous appelons une ambulance. Est-ce que vous m'entendez ? »

Le sol se mit à tournoyer sous mon corps, d'abord lentement, puis plus vite.

« Écoutez, mon vieux, dit celle qui commandait, nous allons devoir faire une chose un peu gênante. »

Je n'essayai pas de répondre. Je les sentis m'enlever mon maillot de bain en le faisant rouler le long de mes jambes.

« Ne bougez pas », dit-elle.

Lorsqu'elle se releva, la lumière du soleil fit tout virer au rouge et, un instant plus tard, je sentis un mince filet de liquide remonter le long de ma jambe, comme si l'une d'elles me lavait avec de la bière tiède.

« Mais pourquoi faites-vous ça ? » demanda Charlotte, toujours effrayée.

Il n'y eut pas de réponse – c'étaient des infirmières professionnelles –, mais quand le premier jet s'arrêta, une autre jeune femme s'interposa entre le soleil et mes yeux, et le liquide coula à nouveau, cette fois sur ma poitrine, remontant de mon ventre jusqu'à mon cou. Je sentis alors une nette odeur d'urine.

« Restez tranquille, dit celle qui dirigeait. Une ambulance va arriver. »

Je m'assis malgré tout, nauséeux et frappé de vertige. La sensation de brûlure – ou du moins une partie – était moins forte aux endroits où elles avaient uriné.

« Mon vieux, reprit la responsable, vous en avez aussi sur le visage. Mais peut-être préférez-vous que nous n'urinions pas sur votre visage ? »

La vraie signification d'une telle question ne réside bien sûr pas dans la question elle-même, mais dans ce qu'elle implique – à un moment précis vous êtes en grande forme, vous nagez superbement en chevauchant le sommet des vagues, et l'instant d'après vous êtes allongé sur une plage, aveugle et impuissant, et on vous demande si vous préféreriez que des inconnues n'urinent pas sur votre visage.

«Non, répondis-je, ne faites pas ça.»

Maintenant, j'avais aussi les lèvres enflées, épaisses et crispées ; il me semblait que mes mots sortaient de la bouche d'un vieillard.

«Qu'est-ce qu'il a dit ?» demanda l'une d'elles.

– Je crois qu'il est dans le cirage», dit la responsable. Puis, à une autre : «Vas-y.»

Alors une autre fille se mit à uriner en visant mon épaule, puis mon bras, avant de descendre jusqu'à ma main. Je me rallongeai sur le sable, luisant au soleil.

«Je n'ai jamais entendu parler d'une chose pareille, disait Charlotte.

– Il est empoisonné, dit la responsable. Il est empoisonné et il fait une allergie.

– Je le vois bien, reprit Charlotte. Mais on ne pisse pas sur quelqu'un qui s'est fait piquer par un serpent.»

Je me rappelle avoir pensé : *On le suce*. Et c'était bien sûr là que j'entrai en scène.

J'entendis alors l'ambulance, très loin. J'entendis des voix mêlées à la sirène.

LE MÉDECIN était obèse, je le remarquai lorsqu'il m'ouvrit les paupières pour examiner mes pupilles. Il observa mes yeux avec une petite lumière, l'un après l'autre, puis il éloigna cette lumière et considéra mon visage pendant quelques instants, comme pour évaluer l'ensemble du problème. Il sentait le cigare.

Ensuite il lâcha ma paupière et la pièce redevint obscure.

«Donnez-moi une épidurale, dit-il.

– Combien ?

– Un flacon, mettez tout le flacon, bordel, je vais le faire moi-même…» Il y eut un moment de silence, puis il reprit : « Allez, allez. Si il nous claque entre les doigts nous aurons des ennuis. »

J'eus une sensation de fraîcheur sur la poitrine lorsqu'il y passa un coton imbibé d'alcool, puis je sentis une piqûre lente, progressive, quand il enfonça une aiguille dans ma poitrine.

Je m'endormis.

JE ME RÉVEILLAI dans une pièce obscure. Il y avait par terre un rai de lumière venant de la porte et le drap qui recouvrait mon corps à partir de ma poitrine luisait légèrement à cause de l'écran vert du moniteur cardiaque placé près du lit. J'avais une aiguille enfoncée dans le dos de la main, reliée à un flacon de liquide suspendu au-dessus de moi. La ligne verte et inégale du moniteur s'y réfléchissait plus intensément.

Quand je clignai des yeux ils me semblèrent poisseux et bizarres, mais ils n'étaient plus boursouflés et je pus les ouvrir. Ils étaient secs néanmoins et ils me piquaient. Je me redressai un peu dans le lit et compris que ça allait.

« Jack ? »

Mon frère était assis dans la partie la plus sombre de la chambre, dans un fauteuil situé au-delà du moniteur, là où ni la lumière verte ni celle de la porte n'arrivaient. Il portait une chemise blanche et une cravate ; son billet de bus dépassait de la poche de sa chemise. Je vis le mot *Trailways*. Dans l'obscurité, son visage semblait creux. Comme j'étais glacé, je me mis à trembler.

« Bon Dieu, il fait froid », dis-je.

Il se leva et s'approcha du lit. Un instant plus tard, je sentis le poids d'une couverture et, juste après, la chaleur.

« Le médecin a dit que tu ferais peut-être une autre réaction allergique, annonça-t-il. Ils t'injectent ce produit pour que le choc ne soit pas trop violent. »

112

J'eus un autre frisson.

« J'ai été rudement malade », dis-je.

Ward acquiesça, le moniteur dansait dans ses yeux, puis il tourna la tête. Je frissonnai encore – le froid semblait tomber du flacon au-dessus de ma tête – et lorsque ce frisson fut passé, je me sentis profondément, inexplicablement triste. Comme si je m'étais évanoui en apprenant une mauvaise nouvelle, et qu'en reprenant conscience cette mauvaise nouvelle m'attendait. Cette tristesse pesait sur moi comme la couverture, elle se concentra dans ma gorge et, brusquement, je pleurai à chaudes larmes. Ward le remarqua et, l'espace d'un instant, il parut sur le point de me toucher. Je crois qu'il en eut envie, mais il finit par se détourner avant de regagner son fauteuil.

« Tu as passé un sale moment, dit-il dans le noir. Ça t'a vidé.

– Pas trop », rétorquai-je.

Et c'était la vérité, mais cette épreuve avait eu une autre conséquence, et je n'avais pas de mots pour la décrire. Mon frère non plus, si bien que nous sommes restés à écouter le bruit de cette machine qui surveillait mon cœur.

IL Y AVAIT une photo du médecin en première page du *St. Augustine Record*, le matin où je sortis de l'hôpital. Comme elle figurait juste au-dessus du pli, on la voyait en passant devant le présentoir. On l'avait fait poser devant l'entrée des urgences, sa blouse tendue autour des boutons, il avait un cigare coincé entre les dents. Il souriait.

Charlotte, qui était venue me chercher, m'apporta des vêtements propres, un rasoir et un peigne. Elle attendit pendant que je prenais ma douche et que je m'habillais, puis elle me saisit le bras et m'entraîna dans le couloir. Elle me tenait toujours le bras lorsque je remarquai cette photo et m'arrêtai devant.

« Qu'y a-t-il ? » demanda-t-elle.

Au-dessus de la photo du médecin, en travers de la page de titre, s'étalait cette manchette : UNE INTERVENTION RAPIDE SUR LA PLAGE SAUVE UN GARÇON DE THORN.

« Qu'est-ce qui ne va pas, maintenant ? » fit-elle.

Je n'ouvris pas le journal avant d'être dans le minibus et qu'elle ait démarré.

> Cinq élèves infirmières de Jacksonville et l'équipe des urgences de l'hôpital du comté de St. Johns ont combiné leurs efforts mercredi pour sauver la vie d'un jeune homme de 19 ans, membre de l'équipe de natation de l'université de Floride, qui souffrait d'une allergie après avoir été piqué par des méduses alors qu'il nageait dans l'océan.
>
> « Ce sont ces filles qui ont fait l'essentiel », déclare le docteur William Polk. « M. (Jack) James (la victime) a eu beaucoup de chance qu'elles se trouvent à ce moment-là sur la plage. »

Je repliai le journal et fermai les yeux. Charlotte s'arrêta à un feu rouge.

« Qu'est-ce qu'il y a ? » dit-elle.

Comme je ne répondis pas, elle posa la main sur ma cuisse, juste au-dessus du genou, et l'y laissa.

« Vous vous sentez mal ?

– Comment savent-ils que je faisais partie de l'équipe de natation ? dis-je.

– Ils sont venus à l'hôpital.

– Vous leur avez dit ? »

Elle surveillait le feu en gardant la main posée sur ma jambe.

« Ça m'a paru normal », dit-elle.

Je secouai la tête, plus conscient du poids du journal sur ma cuisse que de sa main toute proche. Elle me tapota la jambe avant de remettre sa main sur le volant.

« Vous ne devriez pas lire en voiture, dit-elle. Ça donne mal au cœur. »

Quelques kilomètres plus loin vers l'ouest, j'ouvris le journal et regardai à nouveau la photo du médecin. Je sentis l'odeur de son cigare ainsi que celle, douce et grasse, qui émanait de lui dans la salle de soins intensifs quand il y était entré pour voir comment j'allais. C'était l'un de ces médecins qui font aussi partie des notables de la région – et qui se considèrent aimés de tous, eux et leurs odeurs.

> Les infirmières ont apparemment sauvé la vie de M. James en urinant sur les parties de son corps atteintes par les méduses. « Les bras et les jambes de ce garçon étaient couverts de piqûres, dit le docteur Polk, tout comme son dos et sa poitrine, ses fesses, ses parties génitales et son visage. »

« Mon Dieu, soupirai-je en refermant de nouveau le journal.

– Je vous ai déjà dit de ne pas lire en voiture. »

CE NE FUT PAS TOUT.

Le récit de mon sauvetage sur la plage par des élèves infirmières qui urinèrent sur moi fut remarqué par un rédacteur en chef d'Associated Press à Orlando, qui la condensa en six paragraphes et l'ajouta aux articles du jour diffusés à l'échelon national. Sous cette forme, il fut retransmis par le service de télex d'Associated Press aux bureaux de mille cinq cents journaux dans tous les

États-Unis ainsi qu'au Canada, où d'autres rédacteurs en chef le retravaillèrent pour des raisons de calibrage et de goût personnel, y ajoutant un titre parfois humoristique avant de le publier comme une espèce d'antidote aux mauvaises nouvelles du jour.

UN REMÈDE DE BONNE FEMME SAUVE LA VIE D'UN NAGEUR EN DANGER.

Si ce titre précis ne fut pas le plus gênant que je lus, il fut le plus mémorable, car il fut publié dans le journal de mon propre père. Je ne sais pas si mon père lut ce titre ou l'article avant sa publication. Ce n'était pas le genre de chose sur lequel on attirait d'habitude son attention ; mais si sa rédactrice en chef avait remarqué mon nom, elle lui aurait certainement demandé sa permission avant de le publier.

Ce fut Yardley Acheman qui me le montra. Le matin suivant ma sortie de l'hôpital, lorsque j'entrai dans le bureau, il dit :

« Félicitations, Jack, tu es dans le journal.

– Je sais. »

Je traversai la pièce vers la fenêtre pour m'asseoir. J'étais fatigué de Yardley Acheman, fatigué d'attendre au bureau que mon frère ait fini ce qu'il faisait. Je pensais que, quitte à travailler dans la presse, je préférais reprendre mes livraisons de journaux en camion.

« Pas seulement à St. Augustine », dit-il en me souriant, avant de prendre le *Moat County Tribune*.

« Remède de bonne femme », ajouta-t-il.

Et il me tendit le journal.

Je marchai jusqu'à lui, je pris le journal, puis me tournai vers mon frère qui, ce matin-là, avait étalé toute la transcription du procès sur son bureau et par terre comme pour en faire sécher les pages, et je le regardai jusqu'à ce qu'il lève les yeux.

« Qu'est-ce qu'il essaie de me faire ? dis-je en parlant de mon père.

– C'est ça, la presse », fit Yardley Acheman derrière moi.

Mon frère cligna des yeux, l'esprit absorbé par la transcription du procès de Hillary Van Wetter, et lorsque Yardley Acheman reprit la parole – je ne me rappelle pas ce qu'il dit, seulement de ses prétentions à s'immiscer dans les affaires de ma famille –, je me retournai et lui lançai le journal au visage.

Il se leva et contourna son bureau d'un air furieux, un petit filet de salive blanche sur les lèvres, il pointa son doigt vers moi et je me souviens de son expression éberluée lorsque j'écartai sa main et saisis ses cheveux, puis son cou. Il n'avait aucune force. Je l'immobilisai à terre d'une clef à la nuque et je serrai jusqu'à ce qu'il n'émette plus le moindre bruit. Je remarquai alors Ward penché vers moi, très calme, me demandant de le lâcher.

« Jack, dit-il, allez, tu vas tout bousiller.

– Tout est déjà bousillé, répondis-je en pleurant.

– Je parle des documents », fit-il en regardant autour de lui pour me rappeler qu'il les avait étalés par terre.

Quelques instants passèrent et je lâchai le cou de Yardley Acheman en entendant un craquement, soit dans sa tête, soit dans mon bras, puis je m'adossai au mur pour reprendre mon souffle.

Yardley Acheman se releva. Ses oreilles étaient rouge vif et il avait une éraflure au front, au-dessus des sourcils. Il tremblait.

« Putain, mais t'es cinglé », fit-il. Il regarda mon frère. « Je veux qu'il se tire. »

Ward ne lui répondit pas.

« C'est un danger public, poursuivit Yardley Acheman. La prochaine fois, il entrera ici avec un fusil. »

Mon frère le regarda, des pieds à la tête.

« Il s'est calmé maintenant, dit-il posément.

– S'il ne part pas, c'est moi qui pars. »

Mon frère retourna à son bureau et se remit à étudier

la transcription du procès. Je réfléchis à ce que Yardley venait de dire, concluant qu'il avait sans doute tort à propos du fusil, puis je pensai à mon père en me demandant s'il avait lu cet article avant sa publication dans le journal et je compris alors que je ne lui poserais jamais la question. Je ne voulais pas qu'il me sermonne sur le prix à payer pour la liberté de la presse.

« T'as compris ce que j'ai dit, Ward ? »

Yardley était de retour derrière son bureau, plus calme maintenant. Il se frottait les oreilles. L'éraflure de son front était plus visible et légèrement bleutée sur les bords.

« Je veux qu'il fiche le camp d'ici, bordel, tu piges ? »

Mon frère feignit de ne rien avoir compris à cette exigence.

Regardant par la fenêtre, je vis Charlotte garer son minibus, puis traverser la rue vers le bureau. Elle portait une jupe jaune qui moulait ses fesses et c'était comme si elles étaient enveloppées dans un sac souple. Yardley Acheman décrocha le téléphone et composa un numéro. Je restai assis, immobile.

Dans les secondes qui suivirent cette lutte sur le sol du bureau de mon frère, alors que je me demandais si j'entrerais un jour dans cette pièce avec un fusil, je me représentai soudain les fesses de Charlotte écrasées au fond d'un sac en satin. Un sac vert fermé par un cordon, de la taille d'une poche de pantalon, ou d'un scrotum, en imaginant tout cela et le poids respectable de ces fesses ainsi enveloppées, je ressentis un frémissement familier et j'y vis le signe que j'étais de nouveau moi-même.

« J'appelle Miami », dit Yardley.

118

ELLE ENTRA dans le bureau alors que Yardley racontait à son rédacteur en chef ce qui venait de se passer.

« Il a essayé de me tuer, putain », dit-il.

Elle s'assit sur la chaise la plus proche du bureau de mon frère et se regarda dans un miroir sorti de son sac. D'abord un côté du visage, puis l'autre ; touchant ses cheveux, suivant d'un doigt une ride sous l'œil. Nous devions revoir Hillary cet après-midi-là et elle s'inquiétait de son apparence. Elle rangea le miroir, malheureuse, puis m'adressa un regard suppliant.

« Vous êtes très bien », dis-je.

Elle m'observa un moment, toujours soucieuse après l'épisode des méduses, cherchant à comprendre.

« Quelqu'un ne pourrait pas l'aider à baiser ? dit-elle.

— Non, juste ici, dans le bureau, expliquait Yardley au téléphone. Je suis incapable d'écrire dans une atmosphère où je m'attends à tout moment à ce que quelqu'un pète les plombs et m'étrangle… »

Charlotte écouta, remarqua l'éraflure sur le front de Yardley, puis elle reprit sa trousse de maquillage dans son sac, l'ouvrit et s'examina de nouveau dans le miroir.

« Vous l'avez étranglé ? demanda-t-elle en se regardant le front à la recherche de la moindre imperfection.

— Non, dis-je. Nous nous sommes seulement battus.

— C'est exactement ça, dit Yardley au téléphone. Je n'ai pas à supporter toute cette merde. Ni de lui ni de personne… »

La pièce resta un moment silencieuse pendant que Yardley écoutait son rédacteur en chef au téléphone. J'entendais une voix lointaine, sans distinguer les mots. Quand cette voix se tut, Yardley écarta le récepteur de son oreille et s'adressa à mon frère :

« Il veut te parler.

— Qui ? demanda mon frère.

– Miami », dit-il. Il s'aperçut avec irritation que mon frère avait l'esprit ailleurs. « Je t'ai dit que j'appelais Miami… »

Ward se leva, abandonnant sa transcription à contre-cœur, il traversa la pièce jusqu'au bureau de Yardley et prit le téléphone.

« Ward James à l'appareil », dit-il.

Il resta debout, parfaitement immobile, en écoutant, il aurait pu attendre le troisième top de l'horloge parlante. Charlotte rangea sa trousse dans son sac et regarda Yardley Acheman pendant que mon frère écoutait au téléphone.

« Il a seulement besoin de baiser, dit-elle enfin.

– Il a besoin d'une putain de camisole, dit Yardley qui se remettait du mauvais moment qu'il venait de passer.

– Il a le feu au cul », dit-elle.

Yardley Acheman sembla y réfléchir, puis il se tourna vers elle.

« Avoir le feu au cul, dit-il, correspond davantage à une femme de quarante ans qui s'habille comme si elle en avait dix-huit. »

La pièce fut soudain tellement silencieuse que je réussis presque à distinguer les mots qui arrivaient dans l'oreille de mon frère.

Ward rompit le silence.

« Non », dit-il dans le téléphone avant de raccrocher.

Puis il retraversa la pièce et regarda longuement son bureau, essayant de se rappeler où il en était.

« Alors ? » fit Yardley Acheman.

Mon frère s'assit ; il cherchait maintenant quelque chose.

« C'est lui ou moi », dit Yardley.

Mon frère le regarda longtemps, puis il répéta le même mot :

« Non. »

Et d'une manière pour moi incompréhensible, ce mot mit un terme au débat.

« Si jamais il me touche encore… » dit Yardley, mais mon frère n'écoutait plus. Charlotte se tourna vers moi et m'adressa un clin d'œil.

L'APRÈS-MIDI, nous étions de retour au parloir avec Hillary Van Wetter, et mon frère essayait de le pousser à se rappeler où il avait volé des bandes de pelouse la nuit de l'assassinat du shérif Call.

« Dans quelle ville était-ce ? demanda-t-il. Pouvez-vous vous rappeler le nom de la ville ? »

Cette question fit sourire Hillary qui répondit sans quitter Charlotte des yeux.

« Ça pourrait être dans mille endroits différents », dit-il.

Puis, comme si cette phrase avait un sens secret qu'il partageait seulement avec Charlotte, il ajouta :

« Y a des pelouses à tondre et de sales boulots à faire dans le monde entier. »

Il lui sourit et elle lui rendit son sourire.

Yardley Acheman, assis contre le mur, ferma les yeux comme s'il était trop fatigué pour continuer.

« Était-ce à Orlando ? » demanda mon frère.

Il avait contacté les commissariats de police de toute la partie nord du centre de l'État pour s'informer des vols de pelouse ; il y en avait davantage qu'on pouvait l'imaginer, surtout autour d'Orlando.

Hillary Van Wetter réfléchit.

« Ça fait loin pour aller voler une pelouse », dit-il enfin. Puis, à elle : « D'un autre côté, parfois, plus on va loin, plus l'herbe est tendre. »

Et il éclata de rire.

Elle changea de position sur sa chaise, puis croisa les jambes. Hillary se pencha un peu en avant pour regarder le plus loin possible sous sa jupe. Charlotte ne parut pas s'en offusquer.

« Ces garçons s'occupent bien de toi ? » lui demanda-t-il.

Elle acquiesça, sur le point de lui dire, je crois, ce qui s'était passé à la plage, de lui dire qui s'occupait de quoi, mais elle se ravisa.

« De tout ce dont j'ai besoin », dit-elle.

Il tourna brusquement la tête pour me dévisager d'un regard froid et implacable. Même s'il n'avait pas tué le shérif Call, je compris alors qu'il en était parfaitement capable.

« Pas de tout, j'espère », dit-il.

Je lui rendis son regard, en me sentant aussi froid et implacable que lui. Il ne s'en aperçut pas, ou s'en moqua. Il se tourna lentement vers mon frère, puis vers Yardley Acheman.

« Propriété privée, ajouta-t-il.

– Vous n'auriez pas une idée ? demanda mon frère. Vous vous rappelez la direction que vous avez prise ?

– À l'aller ou au retour ? fit-il d'un air intéressé.

– Peu importe », dit mon frère.

Il réfléchit un moment, puis secoua la tête.

« Non. »

La pièce fut à nouveau silencieuse. Il regardait Charlotte qui le regardait.

« Une nuit, nous avons piqué le gazon d'un terrain de golf, dit-il.

– Où ? demanda mon frère.

– Ça devait être vers Daytona, je crois. Mon oncle s'en souvient peut-être… » Il sourit en se rappelant une chose drôle. « Même qu'il y a joué une fois… au golf. »

L'image emplit l'esprit de Hillary Van Wetter, puis elle déborda.

Il se pinça les narines et pouffa de rire, sans doute en repensant à son oncle sur le terrain de golf.

« Vous êtes sûr que c'était à Daytona ? » demanda mon frère.

Cette question arrêta net le rire de Hillary, qui regarda Ward comme s'il venait d'entrer dans la pièce sans permission.

« Je parlais de golf », dit-il enfin.

Mon frère acquiesça.

« Je disais que mon oncle y a joué une fois. » Il était en colère sans que personne ne sache pourquoi. « J'avais cette image dans la tronche, mon oncle en pantalon vert, et puis t'as dit ce que t'as dit et tu as fait disparaître mon image. »

Il regarda la pièce, comme s'il la voyait pour la première fois.

« Et maintenant, j'en suis où ? » dit-il d'une voix tranquille.

Mon frère ne répondit pas.

« Vous, les gratte-papier, vous êtes tellement malins.

– Nous n'avons pas avancé d'un centimètre, dit Ward.

– Exactement, dit Hillary Van Wetter en hochant lentement la tête. Exactement. » Il ferma les yeux en essayant de retrouver sa vision. « C'est pas si fastoche d'imaginer un gars qu'on connaît en train de jouer au golf », dit-il.

Il paraissait moins ulcéré que quelques secondes plus tôt.

« Désolé, dit mon frère.

– Désolé, c'est le truc le plus inutile du monde, dit-il. Quand un gars me dit *désolé*, ça fait qu'aggraver les choses. »

J'imaginai Thurmond Call déclarer à Hillary Van Wetter qu'il était désolé d'avoir roué de coups de pied son cousin. Je me demandai si le shérif avait fait ça ou si, en fin de compte, il était mort sans rien expliquer à personne.

Je me demandai aussi à quel point il tenait à la vie, s'il aurait échangé ce qui restait de la sienne contre une ou deux minutes d'humiliations sous la pluie de la grand-route. S'il aurait supplié.

Je ne le pensai pas, mais j'avais seulement vu le shérif parader pendant des défilés.

« Un truc comique comme ça, reprit Hillary quelques secondes plus tard, ça vous paraît ridicule, mais ici y a pas de quoi rigoler, sauf de ce qui fait mal. »

Il concentra de nouveau son attention sur Charlotte, en essayant de savourer le spectacle de ses jambes disparaissant sous sa jupe, mais ce plaisir aussi était gâché.

« Vous êtes sûr que c'était à Daytona ? » demanda mon frère.

Il était poli avec Hillary Van Wetter, mais il n'avait pas peur de lui.

« C'est sans importance, répondit Hillary quelques instants plus tard.

– Si c'était vraiment sans importance, dit Ward, je ne vous embêterais pas avec ça. » Il se tut un moment. « Êtes-vous sûr que c'était à Daytona ?

– Quelque part dans le coin. Daytona, Ormond Beach... l'un de ces endroits. C'était un terrain de golf et on enlevait la pelouse de tous les greens.

– Tous les greens ? intervint Yardley Acheman.

– Tout ce qu'on trouvait en se baladant dans le noir, dit Hillary.

– Où la transportiez-vous ? » demanda mon frère.

Hillary le regarda sans paraître comprendre.

« On la vendait, finit-il par dire.

– À qui ? dit Yardley Acheman.

– Qui ? fit Hillary. Qui ? » Il dévisagea longuement Yardley Acheman, puis un sourire apparut peu à peu sur son visage. « Peut-être qu'après tout j'ai tort de me faire du mouron à la pensée que ma fiancée est seule avec vous, les gars », dit-il.

Il la regarda, pour voir si elle avait trouvé ça drôle. Il la mettait en quelque sorte à l'épreuve.

« À qui la vendiez-vous ? dit Ward.

– À un promoteur, dit-il. L'herbe des terrains de golf, ils paient ça rubis sur l'ongle.

– Quel genre de promoteur ?

– Immeubles de luxe », dit-il. Il regarda de nouveau Yardley Acheman, qui n'avait pas parlé depuis l'insulte de Hillary. « Ils te plairaient, ces immeubles, dit-il. Ils sont bourrés de gars distingués comme toi…

– Bien que cela ne vous regarde pas vraiment, dit Yardley, mais pour que les choses soient claires, j'ai moi aussi une fiancée. »

Un sourire illumina brusquement le visage de Hillary Van Wetter.

« Tu parles de quoi ? dit-il.

– Où étaient ces immeubles de luxe ? » demanda mon frère.

Hillary se frotta les yeux.

« Tu recommences, se plaignit-il. Chaque fois qu'y a un truc marrant, faut que tu me demandes où se trouve tel ou tel machin.

– Ça n'est pas drôle, dit mon frère sans se démonter. Nous allons manquer de temps. »

Et comme s'il venait d'en donner le signal, la porte de la pièce s'ouvrit, un garde entra et posa la main sur l'épaule de Hillary Van Wetter.

« C'est fini, les gars », dit-il.

Hillary se leva sans regarder le garde qui le tenait à l'épaule. Tout se passait exactement comme si Hillary avait décidé de se lever de son propre chef. La main du garde descendit vers l'intérieur du coude pour entraîner le prisonnier vers la porte. Hillary ne lui opposa aucune résistance, mais l'espace d'un instant il resta figé où il était et aucun des deux hommes ne bougea.

« Ouvre un peu la bouche », dit-il à Charlotte.

Mais cette fois, c'était une plaisanterie et il laissa le garde l'entraîner dans le couloir.

Yardley Acheman tritura une petite croûte sur son front et se mit bientôt à saigner.

« C'est foutu », dit-il à mon frère.

Ward ne répondit pas.

« Hillary Van Wetter est innocent », dit Charlotte.

Yardley Acheman se tourna vers elle.

« Ça intéresse qui ?

— Moi, fit-elle. C'est pour ça que je suis là.

— Ce que vous faites ici, c'est mouiller à l'idée que ce type va passer à la chaise électrique », dit-il. Puis, en me montrant du doigt, il ajouta : « Vous êtes encore plus cinglée que lui. »

Ward se leva, fatigué, et se dirigea vers la porte. Je le suivis hors de la pièce. Un instant plus tard, Charlotte me rattrapa dans le couloir.

« Vous n'allez pas tout laisser tomber… » dit-elle.

Yardley Acheman sortait à peine du parloir ; devant nous, mon frère nous attendait pour franchir une porte métallique.

« Ward ne laissera pas tomber, dis-je, c'est le seul sur qui on peut compter. »

IL Y EUT un accident ce soir-là sur la route, un break du Michigan percuta de plein fouet deux motards d'Orlando, et la police mit des heures à nettoyer le lieu du carnage.

Mon père était toujours dans son fauteuil quand j'arri-

126

vai, la pile des journaux répandue à terre près de ses pieds.

Il buvait une bouteille de vin qu'il avait posée sur la table à côté de lui. Avant le départ de ma mère, il laissait la bouteille à la cuisine et faisait des aller et retour ; il n'aimait pas rester assis et boire, il y voyait le signe de l'alcoolisme, convaincu que le fait de se lever pour marcher jusqu'à la cuisine changeait tout. Il recherchait toujours les signes des choses et non les choses elles-mêmes.

« Tu es en retard, dit-il en regardant sa montre.

– Il y a eu un grave accident sur la route, expliquai-je.

– Des gens d'ici ?

– Non, des motards et des touristes. »

Il laissa tomber son bras pour prendre son verre. Il observa mon visage, puis mes bras.

« Comment vont les morsures ?

– Les piqûres, rectifiai-je. Ça va.

– Les piqûres », répéta-t-il d'un air pénétré. Il avait bu presque toute la bouteille et ça se voyait. « Ça fait très mal ? »

Je secouai la tête et allai chercher une bière à la cuisine. J'entendis la porte s'ouvrir derrière moi, il entra et s'assit lourdement à la table. Il posa son verre et sa bouteille devant lui.

« Cela a dû être terrifiant », dit-il.

Je m'assis à la table, moi aussi ; il n'y avait pas d'autre endroit où aller. Je ne sais pas si ç'avait été terrifiant ou pas, c'était lointain, comme un article de journal que j'aurais lu à propos de quelqu'un d'autre.

« À cette époque de l'année, poursuivit-il, il paraît qu'il y a beaucoup de méduses dans ce coin de Floride. » Je bus une gorgée de bière en acquiesçant. « Il faut respecter l'océan », ajouta-t-il une ou deux minutes plus tard.

À ma connaissance, mon père ne s'était jamais approché de l'océan. Il aimait la rivière. Quand j'avais six ou sept ans, avant le départ de ma mère pour la Californie, il me laissait souvent l'arroser avec le tuyau après qu'il eut lavé le camion, et ce furent les seules fois où je le vis mouillé. Il regarda son verre, où flottait une tache noire. Il le prit et le vida malgré tout ; quand il eut fini, cette moucheture resta collée à sa lèvre. Puis il regarda sa montre.

« Travailler le soir, dit-il, c'est là qu'on s'épuise, qu'on commence à faire des bêtises. »

J'eus le sentiment qu'il désirait savoir comment allait mon frère.

« Ward ne s'épuise pas, contrairement à d'autres », lui dis-je.

Mon père sourit. Il avait l'air très vieux.

« Tout le monde s'épuise, dit-il. Parfois, c'est parce qu'on ne sait pas s'arrêter. Comme les chevaux de course : s'il n'y avait pas quelqu'un pour les arrêter, ils mourraient à force de galoper. »

Ward se tuant à la tâche, cela semblait possible, d'une certaine manière. Mon père remplit encore son verre et regarda un moment la bouteille, comme si la quantité de vin restant le troublait.

« Il y a eu une attaque de requins à Jacksonville », dit-il.

LE LENDEMAIN MATIN, Yardley Acheman chargea sa valise et une glacière remplie de bière fraîche dans le minibus de Charlotte, puis il monta derrière, en route vers Daytona Beach pour trouver le terrain de golf pillé par Hillary et Tyree Van Wetter, la nuit où le shérif Call avait été assassiné.

Depuis des semaines, Yardley Acheman se plaignait de la chaleur, de l'ennui, de l'absence de bons restaurants dans le comté de Moat ; mais à l'heure de quitter cet endroit, il ne semblait pas plus heureux qu'auparavant.

Il n'adressa pas la parole à Charlotte en montant ; en fait, il fit comme si elle n'existait pas. Il s'installa à la place du passager, remonta ses lunettes de soleil sur son nez et croisa les bras.

Charlotte me sourit avant de passer la première vitesse, puis elle partit vers le soleil levant, laissant derrière elle des volutes de fumée noire qui jaillissaient d'une déchirure du pot d'échappement.

CE MATIN-LÀ, Ward étudia pendant une demi-heure une carte de navigation de la rivière, puis nous sommes partis à la recherche d'oncle Tyree. Nous sommes d'abord allés au magasin au bord de la route où, chaque matin pendant tout l'hiver et le printemps, j'avais déposé dix journaux. Il y avait un enfant nu qui jouait dans l'allée, penché au-dessus d'un objet brillant dans la poussière – peut-être une conserve aplatie ou un morceau de verre – sur lequel il tapait avec un marteau.

Il leva les yeux en entendant la voiture, lâcha son marteau et rentra en courant lorsque je garai la voiture. « Ça ne te servira à rien », dis-je.

Ward acquiesça, puis il ouvrit sa portière et descendit. Je restai un moment immobile avant de le suivre, car je ne désirais pas retourner dans cet endroit.

Mon frère ramassa le marteau avant de s'approcher de la porte. Je verrouillai les portières et le regardai entrer dans le magasin.

Le marteau à la main, Ward se tenait devant le comptoir quand j'entrai à mon tour. Il faisait sombre et très chaud ; il y avait une araignée noire dans le bocal de bœuf séché, à côté de la caisse enregistreuse.

Une voix résonna dans l'arrière-boutique.

« Où est ton pantalon ? » C'était une voix d'homme, qui resta sans réponse. « J't'ai posé une question, jeune homme. Où est ton pantalon ? »

Il n'y eut pas de réponse. Mon frère regardait les étagères. Des biscuits, des bonbons, de la farine, du tabac, du sucre, des gâteaux Hostess – tout ça rangé en vrac, empilé sans ordre apparent, là où il y avait de la place.

Une autre voix s'éleva alors dans l'arrière-boutique, celle d'une femme.

« Jack », dit-elle avec une certaine douceur, rien que ce mot, et l'espace d'un instant je crus qu'on me parlait.

Puis elle poussa le rideau. C'était la femme à la peau magnifique. Elle vit que nous attendions dans son magasin, et au même moment, j'entendis le bruit d'une lanière fouettant la peau.

« Où est ton pantalon ? » répéta l'homme avec une colère accrue.

Sa question fut suivie d'un autre claquement, puis d'un autre et encore un autre.

La femme regagna sa place derrière le comptoir, ne manifestant aucune expression, attendant. Rien n'indiquait qu'elle se souvenait de moi. La raclée continuait dans l'arrière-boutique et je m'aperçus que je comptais les coups ; j'arrivai bientôt à vingt-deux.

Ward posa le marteau sur le comptoir en bois, devant la femme, et sourit.

Vingt-quatre, vingt-cinq.

L'enfant ne pleurait toujours pas.

« C'était dehors », dit mon frère.

La femme regarda le marteau, mais n'y toucha pas. La punition continuait, mais les seuls bruits audibles étaient

ceux de la lanière sur la peau du garçon et une respiration haletante qui devait être celle de l'homme.

Les coups s'arrêtèrent un moment et mon frère dit :

« Je me demandais si vous pourriez nous dire où
trouver Tyree Van Wetter. »

Les coups reprirent et un léger frémissement fit trembler la lèvre inférieure de la femme, puis il disparut. Mon
frère prit son portefeuille et y chercha sa carte de visite.

« Je m'appelle Ward James », dit-il en posant la carte
sur le comptoir à côté du marteau.

Comme elle ne la regardait pas, il la poussa un peu
plus près d'elle.

« J'essaie de trouver quelqu'un susceptible de confirmer l'alibi de Hillary Van Wetter durant la nuit où on
l'accuse d'avoir tué le shérif Call. »

Pas de réponse.

« M. Van Wetter m'a dit qu'il était avec son oncle
Tyree… » reprit mon frère.

On arriva à quarante coups, puis à quarante et un. Ils
s'abattaient maintenant plus lentement, comme si
l'homme se lassait.

« J'imagine que vous n'êtes pas de la même généra-
tion, dit mon frère. Ça doit être votre grand-père ou votre
grand-oncle… »

Les coups s'arrêtèrent pour la deuxième fois, puis ils
reprirent.

« Vous désirez ? » dit-elle. Ce n'était pas agressif,
mais elle nous demandait clairement de partir. « Faut
acheter quelque chose, sinon vous pouvez pas rester. »

Elle regarda dans la direction des rideaux.

Mon frère prit un paquet de cigarettes Camel et
tendit un dollar à la femme. Il ne fumait pas.

Elle frappa soixante *cents* sur la caisse enregistreuse
et la sonnerie du tiroir tinta au moment précis où le
cinquantième coup retentit dans la pièce, puis se tut,
laissant place au silence. Elle se tint immobile, le tiroir-

caisse toujours ouvert, attendant que la lanière s'abatte à nouveau. Absorbée par l'imminence de ce claquement.

Elle prit la monnaie dans le tiroir ; les pièces n'étaient pas rangées dans divers compartiments, mais jetées en vrac.

« J'ai vu Hillary hier », dit mon frère.

Elle parut ne pas entendre. Un autre coup se fit entendre, puis un long hurlement grave s'éleva quelque part dans la maison, impossible à localiser, il augmenta en devenant plus aigu – une plainte de chien – jusqu'à remplir tout le magasin et nous pénétra jusqu'à la moelle des os. Un tremblement agita à nouveau la lèvre inférieure de la femme, mais cette fois il ne s'arrêta pas là et lui secoua aussi le menton, puis je vis la lumière de la vitrine se concentrer dans ses yeux, et elle pleura sans bruit. La punition s'était arrêtée avec le gémissement. Cinquante-quatre coups et maintenant que c'était terminé, la femme pleurait.

La voix de l'homme se fit entendre derrière le rideau.

« Maintenant, va chercher ton pantalon et mets-le », dit-il.

Le rideau bougea et l'homme au visage brûlé le franchit. Il était torse nu, rubicond, la sueur brillait sur son ventre. Il nous regarda, puis il tourna la tête vers elle. Je compris que la punition qu'il avait infligée au garçon lui donnait envie de la baiser.

« Je m'appelle Ward James, dit mon frère. Je travaille pour le *Miami Times*…

– Le magasin est fermé, rétorqua l'homme.

– Je cherche Tyree Van Wetter. »

L'homme marcha jusqu'à la porte et l'ouvrit, attendant que nous partions.

« Je n'ai rien à voir avec les tribunaux, précisa mon frère. Je suis ici pour Hillary. »

L'homme opina du chef et attendit notre départ. Il regarda rapidement la femme, lui reprochant notre présence dans le magasin. Mon frère attendit, immobile, et l'homme finit par secouer la tête.

« Ils sont pas là, dit-il, aucun des deux.

– Je sais bien qu'ils ne sont pas ici », dit mon frère en restant où il était.

Je me rappelai alors un après-midi, devant le cinéma Paramount de Thorn. Un type nommé Roger Bowen, qui portait les cheveux longs sur la nuque et avait un paquet de cigarettes coincé dans la manche de son T-shirt, dansait juste devant Ward en s'approchant parfois à quelques centimètres de son visage. Il remuait les bras comme des ailes et émettait des gloussements de poulet pendant que ses amis rigolaient. J'avais tiré sur la manche de Ward, mais il refusait de bouger.

Roger Bowen mourut l'année suivante en traversant la voie de chemin de fer devant un train et je me rappelai cet après-midi-là : le directeur du cinéma finit par sortir sur le trottoir pour les chasser, lui et ses amis, en les traitant de racaille.

Mais ce fut peut-être simplement parce que nous étions les enfants de William Ward James et donc d'une certaine manière protégés.

« J'essaie de trouver Tyree Van Wetter », répéta mon frère.

Près de la porte, l'homme le regarda à nouveau et sourit, le genre de sourire qui annonce forcément quelque chose, puis il secoua la tête.

« J'ai dit que le magasin était fermé. »

Sa voix était devenue polie et je sentis qu'il préparait un mauvais coup.

« Qui pourrait me dire où le trouver ? » demanda mon frère.

L'homme secoua la tête.

« Tyree ? Il a de la famille dans tout le secteur, en amont et en aval de la rivière.

– Vous faites partie de sa famille », dit mon frère.

L'homme secoua encore la tête.

« On fait pas partie du même clan », déclara-t-il.

Puis, en désignant d'un signe de tête la femme derrière le comptoir, il ajouta :

« Elle était de leur côté, mais elle s'est mariée dans mon clan. »

C'était une blague entre eux, mais qui ne la faisait pas rire.

« Jack, s'il te plaît… »

Il la regarda un moment, soudain en colère, puis, tout aussi brusquement, sembla capituler.

« Honeymoon Lane », dit-il.

Mon frère passa devant l'homme et sortit du magasin. Je me hâtai de sortir avec lui et, dès que je fus dehors, la porte claqua. J'entendis un verrou glisser de l'autre côté.

Mon frère monta dans la voiture et resta assis dans la chaleur, à réfléchir, sans ouvrir sa fenêtre. Je mis en marche l'air conditionné et je le regardai en attendant qu'il m'indique notre prochaine destination. Il resta un moment immobile, à regarder ses mains, puis il considéra le magasin.

Je fis sortir lentement la voiture du parking et, au moment de m'engager sur la route, je revis le gamin, toujours nu, debout derrière le magasin, avec quelque chose d'enroulé autour de la main. Il fit décrire un long arc de cercle à son bras, ce mouvement dévoila ce qu'il tenait et je vis que c'était un pantalon. Il le lâcha au sommet de l'arc de cercle, le vêtement s'envola et atterrit sur le toit, une jambe restant suspendue dans le vide comme pour essayer de grimper par dessus bord.

Il regarda un instant le pantalon, pour s'assurer qu'il resterait bien là, puis fit volte-face, s'accroupit et se mit à marteler du poing la terre nue.

« Ils ne devraient pas le battre comme ça », dit mon frère.

À un kilomètre et demi au nord du magasin, nous avons bifurqué vers l'est sur un chemin de terre nommé Honeymoon Lane par une pancarte défoncée et perforée par de la chevrotine. Il y avait de l'herbe des marais sur les bas-côtés et, deux ou trois kilomètres plus loin, là où ça devenait humide, un long boqueteau d'arbres. Les insectes grouillaient sur le pare-brise, essayant de pénétrer à l'intérieur de la voiture.

Honeymoon Lane s'étendait devant nous comme une eau agitée. La chaussée montait et descendait d'une trentaine de centimètres au moins selon un rythme régulier, puis, à certains endroits, les fondrières étaient plus profondes et le châssis de la voiture raclait le sol. Je ralentis, mais sans amélioration notable de notre confort. Je commençai à avoir mal au cœur.

Ward regardait par la fenêtre.

« Si des gens vivent ici, ils ne prennent pas cette route pour aller chez eux ou en sortir, dis-je.

– Si jamais ils en sortent », ajouta-t-il.

La route s'arrêtait à environ quatre mètres d'une eau stagnante, et un sentier partait au milieu des arbres. Ils étaient plus gros qu'on ne l'aurait cru en les examinant de la route ; quant au sentier, il évoquait un tunnel. « Terminus », dis-je en coupant le contact.

Il descendit de voiture et partit au milieu des arbres. Je le suivis. Le sentier était frais et ombragé. Les troncs étaient couverts de mousse, certains faisaient trois ou quatre mètres de circonférence. Ils poussaient sur un sol érodé, si bien que leurs racines étaient visibles sur plusieurs mètres.

Entre les arbres, le sol était raviné et couvert d'eau. De l'eau de la rivière, chaude et brune. Des roseaux poussaient par endroits, mais là où l'eau était profonde, il n'y en avait pas.

Les moustiques se déplaçaient en nuages au-dessus de l'eau émettant un vrombissement électrique, plus grave que lorsqu'ils s'approchent de l'oreille. J'en écrasai un dans mes cheveux, mais ce geste sembla en attirer d'autres ; quelques instants plus tard, ils étaient partout, même dans mon nez et ma bouche.

Je les chassai de mes bras et de ma tête, puis, regardant Ward, j'en vis une bonne douzaine posés sur son visage. Il ne semblait même pas remarquer leur présence.

Nous avons longé le bord de l'eau sur une centaine de mètres, avant de suivre une bande étroite de terre émergée qui menait vers l'est et s'enfonçait parmi les arbres. Bientôt, nous avons de nouveau bifurqué vers le nord, sur une espèce de péninsule, où le sol était plus meuble et où nos chaussures faisaient des bruits de succion à chacun de nos pas. Depuis longtemps nous avions perdu de vue la voiture et, bien que possédant un bon sens de l'orientation, je n'étais pas certain, que j'aurais pu retrouver mon chemin tout seul.

« Il y a un embarcadère quelque part », dit Ward.

Sa voix portait, très claire, et semblait venir des arbres situés derrière nous, bien qu'il fût à quelques mètres devant moi.

Des yeux, je cherchai un embarcadère.

« Où ? »

Le son de ma propre voix me fit sursauter.

Il scruta les arbres sans me répondre, essayant, je pense, de se rappeler exactement l'apparence du rivage vu de la rivière. Dix ans au moins s'étaient écoulés depuis qu'il y avait navigué en bateau.

Un peu plus loin, un arbre mort était tombé en travers du chemin, une extrémité du tronc toujours reliée à la souche, l'autre plongeant dans l'eau. Un serpent mocassin gros comme mon poignet était lové dessus, près de l'eau, de la même couleur que le bois humide et putrescent.

J'enjambai ce tronc en me forçant à oublier ce qu'il y avait à l'autre bout. Mon frère s'arrêta encore. L'eau s'étendait devant lui, peut-être sur une vingtaine de mètres et, plus loin, le terrain s'élevait légèrement pour former une île.

Immobile, il s'était enfoncé dans la boue jusqu'aux chevilles.

« Il y a une maison là-bas », dit-il.

Je ne voyais aucune maison, en fait, je guettais les serpents.

« Comment le sais-tu ? » dis-je.

Je voulais faire demi-tour et retourner à la voiture. Je me frappai le bras du plat de la main, tuant deux moustiques d'un coup. L'un d'eux était gorgé de sang. Le bruit de cette claque parut s'attarder dans les arbres, incapable de s'en échapper.

« Ça ne peut pas être autre chose, dit-il.

– Qu'est-ce qui ne peut pas être autre chose ? » lui demandai-je.

Lorsqu'il tendit le bras vers les arbres, je la vis, forme sombre et familière, à peine discernable dans les branchages. Une antenne de télévision. Un corbeau poussa son cri et, quand je regardai, mon frère s'était encore enfoncé de trois ou quatre centimètres.

« Tu t'enlises », dis-je.

Il réfléchit au problème, dans la boue jusqu'aux chevilles, puis il essaya d'en retirer lentement ses pieds. Ses pieds sortirent, ses chaussures restèrent.

L'eau remplit les trous laissés par ses pieds et, lorsqu'il tenta de récupérer ses chaussures, il n'y parvint pas. De belles chaussures de ville marron perdues dans la boue.

Je pensai aussitôt à des sables mouvants.

Ward plongea la moitié de son bras dans la boue.

« Il y a une sorte d'aspiration », dit-il. Il se redressa, la main toute noire, et examina la terre meuble, puis l'eau. « Il doit y avoir un courant souterrain. »

J'observai l'eau à mon tour, mais rien n'y bougeait.

« Ce que je crois, reprit-il en regardant toujours autour de lui, c'est que tout ça est miné par en dessous. » Il me dévisagea un instant en souriant. « Je crois que tout ça flotte. »

J'entendis quelque chose tomber dans l'eau derrière moi et je me retournai vers l'arbre abattu que nous avions franchi quelques minutes plus tôt. Le serpent avait disparu. Ward souleva un pied puis l'autre pour retirer ses chaussettes et les glisser dans les poches de devant de son pantalon, puis il se mit à patauger vers l'île. Je scrutai longtemps l'eau avant de retirer mes chaussures et mes chaussettes, de remonter mes jambes de pantalon et de le suivre.

Frais et mou, le fond vaseux moulait mes orteils. À quelques pas devant moi, Ward avait de l'eau jusqu'à la taille.

« Tu t'embourbes ou l'eau est-elle plus profonde ? » lui demandai-je.

Il s'arrêta une minute pour réfléchir.

« Difficile à dire », décida-t-il enfin avant d'aller de l'avant.

L'instant suivant, je tombai dans le même trou, où la vase était plus froide sous le pied, mais aussi plus ferme. Ward avait atteint l'autre côté et tirait sur la branche basse d'un arbre pour se hisser sur la rive. Il se débattait, le corps à demi hors de l'eau, son poids modifiant l'équilibre des forces à mesure qu'il en émergeait. Ses bras tremblaient sous l'effort et j'arrivai en dessous de lui au moment où il retombait en arrière. Je posai ma main sous ses fesses et le poussai vers le haut.

Ce faisant, je m'enfonçai davantage dans la vase et, quand je sortis de l'eau, j'en étais couvert jusqu'aux genoux à mon tour. Je restai un moment sans bouger, tandis que Ward reprenait son souffle. J'étais surpris qu'il ne fût pas plus fort – il avait toujours semblé plus fort – et que ces quelques instants entre terre et eau l'aient épuisé à ce point. Je pensai brusquement qu'il était malade.

La petite parcelle de terrain dégagé où nous nous tenions n'était pas beaucoup plus vaste qu'un placard, trop exiguë pour nous deux. Les sous-bois environnants étaient épais et il n'y avait pas de sentier.

« Il y a forcément une autre voie d'accès, dis-je. On la trouvera peut-être en repartant d'ici. »

Il acquiesça, les mains posées sur les genoux, reprenant toujours son souffle. Je remarquai que les moustiques ne s'intéressaient pas à mes pieds, maintenant couverts de boue. Ma chemise collait à ma peau. Ward se redressa, le visage tout pâle.

« Tu veux retourner ? » demandais-je.

Au bout d'un moment, il répondit :

« Pour quoi faire ? »

Il pivota sur les talons, écarta les buissons et les branches avec ses mains, et avança lentement. Désormais tous ses gestes étaient maladroits, les branches le heurtaient selon des angles imprévus. Il trébucha une fois, puis s'arrêta pour examiner une coupure sur son pied.

Malgré tout, il progressait parmi les arbres vers l'antenne. Une branche cassée se prit dans sa manche et lui déchira sa chemise ; lorsqu'il se retourna pour se libérer, une branche plus petite le gifla à l'œil. Il s'arrêta, la main posée sur son œil qui se mit aussitôt à enfler. Des larmes en coulaient, comme s'il pleurait.

Je passai devant lui et marchai en premier, retenant les branchages jusqu'à ce qu'il fût passé, m'assurant que rien ne pouvait menacer son autre œil. Je pensai que j'aurais peut-être à le ramener à la voiture, aveugle, et au bout de quelques minutes il pleurait bel et bien des deux yeux. Personne n'a jamais été moins à sa place que Ward dans ce décor, et pourtant il avançait avec obstination, se mettant bientôt à éternuer. Je compris que même s'il n'était pas fait pour ce genre d'expédition, c'était sans importance ; ce qui comptait, c'était qu'il tenait à l'entreprendre.

Ses vraies compétences étaient nées d'un manque de talent. Il n'avait besoin d'aucune grâce pour foncer.

Il s'arrêta un instant pour s'essuyer les yeux avec un pan de sa chemise. Les moustiques quittèrent son visage, puis se posèrent au même endroit avant même qu'il ait terminé. Je m'assenai une claque sur la nuque et la secousse se répercuta sous mon crâne.

« Je suis en train de me flanquer une sacrée dérouillée », dis-je sans plus me soucier de parler à voix basse.

De toute façon, il n'y avait aucune chance pour que notre arrivée passe inaperçue, s'il y avait quelqu'un pour nous entendre.

Ward se moucha dans sa manche et essaya d'y voir plus clair, fermant les yeux et s'essuyant les paupières avec les doigts.

« C'est pas beaucoup plus loin », dit-il.

Une minute plus tard, j'entendais les poulets.

LA MAISON était posée sur des parpaings de ciment à l'autre bout de la clairière. Des douzaines de poulets picoraient sur le sol nu alentour ; un coq trônait sur un tas de bardeaux. Derrière ces bardeaux, on avait tendu une corde en Nylon entre l'angle de la maison et le seul arbre encore debout dans la clairière. Une demi-douzaine de peaux d'alligators y étaient suspendues ; aucune ne faisait plus de quatre ou cinq pieds de long. Il y avait une souche toute proche, où ils dépeçaient les bêtes. On y avait laissé une hache et quelques couteaux, dont deux plantés dans la souche, les autres abandonnés à même le sol et sur un tabouret métallique.

Mon frère traversa lentement cet espace dégagé ; un poulet croisa son chemin et perdit quelques plumes en se hâtant de déguerpir. La maison était préfabriquée. J'en avais vu des centaines comme ça dans les banlieues de Jacksonville et d'Orlando. Elle avait un seul niveau, un toit en pente et une grande baie vitrée sur le devant, là où se trouvait le salon. Les gens de l'immobilier appelaient ça le style ranch.

Je me demandai si elle avait été difficile à voler.

On avait recouvert la moitié de la façade avec des feuilles d'aluminium, le reste était protégé par des bardeaux semblables à ceux qui étaient en bas. Un moteur hors-bord Evinrude était démonté sur une couverture étalée dans le garage ; les outils se mêlaient aux pièces du moteur.

Mon frère marcha jusqu'à la porte et appuya sur la sonnette. Nous avons échangé un regard en attendant. Rien. Alors il frappa à la porte. Aucune réaction. Il recula de quelques pas pour examiner le toit, d'un bout à l'autre. Il était couvert de papier goudronné déchiré à certains endroits où l'on voyait le bois de la charpente. Il y avait partout des excréments de poulet.

Il retourna à la porte et frappa encore. Il cria le nom de Tyree Van Wetter.

J'avais gagné le côté de la maison et, de là, j'aperçus la crique située derrière. Il y avait aussi un petit bateau, renversé au sec. La cour était humide et nue, réduite à une simple bande de terre qui ne faisait pas plus de trois mètres de large et qui descendait vers l'eau.

La voix de mon frère portait sur l'eau, puis revenait vers l'île :

« Monsieur Van Wetter… Je suis ici pour vous poser quelques questions sur votre neveu Hillary. »

Je fis le tour de la maison pour rejoindre la façade.

« Il n'y a personne », dis-je.

Mon frère regarda la maison, indécis.

Il frappa encore, plus fort cette fois.

« Tyree Van Wetter ? »

Les poulets reprirent leur manège dans la clairière, comme si nous n'étions pas là. Mon frère s'assit sur la marche qui menait à la porte d'entrée et, à l'aide d'un bâton, entreprit de décoller la vase coincée entre ses orteils. Je m'assis près de lui. Le soleil avait chauffé la marche. Je discernai une odeur de goudron, qui venait sans doute du toit. Je regardai mon frère, en attendant de savoir ce qu'il comptait faire.

« Attendons un moment », dit-il.

Je le regardai se nettoyer les pieds.

« Tu sais, dis-je, c'est peut-être seulement un bungalow de pêche. »

Il examinait ses orteils.

« Non, je crois que nous sommes au bon endroit. » Puis il ajouta : « Il y a quelqu'un dans la maison. J'ai entendu du bruit. »

Assis dans la véranda, nous avons attendu. Le soleil se déplaçait dans le ciel et les ombres grandissaient. Il fit soudain plus frais.

« Je suis désolé pour ce qui s'est passé avec Yardley », dis-je un peu plus tard.

Il examinait l'un de ses pieds ; nous n'avions pas parlé depuis longtemps. Pour ma part, je n'avais pas entendu le moindre bruit en provenance de cette maison. Il fronça les sourcils, sans que je comprenne pourquoi.

« Personne n'a été blessé, dit-il.

– Il a fait comme s'il avait été blessé.

– Yardley se croit protégé, rétorqua mon frère. "Vous ne pouvez pas me faire ça, je travaille pour le *Miami Times*…" »

En entendant ces mots, il se mit à sourire. Ward savait qu'une telle protection n'existait pas. Il ne se faisait aucune illusion là-dessus.

LE SOLEIL venait de disparaître derrière les arbres situés à l'ouest de la clairière lorsque j'entendis le bateau. Je me levai en même temps que Ward et je le suivis derrière la maison pour le regarder traverser la crique – un petit bateau de pêche en aluminium avec un vieux moteur Johnson. Il y avait deux hommes à bord, l'un de l'âge de mon père, l'autre plus jeune, peut-être son fils. Tous deux étaient blonds et ils ne semblèrent pas surpris de nous voir debout à la limite de leur terrain.

Celui qui était devant, le plus jeune, se leva quand le bateau approcha de la rive, portant une glacière Coleman sous le bras, puis il sauta à terre. Le bateau tangua violemment derrière lui. Le vieux assis près du moteur attendit que le jeune ait posé la glacière avant de s'approcher de l'embarcadère. Les bras du jeune homme étaient longs et musclés, comme ceux d'un ouvrier ou d'un nageur.

Lorsque le vieux fit basculer le moteur hors de l'eau, la forme de ses bras se transforma, puis il descendit à terre à son tour.

Mon frère restait immobile, attendant que l'un des deux hommes parle en premier. Le plus jeune amarra le bateau à une souche, puis il saisit la glacière, passa entre nous et se dirigea vers la maison. Quand il y fut presque arrivé, la porte de derrière s'ouvrit, une femme au visage pâle apparut dans l'entrebâillement et se mit à lui parler à voix basse. Il hocha la tête, sans lui répondre, puis il passa devant elle et disparut à l'intérieur.

Le vieux glissa les mains dans les poches arrière de son pantalon et s'approcha de mon frère. Il était plus trapu que le jeune, mais pas aussi massif et musclé. Il s'arrêta devant Ward nous examinant comme un problème à résoudre.

« Vous avez perdu vos chaussures », dit-il enfin, un sourire se devinait derrière ses paroles.

Ward acquiesça, lança un regard vers l'endroit d'où nous étions arrivés.

« Oui, fit-il.

– Il y a des serpents dans tout le secteur, vous avez de la chance d'avoir seulement perdu vos chaussures », dit le vieux.

Il semblait accommodant et me regarda un instant pour voir si j'avais peur des serpents, puis il se retourna vers le bateau et en tira un sac rempli de provisions. Un sachet de chips était posé tout en haut. Ses favoris dessinaient une ligne grise qui suivait la courbe de sa mâchoire et, dans la lumière déclinante, ils lui donnaient une apparence floue.

« Monsieur Van Wetter ? » demanda Ward.

Le vieux hocha la tête.

« Je m'appelle James Ward, je travaille pour le *Miami Times*… »

Le vieux remonta lourdement la berge vers la maison. Mon frère lui emboîta le pas.

« Je voulais vous parler de votre neveu… »

Le vieux s'arrêta avant de franchir la porte.

« De quel neveu s'agit-il ?

– Hillary », répondit mon frère.

Le vieux secoua la tête.

« Vous avez traversé ces marais pleins de serpents pour rien, dit-il. Hillary est pas mon neveu. C'est l'autre branche de la famille. »

Un instant passa.

« De quelle branche s'agit-il ? » s'enquit Ward.

Le vieux se figea, puis il se gratta la tête en tenant toujours son sac de provisions.

« Autant que vous demandiez à Eugene, c'est le cousin direct de Hillary », et il fit un signe de tête vers la maison.

Mon frère regarda dans cette direction en essayant de rassembler ses pensées.

« Eugene a été marié deux fois, expliqua le vieux, il a fait le pont entre les deux branches de la famille. Il va ressortir dans une seconde, faut qu'on mange un peu de glace. »

Nous sommes retournés attendre dans la véranda. Les occupants s'agitaient à l'intérieur ; un bébé se mit à pleurer. Le soleil descendit encore parmi les arbres, plongeant la maison dans l'ombre. Mon frère avait des filets de salive à la commissure des lèvres. Nous n'avions rien bu depuis longtemps.

Les yeux fixés sur la cime des arbres, il s'imprégnait de l'endroit, et des gens qui y habitaient.

Une demi-heure plus tard, la porte s'ouvrit et le vieux sortit avec un pot de deux litres contenant de la glace à la vanille Winn-Dixie. Le dénommé Eugene arriva quelques instants plus tard, une cuillère enfoncée dans la poche de sa chemise. Une fois installés par terre, le dos appuyé contre les blocs de parpaing qui soutenaient la maison, le vieux procéda lentement à l'ouverture du pot de glace et regarda Eugene après avoir retiré le couvercle, révélant son contenu.

C'était une véritable cérémonie.

Le vieux fouilla dans ses poches de pantalon et finit par en sortir une cuillère. Il la considéra un moment, puis il l'enfonça dans la glace. Il mit cette cuillère dans sa bouche et l'y laissa longtemps. Quand il l'en ressortit, elle était encore à moitié pleine.

La porte s'ouvrit alors de quelques centimètres et la femme se faufila par l'entrebâillement avec un bébé. Sous son T-shirt d'homme, ses seins étaient libres. Elle gardait les yeux baissés, car elle ne voulait regarder ni mon frère ni moi, et elle s'assit par terre derrière Eugene.

Le vieux remit la cuillère dans sa bouche et cette fois, lorsqu'il l'en ressortit, elle était vide.

« Vous êtes le cousin de Hillary ? » demanda soudain mon frère.

Eugene, qui regardait le vieux manger, tourna brusquement la tête vers mon frère. Il dévisagea Ward pendant que le vieux arrangeait une portion de glace en équilibre sur sa cuillère avant de la guider vers sa bouche. La glace était molle et une partie de ce qui avait déjà fondu coulait par le fond du pot et tachait le pantalon du vieux.

« Hillary Van Wetter, dit mon frère. Vous êtes son cousin ? »

Le vieux pouffa de rire, la cuillère toujours dans la bouche, comme si la glace le rendait heureux.

« Faites pas gaffe à Eugene, dit-il. Il est de mauvais poil quand il attend son tour. »

Mon frère acquiesça et Eugene tourna la tête vers la glace. Assise un peu plus loin, la femme lorgnait elle aussi dans cette direction.

Le vieux surprit ce regard et dit :

« Glace. »

Puis il remit la cuillère dans sa bouche. La femme hocha imperceptiblement la tête.

On est restés assis vingt minutes devant la maison pendant que le vieux mangeait sa glace à la vanille. Il fallait respecter « l'étiquette » du marais. Il semblait apprécier la consistance de la glace dans sa bouche autant que son goût et, une fois, après avoir fait glisser la cuillère hors de ses lèvres, il la posa contre sa joue et sourit à ce contact si agréable. La glace fondait toujours dans le pot et dégoulinait sur son pantalon, la tache s'étendait jusqu'à recouvrir tout son ventre.

Soudain, il s'arrêta, ferma les yeux et laissa basculer sa tête en arrière jusqu'à toucher les parpaings auxquels il s'adossait. Il semblait attendre la disparition d'une douleur ; lorsqu'elle fut passée, il jeta un dernier long regard au pot – il était encore au moins à moitié plein – et il le tendit à Eugene.

La glace continuait à couler quand elle passa d'une main à l'autre et Eugene souleva le carton au-dessus de son visage pour en sucer le coin.

La femme était maintenant plus attentive, elle écartait les insectes du pot de glace en ignorant ceux qui se posaient sur ses bras et ses épaules. Ses mamelons étaient parfaitement visibles sous son T-shirt et je regardais ailleurs pour ne pas être surpris à les observer.

Le vieux croisa les mains sur son ventre et ferma les yeux.

« Fait sombre », dit-il sans que je comprenne à qui il parlait.

Mon frère opina, comme s'il pensait la même chose. Il jeta un coup d'œil rapide dans la clairière.

« Y a-t-il une autre façon de sortir d'ici ? » demanda-t-il.

Le vieux ouvrit les yeux à cette question.

« Deux façons, dit-il. Le chemin que vous avez pris et le bateau. »

Le silence s'installa à nouveau. Mon frère ne voulait

pas lui demander ce service. Le vieux lui sourit encore. « Z'êtes fier, pas vrai ? » fit-il.

Ward ne répondit pas. Le vieux se tourna vers Eugene, qui se concentrait sur le pot de glace.

« Ces journalistes sont fiers, Eugene. Ça me plaît... » Eugene acquiesça.

« Peut-être bien que je vais vous ramener à bon port, les journalistes », dit le vieux. Il commença à se lever – il fit mine de se lever –, puis se laissa retomber à terre. Il secoua la tête. « Trop de glace, dit-il. Je coulerais ce vieux rafiot avec tout ce que j'ai dans le bide. »

Il sourit à la femme, qui avait oublié le bébé qu'elle tenait dans ses bras, tant elle regardait fixement la glace. Eugene plongeait maintenant la main dans le pot jusqu'au poignet et la glace faisait une petite mare par terre entre ses jambes. Je n'aurais su dire combien il en restait.

« M'est avis que vous allez devoir repartir comme vous êtes venus, les gars », dit le vieux.

Je pensai au serpent mocassin lové sur une branche dans l'obscurité, je me voyais posant la main dessus pour l'enjamber.

« Il faut que je parle à Tyree Van Wetter », dit mon frère.

Cela parut anéantir la bonne humeur du vieux : mon frère se moquait de repartir par le même chemin, il n'avait pas peur des serpents.

« Ça vous servirait à rien », dit le vieux.

Eugene souleva le pot de glace et le suça de nouveau. Il semblait prêt à donner ce qui restait à la femme ; il regarda le pot, puis il regarda la femme, puis il y replongea sa cuillère.

« Il pourrait aider Hillary, dit mon frère.

– Hillary est parti, rétorqua le vieux. Ils l'ont eu et ils vont pas le lâcher de sitôt.

– Hillary affirme qu'il était avec son oncle la nuit où le shérif Call a été assassiné », dit mon frère.

Le vieux réfléchit, mais ne répondit pas. Quand je regardai de nouveau la glace, la femme se tourna brusquement dans ma direction et elle me fusilla du regard, comme s'il lui était venu à l'esprit que je risquais de lui voler son tour.

« Ils vont garder ce gars, dit le vieux.

– Ils vont l'attacher à une chaise et l'électrocuter », dit mon frère.

Le vieux hocha la tête.

« Très bien », dit-il.

Dans le silence qui suivit, Eugene posa le pot de glace par terre à côté de sa jambe. La femme regarda Eugene, puis le pot. Alors, comme obéissant à un signal tacite, elle s'en empara.

« C'est donc réglé, dit le vieux.

– Il prétend qu'il était à Daytona Beach quand ça s'est passé », dit mon frère.

Le vieux haussa les épaules.

« À voler de la pelouse… »

Le vieux se frotta le menton.

« C'est illégal, pas vrai ?

– Évidemment.

– Alors, ils vont mettre ce pauvre vieux Tyree au trou, lui aussi. »

Mon frère secoua la tête.

« Il y a des statuts bien définis pour ce genre de délit. Aujourd'hui, on ne peut plus arrêter quelqu'un à cause de ça.

– Je les ai vues, vos statues », dit le vieux en souriant à nouveau.

Il croisa le regard d'Eugene et ne le lâcha pas, comme s'ils décidaient de quelque chose, et un peu plus tard la femme posa sa cuillère par terre, essuya de son index l'intérieur du pot de glace, puis glissa son doigt dans la bouche du bébé.

L'AIR FRAÎCHISSAIT quand nous sommes revenus sur nos pas, nos pieds nus butant sur des pommes de pin et des pierres que nous ne pouvions voir. Le ciel était sombre et, lorsqu'on levait les yeux, on ne le distinguait pas des arbres. Une brise se leva à l'est, en direction de l'eau, apportant des roulements de tonnerre lointains.

Je marchais devant et entendais Ward derrière moi, se frayant difficilement un chemin parmi les arbres bien que je retienne les branches pour lui faciliter la marche. Il respirait bruyamment et il reniflait. Je l'entendais clairement, mais je ne le voyais pas, même lorsqu'il était si près de moi que sa main touchait la mienne sur la même branche d'arbre.

Puis il y eut un éclair et dans cette lueur je l'aperçus qui marchait les bras tendus devant lui, la tête légèrement de côté, comme quelqu'un qui se protège des éclaboussures dans une piscine. Je me redressai en le voyant ainsi et laissai tomber mes bras le long de mon corps. Quelques instants plus tard, je percutai de plein fouet une branche avec l'impression qu'elle m'arrachait l'oreille.

Il y eut un moment où, tandis que je plaquais une main contre mon oreille pour attendre que la douleur passe, je crus brusquement que le vieux et son fils étaient tapis quelque part dans les arbres et qu'ils nous observaient, et je me redressai encore, car je ne voulais pas avoir l'air idiot.

Un peu plus tard, je glissai dans la boue et atterris sur les mains. Ward me heurta par derrière, mais réussit à conserver son équilibre.

« Penses-tu que nous soyons passés par ici ? demandai-je.

– Pas loin, fit-il.

– Je n'y vois fichtrement rien. »

L'instant suivant, je crus entendre un rire étouffé. Il y avait quelqu'un d'autre dans la boue parmi les arbres, qui nous observait. J'étais furieux.

« Tu sais ce que je crois ? dis-je. Je crois que ces putains de gens sont trop cons pour comprendre que tu essaies de les aider.

– Si nous continuons tout droit encore un peu, dit mon frère, nous retrouverons le sentier qui mène à la voiture. »

Je me remis sur pied en silence, puis recommençai d'avancer.

« Ils ne sont pas cons, dit ensuite Ward. Ils jouaient avec nous. »

Alors la terre se déroba sous mes pieds, je tombai tout à coup, m'accrochant le bras à un obstacle solide alors que je chutais, puis j'atterris de côté dans l'eau, après ce qui me sembla être un temps considérable.

« Jack ? » Sa voix venait de loin, comme si un obstacle s'interposait entre elle et moi. « Jack ? Tu es là ? »

Je me relevai dans la boue qui se referma autour de mes chevilles. L'eau me semblait chaude et montait jusqu'à ma taille.

« Ça tombe à pic dans l'eau, dis-je. À cinq pas environ de toi. »

Tout fut à nouveau silencieux pendant que Ward explorait le terrain.

« On est sans doute trop à l'est », dit-il enfin.

Sa voix était assourdie. Sentant mes pieds s'enfoncer dans la boue, je changeai de place.

« Le bord s'est effondré, dis-je. Fais attention à l'endroit où tu marches si tu ne veux pas dégringoler sur moi.

– Tu peux te déplacer ? »

Un éclair zébra le ciel, suivi quelques secondes plus tard, par un roulement de tonnerre. Dans la lumière soudaine, j'aperçus les racines d'un arbre qui émergeaient de la berge au-dessus de ma tête. Elles ressemblaient à un nid. Un peu plus bas, sur ma gauche, j'aperçus un arbre abattu dont une extrémité s'enfonçait dans l'eau et au-delà, l'endroit où le sol s'était affaissé. J'eus soudain froid.

« Je crois que nous sommes arrivés par ici », dis-je.

Les éclairs s'approchaient. Derrière eux, le tonnerre secouait le ciel. Il se mit à pleuvoir. Malgré ce vacarme, j'entendais mon frère au-dessus de moi, qui se frayait un chemin à travers les arbres.

Nous avons rejoint ainsi l'endroit où, plus tôt dans la journée, nous avions traversé l'eau pour atteindre l'île ; Ward se débattait avec les branches et les accidents du terrain qu'il ne pouvait pas voir, et moi, dans l'eau jusqu'à la taille et dans la boue jusqu'aux chevilles, je pensais aux serpents.

MES CHAUSSURES étaient sur la berge, à l'endroit où je les avais laissées. La voiture aussi était à l'endroit où nous l'avions laissée, mais elle était retournée sur le toit, les portières grandes ouvertes, le petit plafonnier éclairant faiblement l'intérieur. Debout sous la pluie, nous l'avons regardée.

« Tu sais le pire ? dis-je. On peut même pas monter dedans pour se mettre à l'abri. »

Ward ne répondit pas. Il semblait fatigué et affaibli ; ses vêtements collaient à sa peau et, en dessous, il était frêle.

Sans un mot, il se mit à marcher vers la route. J'attendis un peu plus longtemps, en regardant la voiture osciller dans le vent, espérant absurdement qu'une bourrasque la remettrait sur ses roues et qu'elle pourrait nous ramener à la maison. Quand je tournai les talons, je ne le vis pas et je me sentis envahi par une légère panique à l'idée qu'il s'était peut-être perdu. Je m'élançai au pas de course sur le chemin de terre en direction de la route, je criai plusieurs fois son nom et je le découvris de nouveau immobile, scrutant les ténèbres d'où nous venions.

Il me regarda et cligna des yeux. La pluie dégoulinait sur son visage et dégouttait de son menton. Il semblait pâle et désespéré, mais, soudain, se tournant vers le marais, il sourit et je compris qu'il avait trouvé ce qu'il cherchait : nous venions de passer l'après-midi en compagnie d'Oncle Tyree.

CETTE NUIT-LÀ, trop épuisé pour retourner jusqu'à la maison de mon père à Thorn, je dormis dans le lit de Yardley Acheman. L'oreiller sentait son eau de toilette ; je me réveillai une fois pendant la nuit, saisi d'un haut-le-cœur à cause de cette odeur violente.

CHARLOTTE ET LUI revinrent de Daytona Beach à deux heures le lendemain après-midi. Lorsqu'ils arrivèrent, j'étais assis au bureau de Yardley et je téléphonais à un employé du service du contentieux de la société de location d'Orlando pour lui parler de notre voiture retournée. J'avais déjà raconté trois fois mon histoire, d'abord à l'employé de l'agence de Palatka, où nous avions loué cette voiture, pour finir avec le gars d'Orlando, et à chaque étape la personne que j'informais semblait la prendre plus à cœur.

« Vous l'avez *laissée* là-bas, dans le marais ? » s'étonna-t-il.

Il avait l'accent typique et rocailleux du nord de la Floride.

« Nous l'avons garée au bout de la route, dis-je. Nous ne l'avons pas laissée dans le marais.

– Et quand vous l'avez retrouvée, elle était retournée sur le toit », ajouta-t-il.

Il y avait là quelque chose d'inacceptable pour l'employé du contentieux, et il ne faisait rien pour le cacher. « Elle était en effet retournée sur le toit », dis-je.

J'étais fatigué, je portais une chemise de Yardley Acheman et un de ses pantalons, trop étroit à l'entre-jambe et qui sentait vaguement son eau de toilette.

« Vous n'aviez pas laissé les clefs sur le tableau de bord…

– Vous croyez peut-être qu'elle s'est retournée parce que j'aurais laissé les clefs sur le tableau de bord ? dis-je.

– Je ne sais pas quoi penser », fit-il.

À ce moment-là, Charlotte et Yardley Acheman franchirent la porte. Charlotte apparut en premier – Yardley semblait lui tenir la porte – et je compris dès cet instant que quelque chose avait changé.

« Monsieur James ? fit l'homme d'Orlando.

– Je vous ai déjà raconté toute cette histoire quatre fois, et trois ou quatre fois aux deux employés qui vous ont précédé, mais je me retrouve au point de départ, dis-je. Ce n'est pas moi qui ai retourné cette bon Dieu de voiture. »

Yardley reconnut sa chemise, je ne sais pas comment. C'était une chemise blanche unie, à manches longues, que j'avais trouvée dans son tiroir. Je ne l'avais jamais vu la porter.

« Qu'est-ce qu'il fait avec ma chemise ? demanda-t-il à Ward.

154

« – Nous avons eu des ennuis avec la voiture hier soir, dit mon frère. Nous sommes restés ici. »

Yardley Acheman hocha la tête comme s'il comprenait.

« Qu'est-ce qu'il fait avec ma chemise ? répéta-t-il.

– Il n'est pas rentré chez lui hier soir, dit Ward.

– Tes chemises ne lui vont pas ?

– Nous l'enverrons chez le teinturier, dit mon frère. Nous ferons passer ça en note de frais. »

Malgré tout le plaisir qu'il prenait à faire des notes de frais pour le *Miami Times*, Yardley fit non de la tête.

« Je n'ai pas besoin de cette putain de chemise maintenant. »

J'ai échangé un regard avec Ward, puis je me suis tourné vers Charlotte en espérant qu'elle dirait à Yardley de la mettre en sourdine, mais elle l'écoutait sans broncher, comme si toute cette discussion à propos d'une malheureuse chemise était parfaitement sensée.

« Je déteste voir quelqu'un porter mes vêtements », dit-il. Puis il se tourna vers Ward et ajouta : « Et je déteste qu'on s'installe à mon bureau.

– Il est en train de nous trouver une nouvelle voiture, plaida Ward.

– Il est assis là avec ma chemise, il se sert de mon téléphone… »

Il était en colère, mais ce n'était pas nouveau pour moi. Alors je remarquai par hasard la manière dont Charlotte le regardait.

Je me levai et ouvris la chemise sans la déboutonner, puis je la roulai en boule et la lui jetai à la tête. Elle atterrit entre ses mains. Se souvenant soudain de la clef au cou que je lui avais donnée, il recula d'un pas. Puis j'ôtai d'un coup sec mes chaussures toujours couvertes de boue, j'enlevai son pantalon et le lançai vers lui. Je me retrouvai ainsi en caleçon et chaussettes, le mettant au défi de rajouter quelque chose.

Lentement, il se mit à hocher la tête, comme si c'était le comportement qu'il avait attendu depuis longtemps. Je m'aperçus alors que j'étais à bout d'argument, ou du moins que je n'avais rien d'autre à enlever, quand Charlotte nous interrompit.

« Yardley a retrouvé le terrain de golf », dit-elle.

Et la seconde suivante, le fait d'avoir arraché la chemise de Yardley sans la déboutonner n'avait plus aucune importance.

Yardley se tourna vers mon frère en acquiesçant, confirmant ainsi la nouvelle, puis il laissa tomber par terre la chemise et le pantalon. Comme pour dire : « *Et c'est comme ça que vous me traitez.* »

« Où est-il ? » demanda Ward.

Je fis le tour du bureau en sous-vêtements, frôlant Charlotte, puis je m'assis sur le rebord de la fenêtre. Une légère brise que je n'avais pas remarquée jusque-là courut sur ma peau. Charlotte me regarda un moment, puis, se désintéressant de moi, tourna la tête.

« À Ormond Beach », dit Yardley Acheman. Il sortit un calepin de sa poche arrière et lut ses notes. « 20 août 1965, six heures et demie du matin. Le gérant du club téléphone à la police d'Ormond Beach pour signaler que ses *greens* ont fait l'objet d'un acte de vandalisme ; des voleurs ont embarqué tout le gazon pendant la nuit.

– Où as-tu trouvé ça ? » demanda mon frère.

Yardley Acheman haussa les épaules, comme s'il s'agissait là d'une intuition aussi géniale qu'inexplicable. « Il l'a lu dans le journal », dit alors Charlotte.

L'espace d'un instant, je choisis de croire que son changement d'attitude était seulement dû au fait qu'il avait découvert le moyen de sauver Hillary Van Wetter. Mais lorsqu'elle le regarda de nouveau, je compris que je me trompais.

« C'était dans des vieilles coupures de l'*Ormond Beach Satellite*, dit-il.

– C'était dans tous les journaux », ajouta-t-elle.

Charlotte vantait les mérites de Yardley, mais elle ne comprenait pas que la valeur de son exploit dépendait uniquement de sa difficulté. Je croisai les bras et m'appuyai contre le châssis de la fenêtre.

« Tu as parlé à l'homme… » dit Ward.

Yardley Acheman acquiesça.

« Pas au gérant, il s'est chopé un cancer à cause des désherbants utilisés là-bas, mais à un autre gars. Il s'en souvenait parce que les membres du club ont voté pour demander au gouverneur de déclarer le terrain de golf zone sinistrée ; ils voulaient trouver du fric comme ça pour remplacer les *greens* sans être obligés d'y aller de leur poche. Tous les journaux en ont parlé.

– Ils étaient vieux, dit Charlotte. Une bande de vieux qui se promenaient en pantalon à carreaux, toujours furieux qu'on leur ait piqué leur herbe quatre ans plus tôt. »

Elle sourit à cette seule pensée, puis elle sourit à Yardley Acheman. Il était beau, d'accord, et quelque chose à Daytona Beach avait modifié ses sentiments envers Hillary Van Wetter.

Yardley Acheman marcha vers son bureau et s'y installa, enjambant la chemise et le pantalon tombés à terre.

IL NOUS FALLAIT revoir Hillary, mais Charlotte ne voulait pas nous accompagner. Je le compris avant même qu'elle ne dise à mon frère que ses règles venaient de commencer, qu'elle souffrait de crampes très douloureuses et qu'elle saignait trop le premier jour pour envisager de se déplacer.

Une autre femme aurait simplement prétexté un rhume.

« Je saigne comme si j'avais reçu un coup de couteau », dit-elle.

Un peu plus tard, elle annonça que la prison commençait à la déprimer.

« Je ne sais pas combien de temps je pourrai aller làbas et voir Hillary attendre le jour de son exécution…

– Il faut que nous lui redemandions à quel endroit il a vendu ce gazon, dit Ward.

– Il a déjà déclaré qu'il ne le savait pas, objecta Charlotte.

– Il a eu le temps d'y penser. »

Un peu plus tard, Charlotte évoqua tous les détails de son cycle menstruel à l'intention de mon frère. Ward fixait ses mains tandis qu'elle lui expliquait combien de sang elle perdait, mais il n'essaya pas de la convaincre de venir.

« Il faut que je prenne un flacon de Midol et que je me couche », dit-elle.

Une minute plus tard, après avoir lancé un regard incertain en direction de Yardley Acheman, elle s'éclipsa.

« Est-ce qu'il nous parlera sans elle ? demandai-je.

– Je ne sais pas, dit Ward.

– S'il refuse, qu'il aille se faire foutre, dit Yardley Acheman. Nous trouverons bien quelqu'un d'autre… »

Mais mon frère, lui, ne voulait pas trouver quelqu'un d'autre. Il voulait Hillary Van Wetter, il voulait toute l'histoire qu'il avait commencé de démêler. Au bout du compte, peu lui importait de savoir si Hillary avait tué le shérif Call ou pas, ou s'il avait été correctement défendu lors de son procès.

Fondamentalement, mon frère voulait savoir ce qui s'était passé et l'écrire noir sur blanc. Il voulait que tout soit exact, à la virgule près.

LES NARINES de Hillary Van Wetter étaient bourrées de coton et des brins pendaient sous son nez. Il était difficile de savoir si le renflement au bas de son front était dû au coton ou à sa blessure. Ses deux yeux étaient pochés et montraient des traînées noirâtres symétriques suivant un même angle, comme si elles avaient la même origine.

« Où est ma promise ? » demanda-t-il.

On aurait dit qu'il était enrhumé.

« Elle ne se sentait pas bien », répondit Ward.

Suivit un silence.

« Qu'est-ce qu'elle a ? »

Mon frère se mit à secouer la tête, en cherchant une manière d'expliquer ça. Yardley Acheman changea de position sur sa chaise.

« Elle a hissé le pavillon rouge », dit-il.

Hillary se tourna vers lui et le cliquetis de ses entraves fut le seul bruit dans le parloir.

« Elle a ses menstrualités ? » dit-il enfin.

Il était menotté et il y avait un garde derrière la porte. Yardley Acheman s'en assura avant de reprendre la parole.

« C'est ce qu'elle a dit.

– Elle s'est pointée et elle en a parlé, comme ça ? »

Yardley opina.

« La chatte en quenouille, devant des gratte-papier, dit Hillary.

– Nous devrions parler d'Ormond Beach », intervint mon frère.

Mais Hillary Van Wetter continuait de dévisager Yardley Acheman.

« Monsieur Van Wetter ? »

Enfin Hillary se détourna de Yardley pour considérer Ward.

« Elle t'en a parlé aussi ? »

Tout le monde resta silencieux pendant un moment.

« Il faut que je sache où est passée la pelouse, finit par dire Ward.

– Pourquoi ?

– Il faut que je retrouve la personne qui l'a achetée. »

Il se tourna vers Yardley Acheman.

« T'aurais pas une clope ? » dit-il.

Yardley montra du menton la pancarte au mur qui interdisait aux visiteurs de donner quoi que ce soit aux prisonniers.

« Interdit », fit-il.

Hillary acquiesça.

« Suivre le règlement, dit-il. Suivre le règlement… »

Ward lui demanda quelle direction Hillary et son oncle avaient prise à partir du terrain de golf.

Hillary ferma les yeux pour se remémorer.

« Crêperie internationale, dit-il enfin. On a mangé des crêpes et de la glace.

– À Daytona ?

– Sans doute.

– Et ensuite ?

– Ensuite, on a touché le fric et on est rentrés. »

Un nouveau silence.

« J'ai besoin de connaître l'endroit, dit mon frère.

– On a tous besoin de quelque chose », rétorqua-t-il.

Il adressa un autre regard appuyé à Yardley Acheman. Yardley lui jeta un coup d'œil, puis il tourna la tête. Il regarda sa montre, puis la porte, pour rappeler à Hillary la présence du garde dans le couloir.

Hillary Van Wetter le tenait sous la coupe de son regard aussi immobile qu'une eau stagnante. Il le fixa jusqu'à ce que Yardley se lève, traverse la pièce et glisse un paquet de cigarettes ouvert dans la poche de chemise de Hillary.

Pas un instant Hillary ne quitta Yardley des yeux

jusqu'à ce qu'il fût de retour à sa place contre le mur. Puis il hocha la tête, lentement. Impossible de savoir s'il voulait le remercier ou si toutes les idées qu'il s'était faites sur nous se trouvaient confirmées.

« Le lotissement était-il très éloigné de la crêperie ? » demanda Ward.

Pas de réponse.

« Dans quelle direction se trouvait-il ? C'était le début de la matinée, d'accord ? Vous avez roulé vers le soleil ou en lui tournant le dos ? »

Hillary Van Wetter secoua la tête.

« Temps couvert », dit-il.

« QU'IL AILLE se faire foutre », dit Yardley.

La nouvelle voiture de location était une Mercury dont le bruyant système de climatisation secouait la carrosserie chaque fois qu'il se mettait en marche ou s'arrêtait, sans rafraîchir beaucoup l'intérieur de la voiture. Yardley était assis à l'arrière, toutes fenêtres ouvertes.

« Il ne vaut pas le coup », dit-il.

Il parlait à mon frère comme si je n'étais pas là. Il faisait cela plus souvent que nécessaire, pour me rappeler que je ne comptais pas.

« Il faut que nous épluchions les permis de construire, dit Ward. À cette époque, ils construisaient un lotissement en soixante jours, avant que les inspecteurs des travaux publics aient le temps de voir ce qu'ils faisaient, et celui-ci était sans doute presque terminé puisqu'ils étaient prêts à poser les pelouses…

– Il ne vaut pas le coup, répéta Yardley en se redressant sur la banquette arrière.

– Il n'y a sans doute pas plus d'une douzaine de chantiers qui ont démarré en même temps, dit Ward, dont certains avec la même entreprise.

– Et alors ? fit Yardley Acheman. Tu crois que ton entrepreneur va reconnaître qu'il a acheté les *greens* d'un terrain de golf ?

– Il dira peut-être qu'il ignorait que c'était une pelouse volée.

– Il s'en battra l'œil, rétorqua Yardley. L'avocat s'en bat l'œil, Hillary Van Wetter s'en bat l'œil… Il y a trop de gens, dans cette affaire, qui s'en battent l'œil. » Il réfléchit un moment, toujours assis au bord de la banquette. « D'ailleurs, moi aussi, je commence à m'en battre l'œil. »

Yardley se tut et repensa à ce qu'il venait de dire, se demandant peut-être quelles réactions cette confidence susciterait si jamais elle revenait aux oreilles des rédacteurs en chef de Miami.

« Je veux dire, reprit-il, qu'est-ce que je peux bien écrire ? Je me vois devant ma machine, essayant de déchiffrer cet individu pour le lecteur, mais putain, je n'éprouve pas le moindre sentiment pour ce gars-là, sauf que s'il n'a pas éventré le shérif, il était sans doute en train de baiser des chouettes cette nuit-là. »

Yardley était depuis longtemps convaincu que sa tâche consistait à interpréter pour le lecteur.

La climatisation se remit en marche et le moteur peina.

« Si les entrepreneurs sont du coin, ça ne prendra pas plus de deux jours », dit Ward.

Yardley Acheman se renfonça sur sa banquette.

« Je ne peux pas écrire si je ne sens rien. »

Mon frère hocha la tête, comme s'il était d'accord.

« Tu veux retourner à Daytona, dit-il, ou tu préfères que je m'en occupe ? »

Yardley Acheman secoua la tête.

« Ce que je veux, c'est qu'on plie bagages et qu'on oublie ce type, dit-il, qu'on trouve un truc nouveau à Miami… »

Ward sourit poliment, comme s'il s'agissait d'une blague. J'imagine qu'il avait déjà entendu ces jérémiades. Comme n'importe quoi d'autre, une enquête journalistique est plus excitante vue de haut quand elle démarre, que lorsque vous trimez dessus et que vous vous bagarrez avec les détails.

Voilà pourquoi, à mon avis, Yardley Acheman avait pris l'habitude de se tenir à distance.

À LA MAISON ce soir-là, j'annonçai à mon père que Yardley Acheman voulait laisser tomber. Anita Chester, qui était encore là, procédait à un nettoyage tardif, et nous étions assis dans la véranda.

« Vous êtes dans une impasse, pas vrai ? » dit-il en buvant une gorgée de vin.

Il posa son verre sur le plancher inégal de la véranda, près de son fauteuil. Le verre se retrouva de guingois, le vin près de déborder.

« Non, ce n'est pas ça. Ward travaille toujours. »

Mon père réfléchit.

« Ton frère est un sacré journaliste, finit-il par dire. Mais il ne connaît pas encore toutes les ficelles du métier. »

Il étira ses bras au-dessus de la tête et bâilla. Le bruit de l'aspirateur nous parvint par la fenêtre de son bureau. Il ne restait plus la moindre lumière dans le ciel. Il était sans doute dix heures du soir. Je me demandai pourquoi il ne lui avait pas dit de rentrer chez elle. Elle avait des enfants à coucher.

« Ward sait ce qu'il fait », dis-je.

Je n'avais pas parlé à mon père de notre visite à la maison des Van Wetter, dans les marais. C'était le genre d'histoire qu'il aurait appréciée – ou, du moins, qu'il aurait aimé raconter –, mais j'étais encore épuisé par cette journée et je n'étais pas en état de l'évoquer.

D'une certaine façon, raconter une histoire vous la fait revivre.

Mon père hocha la tête.

« Il sait trouver de bons sujets d'article, dit-il, mais ce qu'il ne comprend pas vraiment, c'est que ces articles paraissent dans un journal, et que ce journal est destiné à une communauté. »

Lorsque le bruit de l'aspirateur s'arrêta, il regarda aussitôt dans cette direction et en même temps tendit la main vers son verre.

« Tous les jours de cette semaine, elle est restée tard », dit-il, puis, d'une voix plus douce : « J'espère qu'elle n'a pas de problème chez elle. »

Sa main toucha le verre, qui oscilla un moment avant de basculer et de voler en éclat sur le plancher. Mon père le regarda, puis il tendit lentement la main vers la bouteille qui, à moitié vide, se trouvait de l'autre côté de son fauteuil.

« Elle a des enfants ? fit-il. Je ne me rappelle pas…

– Deux, dis-je. Six et neuf ans. »

Il saisit la bouteille et la leva dans la lumière, comme pour en lire l'étiquette.

« J'espère qu'ils ne sont pas malades », dit-il.

Quelques instants plus tard, elle franchissait la porte grillagée, son sac et ses chaussures de travail à la main. Elle portait une paire de tennis lacées jusqu'aux chevilles. Elle rentrait toujours chez elle à pied. Ce soir-là, elle semblait plus pressée que d'habitude.

« Bonsoir, monsieur James, dit-elle en se dirigeant vers les marches.

– Bonsoir », répondit-il, puis, avant qu'elle n'ait atteint les marches, il ajouta : « Je me demande si vous pourriez rester encore une minute. Je viens de casser un verre ici… »

Elle demeura longtemps immobile, puis se retourna sans un mot et alla chercher un balai dans la maison. « J'espère qu'elle n'a pas de problèmes avec ses enfants », dit-il.

LE LENDEMAIN MATIN, Ward attendait seul sur le trottoir devant la pension. Il monta dans la voiture et claqua la portière, contrairement aux habitudes, car on nous avait appris à ne pas claquer les portières de la Chrysler familiale.

« Yardley ne vient pas ? » demandai-je.

Il mit du temps à répondre.

« C'est un adulte », dit-il enfin.

Mais je savais qu'il ne voulait pas que Yardley couche avec les filles du coin. Ça le rendait furieux. Il avait encore besoin de cette ville pour son article et il ne voulait pas empoisonner la source.

Pourtant, il y avait autre chose. Ward avait certaines valeurs morales, qui lui étaient personnelles, et auxquelles il se référait tout le temps. J'ignorais alors complètement avec combien de filles il avait couché, mais je ne l'avais jamais vu avec aucune et je pensais qu'il ne coucherait pas avec une fille sans y avoir bien réfléchi. Il ne supportait pas de se retrouver dans une pièce où quelqu'un parlait de sexe, et surtout avec Charlotte Bless, qui en parlait constamment.

« Tant que c'est avec une adulte », dis-je en le préparant pour le jour inévitable où, moi aussi, j'arriverai au travail en retard et le regard vitreux. Il se tourna vers moi. « Suffit d'avoir plus de dix-huit ans », ajoutai-je en croyant qu'il avait mal compris.

Alors, au moment où je prononçais ces mots je me rendis compte que j'étais à côté de la plaque. Une demi-seconde plus tard, je saisis enfin ce qu'il avait voulu dire.

Yardley était avec Charlotte.

Nous avons roulé en silence, tous les deux furieux, jusqu'à Moat Street, avant de monter l'escalier vers le bureau.

Le minibus apparut sous la fenêtre quelques minutes après onze heures. La portière côté passager s'ouvrit d'abord et Yardley descendit, une bière à la main, puis il attendit Charlotte qui contourna l'avant du véhicule. Je l'observai avec attention, à l'affût d'une trace de gêne. Il posa la main au milieu du dos de Charlotte dès qu'elle fut assez près de lui, la laissa là un moment, puis, comme elle passait devant lui pour se diriger vers la porte de l'immeuble, il lui tapota les fesses. Ils mirent longtemps à gravir l'escalier.

Je ne les regardai pas lorsqu'ils entrèrent, et Ward se concentrait sur les papiers étalés sur son bureau. Ils franchirent la porte et s'arrêtèrent.

« Oh oh, fit Yardley. Je crois que papa et maman nous attendent. »

Charlotte éclata d'un rire nerveux. Yardley vida sa boîte de bière, marcha jusqu'au réfrigérateur et en prit une autre.

« Tu es sûre que tu n'en veux pas ? lui dit-il. Il n'y a rien de meilleur qu'une bonne bière le matin, quand on n'y a pas encore droit.

– Ça va, merci », dit-elle.

Je ne fis pas attention à la façon dont elle répondit. Elle ne voulait pas seulement dire qu'elle se sentait bien sans boire une bière Busch.

Yardley Acheman se dirigea vers son bureau et s'assit. Il s'adossa à sa chaise, posant sa bière contre son ventre, puis mit les pieds sur la table. Il regarda mon frère et rota. Ward ne leva pas les yeux. Charlotte traversa la pièce vers la fenêtre, passa dans mon champ de vision et dit : « Bonjour. »

Je crus discerner sur elle l'odeur de Yardley Acheman.

« Bonjour », dis-je. J'essayai de ne pas lui pardonner.

« Je pensais à une chose, dit Yardley à mon frère. Tout compte fait, je pourrais peut-être encore essayer de trouver l'entrepreneur à qui ils ont vendu leur pelouse. »

Lorsqu'il regarda Charlotte, je compris qu'ils avaient pris cette décision avant d'entrer dans le bureau.

« On pourrait redescendre à Daytona et passer deux ou trois jours à frapper aux portes. »

Ward acquiesça sans répondre.

« Ça ne donnera sans doute rien, reprit Yardley Acheman, mais notre présence ici ne sert pas non plus à grand-chose. »

Ils échangèrent un autre regard et elle parut sur le point d'éclater de rire. Mon frère avait rougi, comme s'il était gêné.

« J'ai pensé qu'on pourrait aussi bien partir dès aujourd'hui. »

LA FIANCÉE de Yardley téléphona en fin d'après-midi, après leur départ. Ward était sorti du bureau pour aller aux toilettes situées au rez-de-chaussée et je décrochai seulement le téléphone quand je compris qu'il continuerait à sonner jusqu'à ce que je réponde.

Je lui répondis que Yardley était à Daytona Beach pour affaires.

« Je crois qu'il n'a pas encore fini », ajoutai-je.

Et je lui donnai le numéro du motel qu'il avait noté sur un calepin posé sur son bureau au moment de faire sa réservation.

Elle nota le numéro, puis me le répéta pour s'assurer de ne pas avoir fait d'erreur.

« Je sais que c'est un grand reporter, dit-elle, mais je regrette parfois qu'il se consacre autant à son travail. »

CHARLOTTE ET YARDLEY ACHEMAN passèrent quatre jours à Daytona Beach. Ils prirent des chambres séparées au motel situé sur la plage, mais Yardley n'était jamais dans sa chambre quand sa fiancée l'appelait, même pas la nuit. Elle me téléphonait le matin, pour que je la rassure : non, Yardley ne faisait pas un travail dangereux.

Je me demandais ce qu'il pouvait bien lui raconter.

J'ACCOMPAGNAI Ward au bureau du shérif, qui occupait le premier étage du tribunal du comté. Les cellules se trouvaient au sous-sol ; certaines de leurs fenêtres, munies de barreaux, donnaient sur la ville de Lately au niveau de l'herbe.

Nous y étions déjà allés pour examiner le rapport d'arrestation de Hillary et nous savions à quoi nous attendre. Les adjoints refusaient de parler aux journalistes du *Miami Times*, car ils connaissaient la tendance progressiste de ce journal, et ils transmettaient toutes les demandes au porte-parole de la police, un homme souriant, aux cheveux blancs, nommé Sam Ellison, un ancien adjoint au shérif.

M. Ellison, qui avait pris sa retraite du service actif, travaillait le matin au poste de police, du mardi au vendredi, même si les policiers n'avaient pas besoin d'un porte-parole aussi fréquemment. Il ne sembla guère heureux en constatant que des visiteurs l'attendaient devant son bureau.

« Le *Times* », dit M. Ellison.

Il nous avait vus dans ce même couloir lors de notre dernière visite au tribunal, mais il avait refusé de nous parler sous prétexte qu'il était midi passé de quatre minutes. Le bureau d'information public du shérif fermait à midi. Du mardi au vendredi.

« Mais oui », répondit Ward.

M. Ellison déverrouilla sa porte, puis entra dans le bureau. Il ne nous invita pas à l'y suivre, mais nous entrâmes malgré tout. Lorsqu'il ouvrit les stores, la lumière pénétra à flot dans la pièce, éclairant le dôme de son crâne sous ses cheveux clairsemés.

« Vous êtes les fils de World War ?

– Oui », dit mon frère, toujours debout.

M. Ellison rejoignit son bureau et s'assit.

« Vous travaillez pour la concurrence », dit-il en secouant la tête.

Il ouvrit le tiroir de son bureau et regarda à l'intérieur.

« Comment va votre papa ?

– Très bien », répondit Ward.

M. Ellison referma son tiroir et s'adossa à sa chaise en souriant.

« L'homme le moins coopératif de tout le comté de Moat », dit-il sur un ton admiratif.

Ward ne répondit pas et M. Ellison se redressa sur sa chaise, prêt à parler affaires.

« Et que puis-je pour vous, messieurs ? » dit-il.

Mon frère lui expliqua que nous étions en ville pour enquêter sur l'assassinat de Thurmond Call et la condamnation de Hillary Van Wetter, jugé coupable de ce crime.

« Certaines pièces à conviction ont été égarées… » ajouta-t-il.

M. Ellison acquiesça, comme s'il savait d'avance tout ce que Ward allait dire. Comme si nous étions tous d'accord.

« Oui, c'est vrai, concéda-t-il.

– Des pièces essentielles…

– Oui », dit M. Ellison.

Puis le silence tomba dans la pièce.

« Nous nous demandions quel genre d'explication… » reprit mon frère.

M. Ellison secoua la tête.

« Ça ne s'explique pas, dit-il, à moins que votre vie n'ait jamais été en danger. À moins que vous n'ayez jamais ressenti de l'attachement pour quelqu'un qui a été assassiné. La seule explication c'est que nos policiers sont des êtres humains. »

Mon frère resta silencieux en attendant la suite. M. Ellison le regarda, puis il tourna la tête vers moi et me regarda.

« Je n'ai pas bien saisi votre nom, dit-il.

– Jack James », répondis-je.

Il sourit encore.

« Le nageur. »

Je me demandai s'il parlait de l'université de Floride ou de ce qui s'était passé sur la plage à St. Augustine. Il nous considéra tous les deux avec un sourire forcé.

« Vous allez entrer aussi dans l'entreprise familiale ? dit-il. World War doit être très fier. »

Il sourit. Ward restait silencieux.

« Monsieur Ellison, dit enfin mon frère lorsqu'il jugea qu'assez de temps était passé, que sont devenues ces pièces à conviction ? »

Il secoua la tête.

« J'aimerais bien le savoir, dit-il.

– M. Van Wetter nous a affirmé que le sang sur ses vêtements était le sien, dit Ward. Il s'était coupé avec les outils qu'il avait utilisés cette nuit-là. »

M. Ellison hocha la tête d'un air pensif.

« Nous savons que M. Van Wetter aime utiliser ses outils la nuit », dit-il. Il se tut un instant pour nous laisser réfléchir. « Il a coupé le pouce d'un adjoint au shérif, si ma mémoire est bonne. » Suivit un autre silence, encore plus long. « À cause d'un simple P.V. »

Puis il regarda sa propre main et plia son pouce jusqu'à ce qu'il soit pressé contre sa paume.

« Un homme ne peut pas faire grand-chose sans son pouce, dit-il. C'est ce qui nous sépare des primates.

– Y a-t-il un policier à qui nous pourrions parler ? demanda Ward. Quelqu'un qui était là-bas lorsqu'ils l'ont arrêté ? »

M. Ellison regardait toujours sa main, dont il faisait bouger les doigts.

« Une petite chose toute simple comme de saisir le téton de votre femme… » Il immobilisa ses doigts et leva brusquement les yeux sur mon frère. « Vous êtes marié, monsieur James ? »

Ward secoua la tête.

M. Ellison baissa de nouveau les yeux vers sa main.

« Une petite chose toute simple comme ça, on ne peut plus la faire. » Il posa la main sur sa poitrine et fit mine d'arrondir les doigts autour d'un sein. « Vous pouvez toujours leur planter un doigt dans le sein, dit-il en levant les yeux, mais elles n'aiment pas ça, vous savez. Elles aiment qu'on le tienne. Si vous arrêtez pas d'y enfoncer votre doigt, très vite elles vous laisseront même plus y toucher. »

Il leva encore les yeux et sourit.

« Pourrais-je parler à quelqu'un qui se trouvait là-bas ? insista Ward.

– Vous pouvez parler à qui vous voulez, du moment qu'ils acceptent de vous causer, dit-il. Mais en citant le nom de M. Van Wetter, n'oubliez pas à quoi ça ressemblerait, de plus pouvoir tenir le téton de votre femme entre le pouce et l'index. »

Un ange passa, puis il ajouta, comme pour taquiner son interlocuteur :

« Ah, c'est vrai, vous n'êtes pas marié. »

Nous avons quitté le bureau de M. Ellison pour la salle de réunions, croisant deux policiers dans le couloir, avant d'arriver devant une grosse femme belliqueuse assise derrière un bureau qui lisait la revue *Motor Trend* et portait sur son corsage un badge où on lisait « Patty ». À côté de ce bureau, il y avait un portillon avec une pancarte interdisant l'entrée de la salle à toute personne étrangère au service du shérif.

Je restai longtemps debout avec mon frère devant cette femme, avant qu'elle remarque notre présence. Lorsqu'elle leva enfin les yeux, elle ne parla ni ne sourit. Elle se contenta d'attendre.

« Je m'appelle Ward James, dit mon frère. Je viens de parler avec M. Ellison, qui a suggéré de m'adresser ici. »

Elle nous dévisagea encore un moment, puis reprit la lecture de son magazine. Je remarquai alors un policier, à une dizaine de mètres derrière elle, il se penchait par dessus son bureau pour la voir nous humilier. Il souriait.

« Excusez-moi », reprit Ward. Elle leva les yeux. « J'aimerais parler avec l'un ou l'autre de ces policiers… »

Il prit un stylo dans sa poche et écrivit les noms de cinq policiers qui s'étaient rendus à la maison de Hillary Van Wetter la nuit de son arrestation. Puis il fit glisser ce papier vers elle sur le bureau. Elle le regarda un moment, nous regarda, prit le papier et le laissa tomber dans la poubelle.

Derrière elle, quelqu'un rit. Elle retourna à son magazine, consciente du fait que sa performance était observée et appréciée.

Je me retournai, car je voulais quitter cette pièce, mais Ward restait où il était. Elle lisait *Motor Trend*, il attendait. Quelques minutes s'écoulèrent, puis elle prit un paquet de cigarettes dans son sac en jetant un bref coup d'œil à Ward, elle gratta une allumette et reprit la lecture de son magazine. Elle lisait la même page depuis longtemps. Une demi-douzaine de policiers observaient maintenant la scène en se demandant comment elle se terminerait.

Elle changea de position sur sa chaise et nous lança un autre coup d'œil, puis elle posa violemment son magazine sur le bureau, se leva et s'éloigna derrière les portes battantes. Quelques rires éclatèrent dans la salle, puis tout fut silencieux. Personne ne vint la remplacer au bureau et les policiers avaient apparemment repris leurs activités habituelles.

« On va rester là indéfiniment ? » dis-je.

Il ne répondit pas.

« Ils ne nous parleront pas », ajoutai-je.

Il acquiesça, mais ne bougea pas.

La même femme revint environ un quart d'heure plus tard. Elle ne parut pas surprise de nous voir toujours là, debout devant son bureau.

« Autre chose ? » dit-elle.

Mon frère tendit le bras vers le bureau pour prendre une feuille de papier sur une pile et écrit à nouveau les noms. Il poussa ensuite la feuille vers elle sans un mot. Elle la regarda, puis leva les yeux.

« Vous êtes lent à piger, n'est-ce pas ? » fit-elle d'un air préoccupé avant de laisser tomber cette feuille dans la poubelle. Puis elle me regarda, comme si je comprenais peut-être plus vite. « Je suis capable de faire ça toute la journée », dit-elle.

Mais elle se vantait. Une ou deux minutes plus tard, elle se leva et retourna derrière. Comme il n'y avait pas de chaise, nous restions debout devant le bureau. Une demi-heure passa, puis un policier prit sa place. Il adressa un signe de tête à mon frère et s'assit à la place de la femme.

« Puis-je vous aider ? » dit-il.

Mon frère se pencha par-dessus la balustrade et prit l'une des feuilles de papier dans la poubelle. Il la posa sur le bureau devant le policier.

« J'aimerais parler à ces hommes », dit-il.

Le policier regarda un moment la liste des noms, puis secoua lentement la tête.

« Ces adjoints n'ont pas le temps de vous parler, monsieur. Ils sont tous occupés.

– Quand auront-ils le temps ? » demanda Ward.

Le policier secoua la tête.

« Vous pourriez peut-être revenir demain… »

Il attendit.

« Êtes-vous l'un de ces hommes ? » demanda Ward.

Le policier regarda la liste comme s'il ne s'en souvenait pas. Il y avait un endroit, au-dessus de sa poche, où le bleu de sa chemise était plus clair et il y avait aussi là un petit trou dans le tissu. Il avait retiré son badge.

« Je ne vois pas le rapport, dit-il. Je vous ai déjà dit que nous n'avons pas de temps à vous consacrer aujourd'hui.

– Êtes-vous l'un de ces policiers ? répéta mon frère d'une voix patiente, comme s'il lui posait cette question pour la première fois.

– Je suis celui qui vous demande d'arrêter d'insister et de nous laisser nous remettre au travail. »

Mon frère regarda la liste des policiers.

« Lequel d'entre eux êtes-vous ? » dit-il.

Un regard assassin traversa les yeux du policier.

« Vous savez, finit-il par dire, y a des gens qui font tout pour qu'on ne les traite pas correctement. »

Ward approuva d'un signe de tête, comme s'il s'agissait d'un compliment.

Le policier s'en alla à son tour, nous laissant seuls dans la pièce jusqu'à quatre heures et demie, quand la femme de ménage entra et déclara que l'endroit était fermé.

« Merci », dit mon frère.

Nous franchîmes la porte en passant devant elle et, une fois dans le couloir, j'entendis des cris de joie derrière moi. Rouvrant la porte, je vis que les policiers avaient quitté leur salle pour applaudir la femme de ménage. Elle restait figée au milieu de la pièce, tenant son balai au-dessus d'un seau à roulettes, l'air gênée mais pas entièrement décontenancée par ces soudaines marques d'attention. Comme si, pour elle, le moment était enfin venu.

Nous traversâmes Lately à l'heure de pointe. Les habitants quittaient leurs magasins et leurs bureaux, fermant les portes à clef derrière eux. Les écoliers étaient aussi dans la rue ; certains fumaient une cigarette tout en mangeant une barre de chocolat. Les lycéens, plus âgés, au volant de la voiture de leur père, passaient la tête par la fenêtre et faisaient vrombir les moteurs, les emballant jusqu'à ce que le vacarme devienne assourdissant.

Ward et moi avions assisté au même spectacle à Thorn, mais sans jamais y participer.

« Imaginez ce qui se passerait, disait de temps à autre mon père, si votre nom était cité par la police dans mon propre journal. »

Il nous faisait ainsi comprendre qu'il n'y aurait pas de favoritisme, mais nous le savions déjà. Ward et moi avons grandi dans une maison où les principes de mon père constituaient un sujet fréquent de conversation, et l'on nous demandait souvent d'imaginer la gêne qu'éprouverait notre famille au cas où l'un de nos deux noms apparaîtrait dans le journal.

Ward semblait imaginer mieux que moi cette gêne ; elle le menaçait d'une manière que je ne comprenais pas.

Avec le temps, bien sûr, mon père s'aperçut qu'il était inutile de continuer à mettre mon frère en garde contre une éventuelle incartade. Et alors, peut-être, commença-t-il à s'inquiéter parce que Ward n'avait jamais fait la moindre bêtise ; et parce qu'il n'avait pas d'amis avec qui faire des bêtises.

Je le regardai à présent en me demandant s'il considérait Yardley Acheman comme un ami.

« Encore une journée faste pour les journalistes », dis-je.

Il haussa les épaules.

« Elle n'a pas été si mauvaise que ça. »

Je freinai jusqu'à l'arrêt complet pour laisser traverser une femme accompagnée d'un bébé dans une poussette. Derrière moi, un groupe d'adolescents en Plymouth klaxonna. La femme sursauta et regarda à travers le pare-brise de la voiture que je conduisais. Elle était effrayée, elle crut que c'était moi qui venais de klaxonner et se dépêcha de rejoindre l'autre trottoir. Je ne l'avais jamais vue et j'espérai ne jamais la revoir, mais la pensée m'effleura de descendre de voiture pour lui expliquer que c'étaient les jeunes derrière moi qui avaient klaxonné.

Je provoquais chaque jour cent malentendus et je ne réussissais apparemment pas à dissiper les plus importants en m'affranchissant des autres.

« Je ne vois pas ce qu'on a gagné, dis-je en reparlant de cet après-midi passé dans les locaux du shérif.

– Nous étions là, dit-il.

– C'est tout ?

– Ça suffit. »

Je compris alors, très clairement, qu'il trouvait quelque chose de plaisant dans cette attente – ou dans ce refus qu'on venait de nous opposer.

« Nous y retournerons ? » demandai-je.

Il regardait par la fenêtre lorsqu'il me répondit. « Bien sûr », dit-il.

NOUS AVONS PASSÉ toute la journée du lendemain, ainsi que celle du surlendemain, dans les locaux du shérif. La femme assise derrière le bureau ne nous parla pas, sauf pour nous demander de nous pousser quand d'autres visiteurs franchissaient la porte.

« S'il vous plaît, mettez-vous sur le côté et n'entravez pas le fonctionnement normal de ce service », disait-elle.

C'était des mots qu'un avocat lui avait certainement appris, et qui seraient prétexte à notre arrestation si nous n'obtempérions pas.

Mon frère et moi nous rangions alors poliment sur le côté de la petite pièce et nous écoutions des histoires de chiens égarés, de poulets morts ou d'enfants qui n'avaient rien à faire dans la cour du voisin.

« Voulez-vous porter plainte ? » disait-elle avant qu'ils aient fini leur histoire.

À chaque fois, cette question semblait les effrayer.

« Nous ne voulons mettre personne dans l'embarras…

– Nous ne pouvons rien faire ici tant qu'une plainte n'a pas été déposée… »

Alors, le plus souvent, les visiteurs s'en allaient, après avoir adressé un signe de tête poli à mon frère ainsi qu'à moi-même. Convaincus que nous étions différents, que nous n'avions pas peur de la loi.

Mais aucun des policiers inscrits sur la liste de mon frère n'avait quitté la salle située derrière le bureau pour nous parler, pas même pour nous dire qu'ils ne voulaient pas nous parler. Mon frère n'était nullement découragé. Si nous étions assez obstinés, les choses finiraient par se faire comme il le fallait.

NOUS SOMMES RETOURNÉS au bureau en fin d'après-midi. Yardley Acheman était installé dans le fauteuil rembourré adossé au mur, et Charlotte assise en face de lui sur le bureau, il pouvait ainsi voir sous sa jupe.

Tous deux buvaient de la bière. Lorsque Yardley nous vit, il leva sa boîte pour nous porter un toast.

Elle nous sourit en s'essuyant la bouche du dos de la main. Quelque chose s'était passé dans cette pièce avant qu'ils ne nous aient entendus monter l'escalier, et je sentis une bouffée de chaleur familière me monter au visage.

« Le type qui a acheté la pelouse, dit-il, je l'ai retrouvé. »

Il passa alors devant elle sans même la regarder, comme si elle était une mendiante dans la rue, et elle comprit qu'il la rejetait.

Il prit un calepin, l'ouvrit à la première page et trouva ses notes.

« Il se souvenait d'eux, dit-il. Ils sont arrivés à six heures du matin avec un camion. Il a regardé les deux hommes ainsi que leur marchandise et il a pensé qu'ils l'avaient volée dans un cimetière. »

Mon frère hocha lentement la tête.

« Tu lui as montré les photos ?

– Celle de Hillary. Il s'est alors rappelé avoir pensé qu'ils avaient volé la pelouse d'un cimetière.

– Et il l'a achetée… »

Charlotte descendit du bureau et marcha vers la fenêtre. Elle croisa les bras sous les seins, comme si elle avait froid, et elle regarda au-dehors.

« Il ne veut surtout pas être associé à tout ça, reprit Yardley Acheman. Il ne veut en parler à personne d'autre que moi. » Il jeta un bref coup d'œil à Charlotte, qui regardait toujours par la fenêtre, puis à mon frère. « On ne peut pas le lui reprocher.

– Qui est-ce ? » demanda Ward.

Yardley se gratta la poitrine.

« C'est là où ça coince, dit-il. Pour qu'il accepte de me parler, j'ai dû promettre à ce gars de ne jamais révéler son identité. »

Ward acquiesça, puis dit :

« Comment s'appelle-t-il ?

– Il doit rester *complètement* anonyme, dit Yardley. J'ai dû lui donner ma parole. Il est sur le point de travailler avec les services de l'État…

– Mais qui est-ce ? »

Yardley Acheman secoua la tête.

« Tu ne m'écoutes pas, dit-il. J'ai dû lui faire une promesse pour qu'il accepte de me parler, et je suis obligé de la tenir. C'est une question de principe… »

Ward le regarda longuement. Je ne sais pas s'il le croyait ou pas.

« C'était la seule manière de procéder, continua Yardley. Je peux seulement te garantir qu'il existe et qu'il a reconnu la photo.

– Comment l'as-tu trouvé ? demanda Ward.

– Par la voie la plus difficile. Nous avons épluché les archives du comté. »

Ward réfléchit.

Yardley Acheman haussa les épaules.

« C'est une question de confiance, dit-il. Je ne peux pas faire autrement. »

Charlotte se détourna brusquement de la fenêtre, sortit du bureau sans un mot et descendit l'escalier comme si elle venait de comprendre qu'elle n'avait rien à faire dans cette pièce.

IL ÉTAIT INDISPENSABLE de revoir Hillary Van Wetter avant de pouvoir écrire l'article. Pour des raisons peu claires, Charlotte et Yardley Acheman ne se parlaient plus, et elle s'installa à côté de moi dans la voiture pour aller à la prison, tandis que Yardley et mon frère montaient derrière. Elle portait une robe bleue, et semblait se soucier moins de son apparence que lors de nos visites précédentes. Elle ne se regarda qu'une seule fois dans le rétroviseur, après que j'eus garé la voiture dans le parking de la prison.

À mon avis, Charlotte avait perdu tout intérêt pour ce qui s'était passé à Daytona Beach et elle se retrouvait à présent dans une situation qu'elle avait provoquée, mais qui ne ressemblait nullement à ce qu'elle avait espéré.

HILLARY VAN WETTER fut amené au parloir, menotté et les fers aux pieds, puis poussé sur sa chaise. Autour de ses yeux, les bleus avaient diminué depuis notre dernière visite.

La routine nous était maintenant familière, presque automatique. L'odeur du lieu, la manière dont les mots résonnaient dans cette pièce – nous connaissions tout cela. Charlotte croisa les jambes, montrant un peu ses cuisses, puis elle alluma une cigarette. Et d'une certaine manière cela aussi nous était familier. Hillary l'observa un moment, puis il regarda Yardley Acheman droit dans les yeux.

Il savait.

Elle lui sourit, peu sûre d'elle-même.

«T'es ravissante, dit-il d'une voix trop polie, comme s'il s'adressait à une touriste.

– Merci», dit-elle.

Puis elle croisa les jambes dans l'autre sens. Elle sentait sur elle le regard de Hillary Van Wetter et elle tentait de lui échapper. Chacun de ses gestes, esquissé pour le fuir, le comblait.

«Nous avons retrouvé l'homme d'Ormond Beach», annonça Yardley Acheman.

Alors Hillary se tourna vers lui et fit un signe de tête comme si cette nouvelle l'intéressait.

«Celui qui a acheté le gazon, ajouta Yardley.

180

– C'est une bonne nouvelle, fit Hillary avec un large sourire.

– Il avait noté la date et la somme payée, dit Yardley. Il s'est souvenu de vous quand je lui ai montré votre photo. »

Hillary regarda encore Charlotte, puis Yardley Acheman.

« Très bien », dit-il sans regarder Ward, puis ses yeux se posèrent sur Charlotte. « Ces journalistes m'ont rendu un grand service, tu trouves pas ? »

Elle hocha la tête en essayant de déterminer la nature du changement intervenu chez lui.

« Ce n'est pas encore fini, dit Ward.

– Maintenant, ils vont me laisser sortir », dit-il.

Charlotte s'était remise à hocher la tête lorsque mon frère intervint :

« Ce n'est pas à nous d'en décider. »

L'espace d'un instant, Hillary cessa de sourire, mais il jouait la comédie.

« Je sais bien », dit-il.

Alors le sourire réapparut, plus mince qu'auparavant. Il regarda fixement Charlotte tout en s'adressant à mon frère :

« Je connais vos limites », dit-il.

Elle rougit.

« Ouvre un peu la bouche », lui dit-il.

Elle nous regarda tous, puis ses yeux se posèrent à nouveau sur Hillary. Elle fit non de la tête.

« C'est trop intime, dit-elle presque en chuchotant.

– Nous avons besoin de quelque chose, dit mon frère.

– Quoi donc ? » Sans la quitter des yeux.

Ward ne répondit pas tout de suite, et Hillary en profita pour aboyer d'une voix soudain furieuse et sans la quitter une seule seconde des yeux.

« C'est quoi ? »

« Nous avons besoin de reparler avec votre oncle »,
dit Ward.

Hillary tourna lentement la tête vers mon frère.

« Je pense, c'est à lui de décider, dit-il.

– Ça nous aiderait, si vous nous donniez une lettre
de vous à lui montrer, dit mon frère.

– Une lettre, répéta Hillary.

– Un simple message, quelque chose pour lui
demander de nous faire confiance. »

Entendant ce dernier mot, Hillary tourna la tête pour
dévisager à nouveau Yardley Acheman.

« Qu'est-ce t'en penses ? fit-il. Tu crois que je devrais
dire à mon oncle de te faire confiance ? »

Yardley Acheman ne broncha pas. Un grand sourire
envahit à nouveau le visage de Hillary Van Wetter. Il
avait les dents jaunes et la pièce empestait le désinfectant. Très loin, un homme hurla et les échos sourds de
son cri se répercutèrent dans les couloirs. Lorsqu'une
lumière apparut par la petite fenêtre de la porte, des
particules de poussière se matérialisèrent dans la pièce.

Je me levai, incapable de rester plus longtemps en
place, et me mis à arpenter le parloir, en passant à un
pas ou deux de la chaise de Hillary Van Wetter. Lui
aussi empestait le désinfectant. La porte s'ouvrit, le
garde se pencha vers l'intérieur du parloir.

« Aucun contact avec le prisonnier, ordonna-t-il.
Vous n'avez le droit de lui transmettre aucun objet.

– Monsieur Van Wetter va avoir besoin d'un stylo et
d'une feuille de papier, dit mon frère.

– Il faut voir ça avec le directeur », rétorqua le garde
en refermant la porte.

Après son départ, Hillary dit :

« À dire vrai, Tyree a jamais été un grand lecteur. »

Mon frère, qui s'impatientait, le regarda.

« Il reconnaîtra votre écriture. »

Hillary réfléchit.

« Les chiffres, dit-il. Il sait lire les chiffres.

– Y a-t-il une chose que nous puissions lui dire, insista Ward, et qui ne peut venir que de vous ? »

Hillary secoua la tête comme s'il ne comprenait pas.

« Une anecdote, une chose qui s'est passée, pour qu'il sache que vous désirez qu'il nous parle.

– Une anecdote qui s'est passée », réfléchit Hillary en se caressant le menton. La chaîne qui reliait ses poignets cliqueta contre les menottes, puis tout fut silencieux. « Y avait une fille, dit-il, il lui est arrivé quelque chose. »

Il attendit, mais apparemment il ne voulait pas en dire plus.

« Quelle fille ? demanda mon frère.

– La femme de Lawrence, dit-il. Une fille d'en dehors de la famille. Il s'en souviendra.

– Lawrence », répéta mon frère et Hillary opina. « Que lui est-il arrivé ? »

Un autre silence.

« Partie », dit-il.

Il regarda ses jambes, observant les fers attachés à ses chevilles.

Ward tourna la tête vers la porte.

« Ils ne peuvent pas entendre ce que vous nous dites, expliqua-t-il.

– Des fois, c'est même pas la peine d'entendre une chose pour en être sûr.

– Les prisonniers parlent à leurs avocats ici…

– Les avocats », dit Hillary. Sous mes yeux, son humeur s'assombrit, ou révéla peut-être sa vraie nature. « Pour les choses sérieuses, ils sont impuissants comme les journaleux. Pour les choses sérieuses, le seul qui peut intervenir ici, c'est le dirlo. Lui, il prend toutes les décisions qu'il veut. Y a rien qui peut l'arrêter. »

Dans l'angle de la pièce, Yardley Acheman ferma les yeux et se prit la tête entre les mains, comme s'il ne pouvait pas en supporter davantage. Charlotte alluma

183

une autre cigarette et se pencha vers Hillary, le coude posé sur un genou. Elle lui montrait ainsi ses seins.

«Envisageons les choses comme ça, reprit Yardley Acheman. Qu'est-ce que vous avez à perdre?»

Hillary se tourna lentement vers l'angle de la pièce où Yardley était assis.

«Qu'est-ce qu'ils peuvent vous faire de plus? Vous faire passer deux fois à la chaise électrique?

– La ferme», intervint Charlotte. Ce qui fit sourire Yardley. Il secoua la tête, comme s'il pensait qu'il ne comprendrait jamais les femmes, puis il la boucla.

«Ce n'est pas forcément à propos de cette femme, dit Ward. Juste une chose que je puisse rapporter à votre oncle, pour qu'il sache que vous nous faites confiance…

– Confiance…» Il joua un moment avec cette idée.

«Que lui est-il arrivé? reprit mon frère. À la femme de Lawrence…»

Charlotte laissa tomber par terre la cigarette qu'elle venait d'allumer et l'écrasa du bout de sa chaussure. Elle ne voulait pas entendre ce qui était arrivé à la femme de Lawrence, mais elle dit pourtant:

«Raconte toute cette foutue histoire.»

Et pendant quelques secondes, elle aurait pu être déjà mariée avec Hillary.

«Y a pas d'histoire, de la manière qu'on les raconte d'habitude et que quelqu'un d'autre les écoute, dit Hillary. La fille est partie, voilà tout.

– Partie où?

– Elle venait d'ailleurs. Un jour elle était là, le lendemain elle était plus là.

– Est-elle retournée dans sa famille?» demanda mon frère.

Hillary se remit à sourire.

«Je crois pas vraiment, non, m'sieur», dit-il.

Hillary regarda mon frère, puis il se tourna de nouveau vers Charlotte et la fixa tout en parlant à Ward.

« Je crois qu'elle est retournée là d'où qu'elle venait », dit-il.

Il savait qu'elle avait couché avec Yardley Acheman. Il lui signifiait qu'il le savait.

« Tu retourneras à la poussière », dit-il. Puis il sourit à Charlotte comme il lui avait déjà souri. « Dis ça à Tyree. Tu retourneras à la poussière. Tu verras bien ce qu'il en pense. »

MON FRÈRE et Yardley Acheman montèrent à l'arrière de la voiture pour le trajet du retour vers Lately. Charlotte monta devant avec moi. Elle avait dit au revoir à Hillary lorsque le garde était venu le chercher et n'avait pas ouvert la bouche depuis. Elle n'avait même pas attendu qu'on lui tienne la portière avant de monter dans la voiture.

« Tu retourneras à la poussière, dit Yardley. Quel type subtil. »

Il faisait humide, le climatiseur dégoulinait sur les chaussures de Charlotte. Elle regardait droit devant elle, comme si elle avait les yeux rivés sur un objet situé très loin sur la route.

« Qu'est-ce que ça veut dire ? demanda-t-elle d'une voix lasse.

– L'horreur absolue, dit Yardley. Ils ont bouffé la fille. »

Charlotte glissa une cigarette entre ses lèvres et enfonça l'allume-cigare du tableau de bord. Quand il fut ressorti, Yardley Acheman dit :

« De toute façon, ça ne change rien. »

Charlotte se retourna brusquement pour le fusiller du regard. Son corsage tendu sur son buste moulait sa poitrine.

« La ferme ! dit-elle.

185

– Je vous en prie… Nous essayons de goupiller quelque chose », dit Yardley Acheman de cette voix vexée qu'il prenait pour se disputer au téléphone avec sa fiancée. « On essaie d'éviter à votre promis la chaise électrique de l'État de Floride.

– Tu retourneras à la poussière, ça ne veut pas dire qu'ils ont tué cette fille, dit Charlotte avec indignation. C'est une citation de la Bible. »

Yardley éclata de rire.

Écœurée par tous les occupants de la voiture, elle se retourna vers l'avant.

« Hillary avait bien raison à votre sujet, dit-elle en englobant tout le monde. Vous n'avez aucune compassion.

– Hillary a dit ça ? »

Maintenant, Yardley jouait avec elle.

« Textuellement. » Épuisée, elle ferma les yeux. « Il ne faut pas prendre les gens pour des imbéciles, Yardley. Et même si c'était vrai, le fait de travailler pour le *Miami Times* ne rend pas forcément plus malin. »

Yardley rit encore et elle parut découragée.

« Vous voyez, c'est exactement ce que je veux dire, fit-elle. Je préfère avoir avec moi un seul individu capable de compassion plutôt que vous tous réunis. »

Yardley rit encore : il se moquait ouvertement d'elle.

« Je vais vous dire autre chose, reprit Charlotte. Je devrais être désolée pour votre fiancée, mais je crois que vous vous valez. »

IL NOUS FALLAIT retourner dans les marais. Yardley, qui ne voulait pas nous accompagner, fit semblant de s'être blessé à la cheville.

« Je peux écrire ce papier sans aller là-bas », dit-il.

Mais mon frère secoua la tête.

« Il faut que tu viennes, dit-il.

– Je me suis foulé la cheville.

– Il faut que tu voies ça », insista Ward.

Et Yardley céda, exagérant sa claudication sur le chemin de la marina où nous avions loué un bateau. Même Ward n'avait pas la moindre envie d'y retourner à pied.

Nous avons longé la rive ouest de la rivière, naviguant lentement, cherchant des yeux l'antenne de télévision parmi les arbres. Le bateau était propulsé par un petit moteur hors-bord qui toussait et calait à bas régime, et j'actionnais régulièrement la manette pour remettre les gaz. Lorsque le moteur calait, aucun de nous n'aimait le silence qui s'instaurait alors.

Assis à l'avant, Yardley Acheman se cramponnait des deux mains au plat-bord. Mon frère était installé au milieu et scrutait la rive. Autrefois, World War nous avait emmenés pêcher sur cette partie de la rivière, montrant du doigt les bungalows parmi les arbres, nous racontant les histoires qu'il connaissait sur les gens qui habitaient là, les Van Wetter, qui selon lui étaient des pionniers. Et ces histoires, ainsi que la couleur de l'eau, l'odeur de l'air et la végétation sur la rive, s'associaient pour moi au souvenir d'une perche de rivière gigotant au fond du bateau et laissant parfois des traces de sang sur nos jambes, ainsi qu'au spectacle d'une douzaine de perches à moins d'un mètre sous l'eau, accrochées à une corde en Nylon fixée au plat-bord, certaines encore vivantes, leur ventre blanc luisant à travers l'eau brune.

Mon père ne parvint pas à faire de ses fils des pêcheurs et, quand j'eus dix ou onze ans, il arrêta ses tentatives.

J'eus l'impression que nous étions descendus trop en aval de la rivière.

« On est sans doute déjà passés devant, dis-je en amorçant un virage pour remonter le courant.

– Continue encore un peu », dit Ward.

Je lui répétai que nous étions trop au sud.

« Continue encore un peu », répéta-t-il en regardant sa montre.

Je n'aimais pas qu'on me montre le chemin, mais Ward avait une excellente boussole interne, alors que la mienne m'amenait toujours à décrire des cercles.

Il me semblait néanmoins que l'eau et la route étaient mon domaine.

Yardley Acheman se retourna sans lâcher le plat-bord.

« On est perdus, c'est ça ? »

Ward ne prit pas la peine de lui répondre.

Lorsque je m'approchai de la berge, le bateau avança dans l'ombre des arbres qui poussaient directement dans la rivière. Certaines branches étaient si basses que j'aurais pu les toucher sans me lever. Lors de ma dernière partie de pêche avec mon père, un serpent mocassin se laissa tomber de l'une de ces branches et atterrit au fond du bateau. Mon père le saisit alors par la queue tandis que je comprenais à peine ce qui se passait, puis il le lança en l'air. Le serpent s'étira de toute sa longueur en tourbillonnant dans le ciel et mon père se dressa dans l'embarcation instable pour le regarder, un sourire éclairant son visage, comme s'il réalisait ce qu'il venait de faire.

« Ne dis rien à ta mère », m'ordonna-t-il.

Mais ce fut la première chose qu'il raconta lorsqu'il la retrouva à la maison.

Nous vîmes le poulet avant de voir l'antenne. Il était attaché à un pieu par une patte, non loin de l'eau, en guise d'appât. Les autres poulets restaient prudemment à distance. Je dirigeai le bateau vers la berge et relevai le moteur quelques secondes avant de toucher terre. Je descendis et tirai notre bateau près de celui qui se trouvait déjà là. Yardley attendit que tout fût immobile avant de mettre pied à terre, se retenant au plat-bord jusqu'au dernier moment.

Mon frère, qui marchait devant, contourna la maison jusqu'à l'entrée. Il portait une glacière de pique-nique, qu'il posa dans la véranda avant de frapper à la porte.

« Monsieur Van Wetter ? »

La porte s'ouvrit avant qu'il n'ait eu le temps de frapper encore et le jeune homme que nous avions déjà vu là apparut devant nous. Il regarda mon frère, puis moi, puis Yardley Acheman. Il dévisagea plus longtemps Yardley que nous.

« Votre père est-il là ? » demanda Ward.

Le jeune homme s'effaça et le vieillard apparut, nu en dessous de la ceinture.

« Y a des renforts », constata-t-il en regardant Yardley qui refusait de croiser son regard.

Il préférait examiner la cour et se mit à fixer les peaux d'alligators qui séchaient sur la corde à linge.

« Voici mon associé, Yardley Acheman, dit mon frère. Il travaille pour le même journal que moi. »

Le vieillard sortit dans la véranda. Ses couilles pendaient comme celles d'un vieux chien. Mon frère retira le couvercle de la glacière.

« Il est chic, pas vrai ? dit le vieux.

– De la glace », fit Ward. Le vieux regarda à l'intérieur, puis hocha la tête comme s'il changeait d'avis à notre sujet. « Vanille et fraise.

– Toi quand tu veux quelque chose… dit le vieux.

– Oui », répondit mon frère.

Il sortit l'un des pots et le tendit au vieux, puis il en prit un autre qu'il proposa à l'homme toujours debout près de la porte. Comme le jeune homme ne le prenait pas, Ward remit le pot dans la glacière. Le vieux ouvrit le sien et regarda la glace.

« Va nous chercher des cuillères », dit-il.

L'homme se retourna vers l'intérieur de la maison en criant :

« Hattie, mets-toi des fringues sur le dos et amène-nous des cuillères ! »

Puis il reprit sa place près de la porte.

« Mon associé a parlé avec un homme d'Ormond Beach », commença mon frère.

Le jeune accepta la glace à la fraise quand la femme sortit de la maison avec les cuillères, il mangea presque tout le contenu du pot dégoulinant, avant de le passer à Hattie. Elle ne prononça pas un mot.

Le vieux mangeait la vanille, assis par terre, toujours à moitié nu.

« Tiens donc ? fit-il.

– Oui, dit mon frère. Il a reconnu une photo de Hillary, il avait tout noté dans ses comptes le jour de l'achat du gazon. »

Le vieux opina du chef et enfonça sa cuillère dans la glace.

« Rudement pratique », dit-il.

Le menton crasseux de la femme était couvert de glace. Elle s'essuya la bouche du revers de la main.

« Il a déclaré que vous étiez deux, dit mon frère.

– Tu lui as pas montré une photo de moi, au moins ?

– Je n'ai pas de photo de vous.

– Tant mieux, dit le vieux. Tant mieux.

– Mais c'était vous, n'est-ce pas ? » demanda mon frère.

Le vieux sourit, mais sans méchanceté.

« Toi, quand tu veux quelque chose…, pas vrai ? » Puis il leva les yeux pour regarder Yardley qui, assis sur la marche, se tenait la cheville. « C'est chez moi que tu t'es fait ça ? »

Yardley Acheman secoua la tête.

« C'était avant de venir ici, dit-il.

– Tant mieux, fit le vieux. Tu vas pas aller trouver un avocat et changer d'avis, au moins...

– Ce n'est pas grave, dit Yardley.

– Je l'ai jamais pensé, renchérit le vieux.

– Vous étiez avec Hillary ? demanda mon frère.

– Hillary est en prison, dit l'homme.

– Pas à cause de ça, fit Ward. Il est en prison pour meurtre. Si Thurmond Call a été tué la nuit où vous étiez tous les deux à Ormond Beach en train de voler la pelouse du terrain de golf... »

La femme chassa les cheveux de son visage et lança un bref regard à son mari, puis au vieux. Je me demandai si elle couchait avec les deux.

« Je vais te poser une question, reprit le vieux. Quand t'es en prison, quelle différence ça fait de savoir pourquoi t'es en prison ?

– Les statuts de prescription...

– Tu m'en as déjà causé, de tes statues, coupa le vieux. Et ce gars qui possède le terrain de golf ? »

Cette question fit sourire mon frère, qui parut soulagé.

« Il était assuré. On ne peut pas être propriétaire d'un terrain de golf sans prendre une assurance. Ça remonte à longtemps et, de toute façon, il ne peut plus rien faire.

– Il pourrait venir me chercher, dit le vieux en regardant brièvement son fils. Il pourrait venir chercher noise à ma famille.

– Ça s'est passé il y a tant d'années, dit Ward. Il ne ferait jamais une chose pareille.

– Moi, si », rétorqua le vieux.

La femme posa le pot de fraise par terre. Le vieux mangea une dernière cuillerée de glace à la vanille et lui tendit le pot.

« La vie de votre neveu est en jeu, dit mon frère. Si on veut vraiment faire quelque chose pour lui, il faut s'en donner les moyens.

– Tu y vas fort », dit le vieux.

Ce n'était pas un reproche, mais une simple constatation.

« Je ne sais pas faire autrement », dit Ward.

Le vieux remarqua le ton d'excuse de mon frère. Il regarda Ward et sourit.

« On a tous notre caractère, pas vrai ? »

L'autre homme avança un peu, s'interposant entre sa femme et Yardley, qu'il se mit à observer. Yardley abaissa sa chaussette pour examiner sa cheville. Le vieux s'adossa aux parpaings de la maison et croisa les doigts sur son ventre.

« Toi, tu causes pas, me dit-il. J'arrive pas à savoir ce que tu fais avec les deux autres.

– Nous sommes frères », répondis-je en désignant clairement Ward pour qu'il ne se méprenne pas.

Le vieux sourit et s'adressa de nouveau à Ward.

« On traîne tous des histoires de famille, pas vrai ? »

Ward ne répondit pas.

« J'étais avec lui, dit soudain le vieux. Je l'ai raccompagné chez lui et quand je suis repassé là-bas, il était dans la prison du comté pour avoir trucidé le shérif Call. »

Le silence retomba, puis Ward dit : « Merci. » Il réfléchit quelques secondes avant d'ajouter : « À quelle heure… ?

– J'ai dit tout ce que j'avais à dire, interrompit le vieux. Je dirai pas un mot de plus. »

Il ne transigerait pas. Personne n'avait rien à ajouter. Nous nous sommes levés. Le vieux s'est levé avec nous. L'autre type est resté assis à sa place, foudroyant toujours Yardley Acheman du regard.

« Il ne s'est pas blessé cette nuit-là, n'est-ce pas ? » demanda Ward.

Le vieux ferma les yeux en essayant de se rappeler.

« Pas que je me souvienne, dit-il. Par contre, je me

suis à moitié tranché un orteil pendant que je trimais dans le noir.

– Ça a saigné ? »

Le vieux considéra Ward comme s'il ne comprenait pas sa question.

« Merde alors, et comment que ça a saigné, dit-il. On est des mammifères.

– Vous êtes allé à l'hôpital ? »

Le vieux hocha la tête.

« Aller à l'hosto en pleine nuit, couvert de terre, et leur raconter que je me suis coupé en dormant… »

NOUS AVONS fait remonter Yardley Acheman dans le bateau – il s'est installé face au moteur – avant de le mettre à l'eau et d'y grimper à notre tour. J'aperçus alors la femme, pendant une ou deux secondes debout à côté de la maison, le bout du doigt dans sa bouche, comme si elle ne voulait pas renoncer au goût de la glace, et puis un bruit est venu de la maison, un couinement, elle a regardé de ce côté-là et elle a disparu. Elle avait des épaules rondes et la peau claire, je me suis demandé à quoi elle aurait ressemblé en un autre lieu. J'ai tiré le cordon du démarreur, le moteur s'est mis à toussoter avant de tourner normalement quand j'ai réglé les gaz.

« Merci », dit mon frère.

Le vieux acquiesça, son fils arriva au bord de l'eau et se campa près de lui. Yardley tournait le dos à l'avant du bateau, cramponné au plat-bord, angoissé avant même que nous ne l'ayons mis à l'eau.

Le vieux lui sourit et dit :

« Accroche-toi bien. »

LE RETOUR jusqu'à la marina fut plus rapide que l'aller, parce que nous ne cherchions pas la maison dissimulée parmi les arbres de la berge, mais aussi parce que la rivière coule vers le nord, à partir du milieu de l'État et jusqu'à Jacksonville, où elle se jette dans l'océan.

Le moteur tournait plus régulièrement à haut régime et l'étrave bondissait sur l'eau. J'avais plaisir à tenir la manette des gaz, à respirer l'odeur du moteur et à sentir l'eau filer sous mes pieds. Ward était de nouveau installé à l'avant, où il réfléchissait aux paroles du vieux qui ne le satisfaisaient apparemment pas. Quant à Yardley, il restait immobile, les yeux clos, luttant contre la nausée.

À la marina, il se pencha hors du bateau et vomit. Mon frère s'en rendit à peine compte.

« L'homme d'Ormond Beach, dit-il quand Yardley eut fini, est-ce qu'il t'a montré ses notes ? »

Yardley acquiesça, comme s'il savait pourquoi Ward lui demandait ça, comme si on lui avait déjà posé cent fois cette question.

« Elles étaient là, sur son bureau, dit-il.

– Et il était sûr de la date ?

– Il était sûr de la date. »

Nous avons quitté le bateau pour nous diriger vers la voiture. Je sentais toujours les mouvements du bateau sur l'eau.

« Il en était absolument certain », répéta Yardley comme si le fait de le dire rendait la chose indubitable.

Ils ne reparlèrent pas avant que la voiture ne roule vers Lately.

« C'est toi qui lui as indiqué la date, ou est-ce lui qui te l'a donnée ? » dit Ward.

Yardley se redressa sur la banquette pour mieux voir mon frère.

« Qu'est-ce qui te prend ? » fit-il.

Ward se mit à parler plus lentement.

« As-tu demandé à cet homme : "Était-ce le quatorze août 1965", ou bien a-t-il consulté ses calepins avant de te dire la date ?

– Quelle importance est-ce que ça a ?

– Il y a quelque chose qui cloche, dit mon frère.

– Écoute, dit Yardley, je fais ce métier depuis un sacré bout de temps et je sais aussi bien que toi quand il y a quelque chose qui cloche. »

« TU SAIS ce qui ne va pas chez toi ? » dit Yardley Acheman.

Nous étions de retour au bureau et Ward parcourait les notes qu'il avait prises dans la voiture après l'une de nos premières visites à Starke. Il cherchait un bout de papier, avec quelques mots griffonnés dessus, dont il n'arrivait pas à se souvenir.

Yardley avait hâte de finir son article et de retourner à Miami.

« Tu ne comprends pas qu'il faut prendre de la distance avec toute l'histoire pour réussir à l'écrire », dit-il.

Mon frère trouva son bout de papier et le posa soigneusement sur son bureau. Mais maintenant qu'il l'avait retrouvé, il s'en désintéressait.

CE JOUR-LÀ ou peut-être le suivant, Yardley Acheman téléphona à un rédacteur en chef à Miami pour lui annoncer qu'il était prêt à écrire l'article, mais que Ward refusait de lâcher le morceau.

Je ne sais pas précisément comment Yardley Acheman présenta la situation – il ne téléphona pas du bureau, du moins pas pendant que mon frère et moi y étions –, mais à la fin de cette semaine-là, un homme barbu portant des lunettes aux verres épais d'un bon centimètre apparut sur le seuil du bureau, frappa une fois et entra.

Mon frère, assis à son bureau, relisait les comptes rendus des premières audiences du procès et Yardley téléphonait à sa fiancée à Miami. Mon frère se leva en avisant le barbu et fit tomber alors une bouteille de Dr. Pepper*, répandant un peu de liquide sur ses documents. Il ouvrit un tiroir, trouva la chemise que j'avais empruntée à Yardley, et que celui-ci avait ensuite refusé de reprendre, et il s'en servit pour éponger les dégâts.

Le rédacteur en chef – son titre était, en fait, « responsable de l'édition dominicale » – souriait, regardait autour de lui, appréciait l'atmosphère. Il marcha jusqu'à la fenêtre et regarda longuement Lately tandis que, de l'autre côté de la pièce, Yardley Acheman en finissait avec sa fiancée.

« D'accord, dit-il, il faut que je parte. D'accord. Pas maintenant… ce soir, je t'appellerai ce soir. Oui, moi aussi, c'est ça…

– Quelle est cette odeur ? Des oignons ? » fit l'homme de Miami.

Il était plus âgé que Yardley Acheman, il avait peut-être quarante ou cinquante ans. Il donnait l'impression de sortir très rarement de son bureau.

« Il y a un restau pouilleux en bas, expliqua Yardley. Toute la rue empeste l'oignon. » Il huma son propre bras. « Ça imprègne la peau », dit-il.

L'homme de Miami écarquilla les yeux à cette nouvelle, comme s'il n'avait jamais entendu parler d'une telle chose, puis il se tourna vers mon frère.

« Où en sommes-nous ? demanda-t-il.

– Ça avance », dit Ward.

* Soda à la cerise.

196

Il avait fini d'éponger ses papiers et s'était rassis dans son fauteuil, pas du tout décidé à travailler.

L'homme de Miami s'installa sur la chaise contre le mur. Il me regarda un instant, ignorant ce que je faisais.

« Il y en a encore pour combien de temps à votre avis ?

– Pas très longtemps, dit Ward. Il y a quelques petites choses qui ne me satisfont pas…

– Deux jours ? Une semaine ? s'enquit l'autre.

– Avant quoi ? dit Ward.

– Avant que Yardley puisse se mettre à écrire. »

Il eut un sourire carnassier.

Mon frère regarda Yardley Acheman, qui refusa de croiser ses yeux.

« Il m'est difficile de vous donner un délai précis, dit Ward.

– Que reste-t-il à faire ? »

Mon frère secoua la tête.

« Il me semble que vous êtes prêts et que vous ne le savez pas, tout simplement. » L'homme de Miami marqua une pause, puis reprit. « J'étais comme vous. Je ne voulais jamais lâcher une enquête ; j'imagine que c'est comme ça qu'on finit dans un bureau. »

Il sourit, comme si ses propres défauts l'amusaient.

« Je ne suis pas encore satisfait, dit Ward.

– Je vous en félicite, rétorqua l'homme de Miami. Cela signifie que vous êtes un bon reporter, et que vous êtes prudent. Mais d'après ce que Yardley m'a rapporté, on dirait bien que les choses sont on ne peut plus évidentes.

– Je ne sais pas, dit Ward.

– Je vois bien que vous ne savez pas, dit l'homme de Miami. Mais le problème, c'est que vous pourriez rester ici toute votre vie sans jamais être sûr de tous les détails de l'affaire. Ce n'est pas notre boulot. Notre boulot consiste à collecter le maximum d'informations et à les publier dans le journal. »

Ward ne répondit pas.

« Vous êtes trop précieux pour rester en carafe au milieu de nulle part, dit-il. Il y a d'autres articles à écrire.

– Je ne crois pas que cette enquête soit terminée, insista Ward.

– Yardley en est satisfait », dit-il. Et Yardley Acheman hocha la tête derrière son bureau. « C'est lui qui doit la rédiger. »

Une puanteur d'oignons frits empesta soudain l'air. Tout avait été décidé en dehors de ce bureau, loin de mon frère, et il ne pouvait plus rien y faire. Il se frotta les yeux comme s'il n'avait pas dormi depuis longtemps, puis me regarda. Il semblait réclamer de l'aide. Mais je ne savais pas quoi faire, je ne savais même pas comment lui signifier mon soutien.

« Ce n'est pas fini, répéta-t-il.

– Yardley va mettre un certain temps à écrire son article, dit l'homme d'une voix raisonnable et amicale. Faites ce que vous avez à faire. Pendant ce temps-là, il fera son travail et, d'une façon ou d'une autre, nous arriverons à publier cet article. »

Mon frère ne dit rien de plus à l'homme de Miami, même lorsque celui-ci raconta une anecdote sur l'époque où il était lui-même reporter, comment il s'était tellement impliqué dans une histoire qu'en définitive il ne parvenait pas à l'écrire.

« Cet article, dit-il calmement, me valut le prix Pulitzer. »

Ce prix était la preuve qu'il avait raison pour l'article de mon frère et pour tout le reste, et il marqua un silence de quelques secondes pour nous laisser le temps de prendre toute la mesure de son exploit. Puis il ajouta :

« Sans le rédacteur en chef venu me botter le cul pour que je mette tout ça noir sur blanc, je serais sans doute

198

encore assis à mon bureau de l'agence du *Miami Times* de Broward County, en train d'essayer de l'écrire. »

L'homme tapota l'épaule de Ward en partant et il n'y eut plus que nous trois dans la pièce.

« Je pensais seulement que nous avions besoin d'un point de vue extérieur, déclara Yardley Acheman. Je ne savais pas qu'il se pointerait ici pour nous dire quoi faire. »

Ward acquiesça et se leva. Il rassembla toutes les notes éparses sur son bureau, toutes les transcriptions et les dépositions, traversa la pièce jusqu'à Yardley Acheman et déposa le tout devant lui. Il me regarda un moment – je ne savais pas s'il désirait que je parte avec lui ou que je le laisse seul – et franchit la porte.

Lorsque je me levai pour le suivre, Yardley Acheman me dit quelque chose, convaincu que je le répéterais à Ward :

« Il fallait le faire », dit-il.

Je pensai alors que j'étais depuis trop longtemps à Lately. J'avais passé trop de temps à observer les gens qui vivaient là, trop de temps à dévisager Hillary Van Wetter au parloir de la prison de Starke, trop de temps à épier Charlotte Bless.

Quand j'observais une chose assez longtemps, ses contours se brouillaient et je ne parvenais plus à la voir telle qu'elle était. Elle se transformait.

MON PÈRE fut soulagé en apprenant que Yardley Acheman rédigeait enfin l'article.

« Alors comme ça, M. Acheman se met au travail. »

Tels furent ses mots, mais mon père se moquait que Yardley Acheman travaillât ou pas. Il était surtout content que mon frère ait fini de passer au peigne fin le comté de Moat.

« Ils vont sans doute retourner à Miami pour l'écrire ? me demanda-t-il.

– Je n'en sais rien, dis-je.

– Ils n'ont aucune raison de rester là-bas. »

Nous mangions du poulet frit avec des pommes de terre bouillies et il en était à sa seconde bouteille de vin. Mon père m'observait, son verre au bord des lèvres, en attendant que je tombe d'accord avec lui, comme si mon acquiescement devait concrétiser ce qu'il avançait.

Je me rappelai alors un après-midi, peu de temps après le départ de ma mère, mon père entrant dans la cuisine pendant qu'Anita Chester faisait cuire des pommes de terre pour le dîner. Il avait bu trois bouteilles de vin rouge, remplissant régulièrement son verre. Il plongea une fourchette dans l'eau bouillante, la planta dans une pomme de terre cuite et l'enfourna ainsi, tout entière, dans sa bouche.

Il tituba en arrière à travers la cuisine, portant la main à sa bouche pour essayer de retirer la pomme de terre brûlante, et tomba d'abord sur la table puis, à la renverse, contre la porte grillagée du jardin.

Anita Chester le suivit au-dehors, une cuillère en bois à la main, puis elle se pencha au-dessus de lui dans le jardin. Incapable de recracher cette pomme de terre, mon père finit par la mâcher et par l'avaler.

« Monsieur Ward, dit-elle, avez-vous perdu l'esprit ? »

Il leva les yeux pour la regarder à travers ses larmes, se mit à tousser et déclara que, oui, il avait perdu l'esprit. Elle le considéra encore un moment, puis tourna les talons et rentra dans la maison, comme si elle avait l'habitude que les riches hommes blancs se confessent.

Je le regardai maintenant en repensant à lui allongé sur le dos dans le jardin.

« À moins que je ne me trompe du tout au tout, dit-il, M. Acheman ne désire pas rester à Lately une heure de plus que nécessaire. »

C'était vrai, mais il était tout aussi vrai qu'il serait resté à Lately si Ward avait insisté. Il ne pouvait pas écrire un article sans que quelqu'un le guide à travers les informations vérifiables. Il ne s'intéressait pas aux faits. C'était un défaut pour un journaliste, j'imagine, mais il n'en prit jamais conscience.

Pour prendre conscience de certaines choses, il faut être allongé sur le dos, les yeux pleins de larmes, une pomme de terre bouillante dans la bouche.

Il est même possible, selon moi, qu'il faille être blessé pour prendre conscience de quoi que ce soit.

« Ward veut vérifier certains points avant de partir, dis-je.

– Je croyais que l'article était prêt à être écrit. »

Mon père remplit son verre.

« Il est prêt ou il n'est pas prêt », ajouta-t-il.

Je ne lui avais pas parlé de la dispute entre Ward et Yardley Acheman, ni de la visite du chef d'édition de Miami. Il me semblait que c'était à Ward d'en parler lui-même, s'il voulait le mettre au courant.

Mon père but la moitié de son verre et se détendit.

« Je ne sais pas, dis-je.

– Et le métier ? poursuivit-il. Tu en as eu un aperçu, qu'en penses-tu ?

– Pas grand-chose.

– C'est mieux que de conduire un camion.

– C'est mieux que d'en charger un », répondis-je.

Il me regarda en souriant.

« Chacun a son propre rythme », reprit-il en voulant dire, j'imagine, que Ward ne s'était jamais fait virer de l'université de Floride. « D'une manière ou d'une autre, nous faisons les choses quand nous y sommes prêts. » Il pensa à autre chose pendant un moment, puis me regarda en souriant à nouveau. Une sorte de paix s'était emparée de lui avec la dernière bouteille de vin. « Ne prends pas tout ça trop au sérieux, Jack, dit-il. Ton tour viendra.

– Je fais les choses quand je dois les faire »,
rétorquai-je.

Ma remarque le fit rire et je ris avec lui. J'avais bu
quelques verres de vin.

« Parfois », reprit-il avec plaisir, comme s'il se souvenait d'une anecdote, « la seule façon de découvrir si
on est prêt, c'est que, lorsqu'on doit l'être, on l'est tout
simplement. »

Je bus un autre verre de vin et je me sentis en paix
moi aussi.

« Je peux te dire une chose ? fis-je.

– Tout ce que tu veux.

– Je ne sais pas de quoi tu parles. »

Cela aussi le fit rire.

« Je parle de toi, dit-il. C'est de toi que je parle. »

Mais il se trompait.

Il ne parlait en fait que de transmettre la direction de
son journal à Ward.

NOUS PARTÎMES pour Daytona Beach, Ward, Charlotte
et moi. Yardley resta à Lately avec le chef de l'édition
dominicale pour entamer la rédaction de l'article. Ward
leur annonça qu'il allait jeter un coup d'œil au terrain de
golf, mais en réalité il avait l'intention de retrouver
l'entrepreneur de Yardley.

Ce qui intéressait Yardley Acheman se limitait à la
narration des faits dans ses articles, à l'interprétation des
événements, à la dénonciation de l'hypocrisie partout
où il la débusquait. Et cela impliquait qu'il était tout à
fait possible qu'il n'ait jamais retrouvé ce fameux entrepreneur. Il avait peut-être vu ce dont il avait besoin et
inventé tout le reste.

Nous descendîmes dans un hôtel donnant sur la plage – je partageai une chambre avec mon frère, Charlotte en prit une autre – et je restai éveillé et agité une heure après que Ward se fut endormi. Je finis par me lever sans bruit pour ne pas le réveiller, car il était plus de minuit, passai devant la réception avant de sortir sur la plage, frôlant des poivrots et des amants, trébuchant presque sur un garçon et une fille nus sur une couverture, imbriqués l'un dans l'autre.

Elle s'accrocha à son cou, le retenant en elle, et elle me suivit du regard tandis que je passais près d'eux.

Une bouteille d'alcool ouverte était plantée dans le sable.

Je nageai vers l'océan. J'étais calme et la lune semblait posée sur l'eau devant moi, infiniment lointaine. Je nageai longtemps sans ressentir ce poids familier dans mes bras et mes jambes signifiant que je commençais à me fatiguer. Je pensais à la fille sur la plage qui m'observait, retenant le cou du garçon dans l'obscurité, sa joue collée à la sienne tandis qu'il allait et venait en elle.

J'aurais aimé que quelqu'un me serre ainsi dans ses bras.

Je pensai alors à mon frère et à ce qui nous séparait. Il n'aurait jamais désiré une fille entrevue pendant un instant, allongée dans le sable avec un garçon. Ward n'avait rien en lui qui lui permettrait de s'attacher aussi facilement. Alors, je fus soudain glacé, comme si cette réflexion en était la cause, et je m'arrêtai – cette nuit-là, il n'y avait rien à prouver, rien à épuiser –, puis je basculai sur le dos pour regarder la lune tout en retournant vers Daytona Beach.

Pourquoi donc s'était-il lié à Yardley Acheman ?

JE SORTIS de l'eau en tremblant comme un homme qui a mis le doigt dans une prise électrique. Je ne réussis même pas à me maîtriser lorsque je fus de retour sous les couvertures de mon lit. Je finis par me relever et je restai longtemps sous l'eau brûlante de la douche.

Quand je sortis de la salle de bains, il avait les yeux ouverts et cherchait vainement le sommeil. D'aussi loin que je me souvienne, Ward a toujours eu le sommeil léger.

WARD passa la journée du lendemain à essayer de retrouver l'entrepreneur. Je le conduisis des bureaux du comté à un site de construction, éliminant l'un après l'autre les entrepreneurs qui avaient des lotissements en chantier au mois d'août 1965.

À la fin de la journée, il n'avait pas retrouvé l'entrepreneur, et si ce dernier ne travaillait plus sous le même nom – il fut impossible de localiser plusieurs entreprises citées dans les permis de construire du comté – ou s'il avait changé de métier, ces éventualités posaient la question de savoir comment Yardley Acheman, qui ne s'intéressait jamais aux faits et n'avait aucun talent d'enquêteur, l'avait retrouvé alors que mon frère en était incapable.

Charlotte se révéla parfaitement inutile ; elle se rappelait seulement qu'à cette époque elle avait d'autres choses en tête.

« Les hommes qui sont beaux sont les pires », dit-elle.

WARD interrompit ses recherches en fin d'après-midi et nous rentrâmes à l'hôtel. À la réception, Ward paya pour une autre chambre, dont il me donna la clef sans même mentionner que je l'avais empêché de dormir la nuit précédente.

Ce soir-là, un orchestre jouait au bar de l'hôtel. Le restaurant, situé juste à côté du bar, s'emplit de fumée, de musique, de brouhaha et des gens qui venaient de la pièce d'à côté, pendant que nous dînions. J'observais attentivement les filles, en cherchant celle de la plage.

Charlotte en avait assez de Daytona Beach et du journalisme, elle voulait rentrer à Lately.

« Dans quelle mesure tout ça va-t-il l'aider ? » demanda-t-elle en parlant de Hillary.

« Ça l'aiderait si nous pouvions retrouver l'acheteur de la pelouse, dit mon frère.

– Yardley l'a déjà retrouvé », fit-elle.

Mais elle-même ne semblait pas vraiment y croire.

Elle glissa une cigarette entre ses lèvres et baissa le visage pour gratter l'allumette. Ses cheveux tombèrent alors vers ses mains, tout près de la flamme. J'ai moi aussi mis parfois le feu à mes cheveux en me penchant au-dessus d'une bougie sur la table d'un restaurant, et cela dégage une odeur affreuse.

« Il faut que nous le trouvions à nouveau, dit Ward.

– Merde », fit-elle.

Elle en avait assez des pelouses volées, des entrepreneurs et de nous tous ; elle en avait assez de Yardley Acheman, mais d'une manière différente.

La serveuse des cocktails arriva quand le dîner fut terminé. Elle portait un corsage à jabot et une jupe noire qui ne couvrait pas entièrement sa culotte. Je commandai une bière, Charlotte prit un Cuba libre – en prononçant *Cuba* à la manière cubaine – et mon frère, qui d'habitude ne buvait pas dans les bars, demanda une vodka-Coca.

Je le regardai d'un air perplexe, mais depuis quelques minutes il était distrait. Son attention fut alors attirée par une table proche où deux marins, sans doute venus de Jacksonville en permission, étaient assis avec un homme d'âge mûr portant un nœud papillon. C'étaient des jeunes gens au visage enfantin et l'un d'eux arborait une moustache.

L'homme au nœud papillon paya leurs boissons à une autre serveuse, sortant des billets de son portefeuille l'un après l'autre.

LA SERVEUSE se pencha près de moi pour poser les verres sur la table, effleurant ma joue avec sa jupe. Son parfum était âcre, mêlé à celui de Charlotte. Ward descendit sa vodka avant qu'elle ne fût repartie. Il lui tendit aussitôt son verre vide et en demanda une autre. Je n'avais jamais vu mon frère boire autre chose que quelques bières.

« Vous avez l'air d'avoir soif », dit-elle.

Il ne répondit pas, mais continua d'observer de temps à autre les deux marins attablés. Ils buvaient des daiquiris roses. L'un des marins leva les yeux et remarqua la curiosité de mon frère.

Ward et le marin se regardèrent, puis l'autre marin se tourna lui aussi vers notre table. Il prit son verre, sans nous quitter des yeux, et le vida entièrement. Sa pomme d'Adam montait et descendait à mesure qu'il avalait.

Charlotte remarqua ce qui se passait.

« Pour l'amour du Ciel, dit-elle, nous allons avoir droit à une bagarre. »

Je pensai qu'elle avait déjà assisté à des bagarres et qu'elle savait de quoi elle parlait.

« Il n'y a pas de problème », dit mon frère.

Il vida son verre presque aussi rapidement qu'il avait bu le premier, puis il en commanda un troisième.

« Je crois pouvoir me rappeler l'endroit où Yardley a retrouvé cet entrepreneur », dit Charlotte pour essayer de détourner l'attention de mon frère de son verre et des regards provocateurs.

Il hocha la tête, comme s'il savait déjà qu'ils retrouveraient l'entrepreneur.

« Je n'arrivais pas à me concentrer aujourd'hui, dit-elle. Émotionnellement, je suis épuisée. »

Puis elle me regarda et haussa les épaules.

« Je pense trop à Hillary », ajouta-t-elle comme si j'étais celui qui la comprendrait.

« Pourquoi donc ? demandai-je.

– Je ne sais pas, dit-elle. Je pense à lui, c'est tout. »

Aucun de nous trois ne parla pendant un moment, mais je constatai que les marins nous observaient toujours. Ils regardaient maintenant davantage Charlotte que mon frère ou moi, mais ils semblaient nous vouloir tous en bloc.

L'homme qui les accompagnait parlait, mais ils avaient bu tout leur saoul et ils ne l'écoutaient plus.

« Nous devrions peut-être aller ailleurs », proposai-je.

Ward prit son verre suivant sur le plateau de la serveuse, à qui il donna un billet de dix dollars. Puis il se leva, lui laissant la monnaie, et se dirigea vers les toilettes.

« Il est vraiment sociable ce soir, ironisa Charlotte.

– Il n'a pas l'habitude de boire comme ça, dis-je.

– Personne n'a l'habitude de boire comme ça. »

Nous le regardâmes tituber à gauche, puis à droite, en direction des toilettes. Les marins aussi l'avaient vu vaciller, puis l'un d'eux se leva, moins grand que je ne l'aurais cru, et il vint à notre table. Il se pencha au-dessus de Charlotte et loucha dans son corsage.

« Ton pote a un problème avec nous, chérie ? » fit-il.

Maintenant, l'autre marin souriait en observant son copain. Il lui manquait une incisive.

L'homme au nœud papillon s'interrompit, soudain excité par la possibilité de la violence.

« Personne n'a de problème sauf toi, connard, lui répondit Charlotte.

– J'ai eu l'impression qu'il avait un problème », insista le marin qui maintenant me regardait.

Je secouai la tête. Ce marin m'effrayait. Il posa une main sur la table et se pencha encore. La table oscilla sous son poids. Il approcha son visage du mien, à une trentaine de centimètres, puis il tourna lentement la tête, regarda Charlotte et sourit.

« Qu'est-ce t'en penses ? lui demanda-t-il. Ton pote a un problème avec moi ? Peut-être qu'ils ont un problème ensemble, parce que, tu vois, ils ressemblent vraiment à deux pédés. Nous aussi, on en a un à notre table. Peut-être qu'on devrait conclure un marché.

– Ils sont frères », dit-elle, puis, en tournant la tête, elle ajouta : « Et je crois que vous avez tous des problèmes. » Et après un autre silence : « Vous êtes tous des connards. »

Elle parlait des hommes en général.

C'était un couplet que j'avais déjà entendu. Elle s'en prenait à l'un de nous, elle s'en prenait à nous tous. Le marin continuait à la dévisager et à sourire.

« Mon copain et moi, reprit-il, on a parié que t'avais plus de cinquante balais. »

Il rit à cause de sa blague, puis il détourna violemment la tête et se retrouva soudain si près de mon visage que je ne réussissais plus à distinguer ses traits. Son geste brusque me fit sursauter.

« Qu'est-ce t'en penses ? dit-il. Tu nous prends aussi pour des connards ? »

Son haleine empestait la fraise et le rhum.

Je ne répondis pas.

« T'es pas très causant, hein ? » fit le marin.

Il se redressa en nous regardant toujours. « Y en a un qui se carapate, et l'autre il cause pas. » Il regarda encore Charlotte, puis ajouta : « T'es une vieille qu'a un sacré bol dans la vie.

– Et toi, t'es un connard », dit-elle en finissant son verre.

Ensuite, lorsque le marin eut quitté notre table pour retrouver son copain et le pédé, elle me regarda et dit : « Où est Hillary quand on a besoin de lui ? »

JE PARTIS chercher mon frère, plus humilié par les paroles de Charlotte que par celles du marin et je me sentais soudain honteux, car je savais qu'on m'avait dépouillé de quelque chose, en public, devant elle.

Je passai près de leur table, frôlant celui qui nous avait parlé, mais il était occupé avec l'homme au nœud papillon et sembla ne rien remarquer. Il lui demandait de l'argent.

« Allez, Freddie, disait-il. Tu nous as promis qu'on allait passer un bon moment. »

Aux toilettes, il y avait des hommes et des femmes devant le miroir. Certains fumaient de la marijuana. Une femme était agenouillée dans un w.c. Ses jambes dépassaient sous la porte, elle n'avait pas de chaussures, et ses bas étaient filés.

Les toilettes étaient encore plus bondées que le bar et il y faisait plus chaud. Je découvris Ward tout au fond, en train de se coiffer devant une glace, et cette vision me parut presque comique.

COMME CHARLOTTE était fatiguée, je la raccompagnai en silence jusqu'à sa chambre. Elle m'embrassa sur la joue dans le couloir et je rejoignis la chambre que Ward m'avait attribuée. Mon frère resta au bar, où il buvait des whisky-Coca.

Je me laissai glisser dans le sommeil songeant au marin, en imaginant que je me levais et que je l'étranglais d'une clef au cou. Je me demandai ce que Charlotte aurait pensé de ça, puis je devinai parfaitement sa réaction : elle aurait pensé que nous étions tous des connards.

J'aurais pu l'étrangler, car j'étais plus fort que lui et je le savais, même quand je m'étais senti trembler de peur.

Je repensai à Ward, qui avait aussitôt remarqué les regards appuyés des marins. Je me demandai quelles idées lui traversaient l'esprit lorsqu'il buvait.

Je restais allongé dans mon lit, en pensant à mon frère conduisant la voiture de Yardley Acheman sur Alligator Alley à cent soixante-dix kilomètres à l'heure.

CHARLOTTE TAMBOURINAIT contre la porte, elle m'appelait, me tirant du sommeil avec, dans la voix, une intonation que je n'avais jamais entendue. Je me levai en sous-vêtements et, en cherchant la lumière, je renversai une bière sur la table.

Ses coups de poings faisaient trembler la chambre.

« Jack, disait-elle. Jack, lève-toi. »

Un murmure rauque.

Je rejoignis la porte dans l'obscurité, marchant dans la bière que j'avais renversée, hésitant à nouveau sur les lieux, ne sachant pas très bien où j'étais.

Lorsque j'ouvris la porte, la lumière inonda la chambre. Elle était juste devant moi, vêtue d'un peignoir en éponge. Elle avait écarté les cheveux de son visage en les nouant avec un élastique et les mèches qui tombaient sur ses épaules étaient incroyablement emmêlées, davantage que le jour où nous étions revenus de Starke en voiture, toutes vitres baissées. Elle sentait le sommeil.

Je me dis qu'elle n'aimerait pas se découvrir ainsi dans le miroir en sortant sa trousse de maquillage pour se poudrer.

« Il se passe quelque chose dans la chambre de Ward », chuchota-t-elle.

Alors je compris et je fus réveillé.

Leurs deux chambres étaient voisines et la mienne se trouvait tout au bout du couloir. Je franchis la porte et passai devant Charlotte.

« Je crois qu'ils sont en train de le tuer », dit-elle derrière moi en essayant de me suivre. Je me retournai vers elle.

« Qui ?

– Les marins, dit-elle. Je crois que c'est les marins. »

Mon pied heurta un plateau couvert de vaisselle sale posé devant une porte ; des verres et des frites volèrent sur la moquette. Je glissai, faillis tomber, retrouvai l'équilibre et me mis à courir pour de bon.

Je n'entendais plus le bruit des pas de Charlotte derrière moi, je le perdis dans celui de ma propre course, puis je compris soudain que je ne savais pas où était la chambre de mon frère. Elle se trouvait près de la réception, je m'en souvenais car la nuit précédente j'avais emprunté ce couloir en maillot de bain. Je ralentis, examinai les portes et crus entendre les marins. Je m'arrêtai, tremblant de peur, l'oreille tendue.

Ce n'était ni rapide, ni acharné – de simples coups méthodiques, parfois espacés. Assourdis. Quelques mots échangés pendant qu'ils frappaient.

Je m'élançai contre la porte. Elle résista, mais

l'endroit où je l'avais percutée s'était fendu et portait en creux l'empreinte de mon épaule.

Le bruit cessa à l'intérieur, puis je discernai un son différent. Il venait de Ward. Ce ne fut ni un gémissement ni un cri, ce fut presque comme s'il essayait de parler.

Je reculai et, malgré ma terreur, percutai encore la porte. J'entendis alors Charlotte derrière moi, son souffle court, sa panique, et quand je me retournai pour la regarder, la porte s'ouvrit devant moi, un marin apparut dans l'encadrement, une bouteille à la main, le devant de sa chemise couvert de sang.

Derrière lui, par terre, gisait mon frère. Il était nu, avait un œil fermé et il était ligoté. Lorsqu'il essaya de se relever, un filet de sang suivit son mouvement et c'était comme un élastique qui aussitôt le ramena à terre.

Je regardais mon frère quand le marin me frappa au front avec la bouteille et, l'espace d'un instant, je perdis conscience.

Quand j'y vis de nouveau clair, ils couraient vers l'autre extrémité du couloir, dans la direction de la chambre que je venais de quitter. Un écriteau qui indiquait la sortie brillait près du plafond. Charlotte les poursuivait dans le couloir en criant des mots dont je ne saisissais pas le sens. Elle s'arrêta pour ramasser un plateau et le lança juste avant qu'ils n'atteignent la sortie, déclenchant alors l'alarme. Des portes s'entrouvrirent dans le couloir, puis se refermèrent.

Je me relevai, soudain en proie à la nausée, et j'entrai dans la chambre de mon frère. Il gisait toujours par terre. Je glissai un bras sous son buste, sentant le sang poisseux qui séchait sur sa peau, et je le soulevai. Je le portai ainsi, le visage tourné vers le sol, en direction du lit. Une goutte de sang frais éclaboussa mon pied.

Les couvertures étaient arrachées du lit, on avait déchiré un drap en lanières qui, toujours nouées, étaient dispersées près d'un fauteuil. Ils avaient utilisé ces lanières pour le ligoter. Il bougea entre mes bras, puis son corps devint tout mou.

Je le déposai avec précaution sur le lit, d'abord la tête qui pendait, comme s'il avait la nuque brisée, puis le reste du corps. Lorsqu'il toussa et tenta de parler, un gargouillement sortit de ses lèvres avec du sang.

Je le fis rouler sur le dos et découvris l'extrême gravité de ses blessures. Ses incisives étaient brisées au ras des gencives ; le cartilage de son nez avait été écrasé, puis enfoncé sous son œil gauche. Il avait les deux yeux fermés, boursouflés, l'un d'eux à une place bizarre.

De façon inexplicable, je sus qu'il avait perdu cet œil.

Il avait des marques sur la poitrine et le ventre, ainsi que sur les bras, avec lesquels il avait tenté de se protéger, et tout autour du bas-ventre. La plupart de ces marques étaient rouges, mais certaines – dues à des coups de pied – étaient gonflées et sombres.

Je ne savais pas par quoi commencer.

Elle entra dans la chambre quelques instants plus tard et porta la main à sa bouche.

J'ignore si ce fut à cause de Charlotte, à cause de mon frère ou, plus probablement, à cause du coup de bouteille que j'avais reçu sur le front, mais j'étais malade. J'allai à la salle de bains, je bus de l'eau froide au robinet, puis je vomis dans le lavabo. Lorsque je revins dans la chambre, elle était assise près de lui, elle lui tenait la main. Elle n'avait pas essayé de nettoyer le sang sur le visage de mon frère. Elle restait là, immobile, à lui tenir la main, incapable comme moi de faire autre chose.

« J'ai appelé la réception, dit-elle. L'ambulance devrait être bientôt là. »

Je ramassai par terre ce qui restait du drap et je couvris le corps de mon frère.

« Qu'est-ce qui s'est passé ? demandai-je.

– Je ne sais pas. J'ai entendu du bruit à travers le mur, l'un des marins qui criait, votre frère qui les suppliait…

– Qui les suppliait ?

– Il les suppliait, répéta-t-elle, il n'arrêtait pas de les supplier. »

Il remua sous le drap, tourna la tête sur l'oreiller.

« Ça a sans doute duré longtemps », dis-je.

Je sentis alors les larmes envahir mes yeux et la pièce se mit à tournoyer. Je retournai dans la salle de bains et bus encore de l'eau au robinet. Je me regardai dans la glace : j'avais une bosse en haut du front, à l'endroit où la bouteille m'avait frappé.

Je retournai dans la chambre et je pensai à un musée. Des meubles et de la literie en désordre, une moquette trempée de sang. Il s'était passé quelque chose, mais tout était maintenant tranquille, totalement figé. La tête de mon frère roula vers le mur opposé et je ne vis plus son visage.

« Ils seront ici d'une minute à l'autre », dit Charlotte.

Je me demandai auquel de nous deux elle parlait.

« Combien de temps est-ce que ça a duré ? » dis-je.

Je ne parvenais pas à effacer l'image de mon frère en train de les supplier.

« Pas très longtemps », répondit-elle.

J'avais besoin d'être sûr que ça n'avait pas duré très longtemps.

Les rideaux avaient été arrachés des fenêtres et je remarquai des lumières sur le parking. Certaines venaient des voitures de police. Mon frère remua encore – j'eus l'impression qu'il ne pouvait pas rester immobile – et quand sa tête se tourna vers moi je vis l'expression de son visage. Je me demande comment il réussit malgré toutes ses blessures. Une grimace, puis un relâchement.

« D'une minute à l'autre », dit-elle.

Je pensai à l'habiller pour que ce qui venait de se passer paraisse moins horrible.

LA POLICE ARRÊTA l'un des marins sur le parking, caché sur la banquette arrière d'une voiture appartenant à l'homme qui était avec eux au bar. L'autre marin s'était enfui sur la plage, les policiers l'avaient poursuivi pendant une ou deux minutes, puis ils avaient renoncé en sachant très bien qu'ils obtiendraient son nom de celui qu'ils venaient d'arrêter.

« Monsieur James, dit l'un des policiers à mon frère. Monsieur Olson ici présent affirme que vous l'avez attiré, ainsi que son ami, dans votre chambre d'hôtel avant d'essayer de les entraîner dans des pratiques sexuelles. »

M. Olson était le marin qui était venu à notre table. Il était debout entre les policiers au seuil de la chambre, les mains menottées derrière le dos.

« Monsieur James ? » répéta le policier.

Les ambulanciers étaient eux aussi dans la chambre, mais ils n'avaient pas touché à Ward, qui était toujours nu comme un ver.

« Ce connard et son ami l'ont suivi hors du bar », dit Charlotte.

Le marin lui lança un regard bref et dit :

« C'est un foutu mensonge. »

Le policier debout près de la porte, qui avait déjà eu à faire à des marins descendus de Jacksonville, frappa celui-ci avec sa matraque, juste sous l'oreille. L'homme s'écroula à genoux en se protégeant la tête.

Charlotte sourit.

« Nous n'avons suivi ce pédé nulle part, dit le marin. Il nous a invités dans sa chambre. »

Le premier policier regarda mon frère d'un air attristé et dit :

«Est-ce vrai, monsieur James ? Êtes-vous un pédé ?

– Ce n'est pas un pédé, dis-je en regardant le marin.

– Qui êtes-vous ? fit le policier.

– Un autre pédé», dit le marin.

Alors le marin éclata de rire, mais il me regarda étrangement, comme si quelque chose clochait. Je me tournai vers le policier.

«Je suis son frère», dis-je.

Le policier opina du chef.

«Alors que fait-il nu ?

– C'est sa chambre, il prenait peut-être une douche. Il était peut-être couché.»

Le marin rit encore et se releva. Il avait du sang séché dans les cheveux.

«Je ne peux pas supporter ça», intervint l'un des ambulanciers.

Nous l'avons tous regardé attendant la suite, mais il n'avait pas l'intention d'ajouter quelque chose. L'autre ambulancier regardait Ward d'un air soucieux.

«Alors, que faisons-nous ?» me dit le premier policier.

Remarquant que Ward avait la chair de poule sur les bras, je ramassai une couverture par terre et l'en couvris.

«Si vous n'avez pas besoin de nous, dit l'ambulancier au policier, nous avons une collision frontale sur la route.»

Il regarda rapidement Ward, puis le policier qui n'aimait pas les marins.

«Ça ira, dit-il, il s'est juste fait dérouiller.»

Charlotte essuya le sang qui coulait toujours du nez de mon frère, puis les deux boursouflures qu'on voyait à la place de ses yeux.

«Prenez les noms de tout le monde», dit-elle.

Le policier qui n'aimait pas les marins leva les yeux au ciel.

« Ce type est un pédé », dit le marin.

Aussitôt le policier le frappa encore, sur le menton, et il s'écroula contre la porte, les mains toujours menottées derrière lui, la tête baissée au point qu'on aurait cru qu'il essayait de rattraper sa mâchoire entre ses dents.

« Ah là là, fit le policier qui n'aimait pas les marins. Il vient de tomber.

– Faut qu'on y aille », dit le conducteur de l'ambulance.

Mais il craignait de partir sans permission. Il attendait visiblement qu'on lui donne son congé.

« Vous avez vu ça », dit le marin.

Mais sa voix avait maintenant quelque chose de bizarre. On aurait dit qu'il suppliait.

Le conducteur de l'ambulance secoua la tête.

« Je n'ai rien vu ni rien entendu. » Il se tourna de nouveau vers le policier. « Que voulez-vous qu'on fasse ? » demanda-t-il.

Le policier me regarda.

« Il est blessé », dis-je.

Le marin gémit, il semblait souffrir. L'autre policier le saisit par le col de chemise et le plaqua contre le mur.

« Bouge pas de là, dit-il.

– J'ai rien fait », protesta le marin.

Mais maintenant il avait peur et il resta là contre le mur. Lorsqu'il voulut à nouveau parler, le policier le plus proche de lui le gifla si durement qu'il se mit à saigner du nez.

Le premier policier me fit signe de l'accompagner dans un coin de la chambre.

« Vous voyez bien qu'il y a un problème, me dit-il d'une voix suffisamment basse pour que les autres ne l'entendent pas. Voilà ce que je suggère pour faciliter les choses à tout le monde : mettons que votre frère a bu quelques verres ce soir avant d'aller se promener sur la plage. Ce genre de choses arrive tous les jours sur la plage, même si on n'en parle jamais dans les journaux. »

Je regardai Ward en essayant de réfléchir.

« Ça aurait très bien pu arriver sur la plage, répéta le flic. Le seul ennui, c'est que dans ce cas-là, nous n'avons pas arrêté les coupables. »

Le marin nous observait attentivement, comme s'il se doutait de ce qui se tramait entre nous. Il saignait, il avait la mâchoire enflée sous l'oreille. Il s'était mis à pleurer.

Charlotte était maintenant debout contre un mur, les bras croisés sur la poitrine.

« Ils ont essayé de le tuer », finit-elle par dire.

Le premier policier prit une profonde inspiration, puis laissa l'air sortir lentement de ses poumons.

« Ce genre de chose arrive parfois, reprit-il. Je ne vous dis pas ce que vous devez faire, mais ça arrive. »

Le marin grogna en se laissant glisser le long du mur. Le policier qui le surveillait lui flanqua un coup de matraque dans les jambes, et le marin retomba par terre.

« Ah là là, fit le policier, il vient de retomber.

– Et lui, que devient-il ? demandai-je.

– Que voulez-vous qu'il devienne ? fit le policier. Plein de choses arrivent sur la plage. »

Le marin se mit à pleurer à chaudes larmes.

« On voulait pas l'amocher autant », dit-il.

Soudain furieux, le policier qui me parlait regarda les ambulanciers.

« Vous attendez quoi, bordel ? lâcha-t-il. Cet homme est blessé. »

J'IGNORE ce qu'ils firent du marin après que j'eus quitté la chambre d'hôtel. Je sais seulement qu'il était toujours écroulé près de la porte en essayant de paraître plus grièvement blessé qu'il ne l'était, ou peut-être savait-il tout bonnement ce qui l'attendait quand il se retrouverait à nouveau seul dans la chambre avec les policiers, et dans ce cas cette seule perspective le rendait malade d'avance.

Je sortis dans le couloir en entendant le grincement des roues du brancard qu'ils poussaient sur la moquette. Le corps de mon frère était caché sous le drap et ballottait doucement, ses doigts de pied dépassant au bout. Le premier policier nous accompagna jusqu'à l'ascenseur en regardant Charlotte de temps à autre.

« Nous nous reverrons à l'hôpital », dit-il en lui souriant tandis que les portes se refermaient et que l'ascenseur entamait sa descente vers le sous-sol.

Il y avait là une porte de service donnant sur le parking, une sortie que la direction de l'hôtel préférait voir les ambulanciers emprunter pour les urgences.

JE RESTAI ASSIS dans la salle d'attente pendant que les médecins s'occupaient du visage de mon frère. Ils cherchèrent un chirurgien esthétique, mais ne réussirent pas à en trouver un seul qui accepte de venir à cette heure de la nuit.

Charlotte restait assise avec moi, parfaitement éveillée alors que je sombrais par intermittence dans le sommeil. Elle me réveilla une fois en touchant la bosse sur mon front et une autre fois quand je l'entendis demander, à l'un des médecins venu donner des nouvelles de Ward, si moi aussi je ne devrais pas être hospitalisé.

Il m'observa depuis la porte.

« Vous avez vraiment besoin de soins ? dit-il. Il nous manque déjà onze lits.

– Non, répondis-je. Je ne crois pas. »

Il hocha la tête, puis retourna dans la salle où ils s'occupaient de Ward.

« Il va avoir besoin de chirurgie plastique », dit-elle.

Je la regardai en me demandant comment elle pouvait bien savoir une chose pareille.

« Il va falloir qu'ils remodèlent la structure osseuse de son visage. »

Je détournai le regard. Elle finissait par savoir trop de choses dont je ne voulais pas entendre parler. Je sentis sa main sur ma jambe.

« Ça ne veut pas dire qu'il aura l'air bizarre, reprit-elle. J'ai rencontré beaucoup de gens qui s'étaient fait restructurer le visage, la plupart étaient vraiment bien. »

Elle me serra la jambe pour que je la regarde.

« Jack, dit-elle, vous ne le savez sans doute pas, mais vous n'êtes plus vous-même depuis que vous avez pris ce coup sur la tête. »

Mais ce n'était pas le coup de bouteille qui m'avait changé, c'était le spectacle de mon frère couvert de sang et trempé comme un nouveau-né.

Je me pris le visage entre les mains et fermai les yeux. La pièce tanguait.

« Jack ? » fit-elle.

Je secouai la tête pour lui faire comprendre que je n'avais pas envie de parler. Je craignis soudain de fondre en larmes comme le marin.

« C'est moins grave pour un homme que pour une femme, dit-elle tranquillement. Il ne faut quand même pas oublier ça. »

Ensuite, pendant longtemps, nous ne dîmes pas un mot. Elle laissa sa main sur ma jambe et, de temps à autre, je sentais son autre main sur ma nuque. Alors je me suis encore senti mal et je me suis levé, sa main toujours posée sur ma jambe, avant de filer aux toilettes situées de l'autre côté de la salle d'attente.

Assis sur les talons devant la cuvette, je me balançais légèrement d'un côté puis de l'autre en attendant la fin de mes vomissements. La chasse d'eau rafraîchit mon visage en l'éclaboussant. Mes bras et mes jambes tremblaient, je me sentais très faible. Je me rappelle avoir pensé que je ne savais plus quoi faire pour me relever.

Charlotte arriva derrière moi et se campa à la porte des toilettes.

« Ça va aller ? » demanda-t-elle.

Sa voix résonna dans la pièce. Je tirai la chasse et tentai de me ressaisir. Quand elle se pencha au-dessus de moi, je sentis de nouveau son parfum, puis ses mains me saisirent sous les bras pour m'aider à me relever.

J'allai au lavabo, laissai couler l'eau dans mes mains et y plongeai mon visage. Elle se tint patiemment derrière moi, attendant que je puisse enfin partir.

La porte s'ouvrit et un vieil homme en peignoir s'approcha lentement d'un des urinoirs en s'aidant d'un déambulatoire. Il vit Charlotte, mais comme il était à l'hôpital depuis longtemps, uriner devant une femme ne le gênait pas.

« Dès que Ward sera sorti de la salle d'opération, nous rentrerons à l'hôtel et nous appellerons Yardley, dit-elle. Ensuite, nous pourrons nous reposer. »

Je la regardai en essayant de comprendre ce qu'elle venait de dire, mais les mots avaient trop de significations différentes et ils semblaient partir dans tous les sens.

Je secouai la tête et m'agrippai au bord du lavabo pour conserver l'équilibre.

« N'appelez personne, dis-je.

– Il faut qu'il sache », dit-elle. Puis, après un silence, elle ajouta : « Il faut que votre père soit aussi prévenu… Il tiendra à venir ici.

– N'appelez personne, répétai-je.

– Je vais y réfléchir », dit-elle.

Elle trouva une pastille à la menthe dans son sac, la glissa entre mes lèvres, puis me saisit le bras et me guida hors des toilettes pour attendre que les chirurgiens sortent de la salle d'opération et nous informent sur la gravité des blessures de mon frère.

À SIX HEURES DU MATIN, Ward entra dans la salle de soins postopératoires. Il y était tout seul, bien qu'elle fût conçue pour accueillir une demi-douzaine de patients. Comme il y faisait frais, l'infirmière rajouta une couverture sur son buste et ses bras, en prenant bien soin de ne pas arracher les tubes qui reliaient son bras aux flacons de perfusion accrochés au-dessus de lui.

Elle nous apprit qu'il était conscient, mais très fatigué. Il ne réagit pas lorsque je m'approchai de lui et posai la main sur son épaule. Je prononçai son nom.

Il n'y eut pas de réponse et je regardai à nouveau l'infirmière. Elle s'approcha à son tour, glissa la main sous la couverture pour saisir son poignet, examiner son pouls, surveiller sa respiration ; elle vérifia aussi que le goutte-à-goutte fonctionnait correctement.

Elle regarda sa montre, puis mon frère.

« Il est resté longtemps sous anesthésie, dit-elle. Parfois, ils ne reprennent pas tout de suite conscience. »

Elle prit le graphique accroché au pied de son lit, y nota quelques chiffres, puis s'éloigna vers ses autres malades.

À L'HÔTEL, Charlotte me prit par la main et m'entraîna dans sa chambre. Allongé sur son lit, je me débarrassai de mes chaussures et de mon pantalon, puis elle s'allongea près de moi. Un peu plus tard, elle m'attira contre son cou et me retint là, en me berçant doucement.

« Préviens-moi si tu te sens mal », dit-elle.

Je me serrai contre elle, respirant son parfum familier si près de sa peau qu'il me sembla différent.

Je fus surpris par le poids de ses seins contre ma poitrine.

Je ne bougeai pas avant le milieu de l'après-midi.

JE ME RÉVEILLAI seul. La porte qui communiquait avec la chambre de Ward était ouverte ; Charlotte était là occupée à ranger les affaires de mon frère dans son sac. Elle s'était douchée, avait lavé ses cheveux et s'était maquillée. Depuis le pas de la porte, je la regardai de dos. Quand je vacillai sur mes jambes, elle se retourna comme si elle avait perçu mon vertige.

« J'ai appelé Yardley », dit-elle.

J'entrai et m'assis sur le lit. On n'avait pas changé les draps et, par endroits, ils étaient raides de sang séché.

« Il fallait qu'il sache », ajouta-t-elle.

Assis, je regardai les draps en me demandant ce que ça changeait. Je ne réussissais pas à me concentrer assez longtemps sur une idée pour y voir clair.

« Il fallait qu'il sache, répéta-t-elle comme si nous nous disputions.

– Que lui avez-vous dit ? »

Elle m'observa un moment et je compris peu à peu qu'elle regardait mon front.

« Ils n'auraient jamais dû vous laisser ressortir de cet hôpital », dit-elle.

Du bout des doigts, je touchai la bosse et, en appuyant légèrement dessus, je sentis une douleur me vriller le crâne jusqu'à la nuque. La peau de mon front était plus tendre qu'auparavant et il était tellement enflé que j'avais l'impression d'avoir une autre tête qui poussait.

« Avec un coup pareil, vous auriez pu en mourir.

– Qu'avez-vous dit à Yardley ? »

Le téléphone sonna et elle décrocha.

« Ne lui dites rien de plus », ajoutai-je.

Mais ce n'était que la réception qui voulait savoir si nous désirions rester un jour de plus. Elle menaça l'hôtel d'un procès si nous étions encore dérangés et raccrocha.

« Je lui ai dit que Ward se promenait sur la plage, répondit-elle. Je lui ai dit que, selon le policier, ce genre d'agression était très fréquent. »

Un moment passa, j'essayai de transformer ces mots en phrase et de lui trouver un début, une fin, une signification.

« Qu'a-t-il répondu ?

– Yardley ? Il a dit qu'il travaillait. »

Je la regardai en attendant la suite. Elle aimait prendre son temps, même lorsqu'elle avait pitié de vous.

« Il m'a demandé si Ward s'en tirerait et quand je lui ai répondu que oui, il a dit qu'il était en train de rédiger l'article et qu'il ne pouvait pas venir. »

Je compris qu'il l'avait crue, car s'il avait pensé que Ward s'était trouvé dans une situation compromettante dans une chambre d'hôtel, il se serait aussitôt rendu à l'hôpital.

Yardley Acheman était comme ça et il valait mieux qu'il reste à Lately pour écrire son article sur Hillary Van Wetter et le comté de Moat, plutôt que de le voir débarquer à Daytona Beach pour découvrir ce qui était réellement arrivé à Ward. Yardley était le genre d'individu qui retournait le couteau dans la plaie.

Elle traversa la chambre pour m'embrasser rapidement sur la joue. Elle sentait le savon et le shampooing. Je me demandai quelle odeur mon corps dégageait.

« Il viendra dès qu'il aura fini l'article sur Hillary, dit-elle. Peut-être la semaine prochaine.

– Je crois que Ward sera incapable de travailler pendant un certain temps, dis-je.

– Ce type du journal est toujours là-bas, et il vérifie tout au fur et à mesure, à la place de Ward… »

Je lui souris en pensant à tout ce qu'elle ignorait du métier de journaliste, ainsi que sur mon frère et Yardley Acheman.

« Yardley ne connaît pas assez bien le sujet pour écrire son article tout seul, dis-je enfin.

– Je n'ai pas eu cette impression », répliqua-t-elle.

Je me levai, allai à la salle de bains, restai longtemps sous la douche et conclus de nouveau que tout ce que Yardley pouvait bien écrire sur Hillary Van Wetter n'avait aucune importance. Mon seul désir était de le tenir à l'écart de ce qui venait de se passer à Daytona Beach. En réfléchissant à tout cela, il me revint à l'esprit quelque chose qui tournait déjà dans ma tête la veille au soir pendant que je suivais les ambulanciers dans le couloir de l'hôtel.

Je ne savais pas si Ward accepterait ce subterfuge de la promenade sur la plage. Je n'étais pas certain qu'il pût mentir.

JE PASSAI toute la journée du lendemain à l'hôpital, assis à son chevet. Comme il avait une fracture du crâne, on ne pouvait pas lui administrer de calmant. Charlotte vint plusieurs fois, apportant des fleurs, donnant son point de vue sur l'état de santé de Ward. Si l'opinion qu'elle avait de mon frère avait changé après le passage à tabac de l'hôtel, elle n'en montra rien. Pour elle, tout se passait exactement comme s'il s'était

225

fait attaquer sur la plage alors qu'il s'y promenait la nuit.

Ce n'était pas aussi simple pour moi, même si je comprenais que Ward n'avait pas changé, que le changement se situait dans ma façon de le voir.

Après tout, il avait traversé la carlingue d'un avion qui venait de s'écraser, alors que Yardley Acheman, qui, lui, couchait avec des femmes, avait pris soin de se tenir à distance. Il était retourné au local des étudiants de l'université de Miami juste après qu'ils l'eurent battu, il avait rejoint à pied le camp des Van Wetter situé au cœur des marais qui bordaient la rivière. Rien de tout cela n'était remis en cause sous prétexte qu'un soir, à Daytona Beach, il avait été attiré par des marins.

« Écoute », dis-je sans être capable d'ajouter un seul mot.

La pièce resta longtemps silencieuse et je me demandai s'il m'écoutait toujours.

« Écoute, je me fiche de ce que tu faisais avec ces types. Pour moi, ça n'a aucune importance. »

Il remua lentement la tête, la tournant sur l'oreiller pour me regarder de son œil intact à travers la fente des pansements.

« C'est grave ? » demanda-t-il.

Sa voix était sèche, je distinguais à peine ses mots.

« Plutôt », répondis-je.

Il attendit en clignant des yeux.

« Il va falloir t'opérer à nouveau, te remodeler le visage. »

Il acquiesça, comme s'il le savait déjà.

« C'est comme l'océan. »

Il sortit sa main de sous le drap, puis la déplaça pour imiter une série de petites vagues. Il sourit alors, exhibant une croûte noire à l'intérieur de sa bouche.

« On devrait aller se baigner », dit-il.

Sa main retomba et, quelques secondes plus tard, sa

respiration devint profonde, sèche et régulière. Je compris qu'il dormait.

Il ouvrit l'œil dès que je me levai pour aller chercher de l'eau. Je me réinstallai dans le fauteuil et lui dis :

« La police les a arrêtés. Tu le savais ? »

Il secoua la tête d'un air las.

« Ils en ont dérouillé un, je ne sais pas pour l'autre. Je crois que les flics ont déjà eu des problèmes avec des marins. »

Mon frère se désintéressait complètement du sort de ces deux hommes qui avaient failli le tuer.

« Ils ont été obligés de les relâcher, expliquai-je. Sinon, toute l'affaire aurait atterri dans les journaux. »

Le silence retomba dans la pièce, puis, quelque part dans le couloir, une femme hurla.

« Quand tu as été piqué par les méduses… » dit-il enfin. Il s'arrêta, comme s'il n'arrivait pas à formuler la suite. Ou comme s'il avait la gorge tellement sèche qu'il en avait perdu la voix.

« Tu veux que j'aille te chercher un Coca ? » proposai-je.

Il secoua la tête.

« Quand tu as été piqué par les méduses, répéta-t-il, ç'a été comme ça ? »

Je lui répondis que je ne savais pas.

« Mais c'était dur. Je crois que c'est toujours dur quand on frôle la mort.

– C'est une épreuve », dit-il en souriant encore. Il lui restait quelques dents au fond de la bouche. Il avait les lèvres enflées et les ouvrait à peine pour parler. « Avais-tu envie de pleurer ? » reprit-il un peu plus tard.

Je le regardai pendant quelques secondes en essayant de me rappeler.

« Pas quand c'est arrivé », dit-il sobrement, « mais ensuite, quand tout a été fini. Ça t'a fait pleurer ?

– Oui, tout le monde réagit ainsi. »

Il hocha la tête et bientôt son œil visible se mit à briller de larmes qui débordèrent et coulèrent le long de sa joue quand il cligna la paupière.

«Il y a quelque chose de triste quand on frôle la mort, dis-je. Ça te tombe dessus après.»

Ainsi liés l'un à l'autre, Ward et moi, pendant quelques instants de cet après-midi-là, fûmes plus proches que nous le serions jamais.

LE LENDEMAIN MATIN seulement, j'appris à Ward que Yardley Acheman continuait l'article tout seul. Mon frère avait pris une douche avant mon arrivée, mais à cause des points de suture il ne pouvait pas laver le sang dans ses cheveux.

Il semblait en meilleure forme malgré tout, et son visage avait beau être à moitié couvert de bandages, on pouvait le reconnaître parce qu'il était moins enflé et que je voyais mieux son œil intact. Il ne pleurerait plus en évoquant cette tristesse dont nous avions parlé, mais je sais d'expérience que, même si vous l'avez acceptée, cette émotion ne disparaîtra pas pour autant. Il s'était laissé aller aux larmes une fois et je pense qu'il ne s'y autoriserait plus.

«Yardley Acheman continue de travailler», lui dis-je.

Ward buvait un Coca avec une paille, à petites gorgées. Il posa la bouteille sur la table installée en travers du lit, puis laissa sa tête s'enfoncer dans l'oreiller.

«Le rédacteur en chef est avec lui, ils rédigent ensemble», ajoutai-je.

Mon frère restait immobile, réfléchissant, soudain il sembla inquiet.

«Quelle importance? dis-je un peu plus tard. C'est juste un article dans un journal.»

Il parut ne pas entendre.

« Ils ne savent pas ce qui s'est passé à l'hôtel », repris-je en pensant qu'il s'en inquiétait peut-être. « Ils savent que tu es à l'hôpital, un point c'est tout… »

Je me tus, car je ne voulais pas énoncer ce qu'ils ignoraient, je ne voulais pas formuler ça à voix haute.

« La police a déclaré que tu te promenais sur la plage, dis-je. C'est ce qu'ils ont écrit dans le rapport. »

Mon frère cligna de l'œil, il comprenait.

« Dis-leur de l'apporter ici pour que je puisse le voir, répondit-il en parlant de l'article.

– Je leur dirai. »

Il hocha la tête.

« Ce serait bien que je puisse le voir », conclut-il avant de fermer son œil et de s'endormir.

Je téléphonai à Lately une demi-douzaine de fois sans jamais réussir à les joindre. J'appelai mon père à Thorn et je lui appris que Ward avait été blessé.

« Il se promenait sur la plage, dis-je.

– C'est grave ? demanda-t-il.

– Pas trop, mais il aura besoin d'un dentier et d'un peu de chirurgie esthétique pour remodeler ses joues. »

Il y eut un silence.

« Ils ont utilisé des armes ?

– Je ne crois pas, dis-je. Il a été roué de coups de pied… » Je marquai une pause en essayant de deviner sa réaction. « Il va s'en tirer.

– Est-ce qu'il parle ?

– Un peu. Mais avec difficulté. Il a la bouche pleine de points de suture. »

Un nouveau silence. Je l'imaginai portant la main à sa poche de chemise pour y prendre l'une de ses minuscules pilules et la déposer soigneusement sous sa langue.

« Il va s'en tirer, répétai-je.

– Je peux être là-bas ce soir. »

Je lui dis qu'il valait mieux attendre un jour ou deux, le temps que Ward ait envie d'avoir de la compagnie.

Je savais que mon frère ne voudrait pas le voir tout de suite. Pourtant, je ne savais pas comment le lui dire clairement. Je lui expliquai seulement qu'avant de lui rendre visite, il était préférable de lui donner le temps de se laver les cheveux.

J'ai passé presque toute ma vie à cacher la vérité à mon père et je pense qu'il a consacré presque toute la sienne à faire de même.

LE LENDEMAIN MATIN, Ward s'inquiéta de l'article que Yardley Acheman écrivait à Lately. J'y vis un signe d'amélioration de son état et je lui répondis que le comté de Moat survivrait à tout ce que le *Miami Times* pourrait publier à son sujet.

Nous n'avons pas parlé de l'autre histoire – celle du rapport de police. Je ne lui dis pas que je m'inquiétais à l'idée de revoir Yardley et Charlotte dans la même pièce. Elle avait menti une fois pour aider mon frère, mais on ne pouvait pas compter sur elle pour s'en tenir à cette version des faits.

Ce matin-là, comme le suivant, elle apporta des fleurs fraîches, mais mon frère allait mieux, alors elle se désintéressa de lui. Et lorsque mon père arriva enfin à Daytona Beach, elle se préparait à retourner à Lately. « Je serai plus utile là-bas, dit-elle.

– Vous allez être dans leurs pattes, objectai-je.

– Dans ce cas-là, ils me le diront. De toute façon, je n'ai plus de vêtements propres ici. »

Finalement, j'acceptai de la ramener.

Mon père et Charlotte se croisèrent dans la salle

d'attente de l'hôpital. Elle sortait, mon père entrait. Il avait mis un costume et elle portait les mêmes vêtements que la nuit où Ward s'était fait tabasser. Alors que je les présentais l'un à l'autre, l'attention de mon père fut attirée par un patient qu'on transportait sur un brancard et il ne la regarda pas, car il redoutait maintenant ce qu'il allait découvrir dans cet hôpital.

« BON, TU N'AS PAS L'AIR trop mal en point », dit-il.

Il avait préparé cette entrée en matière, quel que fût l'état dans lequel il trouverait Ward. De fait, les fluxions s'étaient résorbées à certains endroits, mais la lèvre inférieure de Ward, infectée, l'empêchait quasiment de parler.

Mon frère lui adressa un signe de tête, puis me regarda. Je me demandai alors s'il désirait que je sorte ou que je reste. Les fleurs de Charlotte, qui se trouvaient sur les deux extrémités d'une commode, commençaient à se faner, mon père les écarta puis il s'assit. Il ne s'approcha pas du fauteuil installé près du lit.

« J'ai essayé d'appeler ta mère… » Sa voix s'éteignit et il regarda mon frère plus attentivement. « Ils les ont arrêtés ? » me demanda-t-il.

Je secouai la tête.

« Il y a beaucoup d'agressions de ce genre sur cette plage », dis-je.

Bizarrement, je ressentis le besoin de répéter les paroles exactes du policier, de les prononcer de la même manière. Mon père hocha la tête, imaginant le carnage sur la plage.

« Dans combien de temps vont-ils te laisser sortir d'ici ? » demanda-t-il en s'adressant de nouveau à Ward.

Sa voix avait une chaleur artificielle, qui complétait le côté emprunté de sa visite.

Ward haussa les épaules en regardant autour de lui à la recherche d'une aide quelconque. C'était difficile de les voir ensemble et c'était difficile de les laisser seuls.

« Ils doivent le réopérer après-demain, dis-je. Ensuite, ils auront une meilleure idée de la durée de son séjour à l'hôpital.

– En tout cas, je peux te dire que les gens du *Times* sont inquiets, dit mon père. J'ai parlé à mon ami Larson et ils se demandent ce qu'ils vont publier en attendant que tu te rétablisses. »

Il aurait aimé annoncer à Ward que le *Moat County Tribune* ne pouvait pas se passer de lui, me semble-t-il. Cette déclaration aurait paru plus intime que venant du *Miami Times*.

Mon frère hocha la tête et essaya de sourire, mais ses lèvres le firent souffrir aussitôt, son visage bougea un peu, puis il s'immobilisa. C'était bien mon père là : devant son fils aîné allongé dans la salle de soins intensifs d'un hôpital, grièvement blessé après avoir été presque battu à mort ; confronté à ce qu'il redoutait le plus au monde, il parlait de se remettre au travail.

Ayant utilisé toute sa vie la sténographie – habitué à employer certains mots pour en éviter d'autres, qu'il est plus pratique ou plus poli de ne pas prononcer –, il était incapable de trouver les mots qu'il fallait prononcer lorsque c'était nécessaire.

Mon frère comprit, lui pardonna et espéra, je suppose, qu'il serait pardonné en retour. Et ce fut peut-être ce qui arriva.

« Tu leur manques, au journal », dit-il.

Je dînai ce soir-là avec mon père à son hôtel. Il parla peu, une fois pour me demander quels journaux Ward aimerait lire le matin. Quand il fut retourné dans sa chambre pour la soirée, je raccompagnai Charlotte à Lately en voiture. En arrivant devant son appartement à une heure du matin, je dus la secouer pour la réveiller.

« Mon Dieu, fit-elle, j'ai ronflé ? »

Ma fatigue n'avait rien à voir avec le sommeil. Assis dans la voiture avec elle, je compris tout à coup que j'essayais de maintenir ensemble trop de choses destinées à s'effondrer.

Elle se regardait dans le miroir de son poudrier, appliquant quelques touches de rouge sur ses lèvres et de crayon sur ses sourcils. Depuis que je la connaissais, elle ne se rendait jamais nulle part sans avoir examiné son visage. Elle avait allumé le plafonnier qui projetait des ombres sur le tableau de bord de la voiture.

« Que lui voulez-vous ? » dis-je.

Elle se pencha et me dévisagea un moment, la lumière tombant sur ses cheveux et sur son visage.

« Vous croyez qu'il y a encore quelque chose entre Yardley et moi ? » demanda-t-elle.

Je ne répondis pas. Un instant plus tard, elle me tapota la jambe, puis elle pivota sur son siège et ouvrit la portière.

« C'est fou tout ce qu'un gosse intelligent peut ignorer », dit-elle en refermant la portière avant de s'éloigner.

Le lendemain matin, je trouvai Yardley Acheman et le rédacteur en chef de Miami installés derrière le bureau de Ward dans la petite pièce au-dessus du Moat Cafe. Les carnets et les dossiers de Ward recouvraient le meuble et le plancher tout autour d'eux. La machine à écrire trônait avec une feuille de papier engagée dans le chariot.

Le rédacteur en chef avait remonté ses manches presque jusqu'aux coudes et desserré sa cravate. Yardley aussi portait une cravate. Il n'y avait pas de bouteille de bière en vue.

J'entrai sans frapper et, à en juger par l'expression de Yardley, je n'étais pas le bienvenu. L'homme de Miami ignorait tout de mon identité. Il avait une mauvaise mémoire des visages.

Yardley me regarda, puis ses yeux se posèrent de nouveau sur la machine à écrire.

« Comment va-t-il ? » demanda-t-il.

Il se remit à taper quelques secondes, puis s'interrompit comme pour réfléchir. Il attendait maintenant ma réponse.

« Il a essayé d'appeler », dis-je en regardant les téléphones. Ils étaient décrochés tous les deux.

« Dis-lui que tout va bien, fit Yardley Acheman. Il n'a pas à s'inquiéter.

– Il aimerait voir l'article », dis-je.

Yardley se remit à taper.

« Je vais te dire une chose. Laisse-moi écrire ce putain d'article, Jack, et ensuite on pourra tous le lire.

– Il ne veut pas le lire dans le journal, dis-je. Il veut le lire avant sa publication. »

L'homme de Miami parut enfin faire le lien et comprendre qui j'étais.

« Nous avons un vrai problème de délais, expliqua-t-il. Nous essayons de tout boucler pour dimanche. »

Je restai là, immobile, pendant que Yardley continuait de taper à la machine.

« Ce sont les notes les mieux classées, les plus complètes que j'aie jamais vues, dit l'homme. Sans elles, nous n'aurions aucune chance de nous en tirer. »

Il croyait sans doute que je rapporterais ses paroles à mon frère.

«Pourquoi faut-il que ça paraisse dimanche prochain?» demandai-je.

Yardley Acheman lança un regard fatigué au rédacteur en chef, mais continua de travailler. L'homme de Miami sourit à nouveau.

«Il arrive toujours un moment, dit-il avec patience, où il faut se décider à "pondre" l'article. C'est dur de s'y mettre, mais c'est indispensable, car sinon on ne parvient jamais à rien.»

Je repensai à toutes les semaines que Yardley Acheman avait passées à Lately sans rien faire.

«De plus, reprit le rédacteur en chef, il y a un homme dans le couloir de la mort. L'échéance approche et ce ne sera bon ni pour lui ni pour nous s'il est exécuté avant que cette situation ne soit éclaircie.»

Je restai là un moment, voulant discuter de problèmes que je ne connaissais pas.

«Ward devrait le lire d'abord, dis-je enfin. C'est son article.

– John, dit Yardley Acheman au rédacteur en chef, j'ai besoin de calme.»

C'était le seul journaliste que j'aie jamais rencontré qui fût incapable d'écrire autrement que dans un silence absolu. Alors, le rédacteur en chef posa gentiment la main dans mon dos et me conduisit vers la porte en souriant.

«Si jamais nous avons besoin de son aide, me dit-il, nous l'appellerons à l'hôpital. Et dès que l'article sera terminé, nous lui enverrons une copie carbone…»

Nous avions atteint la porte, où il s'était arrêté en attendant que je parte.

«C'est son article, répétai-je. Il veut le lire avant qu'il paraisse dans le journal.

– Il pourra le lire, dit l'homme de Miami en posant à nouveau la main dans mon dos.

– Avant, insistai-je. Il pourra le lire avant… »

Yardley, qui s'impatientait, leva encore les yeux au-dessus de sa machine à écrire. L'homme de Miami se contenta de sourire.

« Dès que ce sera possible, dit-il. Nous l'enverrons directement à l'hôpital. »

Je franchis la porte, pas très sûr de la promesse du chef d'édition.

« Avant sa parution, dis-je.

– Dès que ce sera humainement possible », conclut-il en refermant la porte.

JE RETOURNAI ce soir-là à Daytona. Il était tard, il faisait chaud et la route était déserte, à l'exception des tombereaux chargés d'oranges, qui filaient vers les usines du Nord et qui chahutaient la voiture quand il m'arrivait d'en croiser un.

C'était la saison des palmettes et, dans la lueur des phares de ces camions, les insectes morts qui maculaient le pare-brise me cachaient tellement la vue que je me contentais de tenir le volant en espérant que la route continuait au-delà de cette lumière éblouissante.

LE MATIN, mon frère retourna au bloc opératoire et y resta presque toute la journée. Je déjeunai avec mon père à la cafétéria de l'hôpital et il remarqua plusieurs fois que la nourriture y était meilleure qu'autrefois à l'armée.

« Ce n'est pas mauvais du tout, dit-il en examinant un morceau de poulet piqué sur sa fourchette. Cette fille qui fait la cuisine et le ménage pour moi… » Il secoua la tête. « Ward mange probablement mieux que moi. » Ward, bien sûr, absorbait ses repas avec une paille.

Mon père consultait sa montre toutes les trois ou quatre minutes. Les médecins n'avaient pu se prononcer sur la durée de l'intervention. Ils devaient d'abord ouvrir les sinus pour apprécier l'étendue des dégâts.

« Tu devrais rentrer à la maison, dis-je.

– Pas encore. »

De la cafétéria, nous sommes retournés à la chambre d'hôpital de mon frère pour attendre. Malgré les fenêtres ouvertes, l'air sentait le renfermé et, vers trois heures de l'après-midi, je m'aperçus que j'avais du mal à respirer. Je ne parvenais pas à inspirer suffisamment.

Assis dans un angle de la pièce, mon père lisait les journaux qu'il avait apportés pour Ward et nous n'avions échangé que quelques phrases depuis le déjeuner. Je me levai et me dirigeai vers la fenêtre, cherchant l'air. Il leva les yeux au-dessus de son journal.

« Si tu as envie de passer un moment dehors, va donc nager, dit-il. Je peux garder la boutique tout seul. »

Je regardai l'horloge murale et promis d'être de retour dans deux heures. Il acquiesça en me disant qu'il n'y avait aucune raison pour que nous attendions là tous les deux, en même temps vaguement déçu que je m'en aille alors que mon frère était toujours sur le billard.

« Je serai de retour à six heures, dis-je en m'accordant un peu plus de deux heures.

– Rien ne presse », répondit-il. Je quittai la fenêtre et marchai vers la porte. « De toute façon, il n'aura sans doute pas envie d'avoir de la compagnie tout de suite. »

Je roulai jusqu'à l'océan, puis engageai la voiture de location sur la plage et obliquai vers le nord jusqu'à ce qu'il n'y ait plus de baigneurs. Je me déshabillai dans la voiture et nageai pendant environ une demi-heure, droit vers le large puis je retournai. Je n'étais pas allé assez loin pour me sentir fatigué, pas assez loin pour oublier l'hôpital.

Je sortis de l'eau et m'allongeai sur le sable, le laissant coller à ma poitrine, mes jambes, mes bras et ma joue, la bouche si près du sol que de petits grains s'envolaient sous mon souffle et pendant quelques instants je dormis.

LES CHIRURGIENS en avaient fini avec Ward. Il était retourné dans la salle de soins postopératoires, les pansements de son visage étaient plus compliqués que la première fois, et il était épuisé, complètement vidé. Mon père, assis dans le fauteuil à côté du lit, me regarda. Nous restâmes silencieux. Toutes les dix minutes, une infirmière venait contrôler que tout allait bien pour Ward, c'était dans la bonne moyenne ou, du moins, cela correspondait à ce qu'elle attendait.

Elle lui parla lentement, comme on parle à un enfant.

« Voulez-vous boire un peu d'eau ? »

Il acquiesça, elle porta une tasse vers les lèvres de mon frère, puis elle l'en éloigna.

« Juste un peu », dit-elle.

Et elle quitta la pièce. Je remplis la tasse, la plaçai dans sa main et il en but tout le contenu.

« Ça risque de le rendre malade », objecta mon père.

Je ne voyais pas de quel droit il pouvait prétendre s'occuper de mon frère.

L'œil intact de Ward examinait la pièce, se posant çà et là sur ses orteils nus, sur le flacon suspendu au-dessus de sa tête, puis il poursuivit son examen, hagard. Il ne nous regarda ni l'un ni l'autre.

Mon père déclara alors se souvenir de son opération de l'appendicite et de ses nausées après l'intervention. Il ne semblait pas faire la différence entre la maladie et la violence, ni comprendre qu'on ne guérissait pas de la même façon dans chacun des cas.

Ward ne nous parla pas ce soir-là, et à peine le lendemain. Mais à un moment, lorsque mon père sortit de la pièce pour téléphoner à son journal, mon frère tourna la tête vers moi, me regarda quelque temps et dit :

« Jack, quelque chose s'est mal passé.

– Non, rien ne s'est mal passé, rétorquai-je. J'ai parlé aux médecins. »

Suivit un long silence pesant.

Il ferma son œil intact et respira profondément, plusieurs fois, au point que je le crus endormi ; alors, sans ouvrir son œil, il me dit que les médecins ne l'avaient pas anesthésié assez profondément.

« Je suis resté conscient longtemps, dit-il lentement. Je les entendais parler, je les sentais soulever les os de mon visage, les découper.

– Tu ne pouvais pas bouger ? »

Il secoua la tête, l'œil toujours fermé.

« J'ai essayé de remuer un doigt, reprit-il, de leur faire comprendre que j'étais toujours là avec eux, ça n'a servi à rien. »

Alors il ouvrit son œil et je compris que les médecins avaient fait quelque chose que même les marins ne seraient jamais parvenus à lui faire subir.

Il ne reparla jamais de ce qui s'était passé au bloc opératoire, du moins pas à moi, mais cette ombre plana toujours au-dessus de lui. Il avait connu la terreur, et quand une chose pareille vous arrive, vous n'êtes plus jamais le même.

DE TEMPS À AUTRE, mon père posait des questions sur les hommes qui avaient tabassé Ward, il voulait savoir combien ils étaient, s'ils étaient noirs ou blancs ; il se demandait à haute voix quand la police les arrêterait.

Mon frère faisait semblant de ne pas les entendre ; il n'y répondait jamais, pas même sur un ton poli qui y mettrait un terme. Il se contentait de regarder le plafond de son œil unique.

POUR EMPLOYER LES MÊMES TERMES QUE l'homme de Miami, l'article fut « pondu », et parut dans l'édition dominicale du journal. Mon frère ne le lut pas avant qu'il ne soit publié, signé de son nom et de celui de Yardley Acheman. Il s'étalait à la une – L'HÉRITAGE D'UN SHÉRIF HANTE LE COMTÉ DE MOAT – et commençait ainsi :

> Officiellement, le shérif Thurmond Call tua dix-sept personnes dans l'exercice de ses fonctions, durant les trente-quatre années de son mandat dans le comté rural de Moat. Seize de ses victimes étaient des Noirs.
>
> Officiellement, ce fut sa dix-septième victime – un Blanc du nom de Jerome Van Wetter, décédé lors de son arrestation à Lately, le siège du comté, en 1965 –, qui fut la cause de la propre mort du shérif. Hillary Van Wetter, le cousin de Jerome, chef d'une famille nombreuse et violente du cru, fut déclaré coupable d'avoir poignardé le shérif et de l'avoir laissé mourir sur la petite route qui relie ce comté isolé au reste du monde pour se venger.
>
> Mais, alors que Hillary Van Wetter est condamné pour ce meurtre par la justice et qu'il attend la mort dans la prison de Starke, certaines preuves montrent qu'il n'est pas l'assassin – cela se sait, officieusement, depuis quatre ans dans le comté de Moat.

La veille, mon père avait retrouvé sa maison et son journal. Ward et lui avaient passé trois jours dans la même pièce, silencieux, presque tout le temps. Ward ne lui confia pas ce qui s'était passé dans la salle d'opération, et ne se plaignit jamais de ses douleurs faciales. Une infection s'était déclarée et il prenait des antibiotiques toutes les six heures.

Quand j'arrivai à l'hôpital le dimanche matin, le journal, tombé du lit, gisait, épars, sur le sol. J'étais parti nager et je lus l'article en prenant un petit déjeuner qui dura un moment.

Yardley Acheman n'avait pas écrit un article sur Hillary Van Wetter mais plutôt sur le comté de Moat. Dans sa prose, Pine était le modèle de tous les avocats de la région, et le shérif Call le porte-parole de tous les citoyens blancs du comté. Yardley Acheman épluchait les finances du cabinet de l'avocat, celles du bureau du shérif, citait une liste de parents des fonctionnaires du comté employés simultanément par ces deux hommes, occupant très souvent des postes où il n'était pas nécessaire de faire acte de présence. Il avançait même, reprenant ainsi les informations de sources anonymes, que toutes les affaires judiciaires ne se réglaient pas au tribunal, mais « tard le soir, dans des pièces enfumées ».

Sous la plume de Yardley Acheman, le comté devenait une enclave d'ignorance et de mesquinerie qui se développait dans un État, en dehors des normes. Hillary Van Wetter et sa naïve égérie Charlotte Bless étaient les victimes d'une guerre inévitable entre deux façons de vivre antagoniques.

MON PÈRE, qui jusque-là avait appelé tous les soirs après le dîner, ne téléphona pas le dimanche ni les trois jours suivants. Yardley Acheman appela de Miami. D'abord le lundi, pour annoncer que le journal était débordé d'appels téléphoniques de lecteurs, puis le mercredi pour dire que le gouvernement avait ordonné une enquête sur les procédures judiciaires du comté de Moat.

Ward ne répondit à aucun de ces appels téléphoniques. Je décrochais à chaque fois, répétais à mon frère les paroles de Yardley Acheman, puis raccrochais.

« Passe-le-moi, dit-il la seconde fois. Nous allons rapatrier ce Van Wetter dans son marais natal. »

Mais Ward se contenta de regarder le téléphone lorsque je le lui tendis, puis son œil se fixa sur moi et je déclarai à Yardley Acheman que Ward ne désirait pas lui parler.

« Au fait, comment il va ? dit-il.

– Il va bien, répondis-je.

– Ils ont arrêté ses agresseurs ? »

Je ne répondis pas.

« Les gars qui l'ont démoli, est-ce que les flics les ont serrés ?

– Non, dis-je, les flics n'ont arrêté personne. »

Il y eut un silence, puis Yardley Acheman, toujours excité à l'idée que le gouverneur avait été contraint d'ouvrir une enquête, dit qu'il devrait peut-être venir à Daytona Beach et leur demander pourquoi ce n'était pas encore fait.

« Ils ont sans doute besoin qu'on les asticote un peu pour les décider à s'y mettre pour de bon, dit-il.

– Je ne crois pas que ce serait une bonne idée, rétorquai-je. Je crois qu'ils font tout ce qu'ils peuvent. »

Après un nouveau silence, il reprit :

« Alors, Ward a vu l'article ? »

Je ne répondis pas.

« Qu'est-ce qu'il en pense ?

– Il voulait le lire avant qu'il soit publié », dis-je en jetant un bref coup d'œil à Ward.

Il regardait quelque chose par la fenêtre.

« C'est le métier qui veut ça, dit Yardley Acheman. Il sait ce que c'est que les délais de bouclage… »

Nouveau silence.

« C'est comme ça, dit-il enfin. Il s'en remettra. »

Je raccrochai et il rappela.

« Passe-le-moi, dit-il. Il est juste à côté de toi dans la pièce, pas vrai ? Dis-lui que j'ai de bonnes nouvelles…

– C'est Yardley Acheman, dis-je à Ward. Il dit qu'il a de bonnes nouvelles. »

Mon frère ferma l'œil.

Je raccrochai à nouveau.

Pendant cinq jours, Ward regarda par la fenêtre et refusa de répondre aux appels téléphoniques du *Times*, puis l'infection disparut, on lui annonça qu'il pouvait quitter l'hôpital et il retourna en convalescence à son appartement de Miami. Il aurait pu s'installer chez mon père, où Anita Chester se serait occupée de ses repas et de son linge, mais il ne voulait pas retourner à la maison.

MOI, JE RENTRAI à Thorn et repris mon emploi de livreur pour le journal de mon père. Il fut aussitôt évident que la publication de l'article sur Hillary Van Wetter et le comté de Moat sous la signature de Ward James dans le *Miami Times* avait modifié le statut de mon père.

Ça lui pesait, de ne plus être aimé.

Pour les citoyens du comté de Moat, son fils faisait partie de ces fils prodigues qui revenaient au pays convaincus qu'ils valaient mieux que les autres. Mais Ward en avait fait la démonstration en première page du plus important journal de l'État. Il avait provoqué la mise à la retraite de l'avocat le plus célèbre du comté, il était à l'origine d'une enquête de l'État portant sur le

243

gouvernement local – ils épluchaient maintenant la comptabilité du shérif, des gens allaient perdre leur emploi –, il avait défendu le membre le plus violent et incontrôlable de la famille Van Wetter tout en souillant la mémoire de Thurmond Call.

Mon père en fut tenu pour responsable – pas de l'article proprement dit, mais on lui reprochait d'avoir inculqué à son fils aîné ses propres opinions progressistes et d'avoir ainsi commis un affront envers le lieu où il vivait.

Mesurant peu à peu l'étendue de cette réprobation, il se retira, se réfugiant dans le royaume de sa mémoire où il était en sécurité et intact. Il demeurait lointain, même dans sa propre cuisine.

Le concessionnaire Dodge, pour qui Jerome Van Wetter avait travaillé, cessa de faire paraître ses pages de publicité dans le journal, tout comme Woolworth's et la boulangerie Pie Rite, ainsi que les trois agences immobilières qui travaillaient dans le comté. Certaines de ces annulations étaient destinées à ménager la sensibilité de la clientèle ; pour d'autres, il s'agissait de décisions personnelles. Des gens qui, jusque-là, n'avaient guère apprécié les positions politiques de mon père, se mirent tout à coup à le détester lui-même, et une espèce de ressentiment s'installa dans tout le comté, qui dura longtemps après le retour des annonceurs publicitaires et après que l'histoire de Hillary Van Wetter fut oubliée de tous.

Mon père passa les semaines qui suivirent la publication de l'article dans le *Times* à sillonner le comté dans sa Chrysler à cent vingt kilomètres à l'heure, tentant de limiter les dégâts en essayant d'expliquer l'éthique du journalisme à des gens qui s'en fichaient complètement. Le plus souvent, ils l'écoutaient poliment et promettaient d'y réfléchir.

Il rentrait à la maison, épuisé, soucieux et lointain. Il s'asseyait dans son fauteuil après le dîner, ne touchant pas à la pile de journaux placée à côté de lui, trop fatigué pour lire. Il buvait son vin, puis hochait la tête jusqu'à ce qu'il s'endorme. Parfois, dans son demi-sommeil, il prenait machinalement un comprimé dans sa poche de chemise et le déposait sous sa langue. Il devait en absorber une demi-douzaine par jour.

Malgré tout, il continuait à raconter ses histoires. Il les racontait pour ne pas voir qu'il était désormais sur une voie de garage et que son monde partait à vau-l'eau.

Quand arrivait l'heure de se retirer pour la soirée, il montait l'escalier et ses pieds se déplaçaient comme si à chaque marche il avait une pensée différente.

« Cela aussi passera », soupirait-il parfois comme pour conclure une conversation imaginaire.

D'autres fois, je l'entendais dans la cuisine, parler au téléphone avec mon frère. Des appels de pure courtoisie, où il prenait de ses nouvelles. Pour autant que je pouvais en juger, ces conversations étaient tendues, comme si s'était dressé entre eux quelque chose qui, à présent, ne pouvait plus disparaître.

Il licencia l'un des trois membres du service publicitaire, un jeune homme nommé Lauren Martin qui avait été son meilleur vendeur, mais qui n'avait aucune famille à charge et qui pourrait très facilement trouver un autre emploi à Orlando, à Daytona Beach ou dans l'un des journaux de la région de Tampa Bay. Mon père se plaignait amèrement de ce licenciement auprès des rédacteurs en chef et des journalistes qu'il invitait à la maison pour boire un verre. Il tenait à leur faire savoir qu'il n'était pas insensible.

Ces soirées passées avec les journalistes étaient plus imbibées que jamais, mais tout optimisme en avait disparu. La fête était terminée, les gens laissés sur le carreau pouvaient en témoigner.

En général, je ne m'intéressais pas beaucoup à ces soirées ni aux gens qui y participaient, mais je fus brièvement attiré par une femme nommée Ellen Guthrie, que mon père venait d'embaucher comme secrétaire de rédaction, et qui vint seule à la maison. Elle avait peut-être l'âge de Charlotte et, comme Charlotte, elle était très soucieuse de son apparence. D'après ce que je pus observer, les autres femmes du journal l'avaient mise en quarantaine. J'avais déjà remarqué que certaines étaient instinctivement détestées par les autres et que ces femmes-là étaient toujours les plus séduisantes.

Un soir, je trouvai Ellen Guthrie assise toute seule sur les marches qui menaient à l'étage. Il était dix heures, elle tenait une bouteille de bière entre ses mains. Les autres journalistes, les rédacteurs en chef et mon père bavardaient dehors dans la véranda.

Elle me considéra avec une curiosité que les autres ne manifestaient pas envers moi.

« La fête, c'est dehors », dis-je.

Elle sourit, posa la bouteille sur la marche, près de sa jambe, puis alluma une cigarette. Elle se poussa un peu sur le côté et tapota la marche.

Je m'assis à côté d'elle, sentant l'odeur de son shampooing, le tissu de son corsage. Le contour de ses seins sous le tissu.

« Vous êtes le fils qui n'est pas journaliste », commença-t-elle.

Je fus incapable de trouver la moindre réponse.

« Je suis admirative, dit-elle. Vous n'avez pas sauté sur ce métier sous prétexte que votre père possède un journal. »

Le désir de défendre mon frère me traversa l'esprit, puis disparut.

« Je conduis l'un de ses camions, précisai-je.

– Ce n'est pas pareil.

– Non, ce n'est pas pareil. Je me lève environ cinq heures plus tôt tous les matins. »

Elle hocha la tête, porta la cigarette à ses lèvres et son bras frôla le mien. Sa peau était fraîche et douce. Je lui donnai environ trente-sept ans. Je me déplaçai un peu et ma queue se libéra des plis de mon pantalon pour se dresser vers ma poche. On aurait dit une langue gonflant le creux d'une joue. Ma voisine regardait ailleurs, mais elle sourit comme si elle savait parfaitement ce qui se trouvait là.

« L'article de votre frère a causé beaucoup d'ennuis au *Tribune*, dit-elle.

– Il ne l'a pas écrit, rectifiai-je. Il était à l'hôpital. »

Elle acquiesça, comme si elle savait tout et que rien ne pouvait la surprendre.

« C'était un bon article », dit-elle avec toute l'autorité d'une spécialiste.

Par la fenêtre, elle jeta un bref coup d'œil en direction de la véranda, mais sans s'intéresser aux gens qui s'y trouvaient.

« C'est un bon journaliste, ajouta-t-elle.

– Il ne l'a pas écrit, répétai-je. L'autre type, Yardley Acheman, s'est servi de ses notes…

– Un article formidable… »

Comme je ne répondais rien, elle se pencha en avant pour mieux voir mon visage et sourit.

« Rivalité entre frères ? » fit-elle.

Je secouai la tête, mais elle sembla ne pas me croire.

« Le grand frère qui est le journaliste le plus célèbre de tout l'État ? »

Elle me souriait maintenant, me taquinait. Et elle regardait mon entrejambe.

« Je me moque d'être journaliste, dis-je. Ce n'est pas ce que j'ai envie de faire.

– Vous aimez conduire un camion, dit-elle.

– C'est un boulot honnête.

– Vous êtes bon ?

– Ça fait longtemps que je me suis pas garé en marche arrière le long d'un quai de livraison. C'est tout ce qu'on vous demande. »

Elle se redressa pour adopter une posture plus naturelle et elle décroisa les jambes. Elle réfléchissait aux conducteurs de camions.

« Pour moi, quoi qu'on fasse, il faut être le meilleur, dit-elle. Même si vous ramassez les ordures, vous devez être le meilleur.

– Vous avez déjà ramassé les ordures ? »

Je bandais, mais je ne serais jamais resté assis sur une marche même avec le président des États-Unis s'il m'avait seriné que je devais m'acquitter au mieux de mon emploi, aussi modeste soit-il. Les gens qui disent ces choses-là n'ont jamais été éboueurs.

Elle changea de position pour boire un peu de bière et son flanc se pressa brièvement contre le mien. Il était ferme et compact, tout comme celui de Charlotte.

« Si je devais ramasser les ordures, je m'appliquerais à le faire », dit-elle avant de reposer la bouteille de bière sur la marche à côté d'elle. Lorsqu'elle reprit sa position initiale, nos jambes se retrouvèrent en contact à nouveau. Je gardai la mienne exactement là où elle était, sans la presser contre la sienne ni l'écarter. « J'essaie toujours d'être la meilleure. »

Maintenant nous ne parlions plus de la voirie.

Il y eut du bruit dans la véranda, quelque chose – quelqu'un – qui tombait, des éclats de rire. Rien de particulièrement gai et je ne distinguais pas la voix de mon père dans le brouhaha général. Elle regarda dans la même direction que moi, sans manifester beaucoup d'intérêt.

« Votre père est un bon rédacteur en chef, dit-elle, mais il a besoin de meilleurs collaborateurs.

– Cette semaine, il a été obligé de virer quelqu'un à la publicité.

– Il devrait en virer quelques autres », dit-elle.

Nous sommes restés silencieux pendant une minute ou deux ; il me vint à l'esprit que j'étais censé faire quelque chose, mais je ne savais pas quoi. J'envisageai de la prendre par la main et de l'entraîner dans ma chambre, mais dès que j'eus cette idée, je pensai immédiatement à mes étagères remplies de maquettes que j'avais faites quand j'avais huit ou neuf ans, sans parler des coupes gagnées lors des concours de natation au lycée et qui me semblaient appartenir à une époque révolue de mon existence. J'ignore pourquoi je ne m'étais jamais débarrassé de tout ça, mais le fait est qu'ils étaient toujours là, ces souvenirs de mon enfance, et il me parut impossible, même en imagination, de coucher avec une femme dans cette chambre.

« Ne lui dites pas que j'ai dit ça », reprit-elle.

Je la regardai sans comprendre.

« Sur les membres du personnel qu'il devrait virer, expliqua-t-elle. Ça ne ferait que compliquer les choses. »

Elle faisait sans doute partie des gens qui ne supportent pas les complications.

« J'ai entendu dire qu'il a été grièvement blessé, fit-elle un peu plus tard en parlant de mon frère.

– Il est rentré à Miami, dis-je.

– Il travaillait sur l'article ?

– Je ne sais pas.

– Moi aussi j'ai été agressée alors que je travaillais sur un article, dit-elle. Ça n'a rien de drôle. »

Je ne lui réclamai aucune précision, car je ne voulais pas reparler de Ward. Elle but une longue gorgée de bière, puis posa la bouteille vide près d'elle.

« Il y a des toilettes à l'étage ?

– À droite », dis-je.

Elle était en haut de l'escalier lorsque je pensai que ma chambre se trouvait aussi de ce côté-là du couloir. J'entendis ses pas s'arrêter, une porte s'ouvrir puis se refermer, après quoi elle continua dans le couloir. Je me demandai si elle avait vu mes maquettes.

ELLE PRIT une autre bière dans la cuisine et m'en apporta une. Quand elle s'assit, une espèce de familiarité naquit entre nous.

« J'ai été sodomisée », dit-elle.

Comme ça.

L'espace d'un instant, je revis les draps dans la chambre où j'avais découvert Ward, des draps froissés et traînant à moitié sur le sol, encore humides de son sang.

« Ça n'a rien de drôle, ajouta-t-elle.

– Je vous crois volontiers.

– Deux poivrots. »

Et ce fut tout ce qu'elle dit pendant un moment. Quelqu'un riait dans la véranda, l'un des reporters de mon père.

Je m'entendis lui demander s'ils avaient été arrêtés. C'était exactement ce que mon père avait demandé à l'hôpital, quand il ne savait pas quoi dire d'autre.

Elle secoua la tête.

« Ils les ont relâchés », dit-elle.

Je me penchai en avant et tentai de ne rien dire qui ressemblât aux paroles de mon père.

« Vous êtes gentil, reprit-elle un peu plus tard. La plupart des types veulent connaître tous les détails. Ça les excite. »

Je restai immobile.

« Les choses se sont compliquées parce que les types qui ont fait ça sont morts. Je savais qui ils étaient. La plupart des victimes de viols connaissent leurs agresseurs, vous ne l'ignoriez pas ? »

Je secouai la tête.

« Alors les choses deviennent difficiles, dit-elle. Je veux dire que quand vous haïssez quelqu'un et qu'il est mort, que pouvez-vous bien ressentir alors ? »

Je l'ignorais.

« Comment sont-ils morts ? demandai-je.

– Trop vite, dit-elle en haussant les épaules.

– Ça ne m'a pas l'air très compliqué.

– On ne peut pas comprendre tant qu'on l'a pas vécu. »

Je regardai encore l'horloge de la cuisine, je finis ma bière et me levai. Elle me regarda par en dessous et, sous cet angle, elle ne pouvait pas ne pas voir que je bandais comme un âne. Elle sourit.

« Si vous aviez envie d'en savoir plus, il fallait me poser des questions, dit-elle. Je n'ai pas honte d'en parler.

– Je n'ai pas envie d'en savoir plus.

– C'est arrivé pendant que je travaillais, voilà pourquoi j'en ai parlé. D'une certaine façon, c'est la même chose qui s'est passée pour votre frère. »

Je regardai en haut, puis, baissant de nouveau les yeux, je remarquai le contour de ses jambes sous les plis du tissu.

« Ils ont fait ça ensemble », précisa-t-elle.

Je me rassis. Pendant quelques secondes, elle sembla ne plus savoir où elle en était. Elle était plus ivre que je ne le pensais ; peut-être faisait-elle partie de ces gens comme cet ami de mon père, qui avait essayé un soir, après six mois de comportement impeccable, de tuer tous les Juifs présents lors d'une fête.

Je pensai alors que mon père semblait les collectionner.

« Merde », dit-elle. Lorsqu'elle s'adossa aux marches, son corsage se tendit sur ses seins. Elle regarda le plafond, puis ferma les yeux. « Quel âge avez-vous ? demanda-t-elle.

– Vingt ans. »

Elle fronça les sourcils.

« Dommage, dit-elle. Moi, j'en ai quarante et un.

– Ce n'est pas si vieux, dis-je comme si j'y connaissais quelque chose. Vous ne les faites pas. »

Elle ouvrit les yeux et but au goulot de la bouteille en répandant de la bière sur son menton. Elle s'essuya la bouche du revers de la main.

« Quarante et un ans la semaine prochaine et vous savez ce que je désire pour mon anniversaire ?

– Une leçon de natation », dis-je.

Toutes ces années plus tard, je n'ai toujours pas compris pourquoi j'avais dit ça.

Elle éclata d'un rire sonore, puis sa tête roula vers moi.

« Je veux passer une nuit avec un garçon de seize ans, dit-elle. Il y a quatre ans, vous auriez été le cadeau idéal. »

Je la regardai, puis clignai des yeux. Sans comprendre ce qu'elle voulait dire.

« Vous êtes hors course, reprit-elle. Les hommes sont sexuellement au meilleur de leur forme à seize ans. Aucun doute là-dessus. »

Ellen Guthrie commençait à me déplaire.

« Attendez encore six heures, le petit livreur de journaux sera là », dis-je.

Ma repartie la fit sourire, elle but encore un peu de bière et m'ébouriffa les cheveux.

« Vous savez, dit-elle, je vous donnerais facilement seize ans. »

Puis elle m'embrassa doucement sur l'oreille avant de se diriger vers la véranda.

Je montai l'escalier en me demandant comment je devais interpréter ce geste. J'y réfléchissais encore le lendemain matin, alors que je filais vers le sud au volant d'un camion chargé, et il me sembla qu'il n'y avait rien à comprendre : elle torturait le plus grand nombre d'hommes possible pour se venger d'avoir été sodomisée.

Je pensai qu'elle avait sans doute déclaré aux deux jeunes garçons de bureau de la rédaction du *Tribune* qu'elle regrettait qu'ils n'aient pas seize ans.

L'IMPRIMERIE de mon père se trouvait au rez-de-chaussée de l'immeuble de trois étages qui abritait la rédaction, la publicité et la comptabilité de son journal. Son bureau était à l'étage supérieur, tout au bout de la salle de rédaction. De là, baissant les yeux, il pouvait voir la zone de chargement depuis sa fenêtre et surveiller les allées et venues de ses trois camions pendant la matinée.

Un escalier reliait la salle de rédaction à l'imprimerie et, au-delà, à la zone de chargement ; beaucoup de journalistes et de rédacteurs en chef qui se garaient derrière l'immeuble – mon père préférait réserver les places de parking sur le devant, pour que les citoyens de Thorn puissent se garer en allant faire leurs courses – utilisaient cet escalier pour entrer dans l'immeuble et en sortir.

Il m'arrivait donc de croiser un journaliste ou un rédacteur en chef lorsque je revenais de mon périple, en fin de matinée. D'habitude, ils allaient déjeuner.

En revanche, je voyais rarement mon père, car il utilisait d'ordinaire la porte principale du bâtiment. Je pense qu'il lui était agréable de quitter son journal pour se mêler à ses concitoyens, mais depuis la publication de l'article sur Van Wetter dans le *Miami Times*, ce plaisir s'était envolé.

Une semaine après avoir discuté avec Ellen Guthrie sur les marches, je revins de ma tournée avec une heure de retard – j'avais perdu un raccord de radiateur juste à la sortie de Thorn – et je la trouvai debout avec mon père, à proximité de la zone de chargement. Il parlait, elle écoutait, un peu plus près de lui que nécessaire, fumant une cigarette, souriante. Ils levèrent les yeux et regardèrent mon camion reculer pour occuper la place qui lui était assignée. Les autres camions étaient déjà là.

Je descendis et mon père regarda sa montre.

Aussi loin que je me souvienne, il s'inquiétait lorsque les journaux étaient en retard, pensant – à juste titre – que la presse était une entreprise fragile. Que la lecture du journal était d'abord une habitude, une sorte de rituel quotidien, et que, si le lecteur ne trouvait pas son journal sur le pas de sa porte à l'heure dite, cette habitude risquait de disparaître. La télévision était là pour prendre la place.

L'article sur Van Wetter dans le *Times* avait entraîné une baisse de la publicité, mais n'avait pas encore affecté les abonnements. C'était ce qu'il redoutait et il ne s'en cachait pas très bien, même devant Ellen Guthrie.

Je lui dis que j'avais perdu un raccord de radiateur juste à la sortie de la ville et que j'avais mis deux heures pour le faire remplacer.

« Ils étaient tous en retard, dit-il en oubliant qu'elle était là.

– Je les avais tous dans mon camion », dis-je.

Puis mon père se retourna, prenant Ellen Guthrie par le coude.

« C'est l'anniversaire d'Ellen, dit-il. Viens déjeuner avec nous. »

Je les accompagnai, me laissant parfois distancer,

regardant les fesses d'Ellen Guthrie se balancer au rythme de ses pas. Il me semblait qu'elle était plus distinguée que Charlotte, mais aussi plus affranchie.

« Ellen fête son quarantième anniversaire », déclara mon père en chemin. Je lui lançai un coup d'œil rapide, me rappelant qu'elle m'en avait avoué quarante et un. « Nous allons boire jusqu'à rouler sous la table. »

Mon père ne manquait jamais d'emmener ses employés boire un verre le jour de leur anniversaire, du moins ceux qu'il aimait bien. Mais en règle générale, il ne partait pas avec l'intention déclarée de boire jusqu'à rouler sous la table.

Nous franchîmes la porte du Thorn Grill, pénétrant dans un endroit frais et obscur. C'était le seul établissement de la ville où l'on pouvait boire de l'alcool et manger de tout, sauf de la viande marinée, avant dix heures du soir. Il prit le coude d'Ellen Guthrie en entrant, comme pour la guider dans la pénombre, et le garda, me sembla-t-il, un peu plus que nécessaire. Nous nous installâmes dans un box garni de coussins en Skaï et je regardai mon père assis de l'autre côté de la table : je n'étais jamais allé boire avec lui, je ne m'étais jamais imaginé dans le même bar que lui.

Nous bûmes quatre margaritas avant qu'Ellen n'aille aux toilettes. Mon père la suivit des yeux tout du long, puis il se tourna vers son verre et le vida d'un trait.

« J'AI DIT À JACK que je trouvais cet article sur le gars de Lately très bien fichu, déclara-t-elle à mon père dès son retour. Même s'il a été mal accueilli dans la région. »

Elle s'était remis du rouge à lèvres et avait maquillé ses yeux. Mon père posa son menton dans le creux de sa main, comme s'il réfléchissait à ce problème.

« L'enquête, je dis bien l'enquête, reprit-elle, a été très bien menée… »

Il acquiesça, puis saisit sa margarita. Les premiers verres avaient été ornés d'ombrelles en papier, mais le stock semblait désormais épuisé.

« Ward est un sacré reporter, finit-il par dire.

– C'est affreux, ce qui lui est arrivé à Daytona Beach », dit-elle.

Mon père plongea un doigt dans son verre pour en remuer le contenu.

« Oui, c'est affreux, acquiesça-t-il, mais Ward est un dur.

– Moi aussi, j'ai été attaquée pendant le boulot », dit-elle un peu plus tard.

Elle et moi avons alors échangé un regard avant qu'elle ne poursuive.

« C'est le genre de chose qui reste toujours gravé dans un coin de votre esprit, dit-elle. C'est peut-être pour ça que je ne travaille plus comme reporter. »

Mon père recula de quelques centimètres sur la banquette, comme pour mieux voir sa voisine. Elle lui retourna un long regard, direct et légèrement hostile.

« Que s'est-il passé ? » finit-il par demander.

Elle haussa les épaules.

« J'ai été attaquée », dit-elle en insistant sur ce dernier mot pour qu'il le prenne en considération. Elle but une autre gorgée de margarita et le fixa à nouveau.

« Sodomisée », ajouta-t-elle.

Il cligna des yeux, puis détourna la tête. Elle le dévisageait toujours, attendant qu'il la regarde à nouveau.

« Au cours d'une enquête ? » demanda mon père.

Elle haussa les épaules, passa le doigt sur le rebord de son verre, puis le porta à sa bouche.

« Ils étaient deux, chacun à leur tour. »

Mon père attira l'attention de la serveuse et leva trois

doigts pour commander une autre tournée. Malgré l'air conditionné, il transpirait.

« L'un d'eux me tenait », expliqua-t-elle avant de s'interrompre. « Ça ne vous ennuie pas que je vous en parle ?

– Pas du tout, dit-il.

– L'un d'eux me tenait et l'autre me violait par derrière. Puis ils ont échangé leurs rôles et après s'être reposés ils m'ont violée ensemble. »

Pendant quelques instants, le seul bruit à notre table fut celui de l'air conditionné. Elle s'approcha de mon père, à moitié ivre maintenant, et s'arrêta à quelques centimètres de son oreille.

« Voilà pourquoi je sais ce que ça fait, le truc qui est arrivé à Ward.

– Personne n'a violé Ward », dis-je.

Elle se tourna vers moi et me regarda.

« Pour moi, les agressions se ressemblent. Elles se valent toutes dans la mesure où quelqu'un peut disposer de vous comme il veut. »

Si mon père était perturbé par ce qu'elle disait, il le cachait bien. Il lui souriait, l'esprit embrumé, plein de compréhension.

« Moi au moins, je n'ai pas eu besoin de chirurgie », ajouta-t-elle.

Ni l'un ni l'autre ne me regarda quand je me levai pour aller aux toilettes, mais quelques instants après que j'eus fermé la porte, elle s'ouvrit et mon père entra. Il s'examina dans le miroir, coiffa ses cheveux en arrière, puis il prit un comprimé dans sa poche de chemise et le déposa sous sa langue. Il se lava le visage et s'essuya soigneusement les mains.

« Je trouve que c'est une femme intelligente », dit-il en me regardant dans le miroir. Je n'avais pas de commentaire à faire sur son intelligence. « Elle a l'air de savoir ce qu'elle veut », ajouta-t-il.

Je le regardai en me demandant ce qu'il voulait dire. Sur le chemin de la sortie, il me tapota doucement le dos, comme lorsque j'étais enfant, mais maintenant cela signifiait autre chose.

« Tu n'es pas obligé de rester », dit-il.

À mon retour, elle était assise en face de mon père, feignant d'ignorer un homme qui la dévisageait depuis le bar. Il buvait une bière brune et arborait une barbe de deux ou trois jours. Il continua de la dévisager pendant une bonne minute après que j'eus rejoint leur table, dansant un instant au son du juke-box, son pantalon glissait presque de ses hanches. Puis mon père, bourré de tequila et d'admiration pour Miss Guthrie, adressa un regard assassin au malotru, l'obligeant ainsi à se détourner.

L'homme était mince et crasseux, et sa pomme d'Adam avait la taille d'une noix. Ses avant-bras étaient tatoués de sirènes et il me rappela les condamnés jouissant d'un régime privilégié que j'avais vus dans la prison de Starke. Je l'observai allumer une cigarette et finir sa bière, puis balayer le bar de son regard, reluquant Ellen Guthrie sans se gêner.

Mon père surprit son manège.

« Vous désirez quelque chose ? lui lança-t-il.

– Bon Dieu », dis-je.

La main d'Ellen toucha aussitôt ma jambe sous la table, comme pour m'intimer le silence. L'homme sourit, regarda mon père, puis Ellen Guthrie. Il était aussi facile de compter ses dents et les trous qui les séparaient. Sa tête était étrangement allongée et il y avait de fortes chances qu'il fût armé.

Il me jeta un bref coup d'œil qui me catalogua comme quantité négligeable. Il s'écarta du bar et s'approcha de notre table.

« Écoutez, dis-je, personne ne veut d'histoires. »

Il me fixa, essayant de paraître plus méchant qu'il n'en avait l'air, mais je m'étais déjà trouvé dans la même pièce que Hillary Van Wetter et j'étais capable d'apprécier qui j'avais en face de moi. Ce type était plutôt du genre prisonnier modèle.

« On t'a causé ? » lança-t-il.

Et il se retrouva à notre table, penché au-dessus de nous, souriant.

« Alors, y a quelque chose qui vous dérange ? »

Le barman remarqua ce qui se passait et interpella l'homme.

« Cleveland, laisse ces gens tranquille et retourne sur ton tabouret », commanda-t-il.

Mais l'homme resta là.

« Tu sens bon, lança-t-il à mon père, tu sais ?

– À votre place, dis-je, je retournerais sur mon tabouret.

– Je peux me débrouiller seul », protesta mon père.

Mais l'homme s'était déjà tourné vers moi.

« Qu'est-ce ça veut dire ? fit-il.

– Cleveland, nom de Dieu ? » cria le barman.

L'homme leva la main, comme pour le faire taire.

« Ça veut dire que vous vous êtes trompé de table », dis-je.

Brusquement, le souvenir récent de ce qui était arrivé à Ward me revint en mémoire et je fus prêt à tout.

L'homme le sentit apparemment, car il retourna à son tabouret en se plaignant auprès du barman :

« Les travailleurs aussi ont des droits », dit-il.

Mon père le foudroya du regard, puis il se concentra sur ce qui se passait.

« Ne vous laissez pas enquiquiner par ce type », dit-il à Ellen Guthrie.

Elle lui lança un regard appuyé en battant des cils.

« Merci, dit-elle enfin. Ce genre d'homme me terrifie. »

Bien entendu, il n'en était rien.

L'homme assis au bar s'en alla quelques minutes plus

tard puis je me levai à mon tour. La table était couverte de verres de margarita, et le cendrier plein de mégots. Elle avait l'habitude de ne fumer qu'un tiers de ses cigarettes avant de les écraser, car elle ponctuait ses phrases de ce geste.

JE CROISAI mon père qui rentrait à la maison au petit matin, au moment où je sortais. Sa Chrysler roula dans l'allée, s'arrêta dans la cour et il en descendit en titubant. Les pans de sa chemise sortaient de son pantalon et il n'avait pas de chaussettes. Il était ivre, larmoyant et trempé, mais je ne l'avais pas vu aussi heureux depuis l'époque où ma mère était encore à la maison avant que la situation ne se retourne contre lui.

Il était presque quatre heures.

« Une jeune femme très intelligente », dit-il en passant devant moi d'un pas vacillant pour se diriger vers les marches.

Je le regardai monter jusqu'à la véranda presque au ralenti, puis osciller dangereusement avant d'entrer dans la maison. Je souris en repensant à lui, tenant la dragée haute aux petits voyous dans les bars avant de coucher avec elle. Il avait l'air d'avoir passé une bonne nuit.

LE LENDEMAIN en fin de matinée, alors que j'avais garé le camion en marche arrière dans la zone de chargement et que j'en fus descendu, elle sortit par la porte de derrière, regardant autour d'elle comme si elle craignait d'être vue.

« Joyeux anniversaire, lançai-je.

– Je voulais vous parler de cette soirée chez vous.

– Surtout pas, dis-je.

– Je ne veux pas qu'il y ait de malentendus.

– Nous ne sommes pas obligés de nous entendre »,
dis-je en essayant de prendre la tangente.

Elle restait là où elle était, refusant de bouger avant
d'en avoir terminé.

« Parfois, quand je bois, mes vieux démons revien-
nent me hanter, dit-elle.

– Nous buvions tous les deux », dis-je. Alors, simplement parce qu'elle était là devant moi, immobile, j'ajou-
tai : « Ce n'était pas une mauvaise soirée.

– Je ne veux pas que vous vous fassiez des idées sur
moi, reprit-elle.

– Bien sûr que non. »

J'ignorais absolument quel genre d'« idées » j'aurais
pu me faire. Elle me regarda comme si elle ne parvenait pas à se décider.

« Je suis deux fois plus âgée que vous, dit-elle.

– Il n'y a pas de problème, rétorquai-je en faisant
mine de la contourner.

– Je ne suis pas une allumeuse », insista-t-elle.

Nous restions là dans le garage, à nous regarder.
C'est désagréable de mentir quand chacun sait la vérité.
Il faut déployer des trésors d'éloquence, même lors-
qu'on s'adresse à un enfant.

En fin de compte, personne n'est dupe.

Le bout de sa langue apparut au coin de sa bouche,
puis elle se mordit la lèvre inférieure.

« Il faut que j'aille pointer, dis-je. J'ai complètement
oublié hier. »

Selon une des règles instaurées par mon père, tous
ses employés pointaient, sauf les membres de la rédaction. Pour ma part, je ne m'en souvenais que la moitié
du temps. De manière générale, les reporters et les
rédacteurs en chef ne gagnaient pas plus d'argent que
les chauffeurs de camion ou les magasiniers, mais mon
père opérait une distinction entre ces types d'activité,

convaincu que les salariés de la salle de rédaction ne sauraient mentir.

Je contournai Ellen Guthrie et pénétrai dans l'immeuble.

ELLE ME TÉLÉPHONA à la maison au cours de l'après-midi. J'avais nagé et bu une bière. Quand la sonnerie retentit, j'étais à moitié endormi et je pensais à Charlotte.

« Je ne sais pas quoi faire de vous », dit-elle.

Je lui répondis que j'avais le même problème la plupart du temps.

« Vous ne voulez pas passer ? proposa-t-elle.

– Où ?

– Chez moi, dit-elle. Tout de suite, si vous voulez. »

Je lui dis que je serais chez elle d'ici une demi-heure, puis, après avoir raccroché, je repensai à mon père rentrant ivre et heureux la nuit précédente, et je décidai de ne pas aller chez elle.

Je n'ai jamais été du genre à marcher sur les plates-bandes des autres.

Je pris une longue douche, puis j'allai dans la cuisine, sortis une autre bière du réfrigérateur et je m'allongeai sur le divan du salon avec le journal.

Elle rappela une heure plus tard.

« Vous êtes furieux contre moi, n'est-ce pas ? fit-elle.

– Non.

– Pourquoi ne venez-vous pas ?

– Je ne sais pas », dis-je avant de me taire.

Alors, elle raccrocha. Quand elle rappela, un quart d'heure plus tard, mon père était rentré et il répondit. Sa voix changea lorsqu'il comprit qui était au téléphone. Il éclata de rire, puis se mit à chuchoter. Il resta une demi-heure au téléphone et, quand il eut fini, il entra dans le salon avec une bouteille de vin pour lui et une autre bière pour moi.

« C'était Ellen Guthrie, dit-il d'une voix heureuse et surprise. Une jeune femme très futée. »

Ce qui, bien sûr, était tout à fait vrai.

UN MATIN, un mois plus tard, je trouvai mon père en train d'aiguiser des couteaux à la cuisine – signe que la situation ne s'était pas arrangée au journal. Il réagissait en aiguisant des couteaux lorsqu'il se faisait du souci. Pendant toute l'année qui suivit le départ de ma mère, on ne pouvait pas mettre la main dans un tiroir à couverts sans se couper.

Je traversais la cuisine pour me rendre au garage. Désormais, il tenait régulièrement compagnie à Ellen Guthrie, rentrant tard et souriant tous les soirs, l'haleine douceâtre et alcoolisée. Le lendemain matin, il retrouvait ses problèmes.

C'était un dimanche et j'allais à St. Augustine. J'avais acheté une voiture cette semaine-là, un break Ford vieux de huit ans, au tuyau d'échappement déglingué et à l'accélérateur qui se coinçait lorsqu'on l'enfonçait au plancher. Elle m'avait coûté trois cent cinquante dollars et, sachant que mon père serait gêné d'avoir une voiture à trois cent cinquante dollars garée devant la maison, je la laissais dans l'étroit chemin de terre qui séparait notre terrain de celui du voisin. La nuit, quand je rentrais tard, je coupais parfois le contact dans la rue et la voiture remontait l'allée dans sa lancée.

Il avait posé la pierre à aiguiser sur le plan de travail, à côté de l'évier, et ses doigts y passaient le tranchant de la lame en lui faisant décrire de petits cercles. C'était un perfectionniste avec ses couteaux, il semblait posséder un sens inné pour trouver l'endroit précis où la pierre et l'acier devaient se rencontrer, une certaine compréhension du genre de friction qui s'opérait.

« Je viens d'apprendre que Van Wetter va avoir droit à un nouveau procès », dit-il.

Il venait de découvrir cette information en première page de son propre journal. On ne parlait que de ça depuis une semaine, cette nouvelle avait fait la une de presque tous les autres journaux de l'État. Mais contrairement aux autres, le *Moat County Tribune* ne citait pas les noms des deux journalistes du *Miami Times* à l'origine de ce nouveau procès.

Trois des annonceurs publicitaires perdus par mon père n'étaient pas revenus.

Il regardait la pointe du couteau, le bout de ses doigts rougis. Il les déplaçait maintenant plus lentement, plus précisément, pressentant que l'affûtage touchait à sa fin.

« Peut-être qu'il se tiendra ailleurs », dis-je en pensant que ça vaudrait mieux pour Hillary si le procès ne se passait pas à Lately.

« Je pense qu'il n'aura pas lieu du tout », dit mon père, continuant d'affûter la lame, le crissement de l'acier se mêlait à sa voix. « Les gens ont déménagé, des preuves ont été égarées… »

Sa voix mourut et j'entendis la lame frottant la pierre. Un chuintement menu, discret, qu'on n'aurait jamais remarqué ailleurs que dans ce silence si particulier qui s'installe entre deux personnes, un silence différent de celui qu'on rencontre, disons, sous l'eau.

« Ils vont le relâcher », dit-il.

Alors ses mains s'immobilisèrent, il leva les yeux vers moi, d'un air légèrement accusateur. Je haussai les épaules.

« Bah, il retournera dans son marais », dis-je.

Je m'étais trouvé dans la même pièce exiguë que Hillary Van Wetter et je savais ce qu'il valait. J'avais ressenti sa malfaisance, je me rappelais mon soulagement quand il se tournait vers mon frère, vers Yardley Acheman ou vers Charlotte, et tout en sachant ce qu'il était, il me semblait que ce serait pareil s'il passait à la chaise électrique ou s'il continuait de vivre dans des marais reculés.

« Oui, dit mon père, je veux bien te croire. »

Après un silence, il reprit :

« As-tu parlé à ton frère ? »

J'avais téléphoné une demi-douzaine de fois pendant la semaine, mais il n'était pas chez lui, ou alors, il ne répondait pas au téléphone.

« Je ne crois pas qu'il s'intéresse encore à Hillary Van Wetter », dis-je.

Mon père sourit, un petit sourire fragile, car il savait que c'était faux. Son fils Ward n'était pas du genre à laisser tomber quand des difficultés apparaissaient.

« Il s'y intéresse toujours », dit-il.

J'attendis un moment, puis me dirigeai vers la porte.

« Est-il arrivé autre chose à Daytona ? » demanda-t-il soudain.

Je me retournai vers lui.

« Tu étais là », ajouta-t-il.

J'acquiesçai, mais sans répondre à sa question. Je ne crois pas qu'il voulait que j'y réponde.

« Il y a une rumeur… »

Il ne termina pas sa phrase mais la laissa en suspens, attendant que je lui réponde que cette rumeur était absurde.

« Il y a toujours des rumeurs qui courent autour d'histoires de ce genre », dis-je.

Lentement, ses doigts reprirent leur manège et, quand je regardai la pierre, je vis des gouttes de sang, elles s'étalèrent, absorbées par la pierre qu'elles tachèrent.

« Tu t'es coupé », dis-je.

Il regarda ses doigts, repéra celui qui était blessé et l'examina sous un angle puis sous un autre.

« J'ai entendu parler de circonstances… fâcheuses, dit-il. La police aurait étouffé un scandale.

– Pourquoi aurait-elle fait une chose pareille ? Là-bas, personne ne nous connaît.

– Je ne sais pas », dit-il. Il mit son doigt sous le robinet. « Ça n'est qu'une rumeur que j'ai entendue.

– Je crois que tu ne devrais pas prêter l'oreille aux rumeurs concernant ta famille », dis-je.

Sans un mot, nous avons encore échangé un regard accusateur ; l'eau coulait sur son doigt et nous savions tous deux qui lui avait dit qu'une chose *fâcheuse* s'était produite à Daytona Beach. Il ferma le robinet et enveloppa son doigt dans un torchon.

« Ça n'avait rien de mal intentionné, précisa-t-il.

– Qu'est-ce qu'elle t'a dit ? »

Il haussa les épaules.

« Rien de précis, seulement qu'il existait une version des faits différente de celle de la police… »

Il semblait conscient de l'inconsistance de ses paroles.

« Elle n'est pas méchante », dit-il.

Il régnait désormais dans la cuisine un malaise différent de cette gêne banale qui caractérisait d'habitude nos rapports, comme si un accord tacite entre nous avait été rompu.

« Alors, elle ne devrait pas répéter des rumeurs stupides, dis-je.

– Elle n'est pas stupide, Jack, protesta-t-il.

– Je parlais de rumeurs stupides, pas d'elle…

– Ce n'est pas elle qui en est à l'origine », dit-il en haussant la voix.

Je me retrouvais ainsi dans la cuisine, en train de me disputer avec mon père âgé de soixante et un ans à cause de sa petite amie.

« Je vais à la plage, annonçais-je en tournant les talons pour partir.

– Les gens ne comprennent pas bien Ellen », dit-il. Et j'entendis dans ces mots sa voix à elle, qui chuchotait à l'oreille de mon père. « Ils ne savent pas la prendre.

– En fin de compte, je crois que les gens te prennent pour ce que tu es vraiment, dis-je.

– Est-ce que je peux te parler franchement ? » J'attendis en regrettant de ne pas avoir quitté la cuisine dès le début de la conversation. « Ellen croit que peut-être… »

Il cherchait ses mots.

« … que tu as peut-être mal interprété… »

Je ne bougeais pas d'un centimètre, car je n'avais pas la moindre envie de lui faciliter les choses.

« Que tu as peut-être cru qu'elle s'intéressait à toi mais pas de la façon qu'elle l'entendait.

– De quelle manière ? » demandai-je.

Il leva la main comme pour me signifier que rien de tout cela n'était aussi important que je le croyais.

« Ce genre de choses arrive, dit-il. Elle le sait très bien…

– Quelles choses ? »

Il réfléchit un moment en cherchant le mot juste.

« Un engouement, dit-il enfin. Un homme jeune, une femme plus âgée, pleine d'expérience… Ce serait peut-être plus facile pour tout le monde si tu arrêtais de lui téléphoner.

– Je ne lui ai pas téléphoné », dis-je.

Il sourit.

« Dans ce cas, il n'y a pas de problème », dit-il.

Il jeta un coup d'œil sous le torchon pour voir si son doigt saignait encore. Je me retournai et partit en faisant claquer la porte.

UN MOIS PLUS TARD, Ellen Guthrie fut nommée rédactrice en chef adjointe du *Moat County Tribune* et un mois après cette promotion, un vendredi, elle s'installa dans la maison de mon père.

Le lendemain matin, je la croisai dans le couloir devant la salle de bains. Elle avait les cheveux mouillés et portait pour tout vêtement un T-shirt de l'université de Miami qui lui couvrait à peine les fesses. Mon père était en bas à la cuisine, où il préparait des crêpes et des saucisses pour le petit déjeuner. Ils comptaient aller pêcher la perche ensemble sur la rivière. Ellen Guthrie s'était prise d'un intérêt peu ordinaire pour les perches.

Comme elle, je m'arrêtai dans le couloir, puis me rapprochai du mur, car je ne voulais surtout pas la toucher par mégarde ; une expression malicieuse apparut alors sur son visage et je me sentis troublé. Je passai devant elle pour entrer dans la salle de bains et refermai la porte derrière moi.

L'air était encore humide de la douche qu'elle venait de prendre, il sentait les produits de beauté et de toilette qu'elle avait utilisés, sans doute pour se préparer à affronter le poisson ferré.

Je me rasai et me brossai les dents en repensant au regard malicieux qu'elle venait de me lancer dans le couloir. Un peu plus tard ce jour-là, pendant que mon père et elle naviguaient sur la rivière St. Johns, je jetai mes vêtements les plus convenables dans le break, rédigeai une brève note annonçant ma démission de mon boulot de chauffeur et je m'enfuis du comté de Moat.

C'était la première fois que je quittais la maison, à part le voyage à Gainesville, et je roulais vers le sud depuis une heure quand je m'aperçus que je me dirigeais vers Miami.

Jusque-là, quoi qu'il arrive, c'est toujours chez moi que je retournais.

MON FRÈRE habitait un petit immeuble qui dominait Biscayne Bay, pas très loin du journal où il travaillait. Je trouvai l'endroit, me garai devant et restai assis une demi-heure derrière le volant, à m'imaginer rejoignant la plage de Miami à la nage. Ce n'était pas une longue traversée, une heure tout au plus, mais il y avait beaucoup de bateaux, certains hors-bord tractant des skieurs filaient à cinquante ou soixante kilomètres heure. Je repérai un endroit sur la plage où me mettre à l'eau, puis je suivis ma progression à travers le chenal en tenant compte du courant, de la marée et des semaines qui s'étaient écoulées depuis mon dernier entraînement, et en suivant cet itinéraire, j'étais déchiqueté à environ cent cinquante mètres de la plage par un vieux Chris-Craft piloté par deux hommes barbus, dont l'un portait une casquette blanche de marin.

Mon regard retourna vers l'appartement et je me vis, éviscéré ou pire encore montant les marches qui menaient à l'entrée de l'immeuble. Avant de pouvoir imaginer le visage de Ward quand il m'ouvrirait, je mis le contact.

Le moteur gronda, puis redescendit à un régime plus silencieux et je sillonnai pendant des heures les rues voisines de l'immeuble de mon frère, cherchant les pancartes indiquant les appartements à louer, m'arrêtant enfin davantage parce qu'il y avait une place où me garer juste devant qu'à cause de l'immeuble lui-même, et je louai une chambre meublée pour un mois.

« Vous êtes tout seul, me demanda la femme, c'est sûr ?

– Tout seul.

– Des fois, ils arrivent tout seul, mais en un rien de temps ils sont une douzaine à dormir par terre…

– Je suis loin de connaître douze personnes ici »,
dis-je.

Elle hocha la tête tout en réfléchissant.

« Vous voulez du linge ? » proposa-t-elle.

Je ne répondis pas tout de suite, pensant que c'était
peut-être un test pour voir si j'allais accueillir une douzaine de personnes dans cette chambre meublée.

« Vous avez votre linge personnel ? demanda-t-elle
bientôt avec impatience.

– Non, répondis-je.

– Alors je vous mets sur la liste du linge », dit-elle.
Puis, dans la foulée, elle m'annonça la règle d'or de
l'établissement : « Ne gênez personne et personne ne
vous gênera. »

EN DEUX VOYAGES, je transportai mes affaires de la
voiture à ma chambre, passant devant un homme corpu-
lent aux yeux de grenouille, campé sur le pas de sa porte,
qui fumait un minuscule mégot de cigarette et me dévisagea comme s'il allait me demander un rendez-vous. Je
compris aussitôt que Miami ne ressemblait pas aux deux
autres endroits où j'avais vécu.

Je refermai la porte de la chambre, la verrouillai,
posant la chaîne de sécurité, puis je m'assis sur le
matelas nu. Je sentis les ressorts du sommier s'écraser
sous mon poids. Il y avait des taches sombres sur la
moquette, elles formaient presque une croûte. Je repensai à l'immeuble de mon frère, qui vu de la rue ne
m'avait pas semblé très différent de celui-ci, et je me
demandai si le règlement intérieur était le même. *Ne
gênez personne et personne ne vous gênera.* C'était
peut-être pour ça qu'il aimait ce coin et qu'il aimait
cette ville.

On frappa à la porte, puis j'entendis une voix d'homme :

« T'es là, p'tit gars ? »

Je m'allongeai sur le matelas en tremblant.

« P'tit gars ? »

L'homme revint une demi-douzaine de fois au cours des jours suivants, mais je ne lui répondis jamais.

JE NE QUITTAIS ma chambre que pour aller nager et manger. Le soir, je me promenais dans le quartier en regardant les filles.

J'espérais tomber sur Ward dans la rue, j'espérais qu'il me repérerait seul dans la ville et qu'il me ramènerait chez lui, dans ma famille, mais je compris vite qu'il y avait trop de rues et trop de gens qui y circulaient. Finalement, j'allai le trouver au journal en me disant qu'ainsi je m'imposais moins à lui que si je m'étais présenté à sa porte.

LA SALLE DE RÉDACTION était un dédale enfumé de bureaux, de téléphones et de machines à écrire. J'y pénétrai sans me faire remarquer et je demandai le bureau de Ward à une femme assise près de l'entrée. Elle ne quitta pas des yeux sa machine à écrire, mais ses doigts décrivirent un petit arc de cercle derrière elle et je vis qu'ils tenaient un mégot de cigarette pas plus épais qu'une bague de fiançailles.

Je traversai la salle de rédaction, passant devant une centaine de reporters et rédacteurs en chef qui ne levèrent pas les yeux, ils devinaient que ma petite personne n'avait guère d'importance, puis je demandai à nouveau où se trouvait mon frère.

IL ÉTAIT ASSIS tout seul dans une pièce meublée de deux bureaux. Cette pièce était plus petite que celle qu'il avait occupée à Lately, au-dessus du Moat Cafe, et n'avait pas de fenêtre hormis la vitre qui la séparait de la grande salle voisine. L'air sentait l'eau de toilette de Yardley Acheman.

Mon frère portait une chemise blanche et une cravate. Il était plongé dans un épais document relié, à l'allure familière. Il n'abandonna pas aussitôt sa lecture pour voir qui venait de franchir sa porte, se contentant de lever un doigt signifiant qu'il désirait quelques secondes de répit afin de terminer. Alors il leva le visage et me vit.

Il avait perdu son œil gauche, qui était recouvert d'un bandeau, et il y avait quelque chose de changé dans la forme de son visage, une certaine rondeur que je mis un moment à remarquer. Les ailes de son nez portaient de petites cicatrices blanches et il y en avait une, plus grosse, qui suivait le contour de sa lèvre inférieure à deux centimètres au-dessous sur presque toute sa longueur avant d'obliquer vers le bas puis de remonter brusquement pour rejoindre le coin de la bouche. Les deux côtés de cette cicatrice étaient boursouflés.

Lorsqu'il me sourit, sa lèvre s'aplatit, découvrant ses dents, et il ressembla davantage à ce qu'il était auparavant. Il se leva et s'appuya sur le bureau.

« Où étais-tu passé ? » demanda-t-il.

Il semblait content de me voir. Je sentis les larmes me monter aux yeux.

« À Miami, dis-je, en vadrouille.

– World War m'a prévenu que tu me contacterais peut-être… »

Pendant le silence qui suivit, nos regards restèrent rivés l'un à l'autre. Ce n'était pas le bandeau sur l'œil qui m'intriguait, mais la rondeur nouvelle de son visage. Perdre un œil ne me semblait pas si extraordinaire.

« Il est inquiet, dit Ward.

– Je lui ai laissé un mot.

– Tu ne disais pas où tu allais. »

Je haussai les épaules et mon frère s'installa dans son fauteuil, me souriant toujours, heureux de ma présence.

« Assieds-toi », dit-il.

Mais le seul siège vide dans la pièce se trouvait derrière l'autre bureau. J'hésitai en me rappelant la réaction de Yardley Acheman quand il m'avait découvert assis à son bureau.

« Il est parti pour la semaine », expliqua Ward.

Je m'assis en sentant le siège pivoter sous mon corps. Un fauteuil confortable, bien huilé, meilleur que les fauteuils des autres reporters et rédacteurs en chef présents dans la grande salle. Et son bureau était en bois, pas en métal. Quant à la machine à écrire, c'était une Underwood flambant neuve.

« Il m'a dit que tu avais acheté une fusée et décollé », poursuivit Ward.

J'acquiesçai, peu désireux d'expliquer les circonstances de mon acte. J'avais l'impression d'avoir été sur la route depuis mon départ de la maison. Je regardai par la vitre en me balançant d'avant en arrière dans le fauteuil de Yardley.

« Yardley a pris quelques jours de vacances ? demandai-je.

– Il fête l'événement, dit-il. Le procureur a décidé de ne pas réclamer un nouveau procès contre Van Wetter.

– Il fait souvent la fête. »

Ward acquiesça en déplaçant le document placé devant lui pour l'aligner avec le rebord du bureau. Je le reconnus alors : c'était les cent premières pages de la transcription du procès de Hillary Van Wetter.

« Bon, j'imagine que c'est ce que nous voulions », dis-je.

Il regarda encore la transcription, puis il glissa un doigt sous la pièce en tissu cachant son œil et se gratta. Ensuite, il rangea la transcription sur une étagère et retrouva sa bonne humeur. Il m'interrogea sur la nouvelle petite amie de World War.

Je lui répondis que ça n'allait pas être facile de l'appeler maman.

Quelques jours plus tard, une lettre de Charlotte arriva au journal. L'enveloppe portait seulement le nom de mon frère, mais la lettre était adressée à nous deux. Il y en avait une aussi pour Yardley Acheman, qui resta sur son bureau avec tout le courrier reçu pendant son absence.

Dans cette lettre adressée à Ward ainsi qu'à moi-même, au ton étrangement détaché, Charlotte nous remerciait de notre aide pour sauver Hillary. Elle disait qu'elle avait toujours l'intention de l'épouser, mais sans nous donner de détails sur la date du mariage. Nous étions sur la liste des invités. Les mariages civils étaient une tradition chez les Van Wetter, mais elle avait la ferme intention d'organiser une cérémonie avec un prêtre baptiste. Elle signait : « Affectueusement, Charlotte. »

Mon frère me montra cette lettre pendant que nous déjeunions dans une cafétéria, à quelques rues du journal. Il y en avait une autre, plus proche, où se rendaient la plupart des jeunes reporters, mais mon frère préférait ne pas les fréquenter.

Un trop grand nombre d'entre eux étaient désormais des « journalistes », entichés de ce titre ronflant et désireux d'expliquer à leurs lecteurs le sens de leurs articles, mais ils se moquaient des événements qu'ils relataient.

Cette lettre avait été pliée en huit pour la faire entrer dans l'enveloppe. Elle était calligraphiée avec soin sur du papier quadrillé. Des marges scrupuleusement respectées, pas de fautes d'orthographe, une lettre assez formelle à sa manière.

« On dirait les lettres de remerciements que maman nous faisait écrire à tante Dorothy après Noël », dis-je.

Il acquiesça, mais il ne voyait pas les choses ainsi.

« Elle essaie de clore l'affaire, finit-il par dire.

– Quelle affaire ?

– Nous n'en avons pas encore fini », dit-il en prenant l'enveloppe pour examiner le tampon de la poste : Lately.

« Elle a ce qu'elle veut », ajouta-t-il.

Ces mots me firent l'effet d'un coup de poignard. Pendant tout le déjeuner, un verre de lait était resté posé devant Ward – on nous avait appris à ne pas boire pendant les repas –. Il le prit alors et le vida. Lorsqu'il porta ce verre à ses lèvres, je remarquai à nouveau la cicatrice sous sa lèvre inférieure.

« Ça la tracasse, dit-il.

– Quoi donc ? »

Il resta un moment silencieux, puis reprit :

« Ça s'est bien passé, ce matin ? »

Je m'étais présenté au service du personnel du *Times* pour demander à travailler dans la salle de rédaction. Comme référence, j'avais donné le nom de mon frère et, encouragé par Ward, celui de Yardley Acheman.

« Je vais passer un test », dis-je.

Il hocha la tête, toujours absorbé par Charlotte.

« Je me demande, dit-il enfin, pourquoi elle a écrit séparément à Yardley.

– C'est lui qui la sautait », dis-je.

Il secoua la tête, peu désireux de s'appesantir là-dessus.

Je n'insistai pas. J'ai commencé à entendre parler des histoires de baise quand j'étais, je pense, en classe de cinquième, et ensuite dans tellement d'endroits différents que je compris qu'il s'agissait d'une chose importante. Un après-midi en rentrant de l'école, j'eus la nette impression que le monde serait bien mieux et plus simple, si rien de tout ça n'était vrai.

Mon frère, je crois, partagea toute sa vie ce même sentiment.

« Beaucoup de gens couchent ensemble, dit-il. Je ne crois pas que ça ait beaucoup d'importance pour elle. » Nous échangeâmes un regard au-dessus des assiettes vides. « C'est autre chose.

– Alors, ouvre la lettre de Yardley », dis-je.

Il me sourit. Nous savions tous deux qu'il ne ferait jamais une chose pareille. La serveuse arriva et Ward lui donna un billet de cinq dollars.

« Comment ça va, question argent ? me demanda-t-il.

– Il m'en reste un peu.

– Tu as besoin de combien ?

– De rien. J'ai ce qu'il me faut. »

Nullement habitués à nous occuper l'un de l'autre, nous étions maladroits.

« Alors, comme ça, la petite amie a investi la maison, dit-il enfin.

– L'armoire à pharmacie est bourrée de maquillage et des pinceaux traînent partout… »

Il hocha la tête en imaginant le tableau.

« Elle passe beaucoup de temps devant le miroir.

– Bah, fit-il un peu plus tard, tant que World War est heureux.

– Il semble heureux, dis-je, mais il passe tellement de temps à faire semblant d'être heureux qu'on ne peut jamais savoir. »

Tout au long de notre vie, chaque fois que la bibliothèque ou les services de voirie municipaux obtenaient de l'argent du gouvernement fédéral, chaque fois qu'un élève de première arrivait en finale du concours d'orthographe pour l'État de Floride, que Weldon Pine était nommé avocat de l'année ou qu'un incendie de grange était éteint par les pompiers volontaires de Thorn, nous avions vu mon père heureux. On attendait de lui qu'il fût heureux. Et lorsque le gouvernement fédéral refusait d'accorder ses subsides aux services de voirie municipaux ou que les pompiers volontaires n'atteignaient pas à temps la grange en feu, il était blessé.

Il est difficile, bien sûr, de vivre ainsi au rythme du pouls de la communauté, vous devez invariablement être heureux et triste à son diapason. Pour le directeur et rédacteur en chef du *Moat County Tribune*, c'était néanmoins devenu aussi naturel que de s'habiller le matin pour aller travailler. Peut-être même endossait-il cette attitude comme une sorte de vêtement.

Mais au fond, ce qui le rendait heureux n'était pas tant les nouvelles elles-mêmes que le processus de leur diffusion. Cela entraînait une certaine confusion, on ne savait plus vers quoi s'orienter et il aimait se frayer un chemin à travers ces obstacles.

Je me demandai si ce comportement pouvait se comparer à son flirt avec Miss Guthrie, mais ce n'était pas le genre de question qu'il se poserait, même rétrospectivement, si elle devait le quitter. Il n'approfondissait pas ce genre de réflexion de peur de ce qu'il pourrait alors découvrir.

LE LENDEMAIN, au déjeuner, Ward me demanda si les annonceurs publicitaires perdus étaient revenus au *Tribune*, puis il prit des nouvelles de l'angine de World War.

Le nerf de sa lèvre avait été sectionné ; du lait ou de la soupe coulait parfois à l'endroit de la cicatrice et dégoulinait sur son menton avant qu'il ne le sente et ne l'essuie.

On nous avait inculqué des manières de table très strictes, mais la nourriture qui s'échappait de sa lèvre devenue insensible ne semblait guère l'embarrasser.

UN JOUR, il me demanda soudain ce qu'était devenu l'avocat Weldon Pine, s'il était resté à Lately après sa retraite ou s'il était parti pour une ville plus importante. Je sentis qu'il regrettait les ennuis que l'article avait causés au vieillard.

Plus tard, il se préoccupa du sort d'Oncle Tyree.

« Et si on découvrait que ce vieux et toute sa famille, jusqu'aux muets, étaient tous plus malins que nous ? dit-il.

– Et alors ? »

Il leva son doigt pour me demander d'attendre la fin de son hypothèse.

« Et s'ils nous connaissaient mieux que nous ne les connaissons ? S'ils avaient prévu ce que nous allions faire ? »

Avant de répondre, j'attendis d'être sûr qu'il avait fini.

« Ça n'a aucune importance », dis-je.

Il me regarda en souriant, comme si je n'avais rien compris.

« La situation nous a échappé pendant un moment, expliquai-je. Tu as été blessé, Yardley a écrit son article et maintenant c'est terminé. Hillary est retourné dans son marais… »

Il prit le hamburger qu'il avait commandé et mordit dedans. Un filet graisseux coula de sa lèvre.

« Et s'ils s'étaient servis de nous ? » dit-il.

La graisse atteignit la partie de son menton toujours sensible et il l'essuya avec sa serviette en papier.

« Et si nous nous étions servis d'eux ? rétorquai-je. C'est la règle du jeu, pas vrai ? Je me sers de toi, tu te sers de moi…

– Ce n'est pas toujours comme ça, dit-il. Ce n'est pas systématique… »

Il réfléchit un moment, essayant peut-être de se rappeler un cas où les choses s'étaient passées autrement.

« C'est comme la pêche, repris-je. Tu n'arrives à rien si tu y vas en t'inquiétant pour le ver. »

Il appuya les coudes sur la table et baissa la voix :

« Tu ne vois pas quand tout colle parfaitement, Jack, dit-il. Quand tu arrives à reconstituer les choses exactement comme elles étaient…

– Que se passe-t-il alors ? »

Il me sourit, le menton luisant de graisse.

« Ça rend tout le reste supportable », dit-il.

Et l'espace d'un instant, il me sembla que sa voix venait de la salle de réanimation.

« Jamais, on ne connaît quelqu'un réellement bien », dis-je, et ces mots restèrent longtemps, là, entre nous.

BIEN QUE YARDLEY ACHEMAN demeurât injoignable pour confirmer sa recommandation, je fus embauché comme garçon de bureau à la salle de rédaction du

Times, avec un salaire de départ plus élevé que celui de tous les reporters du journal de mon père.

Yardley resta une semaine de plus à New York : il avait posé sa candidature à la fois au *Times* et au *Daily News*, il fréquentait un tas d'écrivains et de journalistes célèbres dans un bar appelé Elaine's.

Il aimait la compagnie d'écrivains célèbres et, à son retour, s'efforcerait de glisser leur nom dans la conversation.

Pendant que Yardley était à New York, mon frère passa huit heures par jour à son bureau, pour étudier inlassablement le contenu des boîtes qu'il avait accumulées dans le comté de Moat. Aucune de ces boîtes ne renfermait la moindre nouveauté – Ward connaissait maintenant par cœur toutes les dates, les heures et les noms –, mais il était persuadé qu'elles recélaient un ordre caché qui lui avait jusque-là échappé.

Il commençait à soupçonner le clan Van Wetter de l'avoir manipulé pour qu'il écrive l'article finalement publié sous son nom.

Ward avait appuyé mon embauche et se débrouilla ensuite pour que mes heures de travail coïncident avec les siennes, un arrangement qui rendit furieux les autres garçons de bureau embauchés avant moi. Un ou deux allèrent même se plaindre auprès du syndicat.

Mais si mon frère avait bousculé le processus habituel de l'ancienneté, il n'avait obéi à aucun esprit de favoritisme. Il me voulait près de lui parce que je l'avais accompagné dans le comté de Moat et que j'avais vu ce que j'avais vu.

Il était désormais convaincu que Tyree Van Wetter avait payé un homme pour jouer le rôle de l'entrepreneur qui avait acheté la pelouse, la seule autre hypothèse étant que Yardley avait inventé cette histoire de toutes pièces.

Il passait des après-midi entiers à la recherche d'explications honorables pour Yardley Acheman.

« Mais alors, comment l'ont-ils trouvé ? demandais-je un après-midi alors que nous quittions le *Times*. Si ce type était là quand Yardley est passé en ville, il aurait aussi été là quand on y est allés. Si Yardley a pu le trouver, tu aurais pu le trouver… »

Il me faisait confiance d'une manière que je n'ai jamais réussi à définir clairement, ni à mériter, mais il luttait pourtant contre l'évidence. Je savais que l'affaire n'était pas terminée.

Je lui demandai si nous retournerions à Daytona Beach.

« Je crois que nous ferions mieux de reparler à quelques membres du clan Van Wetter », dit-il.

Je repensai au serpent mocassin tombant de l'arbre mort dans la rivière, lors de notre première expédition à pied.

« Pas moi.

– Parfois, dit-il, il faut observer longtemps les gens pour savoir qui ils sont. »

Je m'arrêtai sur le trottoir et le dévisageai.

« Que veux-tu dire ? Tu penses qu'ils se sont montrés sous leur meilleur jour ? »

L'ombre d'un sourire étira sa lèvre contre ses dents. Je compris alors qu'il y retournerait et que je l'accompagnerais. Je n'aurais jamais supporté de le revoir blessé, sans l'être moi-même. Pour reprendre son expression, c'était la seule chose qui rendrait le reste *supportable*.

YARDLEY revint à Miami la semaine suivante. Il nous informa de ses fiançailles avec une journaliste travaillant pour un magazine new-yorkais. Il n'avait pas encore annoncé sa rupture à sa fiancée de Palm

Beach et se demandait à voix haute comment s'y prendre.

Cette même semaine, le magazine *Time* publia un article sur l'affaire Van Wetter, où l'on citait Yardley comme l'étoile montante de la profession et où on l'associait aux « nouveaux journalistes ». Cet article mentionnait à peine le nom de mon frère, mais Ward n'avait pas rappelé le reporter de *Times* qui avait cherché à le contacter.

Cet article et la photo qui l'accompagnait furent découpés dans le magazine et punaisés sur le panneau d'affichage de la salle de rédaction, avec cette légende manuscrite : « Qu'est-ce qui manque sur la photo ? »

Yardley était maintenant méprisé par tous les journalistes de la salle, hormis une poignée de jeunes reporters – dont certains anciens étudiants en journalisme – qui écrivaient leurs articles en imitant son style. Mais comme ils n'avaient pas mon frère sous la main pour lester leurs articles de faits vérifiables, leur prose était essentiellement masturbatoire, des textes que même moi – exclu de l'équipe de natation de l'université de Floride – j'aurais eu honte d'écrire.

C'était le genre d'article que Yardley pondait avant que les responsables du *Miami Times* ne décident de le faire travailler en équipe avec mon frère.

Yardley ignorait ces critiques et encourageait ses admirateurs, louant de manière extravagante leur prose la plus banale et, le plus souvent, hors sujet. Même lorsque leur copie leur était retournée par des rédacteurs en chef de la vieille école qui leur disaient de combler les manques avec des faits, pas avec des fioritures.

Mon frère ne fut affecté ni par l'article de *Times*, ni par son apparition sur le tableau d'affichage de la salle de rédaction, et même pas par ce passage où Yardley Acheman parlait de lui comme d'« un reporter plus classique, obsédé par la véracité des faits » – en opposition avec Yardley lui-même qui, selon ses propres termes, était « celui qui avait une approche non traditionnelle du fond et de la forme d'un article ».

Nous étions inséparables, Ward et moi. Nous mangions ensemble, nous arrivions au journal ensemble, nous en repartions ensemble. Je me demandai parfois lequel de nous deux protégeait l'autre, mais quand j'entrai dans mon immeuble le soir après l'avoir déposé chez lui et que l'homme adipeux aux yeux de grenouille sortait de sa chambre pour me regarder avancer dans le couloir, je me rappelais toujours ce qui s'était passé à Daytona Beach et je me sentais curieusement soulagé de savoir que j'avais déposé Ward, sain et sauf, devant sa propre porte.

Parfois l'homme adipeux souriait quand je passais devant lui, parfois il faisait claquer sa langue contre sa joue. Il me paraissait évident qu'il violait le règlement de la maison en me harcelant ainsi et, certains soirs, lorsque j'avais eu quelque problème au journal, ses provocations me mettaient en colère, me plongeant dans une rage presque incontrôlable.

La colère me donnait une pêche incroyable.

Je m'étais bien sûr interrogé sur l'identité de cet homme. Un matin, alors que je marchais vers ma voiture, un autre résident de l'immeuble m'aborda pour me demander si je pouvais l'emmener au nord du comté de Palm Beach, où il trouverait du travail pour ramasser des fruits, et il m'apprit que Bill la Grenouille, comme on le surnommait, avait autrefois été flic et qu'il bénéficiait maintenant d'une pension.

« Faut vraiment être un flic minable pour se faire

virer, ajouta-t-il. Faut faire des crapuleries qui attirent l'attention sur vous. »

Je rétorquai à ce type que ça ne me regardait pas. Je lui donnai un dollar pour son car, le laissai là sur le trottoir, et je partis au travail en voiture.

JE NE PARLAI PAS de Bill la Grenouille à Ward ; en fait, je ne lui parlais jamais de l'endroit où je vivais. Sans doute pensait-il que mon logement ressemblait au sien – un appartement avec une chambre, une cuisine et une salle de bains.

Ma salle de bains se trouvait au bout du couloir. Je m'y rendais tôt le matin, avant le lever du soleil, pour me tenir à l'écart de la routine quotidienne de Bill la Grenouille.

UNE NUIT, j'entendis un homme hurler. J'étais dans le couloir, le cri venait de l'appartement de Bill la Grenouille, il ne dura qu'une seconde ou deux, puis il s'éteignit, comme si l'homme qui venait de crier avait soudain manqué d'air.

Je me figeai, l'oreille aux aguets, prêt à prendre les jambes à mon cou si jamais Bill la Grenouille faisait son apparition avec un cadavre, mais il n'y eut pas d'autres cris. La pension était silencieuse. Je commençai à me demander si ce n'était pas Bill lui-même qui avait crié, et je ne le sais toujours pas aujourd'hui.

WARD décida de retourner dans le comté de Moat, malgré les objections du responsable de l'édition dominicale – l'homme barbu qui était venu dans le comté de Moat pour faire avancer l'article quand Ward était à l'hôpital – et celles de Yardley Acheman, désireux de refermer le dossier de l'affaire Van Wetter.

Yardley déclara que le moment était venu de passer à autre chose, pendant que Ward et lui-même étaient encore « à la mode », que le *timing* était essentiel. Il ne dévoila pas le thème de son prochain article et je ne crois pas qu'il s'en préoccupait. C'était mon frère qui trouvait les sujets.

Ward dit qu'il serait de retour dans quelques jours.

Ils étaient réunis dans le bureau, Ward, Yardley et le responsable de l'édition dominicale. J'étais dans le couloir, un plateau de courrier à la main et j'allais entrer lorsque j'entendis à nouveau Yardley Acheman.

« Je devrais peut-être aller faire un tour à Daytona, dit-il, pour voir ce que je pourrais y trouver. »

Il ne parlait pas de pelouses ni d'entrepreneurs spécialisés dans les lotissements de luxe.

« Comme tu voudras », dit Ward.

CE SOIR-LÀ, après le travail, nous avons jeté des vêtements à l'arrière de la Ford avant de nous diriger vers le nord et le comté de Moat. Ward avait pris quelques jours de vacances pour ce voyage.

Il faisait très chaud, même la nuit, et comme nous roulions toutes vitres baissées, les insectes percutaient mon bras avec la dureté de cailloux.

« Je ne crois pas que nous devrions loger à Lately », dis-je.

Il haussa les épaules.

« On va s'installer à la maison.

– Je ne crois pas qu'on devrait loger là-bas non plus, dis-je. On risque de les trouver à poil dans la cuisine. »

Il y réfléchit et resta un moment silencieux. Il se moquait de savoir comment nous serions reçus, il se moquait de notre point de chute. Pour lui, nous pouvions bien dormir dans la voiture.

« Je me demande si cette fille l'a épousé », dit-il plus tard en parlant de Charlotte.

Nous avions fait halte dans une station-service ouverte toute la nuit et acheté un pack de bière. L'alcool parut le détendre.

« Elle a écrit qu'elle nous enverrait des invitations, dis-je.

– Peut-être qu'aujourd'hui elle voit les choses différemment. »

Je l'imaginais dans les marais, attendant avec sa cuillère que les hommes aient fini leur glace. Je ne pensais pas qu'elle resterait très longtemps mariée avec Hillary Van Wetter. Cette expérience la guérirait sans doute définitivement des assassins.

NOUS ARRIVÂMES en bateau, trouvant plus facilement l'endroit qu'auparavant. Dans ma vie, tout était plus facile sans la présence de Yardley Acheman. Le vieux, Tyree, était dans la cour où il dépeçait un alligator à l'aide d'un couteau fin au manche noir. Il pratiquait des entailles sans effort et arrachait la peau en la séparant de la chair.

Il se redressa en entendant le bruit du moteur, se retourna et nous observa tandis que je ralentissais et dirigeais le bateau vers la rive. Il n'eut pas l'air de nous reconnaître, mais je ne crus pas une seconde qu'il avait tellement de visiteurs qu'il ne parvenait pas à se souvenir de nous.

Je coupai le moteur à quelques mètres de la terre et sautai à l'eau pour hisser le bateau sur la berge. Le vieux se retourna vers l'alligator, planta son couteau dans la gorge de l'animal et l'éventra tout du long jusqu'aux pattes arrière.

Il glissa ensuite la main dans l'ouverture et fit tomber d'un coup les viscères par la fente qu'il venait de pratiquer. Quand il eut fini, il semblait impossible qu'il y ait eu assez de place à l'intérieur de l'alligator pour contenir tout ce qui venait d'en dégringoler.

« Monsieur Van Wetter ? » dit mon frère.

Le vieux rangea son couteau dans la poche arrière de son pantalon, posa les mains de part et d'autre de l'entaille et l'élargit. Les muscles de ses avant-bras frémirent sous sa peau. Il y eut un craquement et j'entrevis l'intérieur de l'animal.

Lorsque le vieux se retourna vers nous, il avait les mains trempées de sang.

« Monsieur Van Wetter, je suis Ward James, dit mon frère. Je suis déjà venu ici. »

Il hocha légèrement la tête et une masse gluante glissa de ses doigts.

« C'est vous qu'avez écrit l'article du journal », dit-il.

Mon frère acquiesça.

« Eh ben, fit-il, vous aviez dit que vous le feriez. »

Ward et moi, immobiles, attendions la suite.

Le vieux attendait aussi.

« Il y a quelques petites choses… commença mon frère.

– Hillary est plus en prison », dit-il. Quand il posa les mains sur ses hanches, ses muscles se détendirent. « Quand une chose est finie, elle est finie. Les gratte-papier comprennent pas ça. On a été emmerdés à mort à cause de tout ça, même que des gens venaient ici la nuit prendre des photos… »

Il y eut un bruit en provenance de la maison et un petit homme à la tête en forme d'obus, que je n'avais jamais vu, franchit la porte en tenant une batte de base-ball par le milieu, sa main en cachait la marque. Il traversa lentement la cour en tenant sa batte d'un air très décidé. Je compris qu'aussitôt à sa portée, il se mettrait au travail sans un mot.

Autant attendre de la pitié chez un chat.

Le vieux le regarda approcher, puis il se tourna vers moi.

« Quelque chose te dit de retourner à ton bateau, pas vrai ? » fit-il.

J'acquiesçai d'un signe de tête.

L'homme était maintenant à quelques mètres de nous, la batte glissa dans sa main jusqu'à ce qu'il la tînt près du manche.

Je fis un pas en arrière et regardai Ward pour m'assurer de l'endroit où il se trouvait.

Mon frère ne bougeait pas d'un centimètre en accueillant cette menace.

L'homme était presque sur nous quand le vieux leva une main toujours luisante des entrailles de l'alligator. L'homme à la batte s'immobilisa aussi brusquement qu'il était apparu. Il posa alors la batte sur son épaule, d'où il pouvait frapper instantanément, et posa sur moi un regard parfaitement indifférent.

Le vieux considéra encore mon frère.

« Vous allez pas partir la queue entre les jambes, pas vrai ? fit-il.

– Non, répondit Ward.

– Je vois pourquoi t'as perdu cet œil », dit-il.

Mon frère tourna la tête pour regarder d'abord l'homme à la batte, puis la maison.

« J'ai quelques questions à poser à Hillary, dit-il.

– En ce moment, je vous conseille pas d'enquiquiner Hillary, dit le vieux. Il broie du noir depuis qu'ils l'ont libéré. »

Ward lança un regard à l'homme à la batte.

« Pourquoi donc ? dit-il.

– Son caractère a changé, répondit le vieux. À cause de la prison, j'imagine. »

Tout resta silencieux pendant que le vieux réfléchissait à Hillary, au changement qui s'était produit en lui depuis sa sortie de prison. Il semblait à la fois inquiet de ce changement et résigné.

« Il n'a plus goût à rien », dit-il un peu plus tard.

Mon frère hocha la tête, comme s'il était d'accord.

« Il a eu la fille », dit Ward, ce qui fit sourire le vieux.

« C'est point le genre de fille qui met du baume au cœur, dit-il. Elle est plutôt du genre à faire chier le monde. » Il se tourna vers l'homme à la batte. « Pose ça par terre », commanda-t-il d'une voix tranquille.

L'homme laissa tomber l'extrémité de la batte par terre, puis il croisa les mains sur le bout du manche. Il continua à nous dévisager sans manifester le moindre intérêt pour notre identité.

Mon frère attendit et j'attendis avec lui. Le vieux tendit le cou et écrasa une pomme de pin sous son pied. L'air absent, il se tourna vers l'alligator et le regarda. La dépouille s'était ratatinée depuis qu'il l'avait vidée et la peau commençait de se recroqueviller, presque comme si elle brûlait.

« Pour dire la vérité, monsieur James, reprit le vieux, Hillary a jamais beaucoup apprécié les visites.

– Je ne veux pas qu'il m'invite à dîner, dit Ward. J'aimerais seulement lui poser quelques questions. »

Le vieux glissa les mains dans les poches de son pantalon.

« Y a rien au monde qu'on puisse faire pour lui. La seule chose qui peut l'aider, c'est le temps.

– C'est pas à son sujet », dit Ward.

La vieux prit un air surpris.

« Alors pourquoi accepterait-il de te voir ?

– Il me connaît, répondit mon frère. Je suis venu l'aider quand il était en prison.

– Il te le reprochera, fit le vieux. Il aime pas qu'on l'aide.

– Où est-il ? » demanda Ward.

Le vieux se renfrogna.

« Y a quelque chose en toi qui provoque les gens, tu sais ça ? »

Mon frère ne broncha pas.

« Je t'ai déjà dit qu'il avait changé. Je donne pas de renseignements, si c'est ce que tu désires… »

Ward hocha encore la tête, laissant la question en suspens. Le vieux attendait aussi et finalement Ward la répéta.

« Où est-il ? »

Le vieux cracha dans ses mains et les essuya sur son pantalon.

« Là où il était avant, j'imagine », dit-il et il ne fallait pas en attendre davantage.

L'homme à la batte restait planté là, le visage inexpressif, les jambes un peu écartées pour être prêt à frapper si on le lui demandait.

« Il a viré un de ses frères de cette maison en le menaçant avec un manche de hache, dit le vieux. Quelqu'un du même sang que lui. Il voulait personne dans le coin. »

Le vieux jeta un bref coup d'œil à l'homme appuyé sur la batte.

« Et il s'en serait servi », dit le vieux.

L'homme à la batte approuva.

« Il faut que je lui parle, insista mon frère.

– Fais ce que t'as à faire, dit le vieux. Dis-lui bonjour de ma part. »

Il nous tourna le dos et finit d'écorcher l'alligator. Un coq s'aventura entre les jambes du vieux qui se retourna, plus vif que je n'aurais jamais imaginé pour un homme de son âge, et flanqua un coup de pied au volatile qui atterrit près de la maison en vol plané.

L'homme à la batte regarda le coq tomber et rouler à terre, puis détaler vers la ligne d'arbres qui bordait la cour. Un petit sourire effleura ses lèvres.

NOUS ÉTIONS DE RETOUR dans le bateau, l'air frappait mon visage et m'ébouriffait les cheveux. Je tenais la manette des gaz et Ward était assis devant, face à moi. Il était monté ainsi dans l'embarcation et ne se retourna jamais vers la proue. Il regardait, par-dessus mon épaule, les baraques aménagées sur la berge.

SI MON FRÈRE ou moi-même étions venus l'un sans l'autre, nous aurions pu pousser dans le comté de Moat sans rendre visite à notre père, mais ensemble nous nous sentions tenus de le voir.

Nous le savions sans avoir besoin d'en parler, mais nous avons repoussé cette rencontre, passant la nuit dans un hôtel pour touristes, de l'autre côté de la rivière, au sud de Palatka, dans un hôtel où il n'y avait pas d'eau chaude.

Je dormis mal sur un matelas mou et je finis par m'allonger par terre, me réveillant tout courbatu et sans enthousiasme pour la journée à venir. Nous roulâmes en silence jusqu'à Lately, puis vers le sud jusqu'à Thorn, en pensant prendre une douche à la maison.

Ce printemps-là, une maladie avait décimé presque tous les arbres de la ville, livrant les maisons à la dure lueur du soleil. Toutes semblaient décolorées. Tout cela s'était fait rapidement car je n'étais parti que depuis quelques mois.

Il y avait des tricycles dans un jardin en face de la maison de mon père et je me rappelai que la vieille dame qui y habitait auparavant était morte. Autrefois, elle se postait à sa fenêtre le matin de bonne heure, la main sur le téléphone, prête à appeler mon père si jamais mon frère marchait sur sa pelouse en lui apportant son journal. À cette époque je l'accompagnais dans ses tournées, car je voulais moi aussi devenir livreur de journaux.

Quant à notre maison, sans ses arbres elle semblait plus petite qu'autrefois. La pelouse avait besoin d'être tondue et on avait abandonné un tuyau d'arrosage dans le jardin, au lieu de l'enrouler et de l'accrocher à sa place habituelle sur le mur du garage. Une souche large de près de deux mètres signalait l'emplacement de l'orme qui avait ombragé la véranda.

Il n'y avait pas de voiture dans l'allée. J'y engageai la Ford et m'arrêtai. Je restai assis derrière le volant pendant que Ward descendait, prenait des vêtements propres et se dirigeait vers la porte.

Le porte ne s'ouvrit pas lorsqu'il poussa dessus. Il la regarda pendant quelques secondes, puis passa en revue son trousseau de clefs – il y en avait une bonne quinzaine accrochées dessus, je crois qu'il les conservait toutes –, il en trouva une et la glissa dans la serrure. Je restai encore un peu dans la voiture, envisageant même de la garer dans l'allée située derrière la maison.

Je regardai à nouveau l'herbe, le tuyau d'arrosage et la rue privée de ses arbres et je me souvins que mon père avait installé une femme dans sa maison, au vu et au su de tous les voisins, moyennant quoi il ne me parut plus très important qu'un break rouillé restât garé dans son allée.

J'entrai. Les murs du salon avaient été repeints en un beige tendre. Il y avait dans les angles des plantes que je n'avais jamais vues, ainsi qu'un canapé tout neuf, qui ne semblait pas conçu pour qu'on s'y assoie. À mesure que mon regard se promenait dans la pièce, je m'aperçus que tout le mobilier était neuf, à l'exception du fauteuil de mon père. Mais les taches de brillantine avaient disparu car le capitonnage avait été refait.

On avait aussi installé un conditionneur d'air contre une grande fenêtre latérale et la pièce sentait le grand magasin. Debout dans le salon, je tentai de me rappeler la couleur des murs avant qu'on ne les ait repeints. Ward monta à l'étage et, une minute plus tard, j'entendis une porte se refermer et le bruit de l'eau qui coulait.

J'allai dans la cuisine et là, les choses m'étaient plus familières. Je trouvai une bière dans le réfrigérateur et je m'assis à la table de la cuisine pour attendre que Ward ait terminé. Il y avait une autre douche au sous-sol, mais lorsqu'on l'utilisait en même temps que celle de l'étage, l'eau devenait froide en haut.

Je décapsulai la bière contre le bord de la table. La capsule roula par terre, la mousse jaillit de la bouteille sur ma main et mon pantalon et je portai aussitôt le goulot à ma bouche.

Alors même que je buvais ma première gorgée, la douche s'arrêta. Il me sembla que Ward n'y était pas resté assez longtemps pour se retrouver aussi mouillé que moi par ma bière.

Alors je les entendis parler, la voix de Ward puis celle de la femme et je compris peu à peu qu'elle était encore dans la maison. Je retournai dans le salon, cramponné à ma bière, et la vis qui descendait l'escalier.

Elle était encore en chemise de nuit. La veille au soir elle n'avait pas retiré son maquillage et ses paupières étaient bouffies de sommeil. Elle était pieds nus et elle croisa sur la poitrine ses bras potelés à fossettes.

« Vous vous croyez où ? » fit-elle en regardant ma bière.

Mon frère s'activait à l'étage, heurtant des meubles et des objets dans sa hâte.

« Ce n'est pas des bains publics ici », dit-elle.

Je m'assis sur le canapé tout neuf.

« Nous étions là avant vous », rétorquai-je.

Cette femme n'allait pas me chasser de la maison où j'avais grandi. J'étais prêt à rester un mois assis sur ce canapé.

« Je l'ai déjà dit à votre frère et je vous le répète, fit-elle, ne remettez jamais les pieds dans cette maison sans avoir d'abord frappé. »

Je levai les yeux vers le haut de l'escalier.

« Vous êtes là-haut avec le petit livreur de journaux, ou quoi ?

– Ça suffit, dit-elle, sortez ! »

Je portai la bière à mes lèvres et bus une autre gorgée en la regardant. Je m'installai plus confortablement sur le canapé.

« Je ne veux pas rendre cette rencontre plus désagréable qu'elle ne l'est déjà », dit-elle.

J'eus brusquement l'impression que mon père était lui aussi dans cette pièce, que cette femme et moi parlions et agissions pour faire bonne impression, et je regrettai tout à coup ma remarque sur le petit livreur de journaux, sachant qu'il ne l'aurait guère appréciée.

« Nous sommes juste passés prendre une douche, dis-je. Il n'y avait pas d'eau chaude à notre motel. »

Nous n'allions pas rester pour la nuit, cela clarifia la situation. Ward descendit alors l'escalier, les cheveux dégoulinant, tenant à la main ses chaussures, ses chaussettes et ses vêtements sales.

« Prêt ? fit-il.

– Je vais prendre une douche », répondis-je.

Je me levai, passai devant elle, ma bière et mes vêtements propres à la main. Comme je montais l'escalier, j'eus mauvaise conscience à l'idée que j'abandonnais mon frère tout seul au salon avec elle.

«Ça ne va être agréable pour personne», dit-elle alors.

Mais je continuai de monter les marches et suivis les traces de pas de mon frère jusqu'à la salle de bains.

Je fermai la porte à clef, ouvris l'eau de la douche et m'assis sur les toilettes pour finir ma bière. Ma main tremblait. Le plus étonnant, c'est que j'avais à nouveau en tête l'idée de la baiser. Le lavabo était rempli de ses affaires – rouge à lèvres, maquillage, brosses, parfums – et il y avait un emballage de serviette hygiénique dans la corbeille. Des serviettes de toilette neuves étaient pendues aux murs.

Je posai la bouteille par terre près des toilettes et je me relevai. J'ouvris l'armoire à pharmacie et constatai qu'elle se l'était aussi appropriée. De la dexédrine.

Je me demandai si à un moment elle avait été grosse.

J'enlevai mes vêtements que je laissai tomber par terre et entrai dans la douche. Accrochée au robinet, il y avait une brosse que je n'avais jamais vue et que j'utilisai pour me laver les fesses. Le savon dégageait une odeur particulière, parfumée, et je ne connaissais pas cette marque de shampooing.

Je restai longtemps sous la douche, espérant épuiser toute l'eau chaude du cumulus et afin que Miss Guthrie prenne une douche froide ce matin-là, mais je me souvins de Ward seul avec elle au rez-de-chaussée, fermai les robinets, sortis de la douche et me séchai.

Ellen Guthrie était dans la cuisine lorsque je redescendis, et Ward attendait dans la voiture. Je l'entendis composer un numéro de téléphone et, quelques instants plus tard, je remarquai l'odeur des vêtements sales que je tenais à la main, une odeur à la fois aigre et douceâtre. L'odeur de la peur.

Je sortis sans bruit par derrière et fourrai ces vêtements sales dans la poubelle de l'allée. Je fis démarrer la voiture – le bruit du moteur attira une voisine à sa fenêtre – et je me dirigeai vers le centre-ville et le bureau de mon père, tandis que la puanteur de ces vêtements s'attardait sur mes mains.

ASSIS À SON BUREAU, mon père jouait avec un coupe-papier, cadeau de la section Floride de l'Association Nationale pour l'Avancement des Gens de Couleur, et il le faisait passer d'un doigt à l'autre à l'intérieur de sa main. Il n'y avait sans doute pas de couteaux à aiguiser à son bureau.

Il se leva en nous voyant entrer, sans même simuler la moindre surprise ; il nous serra la main avec solennité, souriant avec une expression à la fois soucieuse et polie. Sans feindre qu'elle ne lui avait pas déjà téléphoné.

« Alors, dit-il, qu'est-ce qui ramène le *Miami Times* dans le comté de Moat ? »

Sa question contenait un reproche implicite, qui s'adressait autant à moi qu'à mon frère.

« Quelques détails à vérifier », dit Ward.

Mon père hocha la tête, comme il l'avait fait toutes ces années durant lesquelles ma mère lui parlait pendant qu'il lisait son journal après le dîner. Il n'écoutait pas.

Je m'assis dans un des fauteuils. Ward resta debout près du bureau. Il ne s'asseyait pas sans qu'on ne l'y eût invité.

« Nous avons pensé que nous pourrions peut-être déjeuner ensemble », dit Ward.

Je regardai l'horloge murale, il était onze heures passées. Mon père s'adossa à son fauteuil et croisa les mains derrière la nuque.

« Ce serait formidable, les enfants, mais je suis coincé avec des annonceurs. » Un silence. « Vous savez, reprit-il, j'ai eu un appel d'Ellen il y a quelques minutes. »

Puis il nous regarda tour à tour, en prenant son temps.

« Nous ne voulions pas la déranger, dit Ward, nous pensions qu'elle serait au travail.

– Elle travaille tard et elle arrive tard, dit-il. Elle passe plus de temps ici que n'importe quel autre rédacteur en chef.

– Je voulais seulement dire que nous ne serions jamais entrés comme ça si nous avions su qu'elle était là », dit mon frère.

Je renchéris :

« Nous avions besoin de prendre une douche avant d'aller à Lately et il n'y avait pas d'eau chaude à l'hôtel. »

Mais il ne s'intéressait ni à notre hôtel ni à ce que nous allions faire à Lately.

« C'est toujours votre maison, dit-il, vous le savez, mais dans l'immédiat, pendant qu'Ellen s'habitue à moi, ce ne serait sans doute pas une mauvaise idée de frapper avant d'entrer. »

Il nous dévisagea pour s'assurer qu'il ne nous avait pas offensés.

« Elle pourrait se promener dans la cuisine en petite tenue », dit-il.

Nous sommes restés silencieux pendant quelques instants, pour méditer tout cela, puis le téléphone a sonné et il a décroché.

« W.W. James », dit-il.

C'était Ellen. Je le lus sur le visage de mon père avant qu'il n'ait prononcé le moindre mot. Je me levai et me dirigeai vers la porte.

« Nous allons attendre dehors, dis-je.

– Excuse-moi une seconde », dit-il, puis il couvrit le téléphone de la main et nous sourit tandis que nous franchissions la porte. « Merci de votre visite », nous dit-il.

Il fit rapidement le tour de son bureau, tenant toujours le téléphone, et nous serra à nouveau la main.

Je refermai la porte derrière moi et me retournai avant de partir. Il était à nouveau assis dans son fauteuil, le téléphone coincé sous le menton et souriait en approuvant d'un signe de tête ce qu'elle lui disait à l'autre bout du fil.

Quand je retournai à la maison de mon père la fois suivante, les serrures avaient été changées.

NOUS SOMMES PARTIS pour Lately dans l'après-midi, passant en voiture devant l'endroit où l'on avait retrouvé le cadavre du shérif Call et, quelques kilomètres plus au nord, devant le petit magasin des Van Wetter.

En jetant un coup d'œil dans le parking, je repensai à l'enfant battu et cet épisode me sembla appartenir à un passé très lointain. J'étais furieux contre mon père, furieux qu'il nous ait demandé de frapper à la porte de notre propre maison, mais Ward n'en avait pas été affecté. Contrairement à moi, il n'était guère attaché à cet endroit.

« Maintenant, il veut qu'on frappe, dis-je.

– Nous allons peut-être laisser tomber le tribunal pour aller directement au bureau du shérif », dit-il.

Je négociai un long virage, puis dépassai un vieux camion qui transportait du gravillon. J'enfonçai l'accélérateur au plancher au moment de le doubler, puis, dès que j'eus regagné le côté droit de la route, je me penchai vers le plancher de la voiture pour décoincer la pédale. La voiture fit une embardée, s'engagea sur la terre meuble du bas-côté, mais je rectifiai la trajectoire. Nous roulions à cent vingt à l'heure, mais mon frère restait de marbre, comme si je m'étais simplement penché pour prendre l'allume-cigare.

AU BUREAU DU SHÉRIF du comté de Moat, le préposé à l'accueil ne leva pas les yeux avant que Ward n'eût fini de parler. Je remarquai alors qu'il avait les yeux rouges, comme s'il avait bu.

« Vous voulez quoi ? » fit-il.

Mon frère reprit tout depuis le début, utilisant les mêmes mots. Le préposé hocha la tête tout du long, pour nous faire comprendre qu'il n'était pas sourd. Quand Ward eut terminé, l'homme dit :

« Ce que je vous ai demandé, c'est : vous voulez quoi ?

– J'aimerais savoir comment me rendre chez Hillary Van Wetter », dit Ward.

Le préposa fut soudain en colère.

« Je vous ai demandé pourquoi », fit-il.

Ward tint bon et quand je voulus expliquer que nous désirions lui poser quelques questions, il m'interrompit avant que j'aie eu le temps de parler.

« Pour des raisons personnelles », dit-il.

L'adjoint du shérif nous sourit.

« Vous êtes les gars qui ont écrit cet article dans le journal, pas vrai ? Et maintenant, vous vous apercevez que ça s'est pas passé comme vous l'avez dit ? »

Mon frère ne répondit pas et ne bougea pas. Il se contenta d'attendre.

« Vous savez qu'il a tranché le pouce d'un homme ? » demanda l'adjoint. Il me regarda et j'acquiesçai. « À cause d'un simple P.V. ? »

L'adjoint regarda son propre pouce, puis il leva les yeux vers Ward.

« Y a-t-il quelqu'un qui pourrait nous dire comment nous y rendre ? s'enquit Ward.

– Autant couper la main d'un gars pendant que vous y êtes », dit l'adjoint.

Ward resta silencieux pendant que l'adjoint réfléchissait.

« Je vais vous dire exactement où c'est », finit-il par déclarer. Comme ça, vous pourrez voir par vous-même qui vous avez sauvé. »

Mon frère sortit un stylo de sa poche pour noter les indications, mais l'adjoint, maintenant énervé, prit un crayon dans son tiroir et commença à dessiner une carte.

Les doigts du policier étaient épais et aplatis, comme si leur extrémité avait été écrasée dans une portière de voiture, mais il dessinait avec délicatesse, attentif à la forme des croisements, à la taille des routes, aux contours de la rivière. Il s'interrompait parfois pour juger des proportions de son dessin, puis il s'y remettait, ombrant certaines zones, effaçant une partie du rivage, se rappelant tel endroit où la berge faisait un décrochement. Il indiquait les routes et les croisements avec des majuscules impeccables.

Immobile, mon frère attendait qu'il eût fini. L'homme adorait dessiner et Ward ne l'interrompit pas pour lui dire que toutes ces ombres et ces majuscules soignées étaient superflues. Un ruban de papier tue-mouches était punaisé au plafond, près de la fenêtre, couvert d'insectes.

Je me demandai comment cet homme aurait pu exploiter son talent s'il n'avait pas été embauché par le département du shérif. Je me demandai s'il serait devenu un autre homme.

À cette époque, je n'aurais jamais songé avoir à me demander un jour ce que je serais devenu si les choses s'étaient passées de façon différente. Je pensais que j'aurais toujours le choix.

Il s'éloigna un peu de son dessin et le considéra pendant quelques instants avec plaisir, puis il le tendit à mon frère.

« Si jamais on vous demande, dit-il, vous l'avez pas eu ici. »

Mon frère plia avec soin la feuille de papier, reconnaissant ainsi la valeur de ce travail, puis il la glissa dans sa poche.

« J'apprécie beaucoup, dit-il.

– Vraiment ? » rétorqua le policier.

Puis il se leva et franchit une porte qui s'ouvrait sur l'arrière du bureau. C'était un homme lourd et, quand il s'éloigna, les plis de son pantalon restèrent collés contre sa peau à l'endroit où il s'était assis.

NOUS SUIVÎMES LE PLAN.

Il nous emmena au nord de Lately, puis à l'est, sur un chemin de terre qui traversait de denses boqueteaux de pins, le sol s'assombrissait peu à peu à mesure que nous nous approchions de la rivière. Nous roulions depuis une vingtaine de minutes au milieu des pins, tout doucement, car je ne voulais pas me retrouver en carafe avec un essieu brisé.

Le chemin déboucha sur une clairière et nous vîmes la rivière. Le soleil s'y reflétait par endroits, filtrant à travers les arbres de la berge opposée. J'arrêtai la voiture. L'espace d'un instant, je crus que le chemin avait disparu, mais je remarquai alors d'anciennes traces de pneus sous les herbes.

Personne n'avait roulé là depuis longtemps.

Nous restâmes assis dans la voiture, à l'orée de la clairière. Mon frère étudiait la carte posée sur ses genoux, levant les yeux de temps à autre pour vérifier un repère. Il posa le doigt sur un point tout proche d'une zone ombrée et de la rivière.

« Nous sommes ici », dit-il.

J'examinai la carte et vis que le policier faisait continuer la route jusqu'à la rivière et sur trois ou quatre autres kilomètres vers le nord. Au bout de son itinéraire était dessinée une petite maison au toit en pente, entourée d'une clôture, avec les mots *Van Wetter* écrits en dessous.

« Cette route n'est plus utilisée », dis-je.

Ward étudiait la carte.

« On pourrait repérer notre objectif et y aller à pied cette fois-ci encore, proposai-je.

– S'il y a eu une route autrefois, elle est toujours là », dit Ward.

J'enclenchai la première et me mis à rouler. Une biche apparut devant nous au milieu de la végétation, elle dressa la tête et nous regarda passer, tandis que nous laissions un sillage de hautes herbes aplaties vers le sol.

Je dirigeai la voiture tout droit, puis les pneus avant tombèrent dans une profonde ornière et le châssis heurta violemment le sol. Le moteur s'arrêta et dans le silence j'entendis les insectes.

« On est tombés en panne d'essence ? » s'enquit Ward.

Quand je tournai la clef de contact, le moteur redémarra. Je me demandai alors si Hillary Van Wetter avait entendu la voiture. S'il savait déjà qui c'était.

Le moteur vrombit, la vieille Ford ressortit de l'ornière, puis je repartis à travers la clairière.

Il y avait des arbres devant nous et je me dirigeai vers eux jusqu'à ce qu'il n'y ait plus nulle part où aller.

« Ça ne va pas plus loin », dis-je.

Ward consulta à nouveau la carte, puis il ouvrit sa portière et descendit. Je coupai le moteur et descendis à mon tour. La chaleur montait par vagues au-dessus du capot de la vieille voiture et il y avait, non loin de nous, un bourdonnement dans l'air.

Les yeux de Ward allaient de la carte aux arbres. Ils étaient très épais, aucune route ne les traversait.

« Il a dû se tromper », dis-je.

Je contournai l'avant de la voiture en percevant la chaleur du moteur, puis je fis quelques pas au milieu des arbres. Le bourdonnement était désormais plus proche et son timbre avait changé. Il faisait frais à l'ombre et je continuai d'avancer en essayant de localiser la source de ce bruit. Il semblait venir tantôt d'un endroit, tantôt d'un autre. Je m'assis contre un des pins pour remonter mes chaussettes qui avaient glissé à l'intérieur de mes chaussures et je sentis à travers mon pantalon que la terre était fraîche. Ward progressait lentement parmi les arbres, tenant toujours la carte à la main.

« D'après lui…

– Il a dû se tromper », répétai-je.

Il glissa la carte dans sa poche, puis passa devant moi au milieu des arbres. Il trébucha alors et s'arrêta pour réajuster le talon de sa chaussure. Il achetait toujours les mêmes chaussures de ville marron. Il les portait partout. Je l'avais même vu jouer au basket avec.

Il inclina le buste et s'appuya d'une main contre un arbre pour conserver son équilibre tandis qu'il se rechaussait. Il y eut alors un claquement, comme une ampoule électrique qui éclate, et Ward se retrouva par terre.

Je me relevai. Il s'assit. Une faible odeur de brûlé planait dans l'air autour de lui ; il essaya de se redresser et tomba encore, comme un animal tout juste né. Il ne semblait plus savoir où il était. Je le saisis sous les bras et le remis sur pieds.

« Ça va ? » demandai-je.

Il ne répondit pas concentrant toute son énergie à se maintenir debout car c'était primodial pour lui. Je remarquai alors l'isolateur blanc sur l'arbre, puis le mince fil noir qui le traversait. Le bourdonnement avait cessé.

« C'est une clôture électrique », dis-je.

Il hocha la tête comme s'il comprenait, mais c'était toujours moi qui soutenais presque tout le poids de son corps. J'avais moi aussi touché une clôture électrique à l'âge de onze ou douze ans, alors que je chassais la colombe avec mon père. J'avais cru sur le moment que je m'étais tiré dessus.

« Ils essaient sans doute de tenir les ours à distance », dis-je.

Je m'écartai peu à peu de Ward, le laissant retrouver seul son équilibre.

« Bon Dieu, fit-il.

– C'était une clôture électrique, répétai-je.

– J'ai eu l'impression d'être aspiré dans un trou », dit-il.

Puis il se passa les mains sur le visage, comme s'il le touchait pour la première fois.

« Assieds-toi un moment », lui proposai-je.

Il secoua la tête et regarda sa main. C'était comme s'il venait de se faire piquer, dit-il en remuant les doigts pour voir s'ils fonctionnaient toujours. Il se tourna vers la clôture qu'il venait de toucher et, en même temps, il s'en écarta.

« Barrons-nous d'ici, dis-je. Oublions tout ça. »

Il regarda les arbres.

« Ça doit être un peu plus loin, dit-il.

– Il n'y a rien plus loin.

– Quelqu'un a bien installé cette clôture. »

Un instant plus tard, il se glissait avec précaution sous le fil, puis il disparut parmi les arbres. Je restai un moment de l'autre côté, peu satisfait de la tournure prise par les événements, mais puisqu'il n'y avait personne pour en discuter, je passai à mon tour sous le fil et suivis Ward.

La MAISON se dressait dans une clairière couverte de souches – certaines coupées plus bas que les autres, mais en moyenne à une vingtaine de centimètres du sol. Un petit ruisseau coulait au bord de cette clairière et on avait jeté dessus un pont de planches assez solide pour supporter le poids d'une voiture ou d'un camion. Il y avait des traces de pneus des deux côtés, mais je ne compris pas comment un véhicule pouvait bien franchir ces souches, ni où il pouvait aller ensuite.

Debout près du pont, Ward examinait la maison. Le bourdonnement avait repris derrière nous parmi les arbres ; j'eus la sensation très nette que nous étions piégés. Je remarquai la soudaine absence d'oiseaux.

La maison était plus petite que celle, située plus au sud, où habitait l'oncle de Hillary, mais comme l'autre elle était posée sur des parpaings. Elle n'était pas préfabriquée – elle semblait plutôt avoir été construite en deux temps, avec deux types différents de bardeaux sur le toit. Il y avait derrière un bâtiment plus petit qui abritait le générateur.

Nous restâmes immobiles, observant la maison, et je compris soudain que Charlotte était à l'intérieur.

Ward s'engagea sur le pont et je le suivis, pensant toujours à Charlotte. Je me demandai si son apparence avait changé, à force de vivre ici. Si elle passait toujours autant de temps à examiner son visage et à surveiller sa tenue vestimentaire, maintenant qu'il n'y avait plus que Hillary Van Wetter pour les contempler. Je savais qu'il lui fallait s'occuper de son apparence. D'une certaine manière, cela la rendait encore plus séduisante.

Nous étions arrivés au milieu de la cour quand la porte s'ouvrit. Hillary apparut au-dessus de nous, nu comme un ver. Hormis une petite touffe de poils pubiens blond clair, son corps était entièrement glabre. Il paraissait plus massif qu'en prison. Ses jambes étaient aussi grosses que ma tête et curieusement disproportionnées. Trop courtes pour sa taille.

Ward fit encore un ou deux pas, puis s'arrêta. Hillary ne bougea pas. Ils se dévisagèrent, puis Hillary secoua lentement la tête.

« Et alors ? lâcha-t-il enfin.

– Je veux vous parler, répondit Ward.

– Encore la parlote. »

Mon frère hocha la tête.

« À propos de la nuit où votre oncle et vous avez volé la pelouse. »

Hillary restait immobile. Il était plus animé en prison, enchaîné à sa chaise.

« Et alors ? fit-il.

– C'était vrai ?

– Vous avez dit que c'était vrai, dit-il. C'était dans le journal que c'était vrai… »

Le silence retomba sur la clairière, à peine troublé par le bruit du générateur.

« Yardley Acheman a dit qu'il avait rencontré l'acheteur », reprit Ward.

Lentement, Hillary Van Wetter se mit à sourire.

« C'était dans le journal, répéta-t-il. Comment ça pourrait être un mensonge ? »

Il me lança un coup d'œil, puis regarda derrière moi, en direction des arbres.

« Où est l'autre ? continua-t-il.

– Il en a fini avec cette affaire », dit Ward.

Hillary sourit encore.

« Il a eu ce qu'il voulait et maintenant il est ailleurs… »

Mon frère hocha la tête et Hillary se rembrunit.

« Dis-lui une chose de ma part, tu veux bien ? Dis-lui que j'ai fait pareil. »

Là-dessus, il se retourna et rentra dans la maison.

Je restai immobile, sentant le soleil dans mon dos. Quand Hillary reparut, il portait des chaussures et un pantalon dont la ceinture n'était pas attachée. Il franchit le seuil et referma la porte derrière lui comme s'il y avait à l'intérieur un chat dont il craignait qu'il ne lui file entre les jambes.

« Dis-lui que j'ai fait pareil », répéta-t-il, tout heureux de la manière dont ces mots sonnaient.

« Je ne sais pas ce que ça veut dire », rétorqua Ward.

Hillary Van Wetter sourit.

« C'est-y pas la vérité ? » fit-il.

Puis Hillary mit les mains dans ses poches et considéra Ward comme s'il y avait chez mon frère quelque chose qui le tracassait.

« Y a autre chose ? demanda-t-il.

– La nuit où vous avez vendu la pelouse, dit Ward, comment saviez-vous où aller pour la vendre ? »

Ils échangèrent un long regard à la suite de cette question. J'écrasai un moustique dans mes cheveux qui étaient brûlants à cause du soleil.

« Personne ne vole la pelouse d'un terrain de golf sans connaître quelqu'un qui désire l'acheter », dit Ward.

Hillary Van Wetter haussa les épaules, parfaitement satisfait de sa version des faits.

« Alors, soit vous connaissiez l'acheteur à l'avance, soit cet acheteur n'a jamais existé », poursuivit Ward.

Hillary s'assit sur la marche qui menait à la porte, se pencha en avant et cracha un filet de salive entre ses pieds.

« Tu crois que t'es venu en prison avec tous tes copains et que tu m'as sauvé la vie », dit-il.

Il s'enfonça un doigt dans l'oreille et le fit pivoter avant d'en examiner le bout. Je remarquai à nouveau qu'il n'y avait pas d'oiseaux dans les arbres et je me dis que le bruit du générateur devait les tenir à l'écart. C'était peut-être aussi à cause des souches.

« Je vais te dire une bonne chose, répondit Hillary. Ce n'est pas ça du tout. » Il s'essuya le bout du doigt sur son pantalon, y laissant une tache. Voyant que je l'observais, il dit : « Je sécrète une quantité anormale de cérumen. »

Je hochai la tête sans comprendre de quoi il parlait.

« La matière jaune qu'on a dans l'oreille », expliqua-t-il en souriant, presque comme s'il m'aimait bien. « Tout compte fait, les gratte-papier savent pas tout… »

Mon frère ne semblait pas écouter.

« C'est le médecin de la prison qui m'a appris ça, dit Hillary. Mes sécrétions anormales. » Il s'interrompit un moment pour réfléchir au médecin de la prison, puis il s'adressa à moi. « Bon, y avait un gus à la recherche de sensations fortes, exactement comme vous deux… »

Il cracha encore, un jet couleur café.

« Il était là quand des jeunes nègres sont entrés par effraction pour de la morphine. »

Il sourit.

Mon frère s'assit sur une souche large d'une soixantaine de centimètres. Il ne disait rien. Il avait posé sa question et maintenant il attendait la réponse. Hillary se tourna vers lui et le sourire qui avait accompagné le souvenir des jeunes nègres tailladant le médecin disparut.

« Laisse-moi te dire autre chose que tu sais pas.

– Parlez-moi de l'homme qui a acheté la pelouse, rétorqua Ward.

– Je vais t'apprendre quelque chose de mieux », dit Hillary.

Il se pencha en avant, les coudes appuyés sur les genoux, ses mains pendant devant lui. Il portait une bague qu'il n'avait pas en prison, le genre de cadeau qu'on reçoit à la sortie du lycée.

« Vous avez sauvé personne, reprit-il. Une fois qu'un homme a vu la mort devant lui, personne peut le ramener à ce qu'il était avant. »

D'un signe de tête, il désigna la maison. « Combien d'entre vous ont baisé la dame pendant que j'étais à l'ombre ? J'ai rien vu de tout ça dans le journal, comme quoi que pendant que le *Miami Times* faisait son enquête sur le prisonnier condamné à la chaise, ils tripotaient sa fiancée en douce. »

Ward secoua la tête, apparemment prêt à nier tout en bloc, puis il se ravisa.

« Je ne m'intéresse pas aux copulations d'autrui », dit-il doucement.

Hillary ne comprit pas ce mot.

« La baise », expliquai-je en pensant qu'après *cérumen* nous étions maintenant quittes.

« Je m'occupe de mes oignons, ajouta Ward.

– Si tu t'occupais vraiment de tes oignons, tu serais pas là assis sur ma souche », fit Hillary.

Je regardai à nouveau la maisonnette en me demandant si Charlotte en sortirait. Il surprit mon regard et parut lire dans mes pensées.

« T'as le mal d'amour ? fit-il.

– Je me demandais seulement comment elle allait, rétorquai-je.

– Indisposée.

– Elle a écrit une lettre…

– Je suis au courant de ses lettres », dit Hillary. Il se tut un instant. « Je sais tout sur cette fille. »

Pendant l'accalmie qui suivit, je regardais la maison en me sentant blessé que Charlotte ne soit pas au moins sortie.

« Reviens pas ici », dit Hillary, s'adressant plutôt à mon frère qu'à moi.

Ward ne semblait pas avoir la moindre envie de partir.

« Reviens pas. »

Alors Hillary se leva lentement et retourna à l'intérieur.

Ward se releva à contrecœur et se fraya un chemin entre les souches vers les arbres sombres, trébuchant sur les racines qui dépassaient du sol. Chaque fois qu'il trébuchait, il se rattrapait de justesse et poursuivait son chemin comme s'il avait déjà oublié toutes ces racines.

Perdu, comme toujours, dans ses pensées.

Nous rentrâmes à l'hôtel au bord de la rivière et je pris une douche froide. Il faisait très chaud dehors, j'avais mis six bières dans la glacière, avec quelques sandwiches au poulet que j'avais achetés au même endroit que la bière.

Je sortis de la salle de bains et ouvris deux bières ; j'en tendis une à Ward, puis je m'allongeai sur le lit, la peau encore mouillée d'eau froide. Un peu de vent entrait par la fenêtre, suggérant une fraîcheur absente.

Ward restait debout, les yeux fixés sur la rivière. Le soleil se couchait et les arbres de la cour du motel encadraient les bateaux et les ombres allongées qu'ils jetaient sur l'eau, mais je ne crois pas que mon frère voyait cela. Je ne suis même pas sûr qu'il avait conscience de tenir une bière dans sa main. Je goûtai à la mienne, elle était froide, amère, agréable. Je devins optimiste, comme souvent lorsque j'ai encore en main ma première bière. Plus tard, après en avoir bu trop, je savais que ce ne serait plus le cas.

« Il avait raison pour Yardley et la fille ? » fit-il.

Je le sentis gêné de poser cette question.

« Si Yardley couchait avec la fille ? »

Il acquiesça, sans se retourner.

« Oui, il avait raison », dis-je.

Je le regardai un moment et compris qu'il était le seul à ne pas avoir désiré Charlotte. C'est pour ça qu'il n'avait pas remarqué ce qui s'était passé entre elle et Yardley.

« Impossible d'en être sûr », dit-il. Puis il quitta la fenêtre, prit la moitié du sandwich sur le lit et s'assit sur une table d'angle, près du téléphone. « Il a toujours été honnête. »

Je bus encore une gorgée de bière.

« Merde, répondis-je.

– Je ne parle pas de sa vie personnelle, reprit-il, je veux dire qu'il a toujours été un reporter honnête.

– Ce sont vraiment deux choses différentes ? demandai-je. Un type peut vraiment être Yardley Acheman en dehors du boulot et quelqu'un d'honnête devant sa machine à écrire…

– Les meilleurs reporters ne sont pas toujours les meilleurs êtres humains, dit-il. Ils ne laissent pas leur réelle personnalité influencer leur travail.

– Moi ce que je crois, c'est que lorsqu'on est Yardley Acheman, peu importe le genre de reporter qu'on est, on reste Yardley Acheman. »

Ward prit sa bière et but, rejetant la tête en arrière, un peu de liquide dégoulinant le long de la cicatrice et de son menton.

Quelques instants passèrent.

« Cet après-midi-là, dans le bureau, quand tu t'es battu par terre avec lui », dit-il en ressentant les effets de l'alcool, « c'était pour quoi ? »

Je finis une autre bière. J'étais persuadé à cette époque – je l'ai toujours pensé – qu'il existe des gens qu'on reconnaît intuitivement comme ses ennemis. Et le plus souvent, comme dans le cas de Yardley Acheman, ils vous reconnaissent aussi. Et même si rien n'est jamais dit ni fait, l'antipathie existe dès la première seconde où vous vous retrouvez dans la même pièce qu'eux.

« J'imagine que nous sommes des ennemis naturels », dis-je.

J'APPELAI le bureau de mon père dans la matinée, avant notre départ pour Miami. Il me fallut utiliser le téléphone de la réception de l'hôtel, car il n'y en avait pas dans les chambres. Il faisait déjà chaud. Les oiseaux piaillaient dans les arbres et la rivière était couverte de pêcheurs de perche assis dans leurs embarcations immobiles.

Je raccrochai lorsqu'il répondit.

QUAND NOUS FÛMES de retour dans le sud de la Floride, Yardley Acheman était devenu un écrivain.

Un éditeur new-yorkais lui avait proposé trente mille dollars pour développer les articles sur le comté de Moat et en faire un livre, une somme presque égale à deux ans de son salaire. J'ignore si cette offre avait aussi concerné mon frère, mais quand nous en entendîmes parler, Yardley Acheman faisait cavalier seul.

Il parla du livre à Ward, sans citer le montant de l'avance, mais je savais par un des garçons de bureau qu'il se vantait de ce montant depuis déjà plusieurs jours, allant d'un reporter à l'autre dans la salle de rédaction, adressant la parole à des gens à qui il n'avait pas parlé depuis des mois.

Il déclara à Ward que, depuis un bon moment, il se débattait avec cette conviction que les journaux étaient trop limités pour ce qu'il avait envie d'écrire.

« C'est peut-être un truc qu'il faut que j'arrive à faire sortir de moi », dit-il en parlant du livre. « Quelque chose à accomplir tout seul, tu vois. Pour découvrir si j'en suis capable. » Il s'interrompit un instant, puis reprit. « Non pas que ça signifie la fin de notre association. Nous sommes trop bons ensemble pour nous arrêter là… »

Ward approuva et écouta poliment, tandis que Yardley, désormais soulagé d'avoir averti Ward qu'il n'était pas dans le coup, pérorait sur son livre en prenant grand soin de ne pas mentionner les trente mille dollars.

Quand je sortis du bureau, Yardley évoquait toujours son sentiment d'être bridé par le cadre restreint du journalisme.

« Tu comprends ce que je veux dire, expliquait-il. La toile est trop petite… »

PENDANT LES QUELQUES MOIS suivants, Yardley fut très souvent absent du bureau. Il passait presque tout son temps à New York avec la journaliste qui travaillait pour un magazine, et qu'il finit d'ailleurs par épouser.

Sous la pression des rédacteurs en chef du *Miami Times*, Ward entreprit une enquête sur plusieurs élus du comté de Dade, rassemblant et classant des milliers de pages de documents sur l'occupation des sols, les projets d'égouts ou d'aménagement urbain. Il reconstitua la filière d'entreprises dont les fonds transitaient par des banques étrangères et retrouva leurs propriétaires à Miami.

Mais malgré les preuves de plus en plus évidentes d'abus de biens sociaux, Ward ne s'intéressait pas vraiment aux personnages de cette nouvelle enquête. Il entrait dans son bureau à sept ou huit heures du matin, en ressortait une heure plus tard en s'étirant ou pour boire un café et, une heure plus tard, lorsque je passais devant son bureau, il était toujours debout devant la fenêtre, regardant la ville.

Yardley Acheman appelait plusieurs fois par jour, de son appartement de Miami ou de celui de sa femme à New York, pour demander des informations sur Hillary ou sur Thurmond Call, qu'il avait perdues ou oubliées – tout ce qui n'avait pas été publié dans l'article du journal.

Mon frère lui répondait cordialement, accueillant avec plaisir l'occasion de reparler du comté de Moat, fournissant souvent davantage de détails que Yardley Acheman n'en réclamait.

Une fois par semaine, Yardley Acheman faisait une apparition au bureau – une sorte de présence symbolique, car il touchait toujours son salaire –, il passait quelques minutes avec Ward, puis environ une heure avec ses rédacteurs en chef qu'il informait de l'état d'avancement de l'article sur les élus du comté de Dade. Confortant ainsi cette conception de plus en plus improbable selon laquelle Ward et lui-même travaillaient toujours de concert.

Il portait maintenant des costumes luxueux, peut-être était-ce l'influence de New York, mais la grande ville ne lui avait pas fait que du bien, car son visage avait changé de couleur. Maintenant, sa peau avait pris une teinte artificielle, comme si elle était éclairée par des néons.

Le samedi, Yardley retournait toujours à New York en avion pour retrouver sa femme et ses amis. Parfois, lors de ses visites, il se plaignait des complications liées à ses aller et retour incessants. Il faisait la navette, disait-il, entre la ville la plus rapide du monde et la plus lente – un lieu où les New-Yorkais devenus trop lents pour tenir le rythme venaient prendre leur retraite.

Il parlait maintenant de Miami comme il avait autrefois parlé de Lately.

Je ne connaissais rien aux milieux littéraires de New York, bien sûr, mais il me semblait qu'ils ne formaient pas un club si fermé, puisqu'ils l'avaient accueilli dès le premier jour. Je pensais que New York était sans doute plein de gens qui ressemblaient à Yardley Acheman.

Les coups de téléphone de Yardley à mon frère se multiplièrent. Après avoir raccroché, mon frère écartait parfois le bandeau qui masquait son orbite vide et il restait longtemps assis à son bureau, la tête entre les mains, toujours obsédé par les documents liés à l'arrestation et au procès de Hillary Van Wetter.

Il oubliait de manger. Il oubliait de rentrer chez lui. Parfois, il oubliait de remettre en place son bandeau. Le spectacle de l'orbite vide et fripée évoquait d'autres visions et je détournais aussitôt les yeux quand je voyais ça, incapable d'affronter le souvenir de son passage à tabac.

TRAVAILLANT SEUL, Ward acheva l'article sur les élus du comté de Dade, qu'il écrivit lui-même. Yardley ne pensait qu'à ses aller et retour entre New York et Miami. Il rendit cinquante pages de son livre, on lui demanda de les récrire et il refusa de rédiger la moindre ligne pendant plusieurs semaines.

L'article qui, à l'insistance de Yardley, était signé de son nom ainsi que de celui de mon frère, entraîna l'inculpation de quatre élus, dont l'existence fut détruite. Pour fêter cet événement, les responsables du journal accordèrent deux semaines de congé à Ward.

Yardley aussi prit deux semaines de vacances et retourna à New York se remettre au travail sur son livre. J'appris par la suite qu'il demanda alors un rendez-vous à son éditeur, réclamant et obtenant une avance supplémentaire.

MON FRÈRE, quant à lui, retourna dans le comté de Moat. Il voulait rentrer chez lui, dit-il, pour se reposer quelques jours.

Ce qu'il signifiait par *chez lui*, je l'ignorais. Il n'avait nullement l'intention de s'installer avec mon père et son amie. Il avait déjà constaté qu'il n'était pas le bienvenu avec cette femme dans la maison.

J'appelai mon père le jour où Ward partit. Je ne lui avais pas parlé depuis des mois, depuis le jour où il nous avait demandé de frapper avant d'entrer dans la maison. Il parut fatigué quand il me répondit. Je me demandai si Ellen Guthrie l'avait maintenu éveillé jusqu'à une heure tardive.

« Jack, fit-il, heureux d'entendre ta voix. »

Puis sa propre voix se fit plus joyeuse. Il me demanda si je nageais, combien je pesais, quel genre de travail j'effectuais au journal. Il semblait craindre de ne plus rien avoir à dire, que la conversation tourne court.

Je me rendis compte que je lui pardonnais.

« Ce que je fais le mieux, répondis-je, c'est quand on me dit : "Jack, apporte-moi de la colle." Alors, j'apporte la colle. »

Je me vantais d'être le seul garçon de bureau de toute la salle de rédaction qui n'avait pas l'ambition de devenir reporter.

Il me dit qu'il avait lu l'article de Ward sur les élus du comté de Dade et qu'il voulait l'appeler pour lui dire que c'était un excellent travail journalistique.

« Le meilleur journalisme, celui qui compte, dit-il, réconforte les affligés et afflige ceux qui vivent dans le

316

confort, et puis c'est un sujet uniquement consacré aux événements locaux... »

Il se tut un moment, n'ayant plus rien à dire.

« Il n'est pas là, n'est-ce pas ?

– Ils lui ont donné deux semaines de vacances, expliquai-je.

– Bon, fit-il. Dis-lui d'appeler quand tu le verras.

– Il monte vers chez toi. »

Il y eut un blanc dans la conversation.

« À Thorn ? s'enquit-il.

– Je crois.

– En visite ? » Il était soucieux. « Il n'est pas sur une autre enquête, j'espère.

– Je ne sais pas ce qu'il fait.

– Je croyais qu'il en avait fini avec nous », dit-il pour blaguer.

Un silence s'installa entre nous pendant que mon père réfléchissait à la visite imminente de mon frère et à ses éventuelles conséquences domestiques.

« Dois-je dire à Ellen de s'attendre à sa visite ? demanda-t-il.

– Je ne crois pas. »

Je perçus du soulagement dans sa voix.

« Eh bien, nous aimerions beaucoup le voir, dit-il. Il pourrait au moins venir dîner... »

Je repensai aux repas à la maison, à la vapeur qui s'élevait au-dessus des aliments bouillis. J'avais le mal du pays.

« Comment Anita s'entend-elle avec ta compagne ? » demandai-je.

Il cala sur ma question.

« En fait, nous avons dû nous en séparer. »

Je ne bronchai pas. Anita faisait partie de la maison de mon père au même titre que les fissures du plafond.

« Tu sais ce que c'est, reprit-il, deux femmes dans la même cuisine...

317

– J'ignorais qu'Ellen s'occupait de la cuisine.

– C'est une façon de parler, dit-il.

– Anita était là depuis longtemps », constatai-je.

Il me sembla qu'il aurait dû nous avertir avant de se débarrasser d'elle.

« Je me suis occupé d'elle financièrement, précisa-t-il. Ne t'inquiète pas pour ça. » Quand il comprit que je ne répliquerais pas, il ajouta : « Elle travaillait pour nous, Jack, elle ne faisait pas partie de la famille.

– Elle faisait partie de la maison », objectai-je.

Un nouveau silence s'installa.

« Parfois le décor change, finit-il par dire. Tu le sais aussi bien que moi. »

QUATRE JOURS avant la date à laquelle Ward devait revenir, le responsable de l'édition dominicale m'aborda dans la salle de rédaction, car il était à sa recherche. Il était à la fois excité et désespéré.

« Nous avons besoin de contacter ton frère », dit-il.

Je lui répondis que Ward était dans le comté de Moat. Je triais du courrier destiné aux reporters, une tâche que j'aimais à cause de sa nature solitaire.

« Où est-il ? »

Je n'avais pas eu de ses nouvelles depuis son départ.

« Il faut absolument qu'il revienne, dit-il.

– Il sera de retour vendredi. »

Il secoua la tête, inquiet.

« Vendredi, ce sera trop tard, dit-il.

– Je ne sais pas où il est.

– Ton père le saurait ?

– J'en doute. »

Il enfonça les mains dans ses poches et secoua la tête.

« Bon Dieu, qu'est-ce que c'est que cette famille,

vous retournez au pays et vous ne vous rendez même pas visite ? »

Je me retournai vers les casiers et continuai de trier mon courrier.

« Pourrais-tu le trouver ? me demanda-t-il.

– Je peux passer quelques coups de fil…

– Il faut absolument qu'il soit au bureau demain, insista-t-il.

– Pourquoi ?

– Je ne peux pas te dire pourquoi, mais, trouve-le. »

Je lui tendis les lettres que j'avais à la main, il les regarda pendant quelques secondes avant de comprendre de quoi il s'agissait, puis les laissa tomber dans la corbeille à papier. Je retournai dans le bureau de Ward et fermai la porte derrière moi. J'appelai une demi-douzaine de motels à Lately, mais il n'était descendu dans aucun d'entre eux. J'appelai le bureau de mon père, mais il déjeunait avec Miss Guthrie.

Le responsable de l'édition dominicale passait de temps à autre devant le bureau et me regardait en attendant que je lui adresse le signe de la victoire. Mais à chaque fois, je secouais la tête.

Plus tard, quand je réussis à joindre mon père, il me dit que, selon lui, Ward avait changé d'avis et qu'il était resté à Miami.

« S'il était venu ici, je pense qu'il m'aurait appelé, dit-il d'un ton blessé.

– Il est peut-être allé ailleurs », dis-je.

On lui avait rendu son permis de conduire et il avait acheté une voiture. J'essayai de penser aux endroits où il aurait pu se rendre.

« Que se passe-t-il ?

– Je n'en sais rien, mais ils veulent le faire revenir dare-dare au bureau, expliquai-je. C'est important, mais ils ne veulent pas me dire pourquoi… »

Il réfléchit un moment.

« Ils t'ont dit quand ?

– Demain, répondis-je. Ils tiennent absolument à ce qu'il soit ici demain matin. »

Il réfléchit encore, puis, tout doucement, murmura :

« Bon Dieu…

– Quoi ?

– Il a décroché le prix Pulitzer. »

Le responsable de l'édition dominicale repassa devant la vitre. Lorsqu'il me regarda, je secouai à nouveau la tête.

YARDLEY ACHEMAN arriva de New York en avion au milieu de la nuit et fit son entrée dans la salle de rédaction le lendemain matin, dans un de ses costumes neufs. En le voyant là, trois jours avant la date prévue de son arrivée, je sus que mon père avait raison.

Le responsable de l'édition dominicale me demanda encore d'appeler les motels du comté de Moat, mais sa voix avait perdu un peu de son urgence. Il était manifestement déçu que je ne sois pas très doué pour téléphoner aux motels.

LES NOMS DES LAURÉATS apparurent sur le télex d'Associated Press vers onze heures du matin et la fête commença là, dans le bureau, par une déclaration officielle du responsable de la publication du journal, un vieillard au visage rose qui sortit de son bureau situé à l'étage supérieur pour féliciter non seulement Yardley et mon frère, mais toute la rédaction.

Le journal avait l'habitude des prix Pulitzer et son discours avait déjà servi.

Les bouteilles de champagne apparurent dès que le responsable de la publication eut rejoint son bureau, puis la fête commença dans la salle de rédaction, certains reporters buvant, d'autres répondant au téléphone, d'autres encore faisant les deux en même temps. Yardley Acheman embrassa toutes les plus jolies femmes, du moins celles qui se laissèrent embrasser.

Un télégramme arriva de Lately ; mon père y déclarait que c'était le plus beau jour de sa vie.

Plus tard dans la journée, la fête investit un bar situé de l'autre côté de la rue, puis un hôtel proche du bar.

Cet hôtel avait une piscine sur le toit. Des reporters qui ne m'avaient jusque-là jamais adressé la parole s'asseyaient près de moi, l'haleine puant le whisky, et m'avouaient leur admiration pour mon frère, même si c'était un drôle de zèbre, ajoutant qu'il était vraiment dommage que Ward ne puisse pas être là pour la fête.

Parmi la trentaine de personnes réunies autour de la piscine ce soir-là figurait une jeune reporter spécialisée dans les affaires criminelles, nommée Helen Drew. Miss Drew, qui était beaucoup trop grosse, travaillait de façon aussi obsessionnelle que mon frère, prenant même sur ses loisirs. Elle entrait parfois dans le bureau de Ward pour lui demander des conseils professionnels, car elle aussi voulait devenir une journaliste d'investigation, et elle était visiblement très impressionnée en présence de Ward. Elle ne pouvait pas s'empêcher de finir les phrases de mon frère à sa place, ni d'acquiescer frénétiquement avant même qu'il n'ait commencé à parler. Yardley Acheman refusait d'avoir le moindre rapport avec elle.

Ce soir-là, néanmoins, Yardley devint sentimental. Lorsqu'elle s'approcha de lui, il passa machinalement le bras autour des épaules de Miss Drew et elle s'appuya contre lui en souriant. On aurait dit deux vieux copains.

La peau de Helen Drew était pâle et grumeleuse.

Même avec ses lunettes, elle n'y voyait pas très clair. Son corps n'était pas tant obèse qu'épais – ce n'étaient pas seulement la taille et les épaules, mais aussi les poignets et les doigts. Ses mains ressemblaient à celles d'un gigantesque bébé.

Pour travailler, elle portait d'amples robes qui l'enveloppaient jusqu'aux pieds. En fin de soirée, elle retira ses chaussures toutes déformées et les posa près d'une chaise longue, ses lunettes glissées dans l'une d'elles, puis elle trempa un pied dans l'eau de la piscine tout en continuant à boire. Alors qu'elle se tenait ainsi en équilibre, Yardley, qui bavardait derrière elle avec une femme plus mince, renversa la tête tout à coup et heurta violemment le dos de Miss Drew, qui tomba à l'eau.

Elle paniqua, aveugle et incapable de nager, mais trouva bientôt l'échelle et se calma. Elle resta longtemps dans l'eau, le mascara dégoulinant sur ses joues, riant et papotant avec les reporters debout au bord du bassin, repoussant le plus longtemps possible le moment où il lui faudrait sortir de l'eau avec sa robe trempée, plaquée sur les bourrelets qu'elle était censée dissimuler.

Yardley ne cessait de répéter qu'il était désolé, mais il ne parvenait pas à s'excuser sans se rappeler le spectacle de cette grosse fille tombant à l'eau. Il perdait alors contenance, se mettait à rire et Miss Drew riait alors avec lui.

Elle sortit enfin du bassin, ruisselante d'eau comme un trésor immergé depuis longtemps, et s'enveloppa dans une serviette. Elle but et rit pendant une autre demi-heure, puis elle s'en alla. Elle ne se rendit à son travail ni le lendemain, ni le surlendemain.

Elle démissionna du journal un peu plus tard dans la semaine, sans même venir ranger son bureau, et se fit embaucher par le *Miami Sun*, un petit journal dont les locaux se trouvaient dans le Times Building, où on lui promit un poste de journaliste d'investigation.

MON FRÈRE RENTRA de vacances maigre comme un clou et couvert de coups de soleil, avec des piqûres d'insectes sur le visage et les bras, et la ceinture serrée au dernier cran. Son pantalon plissait à la taille.

On aurait dit qu'il n'avait rien mangé depuis son départ.

Nous allâmes dîner ensemble, mais il toucha à peine à son assiette. Il semblait absent, n'affichait aucun intérêt pour le prix qu'il venait d'obtenir et il m'écouta à peine lorsque je lui annonçai qu'Ellen Guthrie avait convaincu World War de mettre Anita Chester à la porte.

« Elle veut tout avoir, pas vrai ? » dit-il.

On aurait dit un étranger, quelqu'un regardant de loin une famille se désintégrer.

YARDLEY ACHEMAN EFFECTUA un rapide voyage à New York, où il utilisa son prix Pulitzer pour extorquer à son éditeur quelques milliers de dollars supplémentaires, puis il rentra à Miami réclamer un congé pour terminer son livre. Il fit des pieds et des mains pour rester salarié du journal pendant son absence, prétextant que le *Miami Times* reproduisait toujours sa photo en pleine page à des fins publicitaires et que les louanges qu'obtiendrait son livre rejailliraient forcément sur le *Times*. Il ajouta que le versement régulier de son salaire garantirait aussi son retour au journal dès que son manuscrit serait terminé.

Les responsables lui accordèrent son congé, mais sans solde. Il avait claironné ses exigences dans la salle de rédaction avant d'en faire part à la direction et les responsables du journal redoutaient de créer un précédent.

Il repartit pour New York la même semaine, en disant qu'il ne promettait nullement de revenir.

L<small>E RESPONSABLE DE L'ÉDITION DOMINICALE</small>, à la demande de ses supérieurs hiérarchiques, aborda mon frère quelques jours plus tard pour lui proposer de s'associer à un autre reporter. Malgré l'inculpation de plusieurs élus du comté à la suite de l'article écrit par mon frère, l'idée qu'il pouvait travailler seul ne les avait apparemment pas effleurés.

« Il faut regarder la réalité en face, dit le responsable de l'édition dominicale. Acheman ne reviendra peut-être pas. »

Mon frère refusa.

Y<small>ARDLEY</small> A<small>CHEMAN</small> se consacra à son livre et j'observai mon frère qui recherchait un nouveau sujet d'enquête, s'y investissant à fond comme lorsqu'il était en plein travail, mais il ne parvenait pas à en trouver un dont les personnages l'intéressaient. Les rédacteurs en chef avaient bien sûr des sujets à lui proposer, mais ils ressemblaient toujours beaucoup trop à ceux qu'il avait déjà traités.

Les appels téléphoniques en p.c.v. reprirent, quatre ou cinq fois par jour, et parfois en moins d'une heure. Mon frère les acceptait tous, mettant de côté son propre travail pour répondre aux questions de Yardley, sans plus avoir besoin de consulter les transcriptions et les notes du procès, même pour les détails les plus infimes.

On sentait un peu de panique dans ces appels, et la voix de Yardley, lorsque je décrochais le téléphone, avait perdu sa belle assurance. Je compris alors qu'écrire un livre n'était peut-être pas aussi plaisant que de signer le contrat pour l'écrire.

Je me souviens d'un autre appel, quelques mois plus tard, un appel vraiment différent. Mon frère se contenta d'écouter longtemps son interlocuteur, puis se mit à hocher lentement la tête.

« Je peux t'en envoyer quelques centaines », dit-il.

J'entendais la voix qui sortait du téléphone. Mon frère hocha encore la tête. Il prit un crayon et nota une adresse.

« Je les poste dès ce soir », ajouta-t-il avant de raccrocher.

Il me regarda et dit :

« Elaine's est sans doute un endroit très cher. »

Il sourit un instant, content de ce qu'il venait de dire, puis il se remit à son travail, étonné peut-être par la mesquinerie de sa remarque.

L'ARGENT FILA VITE à New York et Yardley Acheman revint au *Times*, furieux et fauché, avec dans ses bagages le livre inachevé. Sa femme resta là-bas.

Le jour même de son retour, il reçut un appel de Helen Drew. Yardley ne se souvenait pas d'elle, jusqu'au moment où elle lui rappela qu'elle était la fille tombée dans la piscine. C'est ainsi qu'elle se présenta : la fille tombée dans la piscine.

« Bien sûr, fit-il. Comment allez-vous ? »

Comme j'étais dans le bureau à ce moment-là, il me regarda et me lança un clin d'œil.

Elle lui demanda s'il avait quelques minutes à lui consacrer.

« À vrai dire, avec mon livre et le reste, je ne donne aucune interview en ce moment…

– Nous travaillons sur l'article qui a eu le Pulitzer, dit-elle, et nous avons quelques questions à vous poser.

– Nous ? fit-il. Qui est ce *nous* ?

– Mes rédacteurs en chef et moi-même…

– Alors comme ça, vous analysez mon prix Pulitzer ?

– Il y a quelques points que nous aimerions éclaircir. »

Yardley me regarda encore, mais cette fois sans m'adresser le moindre clin d'œil.

« Je n'ai pas de temps à consacrer à ces foutaises, dit-il. Je ne sais pas quel type de journalisme de merde vous pratiquez, mais je n'ai pas une minute à consacrer à ces conneries. »

Puis il raccrocha violemment et sortit du bureau d'un pas furieux. Quelques secondes plus tard, le téléphone de mon frère se mit à sonner.

MON FRÈRE eut plusieurs entretiens avec Helen Drew au cours des mois qui suivirent, malgré les objections de Yardley Acheman. Il devint évident qu'elle reprenait toute l'enquête, point par point. Pourquoi ? personne ne le savait. Elle appelait pour vérifier le détail le plus infime, refusant ou ne pouvant continuer son enquête tant que tout ne lui semblait pas clair et net. Apparemment, elle ne trouvait jamais d'emblée la bonne solution, mais elle ne manquait pas d'obstination et, finalement, un reporter n'a pas besoin d'autre chose.

Yardley Acheman se mit à penser qu'elle écrivait un livre sur le même sujet que le sien. Il était furieux que Ward accepte de lui parler et il alla s'en plaindre auprès des rédacteurs en chef. Mais Yardley les avait menacés trop souvent et ne possédait plus l'influence qu'il avait eue. Ils lui rétorquèrent qu'ils n'y pouvaient rien.

HELEN DREW ENTRA dans la salle de rédaction un jeudi après-midi. Elle portait des sandales et l'une de ses robes larges. Elle arborait aussi un badge contre la guerre du Vietnam et s'était fait faire des mèches blondes, selon la mode de cette année-là.

Difficile d'imaginer un être humain à l'aspect plus inoffensif. Ward téléphonait lorsqu'elle entra. Elle me tendit une main lourde. Elle transpirait et respirait péniblement, car elle avait gravi l'escalier depuis le rez-de-chaussée, et elle s'éventa avec l'exemplaire du journal qu'on lui avait donné à la réception. Elle pinçait sa robe çà et là pour la décoller de sa peau.

Elle regarda la pièce.

« Elle est plus grande que dans mon souvenir », dit-elle.

ELLE PASSA PRESQUE tout l'après-midi avec Ward et partit en s'excusant de l'avoir accaparé ainsi. On percevait encore dans le bureau la chaleur de son corps et son odeur de savon.

« Qu'est-ce qu'elle veut maintenant ? »

Il secoua la tête.

« Je ne sais pas très bien. Elle revient sans cesse sur notre emploi du temps, sur le fait que l'article a été écrit pendant que j'étais à l'hôpital…

– Que lui as-tu dit ?

– Je lui ai dit que Van Wetter risquait de passer à la chaise électrique et que les responsables du journal ont estimé qu'ils ne pouvaient pas attendre plus longtemps pour publier cet article… »

Il haussa les épaules, comme si c'était évident.

« Elle ferait mieux de s'adresser à Yardley Acheman, dis-je pour blaguer.

– Il croit qu'elle lui vole son bouquin, dit Ward. Il y a une sombre histoire de piscine. Il croit qu'elle le déteste parce qu'il l'a poussée dans une piscine. »

BIEN QUE TOUCHANT à nouveau son salaire, Yardley Acheman n'était jamais revenu travailler. Il n'y avait aucun moyen de le virer discrètement et le *Times* avait beaucoup trop misé sur lui pour prendre ouvertement une telle mesure.

Il travaillait sur son livre par à-coups et se plaignait à voix haute de ne pas pouvoir se concentrer, avec tous ces gens qui voulaient sa perte.

MON FRÈRE REPRIT une méthode de travail qui avait déjà fait ses preuves.

Il s'investit dans une nouvelle enquête, qui l'occupa nuit et jour, collectant les faits contradictoires et les détails d'événements remontant parfois à des années, classant toutes ces informations en vue du jour où il les reprendrait pour les agencer de façon particulière afin d'aboutir à la version de l'histoire qui serait enfin publiée. Convaincu que, cette fois, l'article correspondrait à ce qui s'était réellement passé.

Curieusement, il refusait de divulguer le contenu de son nouveau projet et ses rédacteurs en chef commencèrent à penser qu'ils avaient perdu leurs deux journalistes pour de bon : Yardley se plaignait de ce qu'ils ne comprenaient rien aux affres de l'écriture, et Ward ne leur disait pas un mot.

On ne pouvait pas les virer, bien sûr, et Yardley prenait un malin plaisir à le leur rappeler de temps à autre, claironnant parfois en pleine salle de rédaction que le journal n'avait peut-être plus les moyens de financer sa collaboration.

S'il ne m'était pas donné d'entendre ses conversations avec son éditeur new-yorkais – il avait tendance à gérer cette affaire plutôt discrètement –, un matin, je vis cependant un brouillon de lettre qui lui était destinée, oublié près de la photocopieuse du bureau (il faisait des doubles de toute sa correspondance, en prévision du jour où les étudiants en lettres s'intéresseraient à ses œuvres). Il expliquait qu'il ne pouvait continuer à travailler au journal et, en même temps, finir son livre. «Ici, les gens ne semblent même pas capables d'allumer la lumière sans moi», se plaignait-il.

Il pensait que sa femme avait un amant. Il l'appelait tous les jours pour lui faire part de l'avancement de son livre et la suppliait de venir lui rendre visite à Miami. Mais elle travaillait sur un article et elle ne pouvait pas s'absenter. Il raccrochait en jurant.

Il s'inquiétait à voix haute de son mariage et ajoutait ce nouveau souci à tous les tracas qui l'empêchaient déjà de terminer son livre. Il estimait que ses problèmes matrimoniaux lui avaient déjà fait prendre six mois de retard, un chiffre qu'il annonçait au premier venu, et même à moi.

Mais le jour où il m'en parla, il se détourna brusquement sans attendre ma réponse, comme s'il venait de comprendre que je n'étais pas en mesure de le relever de ses obligations.

Helen Drew retrouva la salle de rédaction du *Times*, accompagnée de son odeur de savon. Elle parut heureuse de me voir, comme si nous étions de vieux amis. Et peut-être étais-je ce qu'elle avait de mieux, comme vieil ami.

Elle demanda comment avançait le livre de Yardley et s'il aurait maintenant le temps de lui parler. Sa voix avait quelque chose de naïf et de doux, qui n'excluait pas un certain tranchant.

J'APPRIS LE MARIAGE de mon père avec Ellen Guthrie par un carton d'invitation que je reçus au journal. J'utilisais l'adresse du *Miami Times* pour le peu de courrier personnel que je recevais, car les lettres qu'on m'envoyait à la pension étaient déposées sur une petite table à côté de l'entrée, et examinées par les autres pensionnaires qui allaient et venaient pendant la journée. Souvent, l'un d'eux ouvrait mon courrier.

L'invitation imprimée reproduisait un petit plan de Thorn indiquant l'emplacement de l'église méthodiste et du country club où la réception aurait lieu, ainsi que le nom d'un magasin de Jacksonville où Ellen Guthrie avait déposé une liste de mariage.

Je montrai aussitôt cette invitation à mon frère, qui avait maintenant accumulé suffisamment de documents et d'informations sur son nouveau projet pour en recouvrir entièrement son bureau.

Yardley Acheman, qui se trouvait aussi dans la pièce, téléphonait à son agent new-yorkais.

« Écoutez, disait-il, j'ai besoin de six mois pour finir ce truc et il faut absolument que je rentre à New York... »

Je laissai tomber l'invitation au milieu des documents de Ward.

« Tu as reçu la même ? » lui demandai-je.

Il la regarda sans la toucher, inclinant la tête pour la

lire, puis il parut en suivre les lignes au-delà de la page, jusqu'à quelques relevés bancaires coincés sous une agrafeuse au bord de son bureau.

Yardley réclamait huit mille dollars supplémentaires.

« De mieux en mieux », ironisai-je.

Ward se tourna vers l'étagère où son courrier s'entassait. Il ne l'ouvrait plus depuis qu'il avait commencé sa nouvelle enquête. Quelques plis étaient tombés par terre.

Yardley déclarait maintenant à son agent que la trame de son livre pouvait se situer à n'importe quel moment dans le temps.

Ward tendit la main vers l'invitation que j'avais laissé tomber sur son bureau, la poussant du doigt jusqu'à ce qu'il puisse la lire sans se tordre le cou.

« Il va l'épouser », annonçai-je.

Il hocha la tête, regardant toujours l'invitation, la touchant toujours du bout du doigt.

« Elle veut le journal », ajoutai-je.

Il sourit encore, puis secoua la tête comme s'il trouvait ça peu probable.

« Si vous voulez mon manuscrit plus rapidement, alors sortez-moi de ce trou de merde et faites-moi revenir à New York pour que je puisse écrire, dit Yardley. Six mille dollars, je peux vivre avec mille dollars par mois… »

Yardley changea de position sur sa chaise pendant que son interlocuteur répondait. Il leva les yeux vers nous, puis les baissa vers la feuille de papier posée devant lui. Il y avait écrit le nombre 6 000, plusieurs fois encerclé, et maintenant il le biffait.

« Bah, fit Ward, ils semblent bien s'entendre. »

Yardley ferma les yeux tout en écoutant l'homme de New York. Mon frère semblait ne pas avoir remarqué la conversation ; il semblait à peine conscient de ma présence.

Soudain, Yardley raccrocha violemment et il resta un moment figé sur place, le souffle court. Il regarda le téléphone, puis Ward de l'autre côté de la pièce.

« Tu sais ce qu'elle fait, ta copine, Helen Drew ? dit-il. Elle enquête sur moi à New York. »

QUELQUES JOURS PLUS TARD, deux lettres arrivèrent au journal, expédiées par l'avocat de mon père, l'une à mon nom et l'autre destinée à Ward, pour nous notifier de manière formelle un changement dans la structure de l'entreprise. Mon père avait nommé Ellen Guthrie présidente, mais il avait conservé les titres de directeur de la publication et de président du conseil d'administration.

Ellen Guthrie faisait désormais partie de ce conseil. Il n'y eut pas d'explication à ces changements, ni lettre personnelle ni appel téléphonique de mon père.

Il avait tout simplement changé à nouveau les verrous.

Ward quitta le bureau après avoir ouvert cette lettre, frôlant au passage Helen Drew qui attendait Yardley Acheman à la réception. Il se rendit au bar du coin et but de la bière pendant tout l'après-midi. Je l'y retrouvai après avoir fini mon travail. Son nœud de cravate toujours impeccablement serré, il était assis dans un box, la tête reposant sur le dossier en plastique, le regard vitreux. Il n'y avait pas d'autre signe visible de son ébriété.

Je demandai une bière au barman, m'assis près de Ward et portai un toast.

« À la nouvelle Mme James », dis-je.

Il heurta doucement le goulot de sa bouteille contre la mienne et nous bûmes ensemble une gorgée.

« Cette fille du *Sun* était-elle toujours là quand tu es parti ? » demanda-t-il une ou deux bières plus tard.

« Elle attendait toujours Yardley », dis-je.

Il réfléchit un instant.

« J'aimerais bien qu'elle s'en aille, dit-il.

– Je crois qu'il y a quelque chose qui cloche chez elle, dis-je.

– J'aimerais qu'ils s'en aillent tous.

– Qui ? »

Il sourit et but sa bière.

« Tous. »

Il tendit sa bière vers la mienne et la heurta encore. Puis il éclata de rire.

J'ÉTAIS À MOITIÉ IVRE et retournais au journal lorsque je les vis, qui sortaient du parking. D'abord Helen Drew, dans une Ford, puis Yardley Acheman, dans sa Buick. À trente secondes d'intervalle. Elle tourna au coin de la rue et ralentit, le guettant dans le rétroviseur. Ensuite, quand il eut franchi le carrefour à son tour, ils disparurent ensemble dans Miami.

QUAND JE REVIS Helen Drew, il était dix heures du matin à la pension où je logeais. C'était mon jour de congé et je venais de rentrer après avoir été nager dans l'océan. Je pense qu'elle me guettait dans la rue. J'étais encore en maillot de bain lorsqu'elle frappa à la porte. Gênée, elle bafouilla en s'excusant de son intrusion.

« J'ai essayé d'appeler le journal, dit-elle, mais la femme sur qui je suis tombée a refusé de noter mon appel. »

La standardiste du journal refusait de prendre les messages destinés aux secrétaires ou aux assistants de la rédaction, convaincue qu'ils n'étaient pas de vrais professionnels et qu'ils n'avaient pas droit aux mêmes égards que les autres.

Je jetai un coup d'œil dans la chambre : il y avait des vêtements sur presque tous les sièges. Le lit était défait. Je ne me rappelais pas quand j'avais changé les draps. Helen Drew me regarda à nouveau depuis le seuil, mal à l'aise dans le couloir.

Je poussai la porte et m'effaçai pour la laisser entrer. Je jetai un coup d'œil dans le couloir et vis Bill la Grenouille fidèle au poste, tout émoustillé par ce qui se passait.

Elle s'assit sur un coin du lit. Je pris un T-shirt et l'enfilai, ce qui sembla la mettre un peu plus à l'aise. Comme j'avais encore de l'eau dans l'oreille, je penchai la tête et la frappai de la paume de la main. Elle grimaça.

« Désolée, dit-elle. Ce n'est pas dans mes habitudes. »

Je ramassai un pantalon et une chemise, les lançai dans l'armoire ouverte, puis je jetai contre le mur les chaussettes posées sur la chaise avant de m'asseoir. Mon maillot de bain était mouillé et plein de sable. Sur le mur opposé, un vieux miroir fendu me renvoyait son image et, de l'endroit où je me trouvais, je la voyais à la fois de face et de dos.

Elle ne savait apparemment pas par où commencer.

« Je ne sais pas comment aborder le sujet », finit-elle par dire.

J'attendis, pensant à l'homme posté dans le couloir et à ce qu'il m'imaginait en train de faire avec cette grosse fille dans ma chambre.

« C'est à propos de votre frère, dit-elle.

– Eh bien ?

– À propos de Daytona Beach. » Elle restait assise, parfaitement immobile, attendant. Moi aussi, j'attendais. Elle semblait malheureuse et résignée. « Une personne bien informée, reprit-elle, m'a affirmé qu'il ne s'était pas fait agresser sur la plage. »

Nouveau silence.

« Quelle importance cela a-t-il ? »

Elle restait immobile.

« Ça devient de plus en plus sordide, dit-elle.

– Quoi donc ?

– Tout. On commence avec quelque chose qu'on a envie de faire et en moins de deux on s'aperçoit qu'il s'agit de ce qu'on a toujours détesté…

– Alors ne les faites pas. »

Elle secoua la tête.

« Je ne peux plus retourner en arrière. »

Je jetai un bref coup d'œil dans le miroir, aux bourrelets de chair sous son corsage. Elle se redressa.

« Vous étiez à Daytona Beach quand c'est arrivé… »

J'attendis la suite.

« Ça ne s'est pas passé sur la plage, n'est-ce pas ?

– Qui vous a dit ça ?

– Mon informateur. »

Je ne répondis pas.

« Il ou elle m'a assuré que ça s'était produit à l'hôtel », déclara-t-elle

Je ne bronchai pas.

« Le directeur présent cette nuit-là m'a affirmé la même chose.

– Conneries », dis-je.

Elle mentait mal.

« Le problème est le suivant : si ça s'est passé à l'hôtel, pourquoi a-t-il déclaré que ça s'était passé sur la plage ?

– Le problème est : pour quelle raison Yardley

Acheman vous raconterait-il que ça ne s'est pas passé sur la plage ? »

Elle resta immobile, comme si elle avait déjà réfléchi à la question. Elle n'essaya pas de prétendre que ce n'était pas Yardley.

« Il faut que tout soit clair dans ma tête avant de pouvoir passer à autre chose, finit-elle par dire. La personne à qui j'ai parlé a raconté que votre frère avait fait venir des marins dans sa chambre dans le but d'avoir des rapports sexuels avec eux, mais qu'ils l'avaient battu et essayé de le dévaliser. »

Elle me regarda, attendant ma réponse.

« C'est arrivé sur la plage », dis-je.

Lentement, elle secoua la tête.

« Écoutez, me dit-elle, est-ce qu'on ne pourrait pas parler de la vérité ? »

Alors, sans attendre ma réponse, elle enchaîna :

« Yardley Acheman m'a confié ce qui était arrivé à Daytona et il m'a expliqué que la publication de l'article avait été avancée pour détourner l'attention. »

Elle restait là, immobile.

« Ça n'a pas de sens », objectai-je.

Elle réfléchit un moment.

« Indirectement, si… Ça explique le cafouillage avec l'entrepreneur… »

Mon maillot de bain était maintenant glacé, j'avais envie de prendre une douche, puis de marcher jusqu'au petit café cubain situé à deux rues au sud pour y prendre mon petit déjeuner en lisant les journaux.

« L'entrepreneur cité dans l'article, dit-elle. Je n'ai pas réussi à le retrouver, personne ne divulgue son nom. Votre frère était peut-être vraiment embarrassé… » Elle s'interrompit un moment pour réfléchir. « Il a peut-être perdu le nord.

– Vous voulez dire qu'il a inventé ce type de toutes pièces.

« – Pour protéger sa vie privée, dit-elle. À moins qu'il n'ait été tellement démoli qu'il ait voulu en finir avec cette histoire. »

Je restai assis en pensant à Yardley Acheman.

« Tout cela doit rester entre nous », dit-elle.

QUELQUES SECONDES plus tard, elle devint livide et elle se laissa tomber en arrière sur les coudes. Je ne bronchai pas, occupé à évaluer l'énormité du mensonge de Yardley.

« Vous auriez une orange ? » demanda-t-elle.

Elle avait les yeux grands ouverts et transpirait. J'allai ouvrir la fenêtre davantage, mais il n'y avait pas d'air même pour faire bouger les rideaux. Elle me regarda, son visage était immobile.

« Qu'est-ce qui ne va pas ? fis-je.

– Mon taux de sucre dans le sang, répondit-elle. J'ai besoin de fruits. »

Il y avait une petite épicerie non loin de la pension. La vieille femme qui y travaillait prenait aussi des paris clandestins. Je saisis les chevilles de Helen Drew afin de l'allonger sur le lit. Le poids de ses jambes me surprit et, quand je les eus soulevées, elle m'aida tout en tirant sa robe sur ses cuisses.

Je sortis d'un pas pressé et passai devant Bill la Grenouille.

« J'ai des capotes », dit-il en portant la main à sa poche.

Il me sourit, révélant sa dentition pourrie.

Je courus jusqu'à l'épicerie et achetai une demi-douzaine d'oranges, un peu de raisin, un carton de jus d'orange et un paquet de biscuits.

Lorsque je revins dans l'immeuble, Bill la Grenouille s'était rapproché de ma chambre. Il était toujours dans le couloir et regardait par la porte entrebâillée. Il s'éloigna à mon arrivée et retrouva son poste habituel.

Elle était assise, toujours très pâle, mais semblant aller mieux. Je posai mes emplettes à côté d'elle sur le lit. Elle commença par ouvrir le carton de jus d'orange, dont elle but presque la moitié du contenu, puis elle mangea tous les biscuits et quelques grains de raisin.

Son visage reprit peu à peu des couleurs et, quand elle fut remise, elle se sentit humiliée.

« Je fais un régime », expliqua-t-elle. Je regardai l'emballage des petits gâteaux sur le lit, et le carton de jus d'orange vide à présent. Les six oranges étaient là où je les avais posées, intactes. « L'idée, c'est de ne manger que du pop-corn, il paraît que vous perdez dix kilos dès le premier mois, mais j'ai sans arrêt des vertiges. »

À son tour elle regarda le lit, comme si elle venait de remarquer les traces de ce qu'elle avait mangé.

« Une infirmière m'a expliqué que c'était dû au taux de sucre dans le sang », dit-elle.

Elle se mit à nettoyer, ramassa l'emballage des biscuits qu'elle fourra dans le carton du jus d'orange.

« Je suis très embarrassée », dit-elle.

Elle se leva, se mit bien en équilibre, puis jeta le tout à la poubelle. Elle regarda autour d'elle dans la pièce, comme si elle s'apprêtait à nettoyer.

« J'ai toujours le même problème, dit-elle. En fin de compte, peu importe ce que je fais, je suis toujours la grosse fille qui tombe malade à l'école. »

Je sentis qu'elle allait pleurer et je ne savais pas quoi faire pour l'éviter. Alors elle se mit à pleurer pour de bon, ce qui redoubla sa gêne.

« Oh, merde, se lamenta-t-elle. Voilà que ça me reprend. »

Elle souriait et pleurait en même temps. Je restai assis

sans bouger en attendant qu'elle s'arrête, essayant de regarder ailleurs.

Elle marcha jusqu'à l'évier et se passa de l'eau sur le visage. Elle se retourna, ruisselante, puis s'assit lourdement sur le lit.

« Je n'ai jamais voulu causer le moindre tort à votre frère, dit-elle avant de se moucher. C'est ce salaud d'Acheman, mais maintenant tout s'est tellement mal goupillé… »

Alors quelque chose dans son désespoir éveilla ma confiance, sans doute parce que j'étais moi-même désespéré la plupart du temps.

« Je vais vous confier quelque chose, fis-je, mais ça ne doit pas être publié. »

Elle me considéra d'un air différent.

« Ça reste entre vous et moi, ajoutai-je.

– Ça ne sortira pas d'ici », promit-elle.

Je discernai une nuance de fausseté dans sa voix, mais moi non plus je ne pouvais plus retourner en arrière et, quelques instants plus tard, je lui décrivis l'aspect de la chambre d'hôtel de Ward lorsque j'y étais entré. Les marins, les policiers, les ambulanciers et Ward, complètement démoli.

« Ça n'avait rien à voir avec l'article, dis-je, rien à voir avec l'entrepreneur, sinon que Ward était parti là-bas pour essayer de le retrouver.

– C'est bien Yardley qui a affirmé avoir découvert ce type ?

– Oui, Yardley », dis-je.

Alors j'en eus assez de parler. Elle le comprit et se leva pour partir.

« Tout ça a été lamentable, dit-elle en se retournant vers le lit. Vous devez me prendre pour une folle. »

Elle ouvrit son sac et en sortit un billet de cinq dollars.

« Je vous dois combien pour les courses ? »

Nous échangeâmes un regard au-dessus de ce billet, sans savoir comment nous tirer de ce mauvais pas.

« Mettons qu'il ne s'est rien passé », dis-je.

Elle attendit encore un peu, puis posa le billet sur la chaise près du mur. Je compris alors ce que je venais de faire. Je sortis dans le couloir pour m'assurer qu'elle passait sans encombre devant Bill la Grenouille, mais il avait quitté son poste de guet, sans doute pour rapporter l'événement à la tenancière de l'établissement.

J'allai prendre mon petit déjeuner au café cubain. J'essayai de retrouver les mots exacts que j'avais dits à Helen Drew. Je me les répétais encore, et encore, parvenant chaque fois à la même conclusion terrifiante : j'avais livré Ward à l'ennemi.

L'ARTICLE PARUT le vendredi même, en première page du *Miami Sun*, sous le titre COMMENT ON OBTIENT LE PRIX PULITZER. Long d'une dizaine de feuillets, il était consacré pour moitié à un simple rappel de l'article original, la suite se divisant entre la recherche de l'entrepreneur introuvable et l'incident à l'hôtel de Daytona Beach.

En le lisant, je croyais entendre certains mots que j'avais prononcés dans ma chambre : elle avait caché un magnétophone dans son sac. Elle l'avait sans doute mis en marche lorsque j'étais sorti faire les courses. Je reconnus aussi la voix de Yardley dans son article.

Impossible de savoir, déclarait-elle, lequel des deux journalistes – mon frère ou Yardley Acheman – affirmait avoir découvert l'entrepreneur. Malgré les doutes qu'on pouvait nourrir quant à l'existence de cet homme, ni le *Times* ni les journalistes n'acceptaient de révéler son identité, s'appuyant sur le principe de l'information confidentielle.

« Ces questions en suspens, écrivait-elle, ont non seulement mis un terme à l'association des deux journalistes, mais aussi scindé le journal en deux camps opposés et entamé sa crédibilité. Néanmoins, selon un porte-parole du *Times*, il est pour l'instant exclu de renoncer au prix Pulitzer. »

QUELQUES JOURS PLUS TARD, le responsable de l'édition dominicale entra dans le bureau de mon frère, où je me trouvais seul, en train d'ouvrir et de trier le courrier de Ward.

« Il est là ? » fit-il.

Je jetai un coup d'œil autour de moi.

« Quand vient-il ? demanda-t-il.

– Il travaille chez lui pendant quelques jours », dis-je.

En réalité, il se terrait dans son appartement, sortant seulement pour acheter de la bière ou de la vodka, qu'il buvait pure avec de la glace ou mélangée avec ce qu'il trouvait dans son réfrigérateur. Il avait transporté chez lui les boîtes de dossiers du comté de Moat, dont les documents s'étalaient sur les meubles de toutes les pièces.

Ce capharnaüm m'avait stupéfié.

« Y a-t-il encore quelqu'un qui travaille dans ce bureau ? » demanda le responsable de l'édition dominicale.

Je lui répétai que Ward avait emporté sa documentation chez lui et qu'il ne quittait guère son appartement. Il réfléchit, hocha la tête, puis ajouta d'un ton désinvolte :

« Sais-tu s'il a reçu des demandes d'interviews ? À propos de l'article du *Sun* ?

– Non, je ne crois pas.

– Il ne doit parler à personne », dit-il.

Je n'avais rien à répondre. Il me demanda alors si je comptais voir Ward après le travail.

« Je n'en sais rien, dis-je.

– Surtout, dis-lui bien de ne parler à personne, insista-t-il. Nous avons pas mal d'ennuis ici et il est crucial de limiter les dégâts.

– Nous avons pas mal d'ennuis ici et il est crucial de limiter les dégâts », répétai-je.

Il me dévisagea pendant quelques instants, mais je soutins son regard.

« Tu sais, Jack, reprit-il, tu fais un peu trop le malin pour un petit gars qui est seulement ici parce que son frère est une vedette. »

L'ALCOOLISME DE MON FRÈRE me poussa à boire, moi aussi. Si nous nous étions mis à boire tous les deux, c'était peut-être à cause de l'ambiance, de l'atmosphère qui régnait dans la salle de rédaction, ou bien à cause de Miami. Je pensai que si nous faisions ça ensemble, il n'aurait pas envie d'aller traîner seul dans un bar.

Cela ne signifie pas cependant que je tenais à lui rendre visite tous les après-midi après le travail, à m'asseoir avec lui dans la pénombre de sa cuisine, devant la table couverte de ses notes sur le comté de Moat et de bacs où fondaient les glaçons, pour m'enfoncer en silence dans le brouillard avec lui.

L'alcool ne me déliait pas la langue, mais parfois, au cours de la soirée, je trouvais une ou deux choses à dire.

C'est ainsi qu'après le travail, tandis que Ward buvait chez lui, j'allais volontiers dans un bar bondé qui sentait le renfermé, situé à quelques rues du journal, Chez Johnny, il était fréquenté par bon nombre de reporters et de rédacteurs en chef qui venaient y discuter l'éthique de leur métier qui était de diffuser l'information. D'habitude, je ne participais pas à ces conversations qui se répétaient sans fin et au cours desquelles, soir après soir, les mêmes personnes faisaient les mêmes déclarations.

Mais certaines fois – et il était impossible de prévoir quand –, quelques femmes travaillant au journal se lassaient de ces radotages et le bar devenait le théâtre d'excentricités.

Le soir de Halloween, l'année précédente, par exemple, peu après mon arrivée à Miami, j'étais entré Chez Johnny et avais vu un vice-président du *Times* déguisé en diable ailé, debout près du juke-box pendant qu'une femme agenouillée déguisée en Blanche-Neige lui taillait une pipe.

Au moment de jouir, il avait refermé ses ailes pailletées sur elle et avait été parcouru d'un long frisson.

J'avais longtemps espéré assister à une scène semblable ou peut-être revivre cette soirée où une jeune journaliste avait enlevé son corsage et son soutien-gorge avant de les lancer à la tête du rédacteur en chef adjoint qui était son patron en le traitant de salopard. Le lendemain, la journaliste et son patron étaient de retour dans leurs bureaux comme si de rien n'était.

L'après-midi où le responsable de l'édition dominicale m'avait traité de petit malin, j'allai Chez Johnny, où Yardley Acheman et une demi-douzaine de journalistes occupaient déjà le box situé à côté de la porte. Soudain silencieux, ils se retournèrent pour me regarder entrer, puis, quand je m'assis au bar, ils ne cessèrent de m'épier.

Je bus plusieurs verres en me demandant ce que Yardley Acheman avait bien pu raconter sur mon frère. Johnny me servait des doubles. À un moment, je me retournai et surpris le regard scrutateur d'une femme assise à la même table.

Elle me sourit sans détourner les yeux. Je continuai de la fixer, prêt à l'attaque, puis me retournai vers le bar, les joues en feu.

Plus tard dans la soirée, la tablée se dispersa. Certains rentrèrent chez eux, d'autres allèrent dans d'autres bars ou rejoignirent d'autres tables. La femme dont j'avais croisé le regard vint s'asseoir près de moi au bar.

Elle jeta un coup d'œil par-dessus son épaule, vers l'angle du box où Yardley était maintenant tout seul.

« Quel connard prétentieux, dit-elle.

– L'écrivain… » fis-je.

Elle alluma une cigarette et posa la main sur ma cuisse.

« Tu crois qu'on va le lui laisser ?

– Laisser quoi ?

– Le Pulitzer.

– J'ignorais qu'on pouvait le reprendre », dis-je.

Elle haussa les épaules et ôta sa main de ma jambe pour boire une gorgée.

« Le journal va peut-être les obliger à le rendre, reprit-elle.

– Je ne crois pas que le journal fasse une chose pareille.

– Ça c'est déjà vu », dit-elle.

Nous restâmes un moment silencieux, puis je repris :

« Ça ne vous ennuie pas de parler tout le temps de la presse ?

– Ce que tout le monde se demande, c'est comment ton frère prend tout ça.

– Il allait très bien quand je l'ai vu pour la dernière fois, dis-je.

– Il n'a pas mis les pieds au bureau depuis l'article du *Sun*.

– Il travaille chez lui. »

Peu après, elle posa la main sur mon bras et s'approcha si près de moi que je crus qu'elle allait m'embrasser.

« Tu as entendu ce que disait Yardley ? chuchota-t-elle à mon oreille.

– À quel sujet ?

– Sur ton frère. »

Je pivotai sur mon tabouret pour le regarder, mais il fermait les yeux et avait la tête renversée en arrière, la bouche entrouverte. Dans la pénombre du bar, il semblait sourire.

Pris d'une soudaine envie de partir, je sortis un dollar de ma poche et je le glissai sous mon verre. Au moment de me lever, je sentis à nouveau sa main sur ma jambe.

« Où vas-tu ? demanda-t-elle.

– Je vais nager. »

Elle me regarda longtemps, comme pour me jauger, puis elle dit :

« Et si on allait nager ensemble ? »

LE LENDEMAIN MATIN, à peine sorti des bras de cette femme, j'allai voir Ward pour lui avouer ce qui s'était passé lors de la visite que m'avait rendue Helen Drew. Il m'accueillit en pyjama.

Il faisait très chaud chez lui, l'air empestait l'alcool qu'il exsudait et j'ouvris les fenêtres pour aérer l'appartement. Les dossiers relatifs au comté de Moat recouvraient le plancher, certains documents étaient mouillés. On ne pouvait pas faire un pas dans la pièce sans marcher dessus.

Je déplaçai une pile et m'assis sur le canapé.

« Cette fille du *Sun.* Helen Drew.

– La grosse ? » fit-il.

Quand j'acquiesçai, il prit un moment pour rassembler ses souvenirs.

« Elle paraissait gentille », dit-il enfin.

Il me sourit, comme s'il pensait à une chose que je ne comprenais pas.

« Le fait est qu'un matin, elle est venue chez moi… »

Je marquai une pause, il attendit.

« Yardley lui a dit que tu avais affirmé avoir découvert l'entrepreneur.

– Je sais, fit-il en souriant toujours. Il a déclaré la même chose aux gens d'Associated Press. Il leur a dit ça confidentiellement et ils me l'ont répété confidentiellement. Ça fait partie du jeu.

– Que veulent-ils ?

– Un autre récit. C'est tout, juste un récit. Quelqu'un l'écrit, quelqu'un le publie, quelqu'un le lit. » Il haussa les épaules. « C'est un processus anonyme.

– Non, ce n'est pas anonyme, protestai-je. Il s'agit de toi.

– Tu veux une bière ? »

Il fronça les sourcils en regardant sa montre, partit dans la cuisine et en revint avec une bière et un grand verre à moitié plein de vodka tiède.

Je bus ma bière et il but sa vodka, puis j'en pris une autre et encore une autre et au bout d'un moment je ne m'étonnai plus de voir mon frère boire le matin, tant que je buvais avec lui.

Je repensai à la femme avec qui je venais de passer la nuit et je me demandai si elle voudrait encore de moi. À mon départ, elle avait la gueule de bois et n'avait pas dit grand-chose à ce sujet.

Je vidai une autre bière et demandai à mon frère s'il avait déjà nagé la nuit. Il réfléchit à ma question, prit la bouteille de vodka – il l'avait apportée dans le salon avec l'une de mes bières – et se resservit.

« Dans le lac Okeechobee, dit-il. Tu avais quatre ans, nous faisions du camping pendant le week-end, et je suis allé nager une nuit avec maman pendant que papa et toi prépariez un feu. » Il se figea, tout à ses souvenirs. « On aurait dit l'eau d'un bain, reprit-il, et les steaks avaient le goût de l'allume-feu. »

Je me rappelais ce feu, je me rappelais vaguement ce feu.

« Ce lac, c'est de l'eau stagnante, dis-je. Je parlais de l'océan. »

Il réfléchit encore.

« Non, dit-il, pas dans l'océan. Ça ressemble à quoi ?

– Tu es complètement seul, répondis-je. Quand on nage la nuit, on ne peut pas être plus seul.

– C'est paisible ?

– Oui, dis-je. C'est paisible. »

Nous restâmes silencieux pendant une bonne minute, puis je me rappelai la raison de ma visite.

« Cette fille du *Sun*… » commençai-je.

Il me sourit et but un peu de vodka.

« Parle-moi de nager, Jack, dit-il. Raconte-moi quelque chose qui parle de nager. »

LE DIRECTEUR DE LA PUBLICATION du *Miami Times* nous réunit le vendredi après-midi. Ward, Yardley Acheman, le responsable de l'édition dominicale, le directeur de la rédaction, le directeur général et moi. Tous ceux qui, d'une manière ou d'une autre, avaient quelque chose à voir avec l'article sur le comté de Moat.

Je n'avais jamais participé à une réunion de ce genre – en fait, je n'avais jamais participé à aucune réunion – et pour moi, ce fut le signe que le journal essayait de tirer tout ça au clair. Je me préparai donc en répertoriant les dates et les circonstances des manquements de Yardley Acheman à la règle et à la déontologie journalistique.

Le bureau du directeur de la publication était plus

347

vaste que celui du directeur de la rédaction et donnait sur la baie de Biscayne, où son yacht était ancré. Nous nous installâmes dans des fauteuils en cuir, puis sa secrétaire nous apporta des cafés sur un plateau d'argent.

Quant au directeur de la publication, il s'assit d'un air décontracté sur le bord de son bureau, donnant ainsi l'impression de ne pas être différent de nous. Yardley Acheman portait un costume neuf et mon frère sentait vaguement l'alcool.

Ward revenait pour la première fois dans les locaux du journal et les journalistes lui avaient demandé de passer les voir après la réunion. Il n'avait rien promis.

« Si je vous ai réunis ici aujourd'hui, commença le directeur de la publication, c'est pour me faire une idée plus claire de ce qui s'est passé depuis la remise du prix Pulitzer à Yardley et Ward. »

Il les regarda tout en parlant, s'attardant plus longtemps sur Yardley que sur mon frère.

« S'il y a un problème, dit-il, je veux le savoir. »

Le responsable de l'édition dominicale se racla la gorge pour attirer l'attention, mais avant qu'il n'ait ouvert la bouche, Yardley prit la parole.

« Il n'y a pas de problème, R.E. », dit-il.

Dans la presse, du haut en bas de la hiérarchie, tout le monde s'appelle par son prénom, c'est une des particularités de la profession. Yardley était confortablement installé dans son fauteuil, plus décontracté que tous les autres, sauf peut-être le directeur de la publication lui-même.

« Il s'agit seulement de quelques broutilles, voilà tout. »

Le directeur de la publication se tourna vers son rédacteur en chef, pour voir s'il partageait ce point de vue. Ce dernier examina attentivement ses phalanges, puis ses ongles. Il avait beaucoup à perdre, et peu d'endroits où se reclasser s'il perdait sa place.

« C'est le genre de chose qui arrive de temps à autre quand on remporte trop de prix Pulitzer, reprit Yardley comme s'il avait déjà vécu ce genre d'expérience fâcheuse. Quelqu'un vous prend en grippe et relève toutes les menues contradictions inévitables dans une enquête de cette ampleur. »

Le directeur de la publication réfléchit quelques secondes, puis hocha la tête et regarda à nouveau son rédacteur en chef.

« Pareille chose nous est-elle déjà arrivée, Bill ? demanda-t-il.

– Il y a toujours quelques grincements de dents, dit le rédacteur en chef d'une voix plate, mais si je me souviens bien, c'est la première fois que le grand public en est informé.

– Pour autant qu'on considère le *Miami Sun* comme un journal grand public », intervint le responsable de l'édition dominicale.

Des sourires polis s'affichèrent sur tous les visages. Le *Miami Sun* avait une toute petite diffusion et se trouvait au bord de la faillite.

« Ce ne sont donc que des broutilles, répéta le directeur général.

– Les petits tracas habituels », renchérit le responsable de l'édition dominicale.

Le directeur de la publication hocha la tête, mais il ne semblait pas disposé à s'en tenir là. Son regard vint se poser sur moi. De toute évidence, il ne savait ni qui j'étais ni ce que je faisais dans cette réunion. Ensuite, il regarda Ward.

« Vous êtes d'accord, Ward ? demanda-t-il.

– D'accord avec quoi ?

– Que ce ne sont que des broutilles, répéta le directeur de la publication. Rien d'extraordinaire…

– Pour moi, cela sort de l'ordinaire », dit Ward.

De l'autre côté de la table, Yardley Acheman sourit encore, mais cette fois d'un air crispé.

« Il faut que vous compreniez quelque chose, dit-il. Cet article n'a pas été écrit dans des conditions idéales. Beaucoup de facteurs jouaient contre nous… »

Le directeur de la publication le regarda et attendit.

« Ward était à l'hôpital, injoignable, j'ai dû tout rédiger à partir de ses notes… »

Le directeur de la publication attendait toujours, mais Yardley Acheman n'avait plus rien à dire.

« Et cet entrepreneur ? » s'enquit le directeur de la publication.

Yardley entama à son tour un examen minutieux du dos de ses mains.

« Des broutilles, dit-il enfin. Ce ne sont que des broutilles.

— Quelqu'un a bien parlé à cet entrepreneur, insista le directeur de la publication.

— Absolument, dit Yardley.

— Et cet homme a bien tenu les propos que notre journal lui prête ?

— Absolument, répéta Yardley, mot pour mot.

— Et maintenant, il a disparu. »

Mon frère regarda Yardley avec davantage d'intérêt, curieux de connaître sa réponse.

« Apparemment, dit Yardley. J'ai essayé de le joindre au téléphone, mais son numéro n'est plus attribué. »

Le directeur général prit sur son bureau un exemplaire du *Sun* et le regarda rapidement.

« Le *Sun* prétend qu'il n'existe pas.

— Il existe, ne vous inquiétez pas pour ça, dit Yardley. Le problème, c'est que j'ai donné ma parole de ne révéler son nom à personne. Tel est le marché que nous avons conclu et nous sommes tenus par ma promesse. C'est là tout le problème.

— Pourrait-on retrouver cet homme ? »

Yardley Acheman secoua la tête.

« Je ne sais pas, répondit-il. Et même si nous le retrouvions, il ne nous laisserait pas divulguer son nom. Il avait peur… il avait peut-être des problèmes de permis de construire… »

Il se tut et toute la pièce fit silence avec lui. Alors le directeur de la publication hocha la tête, comme si tout cela allait de soi.

« Le journal défend son article, Bill ? demanda-t-il enfin.

– Le journal le soutient à cent pour cent, répondit le rédacteur en chef comme s'il récitait une réplique tirée d'une pièce connue. Si nous avons fait une erreur, nous la reconnaîtrons volontiers. Telle a toujours été et telle sera toujours notre politique.

– Pour autant que nous puissions en juger, il n'y a rien à reconnaître…

– Le journal soutient l'article », répéta le rédacteur en chef.

Le directeur de la publication hocha la tête d'un air soulagé.

Ce sentiment parut se propager dans la pièce et tout le monde se détendit.

« Merci, messieurs », dit le directeur de la publication.

Nous nous levâmes tous pour partir. Mais avant que nous ayons atteint la porte, le directeur de la publication s'adressa de nouveau au rédacteur en chef :

« Vous savez, Bill, dit-il, ce ne serait peut-être pas une mauvaise idée d'adopter un profil bas pour ne pas nous attirer d'autres questions de la part des organes de presse. »

Le responsable de la rédaction acquiesça, mais ne répondit pas. Cette idée ne lui plaisait pas beaucoup – après tout, son travail consistait essentiellement à poser des questions et à répondre à d'autres questions –, mais il dirigeait un grand journal et s'était déjà retrouvé dans des situations tout aussi délicates.

« Nous avons déjà pris toutes les dispositions », dit le responsable de l'édition dominicale.

Le directeur de la publication réfléchit et sourit.

« Pourquoi ne pas mettre en veilleuse toute cette affaire en espérant que ça se tasse ? »

MAIS LOIN DE SE TASSER, l'affaire prit une dimension nationale. L'entrepreneur fantôme devint le sujet d'articles publiés dans des villes où aucun lecteur n'avait jamais entendu parler de Hillary Van Wetter ni du comté de Moat.

Les journalistes se passionnent pour les prix, et surtout pour les Pulitzer, au même titre que pour le championnat de base-ball, les catastrophes naturelles ou les élections nationales. La plupart du temps un journal n'aborde le sujet que lorsqu'un de ses journalistes a remporté un prix. Mais l'éventualité d'un Pulitzer bidonné déclenche des tempêtes dans les salles de rédaction.

Le bureau de mon frère recevait une douzaine d'appels par jour de journalistes désireux de s'entretenir de l'entrepreneur fantôme avec lui. Je répondais la plupart du temps, car Yardley et mon frère avaient de nouveau déserté les lieux. Je racontais que j'ignorais la date de leur retour, puis je transmettais leurs questions au directeur de la publication.

Certains de ces journalistes m'interrogeaient sur mes impressions, me demandaient quelle était l'ambiance au *Times*, si l'affaire affectait le moral. Toutes mes confidences resteraient bien entendu confidentielles, disaient-ils. Ils ne savaient absolument pas qui j'étais ni ce que je faisais.

Le plus obstiné d'entre eux était un reporter de *Newsweek*, un magazine dont l'intérêt pour le fameux article se trouvait renforcé par la déclaration du *Time* l'année précédente, qualifiant Yardley Acheman de parfait exemple du nouveau journalisme américain.

Ce reporter voulait obtenir le numéro de téléphone de Yardley Acheman et je lui avais déjà répondu une bonne demi-douzaine de fois.

« Écoutez, me dit-il. Laissez-moi vous dire exactement ce que je pense. Pour moi, cette affaire c'est un tas de foutaises.

– Quelle affaire ?

– Toute l'affaire. J'ai seulement besoin de bavarder cinq minutes avec Yardley Acheman, de lui poser deux ou trois questions et vous n'entendrez plus jamais parler de moi. »

Je fermai les yeux et imaginai l'homme à l'autre bout du fil : beau et sûr de lui, il ressemblait beaucoup à Yardley Acheman.

« Vous voulez l'interroger sur l'entrepreneur, dis-je.

– Juste pour m'assurer que j'ai bien compris ses explications. Le gars qui était à l'hôpital a pris un coup sur la tronche et ne pouvait plus se rappeler comment contacter cet entrepreneur.

– Où avez-vous entendu dire ça ? demandai-je.

– C'est dans les journaux, répondit le reporter. Je veux juste vérifier l'info. »

Comme je me taisais, il reprit :

« Alors, ça ne s'est pas passé comme ça ?

– Non, dis-je.

– Vous affirmez donc…

– Le journaliste hospitalisé, dis-je, n'est pas celui qui a oublié comment contacter l'entrepreneur. Il n'a jamais rencontré cet entrepreneur. »

L'homme restait maintenant silencieux à l'autre bout de la ligne.

« Ça ne colle pas, dit-il enfin. C'est l'autre journaliste qui devient amnésique parce que son pote prend un coup sur la tronche ?

– Laissez-moi vous trouver son numéro, dis-je.

– Vous inquiétez pas. Personne saura comment je l'ai obtenu. »

Je lui donnai le numéro de téléphone de Yardley Acheman, puis raccrochai.

J'ALLAI VOIR WARD après le travail. Il buvait toujours, se traînant de la cuisine au salon, relisant les notes du comté de Moat. Ces documents étaient toujours étalés dans toutes les pièces de l'appartement et, lorsqu'il entrait d'un air absent dans la cuisine, il ramassait une page ou deux et se mettait à les lire, oubliant momentanément ce qu'il était venu chercher. Il connaissait désormais si bien les transcriptions et les notes qu'en ramassant n'importe quelle feuille de papier il savait aussitôt où la reclasser parmi les milliers d'autres feuilles qui jonchaient le plancher. Il l'étudiait un instant, puis la reposait soigneusement par terre à l'endroit où il l'avait trouvée, et poursuivait son chemin vers le réfrigérateur.

Curieusement, il était à présent désorienté par ces documents. Il avait beau connaître leur contenu par cœur, ils avaient à présent perdu toute signification.

« Un type de *Newsweek* a appelé aujourd'hui, dit-il dès que nous fûmes de retour au salon. Il voulait des renseignements sur mon amnésie. »

Je sirotais ma bière, qui me parut à la fois amère et éventée, puis je frissonnai de la tête aux pieds. Je posai la bouteille sur la table et regardai mon frère boire sa vodka.

« Que lui as-tu répondu ? dis-je.

– Je lui ai répondu que j'y réfléchissais. »

Il m'adressa ce sourire insouciant que je lui connaissais seulement lorsqu'il avait bu, puis versa encore un doigt d'alcool dans son verre. Je goûtais de nouveau à ma bière, car je ne voulais pas qu'il boive seul.

« Sur quoi travailles-tu ? » dis-je.

Il souriait toujours.

« Sur l'amnésie, répondit-il. Je crois que c'est la bonne réponse.

– Bien. La rédaction en chef veut savoir quand tu penses avoir fini. »

Le sourire quitta son visage et il me répondit :

« C'est ça qui fait le charme de l'amnésie, Jack : tu ne sais pas quand tu auras fini, car tu ne peux pas te souvenir.

– C'est ce que tu as dit au type de *Newsweek* ? »

Il secoua la tête.

« Je n'y ai pas pensé sur le moment. Je regrette de ne pas y avoir pensé… » Il me regarda différemment. « A ton avis, comment World War réagit-il à tout ça ? »

Je secouai la tête à mon tour.

« Je n'ai aucune nouvelle de lui.

– Tu crois que c'est toujours le plus beau jour de sa vie ? »

Je bus encore une gorgée de bière.

« Alors, que lui as-tu dit ? Au type de *Newsweek* ? »

Ward secoua encore la tête.

« Je lui ai dit : "Pas de commentaires." » Il sourit à nouveau. « Tu sais, c'est vrai. Le fin mot de l'affaire, c'est *Pas de commentaires*. J'ai vingt-neuf ans et jusqu'à présent je n'ai jamais fait le moindre commentaire. » Il se mit à rire et prononça avec difficulté cette dernière phrase : « Je parviens pas à trouver les mots pour dire les choses. »

J'attendis qu'il ait fini de rire, puis je lui dis que nous devrions manger quelque chose.

Ward se servit un autre verre et l'emporta dans la salle de bains. Quelques instants plus tard, j'entendis le bruit de la douche et je m'installai dans un fauteuil. Il y avait des feuilles de papier sous mes pieds et j'en ramassai quelques-unes. Deux pages de requêtes d'audiences préliminaires, puis une page extraite de la première lettre de Charlotte Bless à mon frère, où elle le suppliait de sauver son fiancé. L'écriture, très ronde, ressemblait à celle d'une écolière. Je comptai onze fois le mot *innocent* sur cette seule page.

Je reposai tous ces papiers par terre en pensant à Charlotte et à Hillary. Elle avait peur de lui à présent sinon, elle serait sortie de la maison. Elle n'avait jamais eu peur jusque-là, elle n'aurait pas su quelle contenance adopter.

La douche coulait depuis longtemps. Je finis ma bière et allai en chercher une autre à la cuisine. Le réfrigérateur ne contenait rien en dehors de la bière et d'un bout de fromage orange, tout sec et craquelé. Il n'y avait pas d'assiette dans l'évier, pas de couverts. Rien qui signalerait que cet endroit aurait servi à autre chose qu'à archiver les documents sur le comté de Moat.

Je pris une bière et retournai au salon. La douche coulait toujours. Je me surpris à l'écouter plus attentivement et je remarquai alors une certaine monotonie dans son rythme, comme si l'eau frappait régulièrement le fond de la baignoire sans que rien ne vienne briser le jet.

Je criai le nom de mon frère, puis je me levai, m'approchai de la porte de la salle de bains et l'appelai à nouveau. Pas de réponse. La porte était fissurée et la vapeur s'amassait le long de la fente comme pour la colmater. Je poussai la porte et passai la tête dans la salle de bains.

Ward était assis sur le siège des toilettes. Il tenait toujours son verre à la main et regardait fixement la douche. Ses vêtements traînaient par terre, à côté d'autres documents relatifs au comté de Moat. Il tourna la tête et me fit un signe lorsque j'entrai, comme si je venais de pénétrer dans son bureau.

Je regardai moi aussi la douche. Nous l'avons observée longtemps, cette douche, puis je me suis tourné vers Ward. Un gros hématome noirâtre recouvrait toute sa cuisse et il avait d'autres marques similaires sur le buste. On distinguait ses côtes sous la peau, parfaitement modelées.

Il ne devait pas peser plus de soixante-cinq kilos. Il me regarda, sourit, puis but les dernières gouttes de vodka qui restaient dans son verre. Je regardai à nouveau la douche.

« D'habitude on fait couler l'eau quand on est sous la douche », dis-je.

Alors il se leva, nu et très digne, il me tendit son verre et monta dans la baignoire.

NOUS SOMMES ALLÉS dans un restaurant que je ne connaissais pas, un endroit qu'il avait repéré quand nous étions passés devant en voiture. C'était le genre d'établissement avec nappes et vins à la carte, mais je ne pensais pas à l'argent que ça allait nous coûter. Il commanda une bouteille de vin à trente dollars et une salade. Ce jour-là, il avait déjà bu une demi-bouteille de vodka, mais ça ne se voyait pas.

Il était assis très droit, il parlait en articulant de façon précise et d'une voix douce.

« Tu fais un régime ? » lui demandai-je.

Il me regarda sans comprendre.

« Tu prends seulement une salade ? »

Il réfléchit un instant, se souvint enfin, puis hocha la tête. Il avait bien commandé une salade.

« Tu perds du poids », lui dis-je.

Il baissa les yeux vers son corps, puis perdit le fil de ses pensées ou bien décida que c'était sans importance.

« Tu as des nouvelles de World War ? » fit-il.

Je lui répondis qu'il m'avait déjà posé cette question.

« Je parlais du mariage, précisa-t-il.

– Pas un mot, répondis-je. Juste l'invitation. »

Le serveur apporta la bouteille commandée par Ward, la déboucha et la posa sur la table. Il versa un peu de vin dans mon verre pour que je le goûte. Ward me regarda savourer cette première gorgée comme s'il attendait mon opinion, puis il leva son verre tandis que le serveur le remplissait.

« Tu crois qu'il va le faire ? dis-je.

– World War ? Bien sûr. »

Ward avait raison. Mon père allait toujours au bout des choses sans doute à cause de la nature même de son boulot. Quelque chose bouge et attire l'attention, cela suffit. Dès le lendemain, on l'intègre à l'histoire chaotique de l'endroit et de l'époque où elle a eu lieu.

Les gens prudents n'ont pas la prétention d'écrire l'histoire au jour le jour. Ils sont conscients des dégâts qu'une erreur peut entraîner. Mon père, quant à lui, croyait qu'on pouvait toujours rectifier une erreur dans l'édition suivante.

Ward vida son verre. Le vin descendait directement dans sa gorge, comme de l'eau, comme s'il n'avait pas le moindre goût.

« Tu crois que je devrais y aller ? demanda-t-il enfin.

– Pourquoi pas ? »

Je n'avais jamais envisagé jusque-là que nous n'irions pas ensemble à Thorn pour assister à une telle erreur.

Il regarda son verre de vin et dit :

« Il est sans doute gêné par ce qui s'est passé… » Il réfléchit à ce qu'il venait de dire. « Elle n'aime pas nous voir dans le secteur, je ne voudrais surtout pas lui gâcher cette journée.

– Nous faisons partie de la famille de World War », répliquai-je en me versant un nouveau verre de vin.

Le deuxième était meilleur que le premier et c'est peut-être là toute la différence entre une bouteille de vin à trente dollars et le vin de table acheté chez l'épicier du coin.

« Nous étions là avant Ellen Guthrie, repris-je, et nous serons encore là après son départ. »

Il hocha la tête, indiquant ainsi qu'il prenait note de ce que je venais de dire et non pour me signifier son accord. Une belle jeune femme traversa la salle de restaurant, passa près de notre table, sa jupe frôlant mon épaule. J'étais plein de désirs et c'était le seul auquel je pouvais donner un nom.

« Tu devrais manger quelque chose », dis-je.

Il planta un morceau de laitue sur sa fourchette et le porta à sa bouche. Il préférait de toute évidence le goût du vin.

« Tu es trop maigre », repris-je. Je me penchai au-dessus de la table et parlai plus doucement. « Tu donnes aussi l'impression d'avoir passé un sale quart d'heure. »

Il ne comprit pas.

« Le bleu sur ta cuisse, les éraflures sur ta poitrine et tes bras… »

Il réfléchit un moment et dit :

« Je ne sais pas d'où ça vient.

– Tu es sans doute tombé.

– C'est possible. »

Ward regarda son verre de vin.

« Tu vas nager ce soir ? » me demanda-t-il.

Par la fenêtre je regardai la rue et vis un chapeau de femme rouler sur le trottoir. Il faisait frais ce soir-là, le ciel était nuageux et le vent avait forci au cours de la journée. Loin d'ici, une tempête se préparait sur l'Atlantique.

« Il y a trop de vent, dis-je. Il faut que la mer soit calme, sinon tu luttes en permanence.

– Tu es dans l'eau. Comment peux-tu sentir le vent si tu es dans l'eau ?

– Tu le sens, dis-je. Mais quand tout est tranquille, tu n'as pas à résister. Les nuits calmes, tu ne fais qu'un avec l'océan. »

CE WEEK-END-LÀ, nous partîmes en voiture vers le comté de Moat, quittant Miami à dix heures du matin, tous deux affligés d'une gueule de bois carabinée et d'un moral en berne. La voiture empestait le vin et la pluie inondait le pare-brise, avant d'être remplacée par la brume. Une seule fois, à l'entrée de Fort Lauderdale, nous vîmes le soleil. Ensuite, toutes les fenêtres s'embuèrent et je dus les essuyer avec ma paume pour y voir clair.

Immobile à côté de moi, Ward ne fit pas un geste pour nettoyer le pare-brise devant lui, comme s'il se désintéressait entièrement du monde extérieur. Il avait quitté son appartement à contrecœur. L'article de Helen Drew sur le prix Pulitzer était presque oublié, car on finit toujours par oublier les articles des journaux, dès qu'il n'y a plus rien pour les alimenter, mais mon frère y pensait toujours.

Il y pensait de plus en plus, au contraire, car il n'avait aucune nouvelle de World War.

« En ce moment, dit-il, j'aimerais bien ne pas avoir cette épée de Damoclès au-dessus de ma tête.

– Ce n'est pas aussi grave que tu le crois. Les habitants du comté de Moat se fichent des journaux de Miami et des prix Pulitzer… »

Mes paroles ne le réconfortèrent pas. Pendant quelques minutes, nous avons écouté le bruit des pneus et de la pluie, puis j'ai mis la radio et entendu aux nouvelles que l'ouragan se dirigeait maintenant vers l'est et les Keys, avec des vents soufflant à cent soixante kilomètres à l'heure.

« On devrait s'arrêter pour acheter quelque chose à boire », dit-il un peu plus tard.

Je me garai devant un petit supermarché pour acheter un pack de bières glacées, que nous bûmes en roulant sur la U.S. 1, et bientôt la bière nous remonta le moral. Lorsque nous eûmes vidé les six boîtes, je m'arrêtai sur le bas-côté de la route et nous sortîmes sous une pluie battante pour pisser contre les pneus. Debout de part et d'autre de la voiture, nous nous regardions par dessus le capot. Ward avait les cheveux collés contre son front pâle et il devait crier pour que je l'entende malgré le vent.

« Dommage qu'ils ne puissent pas nous prendre en photo pour l'album du mariage. »

La pluie semblait nous laver.

« CE NE SERA PEUT-ÊTRE pas si terrible », dis-je.

Nous roulions à nouveau.

Ward haussa les épaules, comme si c'était sans importance.

« On devrait refaire le plein de bière », dit-il.

Il n'y avait que quelques voitures sur la route. Celles que nous croisions avaient les phares allumés à cause de la pluie, et la tempête en avait l'air encore plus violente.

Nous cherchions un magasin ouvert, mais ils semblaient tous fermés. Le ciel s'assombrit et nous eûmes, cet après-midi-là, l'impression d'être les deux seules âmes de tout l'État égarées loin de leur foyer.

LE MARIAGE DE MON PÈRE et d'Ellen Guthrie se déroula comme prévu le lendemain, malgré l'ouragan Sylvia qui avait finalement bifurqué vers l'ouest pour pénétrer dans le golfe du Mexique et frapper la Floride juste en dessous de la plage de Bradenton, avant de remonter vers le nord et de se dissiper.

La cérémonie eut lieu dans l'église méthodiste de Thorn, sous une pluie qui crépitait si fort contre le toit et les vitraux que j'entendis à peine ce qui se disait. Il y avait environ une centaine d'invités assis sur les bancs derrière moi, pour la plupart des amis de mon père. J'eus l'impression qu'Ellen Guthrie n'avait pas d'amis dans le comté de Moat.

L'ancienne rédactrice en chef de mon père était là, portant une robe qui tombait à mi-mollets. Elle se tenait très droite, résolue et loyale, attendant sans doute le jour où ce mariage capoterait. Mais mon père goûtait à nouveau le charme d'une femme aux jambes minces et il n'était pas prêt à y renoncer.

Il portait un costume clair avec une cravate blanche et Ellen Guthrie était vêtue de blanc. Je ne connais pas grand-chose aux robes de mariée, je peux seulement dire qu'il ne s'agissait pas de celles qui ont une traîne.

Trempés jusqu'aux os, Ward et moi avons pris place au premier rang, alors que les éclairs et le tonnerre faisaient trembler les fenêtres et que la pluie tombait si fort qu'il semblait tout à fait possible qu'elle fasse s'écrouler le vieux bâtiment. L'organiste était nerveuse ; chaque fois que le vent hurlait, elle rentrait la tête entre les épaulettes de son corsage.

Une homme de l'âge de mon père accorda Ellen Guthrie en mariage à World War. Quelque chose dans son expression révélait qu'il faisait contre mauvaise fortune bon cœur.

Le témoin de mon père était un ancien rédacteur en chef de l'*Atlanta Constitution*.

Tous les invités du mariage étaient trempés, sauf Ellen Guthrie qui avait réussi à traverser l'ouragan Sylvia pour se présenter sans une goutte de pluie devant l'autel. C'était, bien sûr, une femme de caractère.

Après la cérémonie, tout le monde courut vers les limousines que mon père avait louées pour l'occasion et qui devaient nous conduire au country club où la réception devait avoir lieu. Ward et moi partageâmes une voiture avec l'homme qui venait de donner la main d'Ellen à mon père et qui était aussi sinistre que le temps.

Il se présenta comme le père de l'heureuse élue avant de se tourner d'un air lugubre vers la fenêtre pour regarder Thorn. Le vent faisait tanguer la voiture et la pluie s'infiltrait par les fenêtres.

« Je suppose qu'elle sait ce qu'elle fait, dit-il, mais c'est toujours une épreuve pour un père, que de renoncer à sa chère petite fille.

– Essayez d'imaginer ce que nous ressentons », rétorquai-je.

Mais ce n'était guère le moment de plaisanter.

AU CLUB, il y avait un grand seau à champagne où flottaient des fleurs, et je m'installai à côté avec la ferme intention de rester là pour la durée de la réception, afin de boire tout le champagne et peut-être de manger les fleurs. Ward était à un autre bout de la salle, coincé par les amis journalistes de mon père, qui évoquaient avec solennité les difficultés rencontrées lors de leurs débuts.

Mon père, rasé de frais, sentait l'eau de Cologne, et son attention papillonnait entre sa nouvelle épouse, ses amis, l'orchestre, le temps exécrable – incapable de se fixer plus de quelques secondes. Il buvait autant de champagne que moi, bien qu'il dût se contenter des verres que lui proposaient les serveurs qui sillonnaient la salle un plateau d'argent à la main. Il serrait beaucoup de gens dans ses bras. À un moment, il embrassa Ellen Guthrie alors qu'il avait la bouche pleine de gâteau.

Et l'ouragan allait son chemin.

« C'est le plus beau jour de ma vie », déclara-t-il en portant l'un des innombrables toasts.

Il leva encore son verre :

« À ma femme, à mes amis, mes chers vieux amis, à mes fils… » Il chercha ses fils du regard, trouva Ward et le serra dans ses bras, puis il l'écarta en demandant : « Où est Jack ? » Mais avant que je n'aie eu le temps de m'approcher il se retrouva en face de son épouse, et il la serra dans ses bras à ma place.

Le sourire d'Ellen Guthrie semblait désormais un peu factice, mais la tempête ne faiblissait pas et le repas attendait en cuisine. Je m'emparai d'un plateau de hors-d'œuvres que promenait un serveur et le dévorai.

L'avocat Weldon Pine passa près de moi en souriant. Je ne le reconnus pas immédiatement, car il avait manifestement été malade et avait fondu de moitié depuis que nous lui avions rendu visite dans son bureau. Quand je lui retournai son sourire, des miettes s'échappèrent de ma bouche. Il marchait maintenant avec une canne et m'adressa un hochement de tête, mais il me fut impossible de savoir s'il se souvenait vraiment de moi.

Ivre et affamé, un verre de champagne dans chaque main, je pénétrai dans la cuisine pour trouver quelque chose à manger. Je poussai les portes battantes à reculons et la chaleur me tomba dessus – il y faisait au moins trente degrés, alors que la salle de réception était presque fraîche –, je restai là un moment à regarder la demi-douzaine d'employés qui s'activaient à la préparation du dîner.

Deux cuisinières arrosaient de sauce un sanglier.

C'étaient des femmes noires en tablier blanc et coiffées de toque de chef. À cause de leur costume, je mis un moment à m'apercevoir que l'une d'elles était Anita Chester. Levant les yeux au-dessus du sanglier, elle me vit dans la cuisine, un verre dans chaque main. Son regard s'attarda un instant sur moi, puis retourna vers la bête, sans manifester le moindre signe de reconnaissance.

J'arborai alors le genre de sourire que j'ai seulement lorsque je bois et contournai les autres employés pour m'approcher d'elle. Elle me regarda encore, brièvement, et un instant plus tard je sentis son odeur familière et propre, comme celle des chemises qui sortent de la blanchisserie. Je restai debout près d'elle tandis qu'elle s'occupait du sanglier, prenant la sauce dans une louche avant d'en arroser l'animal. Les lumières du plafond qui se reflétaient alors sur sa gueule dégoulinante semblaient l'animer.

« Vous ratez la fête, dit-elle.

– Je vous ai apporté un peu de champagne, rétorquai-je en lui tendant un verre.

– Merci », fit-elle.

Elle posa le verre sur la table à côté du four, puis lança un bref coup d'œil à l'autre bout de la cuisine, où un Blanc au cou et aux bras couverts de poils noirs supervisait les opérations.

Il avait à la main une cuillère à long manche avec laquelle il goûtait la soupe et nous lança un regard furieux, me considérant sans doute comme un gêneur. Lorsque je lui souris, il retourna à sa soupe, puis se retourna quelques secondes plus tard pour vérifier si j'étais toujours dans sa cuisine.

« Comment allez-vous ? » demandai-je.

Elle finit d'arroser le sanglier avec la sauce, posa sa louche et remit l'animal à cuire. Quand elle referma la porte du four, je remarquai la sueur qui perlait à la racine de ses cheveux. Elle s'essuya les mains sur son tablier, puis alla surveiller la cuisson des tartes dans un autre four. Je la suivis, heureux d'être à nouveau en sa présence.

« Vous travaillez ici, maintenant ? » dis-je.

Elle se pencha vers les tartes, accordant une attention particulière à celles situées tout au fond du four.

« Oui, répondit-elle, à condition que vous ne me fassiez pas virer. »

Je regardai encore l'homme blanc aux bras poilus, puis je souris à Anita Chester pour lui faire comprendre qu'il n'y avait rien à craindre. Elle referma la porte du four et se releva en s'essuyant les mains sur un torchon.

« Ward est là », dis-je.

Elle hocha la tête comme pour dire que ce n'était pas tout à fait une surprise, puis elle me regarda droit dans les yeux.

« Il faut que vous sortiez de la cuisine, dit-elle.

– Venez donc dire bonjour à Ward, répliquai-je. Lui et moi, nous parlons souvent de vous à Miami.

– Ce n'est pas le moment.

– Je vais parler à votre patron, proposai-je. Je vais lui dire que vous êtes une amie de la famille…

– Ne faites pas ça », protesta-t-elle.

Et lorsque je lui souris à nouveau, elle reprit :

« Je ne suis pas une amie de votre famille, Jack. Autrefois, je me contentais de faire la cuisine et le ménage. Aujourd'hui, je fais autre chose et quand ils n'auront plus besoin de moi ici, je ferai encore autre chose.

– Vous faites partie de la famille », insistai-je avant de finir le verre que je tenais à la main. Sans plus rien à boire, je me sentis soudain mal à l'aise. « Ce n'est pas mon père, dis-je. Ce n'est pas lui qui vous a virée… »

Elle passa à nouveau devant moi pour retourner vers le four où cuisait le sanglier. Je remarquai que d'autres employés nous observaient maintenant. Je devinai la gêne que je lui avais causée, et c'est pourquoi, sans doute, je ne pouvais pas en rester là. Alors, l'homme massif aux bras poilus interrompit ses activités de l'autre côté de la cuisine et vint vers nous.

Elle le devina sans bouger et baissa légèrement les yeux pour fuir nos regards. Il posa ses mains sur les hanches et pencha légèrement la tête. Il attendait.

« Excusez-moi, monsieur, me dit-elle sur un ton très formel, je suis désolée mais il faut me laisser travailler. »

L'homme hocha la tête, comme si cette réponse, bien que parfaitement appropriée, ne le satisfaisait guère.

« Votre place est dans la salle de réception, dis-je.

– Non, monsieur, ma place est ici », répondit-elle avant de s'éloigner.

Je compris qu'elle avait peur et je renonçai à la suivre. Je regardai l'homme et lui dis :

« C'est une vieille amie de la famille. »

Il hocha de nouveau la tête, comme si nous savions tous les deux que c'était faux. Comme si ailleurs – dans un bar, ou bien un restaurant où il n'aurait pas travaillé – il m'avait entraîné dehors pour m'apprendre à me tenir à l'écart de sa cuisine.

Et à mon tour, j'opinai du chef, en pensant à ma fameuse clef au cou.

367

JE RETOURNAI dans la salle chercher mon frère pour lui apprendre qu'Anita Chester travaillait à la cuisine. Je le découvris assis près de la porte d'entrée, où un photographe prenait des photos de mon père et d'Ellen Guthrie avec divers amis et membres de la famille.

Avant de pouvoir le rejoindre, il y eut une panne d'électricité et, à quatre heures de l'après-midi, la salle – dont un des côtés était entièrement vitré et donnait sur le terrain de golf – fut comme plongée dans la nuit.

Lorsque mes yeux se furent habitués à l'obscurité, je m'assis à côté de mon frère. Il restait plusieurs verres de champagne sur le plateau posé devant lui sur la table. L'ouragan projetait des rideaux de pluie contre les baies vitrées.

« Devine qui est à la cuisine », dis-je en prenant un verre.

Il regardait le plafond comme pour essayer de comprendre ce qui venait d'arriver aux lumières.

« Juste comme ça », dit Ward.

Je le vis sourire.

« Juste comme quoi ? » lui demandai-je.

Je vidai mon verre, puis un autre, mais le champagne me parut éventé.

« Juste comme ça », répéta-t-il.

Il toussa et, à la fin de sa quinte, je crus entendre un rire.

« Anita est dans la cuisine », dis-je.

Quelque part dans la salle, une voix de femme s'éleva puis retomba, puis le brouhaha des conversations reprit, moins fort qu'avant, mais il emplissait la pièce malgré tout.

Mon frère toussa encore, puis éclata de rire. Des gens se retournèrent et il se reprit, puis éclata encore de rire.

C'était un rire étrange qui s'amplifia, submergea Ward et, une ou deux minutes plus tard, je vis mon frère se tenir la tête entre les mains, hurlant comme un fou.

« Juste comme ça », dit-il.

Je sortis dans le vent et sous la pluie pour vomir sur la pelouse.

L'OURAGAN SYLVIA traversa le comté de Moat en se dirigeant vers l'est et le nord, suivant le cours de la rivière St. Johns et ravageant Jacksonville avant de retourner vers la mer.

En moins de neuf heures, il tomba vingt-cinq centimètres d'eau dans le comté de Moat et la rivière en crue submergea certaines petites îles des marais de la rive ouest.

Lorsque le niveau des eaux baissa, la forme de ces îles avait changé. Par endroits, la terre s'était détachée et avait été emportée par la crue, dénudant les racines des arbres, certaines îles avaient disparu purement et simplement, avec les cabanes de chasse ou de pêche qu'on avait bâties dessus.

Ce fut un pêcheur de perches explorant les trous d'eau de la rive ouest dans son bateau à fond plat qui découvrit les corps. Ils flottaient sur la rivière, tout enflés, cachés par des arbres déracinés pendant l'ouragan. Le courant les avait réunis dans une espèce de poche marécageuse, où ils montaient et descendaient avec les débris de la tempête, se heurtant dans un vol de libellules.

Le pêcheur acheva son exploration, puis retourna à l'embarcadère et appela le shérif, dont les hommes récupérèrent les cadavres.

Il y avait celui d'une femme, et ceux de trois hommes. Selon le médecin légiste du comté, ces hommes étaient morts depuis au moins un an et l'un d'eux avait succombé à un cancer du foie. Quant à la femme, elle avait été tuée à coups de couteau d'une manière atroce.

Les quatre cadavres se trouvaient à l'intérieur des limites du comté de Moat, à environ deux kilomètres de la maison occupée par Tyree Van Wetter, et ils provenaient sans doute d'un petit lopin de terre surélevé tout proche, où des générations de Van Wetter avaient enterré leurs morts depuis leur arrivée dans cette partie de la Floride.

La partie du cimetière emportée par les eaux était la plus proche de la rive, c'était celle où on avait enterré les morts les plus récents. Selon les observations de l'adjoint au shérif chargé de l'enquête, les Van Wetter manquaient de place pour enterrer leurs proches. Il estima que ce lopin de terre – moins d'un demi-arpent – abritait encore cent quarante tombes, mais il ne réussit pas à les dénombrer avec exactitude, car la plupart ne portaient aucun signe particulier ou étaient seulement indiquées par quelques briques.

Il y avait aussi quelques pierres tombales, elles avaient été dérobées aux pompes funèbres Allen's de Palatka, et ne portaient aucune inscription.

Charlotte Bless fut identifiée grâce à ses empreintes digitales, enregistrées à la poste centrale de La Nouvelle-Orléans lorsqu'elle avait commencé à travailler au centre de tri.

UNE SEMAINE PLUS TARD, Hillary Van Wetter fut arrêté pour ce meurtre après qu'un membre non identifié de sa famille eut révélé sa cachette à des policiers de l'État appelés en renfort par le shérif. Il y avait eu une descente sur les petits campements au bord de la rivière comme les Van Wetter n'en avaient encore jamais vu ; les policiers avaient menacé d'exhumer tous les cadavres du cimetière.

Alors, les Van Wetter livrèrent Hillary à l'État de Floride, moyennant quoi on les laissa vivre comme ils l'entendaient.

WARD ÉTAIT CHEZ LUI quand je lui rendis visite. Il rangeait ses notes sur le comté de Moat dans des boîtes en carton, qu'il empilait contre le mur.

Sa porte d'entrée n'était pas fermée et je restai un moment sur le seuil à l'observer, avant qu'il ne s'aperçoive de ma présence.

« Il l'a tuée, dis-je.

– Je sais. »

J'entrai et m'assis par terre. La mort de Charlotte Bless le touchait moins que moi, mais elle avait trouvé sa place, un peu comme une pièce dans un vaste puzzle.

Je pensai à ses seins, flottant sur l'eau.

Mon frère retourna à ses rangements.

« Où allons-nous ? » demandai-je.

Il contempla les boîtes empilées contre le mur comme s'il essayait de prendre une décision.

« Je ne peux plus faire ça, dit-il. Ce n'est pas possible. »

Je compris alors que je faisais partie de ce qu'il ne pouvait plus faire. Désormais, il ne voulait plus s'occuper de personne, ni que personne ne s'occupe de lui. Je n'essayai pas de l'en dissuader.

Je l'aidai à transporter les boîtes jusqu'à sa voiture. Il les disposa avec soin dans le coffre et sur la banquette arrière, en les rangeant selon leur numéro. Elles étaient encore là quatre mois plus tard, dans le même ordre, lorsque je pris l'avion pour la Californie afin de récupérer ses affaires.

Au commissariat, un policier aimable me tendit les chaussures de mon frère ainsi que le portefeuille et les clefs qu'on avait trouvés à l'intérieur de la voiture et me demanda si Ward nageait souvent la nuit dans l'océan Pacifique.

« Ici, dit-il, nous avons un ressac beaucoup plus violent qu'en Floride. »

Et je n'appris rien d'autre sur la mort de mon frère.

Après la noyade de son fils en Californie, mon père procéda à un remaniement afin de sauver ce qui pouvait encore l'être et me proposa de travailler au *Tribune* comme assistant en attendant le jour où je reprendrais le journal.

Je déclinai son offre et restai à Miami, où je passai rédacteur dans l'équipe de nuit. Il y avait des moments – en cas de catastrophe, surtout – où le téléphone sonnait toutes les cinq minutes et où deux douzaines d'appels frénétiques me servaient à bâtir un seul article, des moments où je me perdais dans mon travail pendant une heure ou deux, où je trouvais une certaine paix dans toute cette confusion et cette excitation.

Jamais sans doute je n'ai mieux compris ce que voulait dire mon frère lorsqu'il déclarait que le travail permettait de supporter le reste.

Des années plus tard, mon père eut des problèmes de reins et je retournai dans le comté de Moat pour reprendre son journal, remplaçant sa femme au conseil d'administration. Maintenant, elle reste à la maison, et elle change le mobilier. Mon père est dialysé.

Il est âgé – il a brusquement vieilli en comprenant que son fils ne reviendrait pas de la côte Ouest – mais il s'accroche à ce qu'il peut, c'est-à-dire à ses histoires. Il les raconte après dîner, surtout pour lui-même, et aux infirmières du centre médical pendant qu'il est perfusé pour sa dialyse, Ralph McGill revient alors sur le tapis. Ses histoires couvrent trois décennies, mais s'arrêtent en 1969. Le nom de mon frère n'est jamais mentionné.

Ce n'est pas à cause de la vieillesse, c'est l'attitude qu'il a eue toute sa vie. Il croit qu'en refusant de regarder les choses en face il préservera son intégrité.

Mon père vient toujours au bureau l'après-midi pour assister aux réunions quotidiennes de la rédaction. Il reste tranquillement assis au bout de la table pendant que ses rédacteurs en chef discutent de la mise en page du journal du lendemain.

Il écoute une ou deux minutes, puis sa pensée vagabonde, et son regard dérive vers la vitre qui donne sur sa salle de rédaction. Il sort un couteau de sa poche et fait décrire à la lame un mouvement circulaire contre l'accoudoir de son fauteuil, comme pour l'aiguiser.

Parfois il m'appelle Ward.

Il n'y a pas d'homme intact.

8 février 1994
Whidbey Island

RÉALISATION : IGS-CP À L'ISLE-D'ESPAGNAC
IMPRESSION : CPI BRODARD ET TAUPIN À LA FLÈCHE
DÉPÔT LÉGAL : OCTOBRE 2012. N° 110033 (70430)
IMPRIMÉ EN FRANCE

Éditions Points

Le catalogue complet de nos collections est sur Le Cercle Points, ainsi que des interviews de vos auteurs préférés, des jeux-concours, des conseils de lecture, des extraits en avant-première…

www.lecerclepoints.com

Collection Points Roman noir

Collection Points